BESTSELLER

Jon Fasman nació en Chicago en 1975 y se crió en Washington. Tras estudiar en las universidades de Brown y Oxford, ha trabajado como periodista en Washington, Nueva York, Oxford y Moscú. Sus artículos han sido publicados en *The Times Literary Supplement*, *The Moscow Times* y *The Washington Post.* Actualmente vive en Londres, donde compagina la tarea de escritor con el oficio de editor de *The Economist. La biblioteca del cartógrafo* es su primera novela.

JON FASMAN

La biblioteca del cartógrafo

Traducción de
Bettina Blanch Tyroller

DEBOLSILLO

Título original: *The Geographer's Library*
Diseño de la portada: Departamento de diseño de Random House Mondadori/Marianne Lépine
Fotografía de la portada: Fotomontaje digital con imágenes: © Stapleton Collection/Corbis y Getty-Images

Primera edición en DeBOLS!LLO: abril, 2007

Printed in Spain – Impreso en España

ISBN: 978-84-8346-305-5
Depósito legal: B. 11.499-2007

Compuesto en Fotocomposición 2000, S. A.

Impreso en Litografia Rosés, S. A.
Progrés, 54-60. Gavà (Barcelona)

P 863055

Para Alissa

Me encuentro siempre a mí mismo girando en torno a dos creencias: que la vida puede ser mejor de lo que es y que cuando mejor parece peor es en realidad.

Graham Greene, *Viaje sin mapas*

ÍNDICE

Querida H:

Creía que a estas alturas ya habrías muerto. Desde luego, no esperaba volver a tener noticias tuyas. Y puede que en realidad no haya recibido noticias tuyas; la caligrafía me suena, pero probablemente, la falsificación se encuentra entre las menos sofisticadas de las habilidades de tus nuevos amigos. Sin embargo, te concederé el beneficio de la duda. Hacer suposiciones injustificadas se me antoja un modo muy apropiado de rendirte tributo.

Te adjunto lo que me pides, «Un relato completo y objetivo de nuestro tiempo juntos». Me dices que no es solo para ti, pero aun cuando lo fuera, dudo que pudiera haberlo escrito de forma distinta. Es imposible que «tú» hubieras sido tú en este caso, por mucho que yo lo deseara. Y por mucho que deseara guardar silencio y hacer caso omiso de tu petición, al final no he podido. De todos modos, no tenía otra cosa que hacer. Llevo encerrado aquí más tiempo del que te conocí, y por muy alterado que siga (y continuaré estándolo, al menos durante un tiempo más), tu rostro empieza a desdibujarse, lo cual me llena de gratitud.

Pero estoy preocupado por ti. Te deseo una vida más larga y feliz de la que temo que tendrás.

Paul

Verdadero, sin falsedad, cierto y muy verdadero.

Para un periodista de un semanario, sobre todo uno tan insignificante como el *Carrier*, el Día de Publicación es un día sacrosanto de reposo. Por regla general, aparecía en la oficina alrededor de las once, me ponía al día con la correspondencia, leía todos los artículos de revistas que no había podido leer durante la semana, hacía varias llamadas personales de larga distancia, fingía empezar a pensar en los artículos de la semana siguiente y me marchaba a las cinco en punto. Si me sentía especialmente virtuoso, archivaba parte de las notas que había tomado a lo largo de los últimos días y ordenaba a medias mi escritorio, pero casi siempre dejaba aquellas tareas para cuando se me echaba encima la entrega y necesitaba alguna ocupación de encefalograma plano para aclararme las ideas. Claro que eso de los plazos de entrega tampoco tenía tanta importancia. Al igual que muchas otras poblaciones pequeñas, Lincoln, Connecticut, se especializaba en noticias tibias. Nadie iba a perder su empleo si un artículo sobre la controversia en torno a la mascota del instituto («El guerrero sioux: ¿culturalmente insensible, respetuosamente tradicional o tradicionalmente respetuoso?») no se entregaba a tiempo. Para empezar, el debate se reabriría al año siguiente, con toda probabilidad en otoño, en la época en que los alumnos más ambiciosos del último curso se afanaban en pulir su expediente académico de cara a la universidad. En segundo lugar, disponíamos de una cantera inagotable de publicidad, anuncios, notas de prensa y demás material de relleno que podíamos reciclar o redimensionar si el redactor novato no conseguía arreglárselas.

Y a decir verdad, cada vez eran más infrecuentes las ocasiones en que no conseguía arreglármelas. Llevaba un año y medio trabajando en el *Lincoln Carrier*, desde que me licenciara en la Universidad de Wickenden. Tenía amigos que habían pasado como quien no quiere la cosa del primer ciclo a la facultad de medicina o de derecho, o bien a ocupar impresionantes puestos como consultores o a trabajar como machacas en alguna editorial de Nueva York, como si fuera lo más normal del mundo. Por mi parte, yo no aspiraba a semejantes cosas ni tenía ganas de volver a Nueva York, donde me había criado. En realidad, abrigaba vagamente el proyecto de estudiar un posgrado y acabar llevando la vida tranquila y enclaustrada de un profesor de historia en alguna pintoresca ciudad universitaria, con su campanario, su calle mayor llamada Calle Mayor y su cine con marquesina, un lugar donde pudiera terminar el proceso de envejecimiento a los treinta y pocos y llevar una vida sin crisis, sorpresas ni grandes cambios hasta agotar mi esperanza de vida de setenta y tantos años.

No me había planteado convertirme en periodista, sobre todo porque no sabía en qué consistía. Había escrito algunas reseñas musicales y literarias para la gaceta universitaria, casi siempre sobre los libros y CD gratuitos. Leía o escuchaba la pieza en cuestión, escribía un par de centenares de palabras acerca de ella y al cabo de una semana veía mi nombre encabezando un texto que guardaba un parecido lejano con lo que había escrito. Una chorradita, vaya, no una carrera profesional.

Al licenciarme me quedé en el piso que había ocupado durante el curso porque no tenía motivo alguno para mudarme. Un mes más tarde, en pleno verano tórrido, decliné el ofrecimiento/orden de mi padre de trabajar como pasante en el bufete de abogados que un amigo suyo tenía en Indianápolis, donde mi padre vivía desde que mis padres acabaran por divorciarse. Me hizo sentir tan culpable por el hecho de no tener trabajo que por primera y única vez en mi vida fui al Centro de Orientación Profesional de Wickenden. Allí cumplimenté cuestionario tras cuestionario y hablé con flamantes licenciados entusiastas ataviados con trajes de chaqueta, collares de perlas, mocasines y tripas incipientes. Leí ofertas de trabajo que carecían de sentido. Mis favoritas eran las de las consultorías: «Aprenderá a tomar decisiones de protocolo de gestión estratégica», etcétera. Me inquietaba la posibilidad de convertirme en una especie de *cyborg* a las tres semanas de trabajar en un sitio así. Cuando volviera a casa por Acción de Gracias, me comunicaría mediante tiras de Dymo que brotarían de mi boca.

Tras pasar un par de horas en Orientación Profesional, me convencí de que llevaría una vida larga, solitaria e inútil para acabar muriendo solo y sin que nadie me echara de menos. (¿Ya he mencionado que mo me molesté en rellenar ninguna preinscripción para cursos de posgrado?) Sé que es pura autocomplacencia, pero es lo que les sucede a los hijos aplicados pero esencialmente inútiles de padres que educan a sus hijos para sacar buenas notas en los exámenes pero no les proporcionan los dardos envenenados de la auténtica ambición.

Art Rolen llamó a Orientación Profesional cuando me disponía a regresar a casa para sumergirme a jornada completa en la autocompasión. Recuerdo que el rostro de mi orientadora profesional se tornó radiante, beatífico mientras asentía con creciente entusiasmo.

—Señor, creo que tengo a la persona idónea sentada frente a mí —exclamó por fin—. No es de la gaceta universitaria, pero sus calificaciones en el Gibson-Montaneau indican que es la persona maaaaaás adecuada para usted.

Me dedicó un guiño espasmódico y me alargó el teléfono con una mano mientras con la otra me hacía un prehistórico gesto de victoria. Saludé y escuché una voz ronca al otro lado de la línea.

—Bueno, bueeeno, parece ser que tu calificación Gibbon-Martindale está pero que muy bien. Pero lo que quiero saber es... ¿Qué significan esas calificaciones? Y en segundo lugar, ¿sabes escribir?

Me encajé el teléfono entre el hombro y la oreja antes de dar la espalda al entusiasmo cegador de mi orientadora profesional.

—A decir verdad, no sé qué significan, pero por lo visto aquí depositan bastante confianza en ellas. Técnicamente, no trabajo para la gaceta universitaria, solo escribía para ella de vez en cuando, pero me parece que escribo bastante bien. ¿Desde dónde llama?

—Lincoln, Connecticut, a unas dos horas al oeste de Wickenden. Dirijo un pequeño periódico semanal de unas dieciséis páginas. Lo que necesito es otra persona a jornada completa que haga un poco de todo. Ahora mismo estamos yo, un columnista y la publicista. El otro redactor a tiempo completo que teníamos acaba de marcharse para trabajar en Storrs. Supongo que va en busca de pastos más verdes. En fin, aquí harías un poco de trabajo de investigación, redacción, edición y papeleo. —Oí una especie de siseo cuando fumó una calada de cigarrillo—. Contestarías al teléfono, pero no más que los demás. En fin, nada del otro jueves, nada tipo Pulitzer. Más que nada podría ser una forma de averiguar si quieres seguir por este camino o no.

Me encogí de hombros antes de recordar que los encogimientos de hombros no servían de nada por teléfono.

—Parece interesante. ¿Quiere que le envíe mi currículum?

—Vale, pero hazme un favor, envíamelo por correo normal. Todavía no hemos conseguido sacar el fax nuevo de la caja, y prefiero tenerlo en papel que verlo en pantalla. ¿De acuerdo?

—Por supuesto. ¿Quiere que vaya a verle? ¿Quiere entrevistarme o algo así?

—Pero si ya te estoy entrevistando ahora. De momento envíame el currículum. Me llamo Art Rolen, por cierto. Envíalo a mi atención. Currículum y algunas muestras de artículos. Luego ya veremos. ¿Te parece?

Me parecía bien, y dieciséis meses más tarde, ahí estaba yo, en Lincoln, levantándome de la cama a las diez de una fría mañana de martes. Me había quedado en la imprenta hasta las tres de la madrugada, hora en que acabaron de salir todos los ejemplares. Art quería que uno de nosotros se quedara hasta el final, y en teoría, los cuatro integrantes del personal nos turnábamos para hacerlo, pero como yo era el más joven y el único que no estaba casado, me tocaba más a menudo que a los otros. En realidad no me importaba, porque el trayecto de vuelta desde New Haven siempre era rápido y tranquilo, y además me gustaba respirar el aire de madrugada. Resulta extraño pensar en lo que sucedía en la letárgica Lincoln durante aquel trayecto en particular. Supongo que nunca lo sabré con exactitud.

Vivía en la parte comercial de la ciudad, un barrio llamado Lincoln Station, donde en los años veinte, cuando aquello era un auténtico pueblo granjero y no un refugio para neoyorquinos, los trenes traían cereales y pienso, y se llevaban mantequilla, leche y queso. Ahora, la zona del antiguo depósito estaba ocupada por pintorescas tiendas con sus jardincitos rematados por vallas blancas de madera. Las oficinas del periódico se encontraban en el distrito residencial, llamado parque de Lincoln, porque (y mis ojos habituados a Brooklyn apenas dieron crédito cuando me trasladé a la ciudad) en el centro se abría una extensión de césped ante una antigua iglesia de madera blanca rematada por un campanario: era el parque del pueblo. Por supuesto, la cantidad de personas que observaban aquella distinción disminuía a medida que los naturales de Lincoln morían o vendían las casas que sus abuelos habían construido a abogados o editores de revistas de la ciudad. Los recién llegados reformaban las casas de arriba abajo, las adornaban con columnas y luego aparecían tres fines de semana al año para cruzar la población a toda velocidad en sus todoterrenos. El colmado de Manton ofrecía ahora queso de cabra, cinco variedades de olivas y el *New York Times*, el *Wall Street Journal* y *Crain's*. Por supuesto, también yo era un advenedizo, pero conducía un destartalado coche de dos volúmenes, carecía de vida en otra parte y, el más sublime de todos los honores, era Amigo de unos Lugareños (los Rolen). Además, poseo la inclinación natural de hablar con nostalgia de los Viejos Tiempos, a saber, cualquier época anterior a mi nacimiento.

A la una de aquella tarde, cuando entré en la redacción, eufemismo que hacía referencia a lo que en realidad no era más que un cobertizo acondicionado con cuatro escritorios y cuatro ordenadores, Art estaba sentado a su mesa fumando y leyendo el *Times*. Mirada, calada, vuelta de página, calada, mirada, calada, vuelta de página, calada.

—Aquí está —saludó sin ni tan siquiera levantar la vista del periódico cuando cerré la puerta tras de mí—. Tan madrugador como siempre —añadió antes de lanzarme una mirada penetrante por encima del borde de sus gafas de lectura.

La sala olía a tabaco, melón y hierba. Art era responsable de la primera fragancia, pero las otras dos se debían a Nancy Llewelyn, que vendía anuncios y se cercioraba en la medida de lo posible de evitarnos la bancarrota. Al igual que Art, era natural de Lincoln, y según la señora Rolen, estaba inofensivamente enamorada de Art desde séptimo. Husmeé el aire con gesto algo teatral, y Art se echó a reír.

—Ha pasado hace un rato por aquí para llevarse cosas que leer durante las vacaciones. ¿Te lo imaginas? Se lleva trabajo en vacaciones. Eso sí que es dedicación. —Dio otra calada, cerró la sección principal del periódico y alargó la mano hacia la de deportes—. Hace un rato me ha llamado el Panda.

—¿Quién es el Panda?

Art entrelazó las manos detrás de la nuca y miró por la ventana hacia el lago Massapaug con el cigarrillo en la comisura de los labios. Me encantaba su modo de fumar, con una satisfacción callada y sin tapujos en lugar de la culpabilidad furtiva tan común entre los fumadores de cierta edad o el placer forzado, ruidoso, casi defensivo de los fumadores adolescentes o californianos. Fumaba porque fumaba, no para demostrar algo ni tampoco con vergüenza, sino porque de algún modo, fumar lo completaba.

Las pobladas cejas blancas, los ojos oscuros y hundidos, así como la barba cana conferían a su rostro una expresión perpetuamente sombría; parecía un cruce entre un Humphrey Bogart entrado en años y León Tolstoi hacia el final de su vida. Durante muchos años, Art había sido corresponsal en el extranjero (Vietnam, Camboya, París, Beirut, Jerusalén, además de tareas de redacción en Nueva York). Como casi todos los periodistas veteranos, era un cínico, y también como casi todos los periodistas veteranos, un sentimental empedernido de la peor y de la mejor calaña.

Dejó caer los restos mortales del cigarrillo en los restos mortales de su taza de café, se sacó una tarjeta de visita del bolsillo de la pechera y la deslizó sobre la mesa hacia mí.

—Panda. Dice que le llames. Le he dado tu nombre, así que ya sabe quién eres.

Di la vuelta a la tarjeta. VIVEPANANDA SUNATHIPALA, FORENSE DEL CONDADO WESTON, HOSPITAL DE NEW WESTON, CONNECTICUT. Se hallaba a unos cuarenta y cinco minutos de distancia, la población importante más cercana. Ladeé la cabeza con ademán inquisitivo, y Art repuso con un asentimiento de cabeza.

—Sí, el Panda. El nombre es de Sri Lanka, y él también. Es un viejo amigo mío, compañero de ajedrez, copas y bridge. Su hija y la mía fueron juntas a la escuela. Creo que lleva unos treinta años viviendo en New Weston. Se instaló allí cuando yo empecé a viajar por todo el mundo.

Se desperezó y bostezó como si el hecho de pensar en su hija lo agotara.

—¿Sabemos por qué ha llamado? —pregunté.

Art se acercó el cuaderno.

—J-A-A-N. Supongo que se pronuncia «Yan», ¿no? Eso. Jaan..., el apellido es un pelín complicado... P-Ü-H-A-P-Ä-E-V, con diéresis sobre la u y la segunda a. Pronúncialo como quieras. Vivía aquí, en Lincoln. No lo conocía ni había oído hablar nunca de él. Ha muerto esta mañana, es lo único que sé.

Pero no lo único que sabía yo. Pühapäev era profesor del departamento de historia de Wickenden. No recordaba qué asignatura impartía. Lo cierto era que siempre me había parecido más bien parte del mobiliario, viejo, apagado, destartalado, de presencia inocua, que un profesor vivo y coleando. Comenté a Art que lo conocía o que al menos había oído hablar de él. Mi jefe asintió y se mesó la barba.

—¿Quieres escribir su necrológica, a ver qué hay que decir sobre él?

—Vale.

—¿Qué más tienes esta semana?

Alargué la mano hacia mi cuaderno, pero él agitó la mano.

—No, no, deja eso, que me haces sentir culpable por hacerte trabajar demasiado. Era broma, por cierto. Mira, la verdad es que no sé por qué han avisado al forense. Me parece un poco raro, así que a lo mejor hay algo que decir. Algo jugoso, interesante... aunque también puede que no sea más que una necrológica corriente y moliente, lo cual para nuestro periódico ya puede considerarse interesante. En fin, ¿te apetece ocuparte del asunto?

—Por supuesto.

Art señaló el teléfono, de modo que marqué el número de la oficina del forense de New Weston.

—Patología, director médico de la oficina. ¿En qué puedo servirle?

—Esto, sí, querría hablar con el señor Panda.

—Querrá decir con el doctor Sunathipala. Soy yo mismo. ¿Quién es?

—Me llamo Paul Tomm, señor, T-O-M-M, y llamo del *Lincoln Carrier*, de parte de Art Rolen.

—Ah, sí, Art —exclamó el hombre con una carcajada—. ¿Cómo está? ¿Está bien?

—Está estupendamente.

—Sí, sí. Supongo que llama por lo del muerto, el señor... —Oí el susurro de unos papeles al moverse—. Pühapäev, ¿sí?

—Exacto. Solo quería...

—Pues todavía no hay nada que decir. He llegado temprano para atender otros asuntos y aún no puedo decirle nada sobre el señor Pühapäev. Un momento, iré con el teléfono a la sala de autopsias. —Oí el sonido de una puerta que se cerraba y a continuación pisadas—. Sí, aquí está. Tiene toda la sala para él solo. Veo que ha llegado hace poco. Lo estoy mirando y parece que la muerte es reciente, porque no hay indicios de descomposición. Cuerpo y facciones de anciano, sí, señor. —Me llegó a los oídos una especie de arañazo cuyo origen preferí no imaginar—. Fumador, tiene la barba y el bigote amarillentos alrededor de la boca. Desgaste generalizado. Podría relacionarse con... bueno, casi con cualquier cosa, me temo. Cuando menos con haber vivido suficientes años para convertirse en un anciano de barba blanca amarillenta.

Oí un golpe y al poco siguió hablando en voz más alta y centrada en la conversación telefónica.

—Sí, señor Tomm. De momento no tengo nada más que comentar aparte del tabaquismo. Un hábito terrible eso de fumar, terrible pero agradable. Su amigo Art lo sabe muy bien. Pero en definitiva, con tabaco o sin tabaco, con whisky o sin whisky, «Sheakespeare». ¿Conoce el pasaje o solo le van la tele y las novelas de espías?

Cerré los ojos. Conocía aquellos versos. Sabía que los conocía.

—Shakespeare.

—Claro, por supuesto, tres hurras por usted. Shakespeare. Pero ¿de qué obra?

—Alguna tardía, probablemente —aventuré a ciegas, considerando que tenía una probabilidad entre seis—. ¿*Cimbelino*?

—Sí, magnífico, estoy impresionado. Por supuesto, he detectado cierta duda en su voz, pero no olvide las palabras de Martín Lutero: «Peca con valentía». Mejor conjeturar en voz alta que en silencio. En fin, señor Tomm experto en Shakespeare. Me encantaría seguir charlando todo el día de poesía con un periodista tan culto como usted, pero los muertos me reclaman; constituyen un público de lo más atento. Si quiere volver a llamar esta tarde o quizá mañana por la mañana, espero que para entonces ya lo habré abierto en canal. Hasta luego y que Dios lo acompañe.

—Nada que decir —informé a Art tras colgar.

—En todos los años que hace que conozco a Panda, nunca ha tenido nada que decir —replicó Art con una carcajada—. ¿Volverás a llamarle?

—Esta tarde o mañana. Dice que para entonces ya tendrá algo.

—¿Y qué vas a hacer ahora?

—¿Ahora mismo? Bueno, pues... ¿Dónde vive? Quiero decir, ¿dónde vivía?

—Así me gusta. Aquí tienes la dirección —anunció mientras deslizaba un papel sobre la mesa—. ¿Sabes? Se me acaba de ocurrir que quizá deberías pasarte por Wickenden. ¿Qué hora es? Mediodía, ¿no? Tal vez esta tarde si te apetece pisar el acelerador a fondo, o mañana, a ver si alguno de tus antiguos compañeros sabe algo de él. Ya que tenemos tiempo, que lo tenemos, no cuesta nada tomarnos en serio lo de su necrológica.

Nunca había visto la casa de Pühapäev porque, en todo el tiempo que había vivido en Lincoln, jamás había reparado en su calle. Las ramas de los sauces llorones y numerosos robles centenarios disimulaban la boca, e incluso en aquella estación, con los árboles casi desnudos, a punto estuve de confundir la calle con un sendero particular. Era una calleja estrecha por la que apenas pasaba un coche, aunque se ensanchaba un poco al morir de forma brusca junto a una explanada de tierra salpicada de árboles esmirriados. Las dos viviendas más cercanas al cruce eran dos casas de piedra situadas una frente a otra, con postigos azul grisáceo y porches que rodeaban toda la fachada. Parecían dos silenciosos centinelas que se comunicaran por telepatía. En un día distinto y una calle distinta, el efecto habría resultado hermoso, pero allí era inquietante, sobre todo porque de ambas chimeneas salía humo sin que en ninguna de las dos casas se viera luz alguna.

La siguiente edificación a mano izquierda era una enorme casa de madera amarillenta que parecía haber sido aerotransportada desde Rockport o Gloucester hasta la pequeña cuesta que inclinaba el cuello de la calle. Frente a ella se alzaba el número 4, la casa de Pühapäev, un edificio chato y marrón, con la pintura blanca de las ventanas desconchada y los canalones medio caídos. En el centro del jardín de hierba rala, barro y ramitas caídas se alzaba un arce de aspecto desolado. En el pequeño porche delantero se veía un columpio con la pintura rosa de las cadenas algo desgastada en un lado y que se inclinaba sobre el suelo como un anciano gordo demasiado cansado para moverse.

Me detuve tras un coche patrulla de Lincoln, de hecho, el único coche patrulla de Lincoln. Mientras me acercaba a la casa miré al otro lado de la calle y distinguí una mano que apartaba la cortina de una ventana de la planta superior. Golpeé con los nudillos la puerta abierta de la casa de Pühapäev, saludé en voz alta y crucé el umbral.

—Por el amor de Dios —exclamó una voz exasperada—. Esto no es un museo, sino la casa de alguien.

—¿También es el escenario de un crimen? —pregunté al tiempo que salía y me limitaba a asomar la cabeza al interior.

—¿Y a usted qué le importa? ¿Es un turista o es que busca casa?

Un policía corpulento embutido en su uniforme como una salchicha apareció en la puerta con la gorra debajo de un brazo y un cuaderno debajo del otro. Lucía un ridículo bigotillo en forma de oruga y varios mechones de cabello rojizo peinados estratégicamente sobre una cabeza por lo demás calva. Lo había visto con anterioridad, aunque no lo conocía. Mi padre siempre me aconsejaba mantenerme alejado de los policías de pueblo, y como consecuencia de ello ni siquiera me habían puesto una sola multa en Lincoln. Por lo general lo veía con un compañero, un tipo delgado y tan desdibujado que siempre daba la impresión de estar a punto de esfumarse. Tal vez Art me hubiera dicho su nombre, pero lo cierto era que no lo recordaba.

—¿Quién es usted? —me preguntó.

—Me llamo Paul y soy del *Carrier* —me presenté al tiempo que alargaba la mano.

El policía me la estrechó sin cambiar de expresión ni postura, como si no pudiera controlar ni le interesara qué estrechaba su mano.

—Bert —masculló.

—¿Algo interesante por aquí?

—Solo buscamos indicios de robo. De momento no hemos encontrado más que un montón de trastos.

Miró por encima del hombro, y yo me incliné hacia adelante para atisbar una espaciosa estancia, apenas capaz de mantener a raya las fuerzas de la entropía. En el otro extremo de la habitación se veía una mesilla baja cubierta de ceniceros a rebosar, platos manchados de ketchup (o al menos esperaba que fuera ketchup) y salpicados de huesos, así como cuencos con restos de alimentos incrustados y cucharas metidas en ellos. Un sofá de tapicería moteada completaba el cuadro. Un entorno doméstico hecho trizas, hogar del perpetuo solitario. La casa desprendía un olor enrarecido, mezcla de tabaco, grasa, moho y anciano.

—No sé cómo vamos a averiguar si han robado algo.

—¿Podría decirme dónde lo encontraron?

Bert exhaló un suspiro y puso los ojos en blanco como si acabara de pedirle que limpiara las ventanas, y luego señaló el sofá.

—Allí, despatarrado. Pero parecía tranquilo, la verdad. Apuesto algo a que fue un infarto. Pero recibimos una llamada de la policía estatal en plena noche, porque alguien llevaba bastante tiempo sin saber nada de él o algo así. Hay que comprobarlo todo. En fin, ya nos íbamos, ¿verdad, Al?

Su olvidable y fúnebre compañero, Al, suponía yo, bajaba la escalera en aquel momento.

—Supongo —musitó en voz tan baja y monótona que parecía resignada a su propia inefectividad aun antes de que las palabras brotaran de sus labios—. Si estás preparado, podemos irnos.

—Sí, larguémonos. Aquí no hay nada para la prensa, ¿verdad?

Bert me lanzó una mirada huraña y luego se volvió hacia su compañero, que de espaldas a nosotros contemplaba un enorme reloj apoyado contra la pared más alejada.

—Todavía no —repuso Al—. Es imposible saber si han robado algo, porque supongo que vivía solo, pero no parece haber nada roto. La casa está hecha una pocilga, pero eso no hay ley que lo prohíba. Pero ven a echar un vistazo a esto.

Sin duda se dirigía a Bert, pero de todos modos me lo tomé como una invitación.

Al señaló con la cabeza el viejo reloj de pie. Tenía dos péndulos dorados que oscilaban dentro de la carcasa de caoba, y la esfera aparecía decorada con intrincados dibujos geométricos. Las manecillas estaban paradas en las diez y veinticinco, y los pesos del péndulo tenían mucho polvo acumulado; hacía tiempo que no se movían.

—Bert, ¿te acuerdas de que el abuelo Per tenía un reloj como este? ¿Un trasto en el dormitorio al que se le tenía que dar cuerda?

—No sé —espetó Bert con sequedad.

Avancé tan despacio como pude por el vestíbulo hacia la puerta, pasando ante una estantería atestada de libros en cuyo centro se abría una vitrina acristalada cerrada y vacía. En su interior se veían quince soportes en forma de trípode, tres sobre cada uno de los cinco estantes. Resultaba imposible adivinar si Pühapäev había guardado algo sobre ellos. Decidí no llamar la atención de los policías sobre la vitrina, aunque todavía no sé a ciencia cierta por qué. Por obstinación, tal vez. ¿Por qué damos puntapiés a las piedras en la acera en lugar de dejarlas en paz? Pero aquella vitrina tenía algo... Una vitrina que no exhibía nada, el único espacio vacío de toda aquella casa repleta de trastos. El detalle se me quedó grabado.

—Vamos, Al, tengo hambre —instó Bert, agitando el voluminoso llavero mientras se dirigía a la puerta—. Vamos a comernos unos huevos en Vinchy's y a comentar este asunto. Invito yo. —Me apoyó la mano en la parte inferior de la espalda y me empujó con suavidad pero firmeza hacia afuera—. Si nos enteramos de algo, se lo haremos saber, ¿verdad, Al? Entretanto, salga usted primero, que nosotros cerramos.

EL ALAMBIQUE

> ¿Acaso nuestro universo no es poco más que un alambique en el estante del Creador? Al practicar esta nuestra ciencia de la transformación en nuestros modestos navíos, ¿no hacemos la obra de Dios en miniatura? Expresarlo en voz alta equivaldría sin duda a permitir que se nos confundiera con blasfemos, cuando en realidad somos los seguidores más adeptos y consagrados de Dios, y esta nuestra misión más sagrada, y nuestros experimentos tan solo las plegarias más divinas, por más que no las sancione más iglesia que la nuestra.
>
> SANOPLUS DE ALEJANDRÍA,
> *De las prácticas naturales*

A principios de primavera de 1154, cuando el hielo ya no bordeaba la salvia silvestre y los jardineros de palacio pudieron al fin retirar los paños que protegían los limoneros, naranjos y olivos reales, el rey Rogelio II de Sicilia convocó a su geógrafo a la corte en Palermo. El geógrafo era el prestigioso cartógrafo, herbalista, médico, compositor, tañedor de ud, ilustrador y filósofo Yusuf Hadras ibn Azam Abd Salih Yafar Jalid Idris, conocido en la historia como al-Idrisi, bibliotecario itinerante de Bagdad. Sus orígenes y los primeros años de su vida constituyen un misterio. Algunos cronistas aseveran que nació en el seno de una acaudalada familia de mercaderes tunecinos, otros que pasó su adolescencia como mendigo en Aleppo, marcado por una voz aguda y una clarividencia imprecisa y dudosa, mientras que algunos afirmaban, aunque de un modo menos creíble, que era hijo de Salomón ben Avram, rabino invidente de Merv.

Al-Idrisi se granjeó fama como escriba, más tarde como ilustrador, y luego como visir de Harun Ali Harun en la ciudad de Yazd, cuyas calles laberínticas permiten que circule aire fresco aun en las horas más tórridas del mediodía desértico. Desde Yazd viajó a Bagdad a instancias del califa, y allí creó las treinta y seis bibliotecas de Bagdad, cuya fama se propagó por todo el mundo civilizado hasta alcanzar incluso el territorio cristiano. A ella acudían manuscritos en ristre eruditos, imames, músicos, científicos, hombres de Dios y hombres de ciencia divina procedentes de Córdoba, Bujara o Mikkouni; se les permitía copiar un documento de las bibliotecas a cambio del que llevaban consigo. De este modo, al-Idrisi creó bibliotecas cuyos tesoros superaban incluso los de Alejandría antes de que la tragedia, de la cual huelga hablar aquí, azotara aquella desafortunada ciudad.

Un consejero carente de escrúpulos del califa de Bagdad, celoso de la fama de al-Idrisi y del respeto que su señor profesaba a «un escriba bastardo», hizo circular perniciosos rumores sobre la fe religiosa y las inclinaciones personales del bibliotecario, sobre todo porque hacían referencia al sobrino predilecto del califa. Al-Idrisi huyó y recaló en la licenciosa ciudad de Beirut, atestada de espías y peligros. De allí navegó hacia el oeste hasta alcanzar Sicilia, cuyo culto rey había oído hablar del tratado de al-Idrisi sobre los beneficios epidérmicos y entéricos que reportaba mascar, pero nunca tragar, ciertas flores de cardo silvestre.

Al-Idrisi encontró allí empleo como geógrafo y herborizador real. Cultivaba un jardín extenso y variado, así como diversos huertos, por cuyas arboledas el rey y la reina paseaban con frecuencia cuando el sol siciliano se tornaba demasiado abrasador. El rey Rogelio solicitaba a menudo la presencia de al-Idrisi para encomendarle proyectos cartográficos de magnitud y ambición crecientes. Su primer mapa describía cada hilo, puntada y adorno de la indumentaria real de la reina, mientras que el segundo plasmaba la ubicación de cada planta, hierba, fruta, raíz, árbol y arboleda de su jardín.

Realizó una serie de mapas hipotéticos para disfrute del rey, tales como la Sala del León, de Punanga, un museo subacuático del ajedrez en Atlántida, los jardines de piedra secretos de una secta iniciática gnóstica de jázaros en los montes Jamantor... Todos ellos permanecieron a disposición del público hasta que una bibliotecaria miope y bastante torpe, ansiosa por terminar sus tareas de la tarde para consagrarse por entero a una tórrida aventura con uno de los supervisores en prácticas, se equivocó al archivar la colección en la biblioteca Bodleian en 1972; desde entonces no se han vuelto a tener noticias de ellos.

Al-Idrisi dibujaba de memoria mapas callejeros de Yazd, Isfahan, Ahvaz, Damasco, Beirut y Jerusalén. Su mapa de Palermo aún está colgado en el despacho del alcalde, y el rey Rogelio regaló los mapas que al-Idrisi había ejecutado de Malta y Menorca a Teobaldo el Pío y Carlos el Pulcro, respectivamente.

Aquella mañana de marzo de 1154, el rey mandó llamar a al-Idrisi para comunicarle su respuesta afirmativa a la solicitud del geógrafo. Al-Idrisi obtendría permiso, dinero, un navío y una tripulación para emprender el gran proyecto cartográfico de su vida y sin duda el más importante de la historia de Sicilia. Se trataba de trazar un mapa de todo el mundo conocido. Por supuesto, empezaría por Europa, en concreto por el norte. Ya se habían enviado cartas al rey Sven III de Dinamarca para solicitar favor y un salvoconducto. No sin cierta tristeza, Rogelio le concedió la libertad para partir. Al-Idrisi puso en manos de su señor el cuidado de sus jardines, sus huertos y su hogar, solicitando tan solo que siempre mantuviera unido el contenido de la biblioteca, tanto las curiosidades como los libros. Acto seguido regaló a la reina todas sus joyas, «valiosos presentes reunidos a lo largo de toda una vida de viajes, que esperaba entregar a mis esposas e hijas. Sin embargo, ahora sé que jamás tendré esposas ni hijas, y si accedéis a aceptarlas como recuerdo mío, tal vez queráis hacerme el honor de transmitirlas a vuestras hijas para así, junto con el consuelo y la presencia de Dios, mitigar el dolor y los lamentos de un anciano solitario».

A finales de aquel verano, al-Idrisi visitó al rey danés Sven, quien sentía gran curiosidad por conocer a un extranjero del sur, siempre bronceado por el sol del desierto. La estancia del cartógrafo en su corte fue breve. Según escribió a Rogelio, «al viajar hacia el norte, pasamos de forma natural de la civilización a la barbarie. De hecho, cabe preguntarse si la civilización es posible siquiera en los climas septentrionales. Si los hombres deben concentrar sus energías en defenderse del frío en invierno, de los mosquitos infernales y las enfermedades en verano, y de los asaltantes infieles durante todo el año, ¿cómo pueden aspirar a cultivar las artes del alma y el intelecto, es decir la música, el conocimiento, la conversación, la cocina, que por la gracia de Dios prevalecen en vuestra noble corte, que añoro con todo mi corazón?».

Escribió que abandonaría la corte danesa en cuanto pudiera, «pues si se me permite hablar con franqueza (y ruego a Dios que este mensaje no caiga en otras manos que las vuestras), los hombres se dedican tan solo a la bebida, las peleas, las exhibiciones de fuerza bruta y una suerte de sonidos inarticulados que denominan erróneamente canto. La providencia divina ha querido que estos días visite la corte un joven obispo llamado Meinhard. Navegará hacia el este cuando los días empiecen a acortarse y llegue el frío, y en honor a vuestro nombre y a la justa fama de vuestra muy real corte, ha accedido a permitirme viajar con él hasta Lubeck y desde allí a las regiones ignotas que algunos llaman Livonia, otros Karelia, Lettgallia o Astlanda. He oído que entre las poblaciones de Astlanda se encuentra Qlwri, un pequeño pueblo que se asemeja a un gran castillo. Si Dios quiere, llegaré allí antes de que caigan las primeras nieves».

Astlanda era la traducción que al-Idrisi daba de Estonia, y Qlwri correspondía a uno de los numerosos nombres de la ciudad que hoy denominamos Tallin. Meinhard y sus acompañantes no rebasaron el último bastión cristiano que era Riga. Por su parte, al-Idrisi continuó su viaje cartográfico a lo largo de la costa báltica hasta que una tempestad hizo encallar su navío en la isla de Hiiumaa. Escribió que durante aquel invierno «nos avergonzó presenciar toda suerte de miserias e infortunios. Los hombres comían carne de caballo, corteza de árbol, perros, hierba y musgo muertos, y en ocasiones, carne humana. Madres y padres instalaban a sus hijos en barcas con la esperanza de que alcanzaran tierras más seguras; encontramos a docenas de aquellos bebés congelados en las playas de la isla. No alcanzo a plasmar aquí la depravación que pueden causar el hambre y el frío». Lo más extraordinario de este escrito no es el tono, ya que Adam de Brema y las Crónicas de Novgorod narran precariedades similares, sino su propia existencia, ya que llegó a la corte de Rogelio en abril de 1155. ¿Cómo logró al-Idrisi, que jamás había viajado más al norte de Sicilia, sobrevivir a un invierno que, según las Crónicas, segó la vida de uno de cada tres novgorodianos?

La primavera siguiente, Canuto V, rey de los daneses, recibió una carta del obispo Meinhard. El clérigo mencionaba que, durante la travesía desde la corte del rey Sven hasta Riga, «con el objetivo de incrementar el número de almas de la Santa Madre Iglesia y para mayor gloria de nuestro Señor Jesucristo, había sostenido conversaciones con un oscuro hechicero que también viajaba a aquellos fríos y salvajes territorios, un hereje de modales afables que posee toda suerte de conocimientos sobre el mundo natural y el universo invisible. Lleva siempre consigo un saquito que, según se jacta, contiene lo que puede salvar a un hombre para siempre o bien hacerlo pedazos».

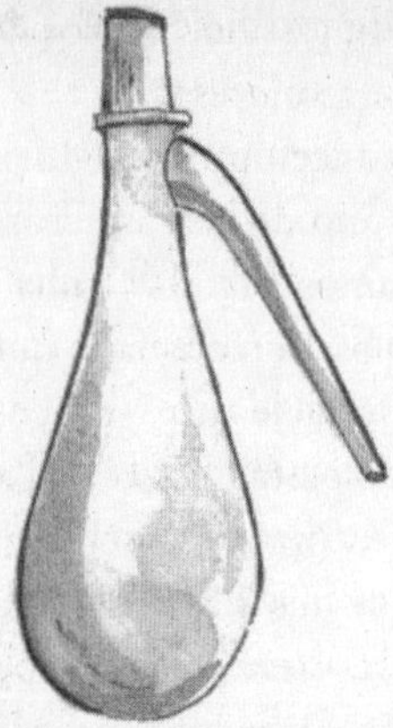

Objeto 1: Un alambique es la parte superior de un aparato utilizado en destilación. Este está fabricado de robusto vidrio verde. Mide 36 centímetros de altura, y 18 centímetros de anchura en el punto más ancho, la base. La parte superior del recipiente es estrecha y aflautada, con una pronunciada inclinación hacia la derecha. Los alambiques se colocan sobre la base para recoger y transportar vapores a otro recipiente. El interior del recipiente contiene una costra de material gris que parece ser una mezcla de plomo, hierro y antimonio, así como una materia orgánica, entre la que se cuentan huesos caninos y humanos. En la cara exterior de la base se aprecia una zona chamuscada de 5 centímetros de altura. No se percibe ningún olor discernible.

Fecha de fabricación: Desconocida. Los cálculos la sitúan entre el año 100 a.C. y el 300 d.C.

Fabricante: Desconocido. Teniendo en cuenta su antigüedad, la manufactura es excepcionalmente refinada; el diseño en apariencia sencillo no da fe del concepto, la minuciosidad, el esmero y la destreza empleados para crear semejante recipiente.

Lugar de origen: Egipto helénico. La palabra «alambique» procede del vocablo árabe *ul-anbiq*, que a su vez procede del griego *ambix*, que significa «copa» o «taza».

Último propietario conocido: Woldemar Löwendahl, gobernador general danés-estonio de Tallin. El alambique fue descubierto en 1725 durante la construcción de la capilla de Kassari en la isla de Kassari, y aquel mismo mes de junio llegó a las dependencias de Löwendahl. El gobernador lo puso en el estante superior de una estantería medio vacía en un rincón de su despacho, y no se dio cuenta cuando desapareció al cabo de dos años, seis meses y diecisiete días.

Valor aproximado: Desconocido. Esta clase de antigüedades casi nunca se venden en el mercado abierto. Si son descubiertas en una excavación arqueológica, por lo general van a parar al museo del organismo patrocinador. Si las descubre un particular o aparecen por casualidad, la discreción genera precios más elevados. En 1997, el entusiasta magnate del regaliz holandés Joop van Eeghen pagó 70.000 dólares por una cuchara de destilación que supuestamente había pertenecido a Roger Bacon. En 1999, un caballero árabe del que se rumoreaba que trabajaba de agente para el gobierno iraquí pagó 790.000 dólares a un barón italiano exiliado que estaba en posesión de un manuscrito original de la obra *Libro de lo que se sabe sobre el cultivo del oro*, de Aub'-Qasim Muhammad ibn Ahmad al-Iraqi. La mañana después de la adquisición fue hallado en la habitación de su hotel sin el libro, sin cabeza y sin tres dedos de la mano izquierda.

Lo que está abajo es como lo que está arriba, y lo que está arriba es como lo que está abajo, para realizar el milagro de la Cosa Única.

Cuando regresé a la oficina, Art ya se había marchado a casa, y empezaba a oscurecer. Si iba a Wickenden ahora, al llegar no encontraría más que un departamento de historia cerrado a cal y canto. El día había tocado a su fin. Habría mecanografiado mis notas si hubiera tomado alguna, pero como no era el caso, apagué las luces, cerré con llave y volví a mi piso vacío junto a las vías del tren. Mi cena consistió en dos cervezas y un bocadillo que engullí mientras miraba por la ventana. Al trasladarme a Lincoln me gustaban aquellas tranquilas noches de pueblo; me dedicaba a narrármelas a mí mismo. Pero existe una delgada y frágil frontera entre llevar una vida románticamente monástica y aburrirse como una ostra. Yo llevaba algún tiempo pisándola y por fin había caído en el Lado Oscuro... o cuando menos Tedioso. A las diez ya dormía a pierna suelta.

A la mañana siguiente, cuando llegué al periódico, Austell McFarquahar ya estaba allí. Debería haberlo supuesto; eran las diez y media, y Austell cruzaba el umbral todos los días sin excepción a las diez en punto. Desde que yo trabajaba en el *Carrier*, nunca se había puesto enfermo. Cada año hacía las mismas vacaciones. Nueva Escocia para pescar y navegar a finales de julio, y las Navidades en Inglaterra con la familia de su esposa. Iba a casa para comer y tomarse lo que denominaba «tiempo de estudio» desde las once y media hasta las dos, y salía de la oficina entre seis y media y siete de la tarde.

—Austell McFarquahar —decía Art cada mañana en cuanto este entraba por la puerta a quien estuviera cerca—. Puedes poner el reloj en hora con su llegada.

A modo de respuesta, Austell sostenía un reloj imaginario con la mano izquierda, le daba cuerda con la derecha y sonreía como un niño satisfecho.

—Sí, señor, como un reloj —decía.

Austell empleaba su «tiempo de estudio» en recabar material para su columna sobre naturaleza, su única tarea en el periódico. Había cambiado el título tantas veces («Naturaleza casatónica», «Arboralia», «Maderas y maneras», «Brisa de sauce»....) que Art había acabado por prescindir del título, lo cual enfureció a Austell durante casi cinco minutos enteros. Siempre se negaba a cobrar por su columna, y en varias ocasiones, Art me había insinuado que el *Carrier* debía su supervivencia a la generosidad de Austell.

Él y Art habían ido juntos a la escuela primaria y secundaria. Al terminar, Art consiguió un empleo como transcriptor en el *Hartford Courant* y no regresó a Lincoln hasta la prejubilación. Por su parte, Austell asistió a Yale, aunque no llegó a licenciarse, y al final regresó a su ciudad natal para convertirse en jardinero aficionado a tiempo completo y leyenda urbana. Su familia llevaba viviendo en Lincoln (en el centro de Lincoln, según subrayaba siempre, aunque reconocía con vergüenza que unos primos suyos habían vivido en Lincoln Station antes de trasladarse a San Francisco) más de doscientos años, y hablaba sin cesar de la historia de Lincoln que estaba compilando. Cuanto más hablaba del proyecto, más largo se hacía; una historia de la ciudad que comprendía todos los acontecimientos de su existencia, documentados de forma exhaustiva y narrados en el tiempo preciso que había durado el acontecimiento inicial. Dejé de preguntarle por la crónica tras aguantar una soporífera explicación de varias horas acerca de los motivos que desembocaron en la ordenanza de 1892 que prohibía el consumo pero no así la venta de gotas de marrubio. Art bromeaba que siempre llevaba un par de bombas de humo en el bolsillo para poder distraer a Austell cuando este lo acorralaba a solas en la oficina.

Nos encontrábamos en plena estación de lo que Art denominaba «Las tribulaciones de san Austell», lo que en realidad significaba tribulaciones para todos cuanto rodeaban a Austell. Desde Acción de Gracias hasta el día en que se marchaba a Inglaterra, Austell desarrollaba una histeria compulsiva sobre el inminente viaje. Su objetivo para cada visita consistía en recrear con la mayor exactitud posible la experiencia del año anterior. Doce meses convertían las aberraciones en tradiciones. Si un año el pub al que siempre iban a cenar el 27 de diciembre estaba cerrado, al año siguiente el nuevo pub se convertía en parte del itinerario de la familia, mientras que el anterior quedaba borrado del mapa. Su emoción, que al principio manifestaba como un niño pomposo («No hay nada como la Navidad inglesa, os lo aseguro, aunque por supuesto en aquella parte del país hace siglos que no nieva. Pero en fin, mamá... así es como llamo a la madre de Emily, pone una mesa exquisita cada año...»), se trocaba al cabo de unos días en una maraña de referencias a pasteles de carne, galletas de Navidad y ganso asado esperando turno en el aparador. No se sabe a ciencia cierta si ello se debía a que Austell se sumía cada vez más en su ensoñación dylanesca o bien se convertía para nosotros en parte del ruido ambiental.

Tenía aspecto de molinillo humano. Era alto y delgado, con una expresión perpetuamente sorprendida en el rostro, un andar encorvado y desgarbado, y un conjunto de mechones alborotados de cabello rojo en la cabeza. Aquella mañana en concreto estaba sentado ante una ventana alargada. Cuando entré en la redacción, su cabello se erizó por la corriente de aire, y al instante volvió su alargado rostro de espantapájaros con gafas redondas de montura de carey.

—¡Buenos días, joven escriba! —exclamó—. Una mañana espléndida, ¿verdad? Espléndida. Los ríos rebosan truchas, la temporada de caza ha empezado, hay setas para quien sea capaz de encontrarlas en el bosque.... No sé quién podría querer vivir en otra parte del mundo que no fuera el oeste de Connecticut.

Yo estaba a punto de prescindir de toda cautela y contestar cuando Austell me dio la espalda, abrió la ventana, aspiró una profunda bocanada de aire gélido y volvió a cerrarla de golpe, un hábito que se hacía más pesado de soportar conforme avanzaba el invierno.

—Tú no eres de Nueva Inglaterra, ¿verdad?

Responder a las preguntas de Austell era como caminar entre inmensas y precarias pilas de libros; el más mínimo paso en falso le permitía sepultarte bajo un torrente imparable de palabras. Decidí dar una respuesta directa y concisa, sobre todo porque era la enésima vez que me formulaba aquella pregunta.

—No, me crié en Brooklyn.

—Así que en Brooklyn. La Gran Manzana, los Dodgers y tal. ¿Por qué allí?

—Pues porque mi padre trabajaba en Manhattan y mi madre se crió en Brooklyn, aunque en otra zona.

—Ah, el trabajo, por supuesto. Supongo que por aquí no abunda. Seguro que tu familia te visita en cuanto tiene ocasión, ¿no? Para escapar de la contaminación y demás.

—A decir verdad, mi padre ha vuelto a Indianápolis, donde nació, y todavía no ha venido. Mi madre sigue viviendo en Nueva York y viene de vez en cuando.

—Magnífico, es estupendo. Así que no estás del todo solo en el mundo. Me alegro de saberlo.

Se reclinó en su silla y empezó a hurgarse los dientes con el capuchón de un bolígrafo mientras se exploraba despreocupadamente las profundidades del oído con el bolígrafo en sí.

—¿Sabes una cosa? —prosiguió al tiempo que retiraba el bolígrafo y lo examinaba—. Creo que esta semana me gustaría escribir sobre las diferencias en la estructura de los sombreros de las amanitas mortales y las menos mortales. Nuestro intrépido líder afirma que ya escribí algo parecido en cierta ocasión, pero te diré que lo he comprobado y resulta que había escrito sobre los distintos tipos de troncos sobre los que pueden encontrarse las dos clases de amanitas. O casi. O al menos... En fin, lo que quiero decir es que no hay ninguna diferencia entre los sombreros y que si vas a buscar setas, o bien tienes a mano un libro fiable o bien te acompaña un experto. No sé cuánta gente se molestaría en comprar un libro entero sobre setas, así que debería explicar las diferencias y listos. Puede que ahorre a muchos aficionados problemas de estómago o algo peor. ¿Qué te parece?

—Me parece una idea estupenda, Austell —aseguré con todo el entusiasmo posible mientras me apartaba subrepticiamente de su escritorio—. ¿Está Art en su despacho? —pregunté al tiempo que me asomaba a la esquina; su puerta estaba cerrada.

—Debería, debería. ¿Líder intrépido? ¡Líder intrépido! Un vasallo quiere veros.

Se echó a reír, y en aquel momento se abrió la puerta del despacho de Art. Mi jefe llevaba unos auriculares colgados del cuello y en la mano izquierda sostenía un walkman. Esbozó una tenue sonrisa, hizo un gesto de agradecimiento a Austell y me hizo pasar. Cerró la puerta tras de mí y levantó el walkman.

—Es mi mecanismo de defensa anti-Austell. Me cae muy bien, pero hoy está especialmente hablador, y con Nancy de vacaciones, no andamos sobrados de publicidad para las próximas dos semanas. Habrá que esperar. Es muy temprano. ¿Todavía está hablando de la no sé qué mortífera esa?

Asentí. Art meneó la cabeza, sonrió y se sacó un paquete de cigarrillos del bolsillo de la pechera.

—Al menos sé que si hago esto —sentenció con una cerilla en una mano y un cigarrillo en la otra—, no entrará aquí. Supongo que eso significa que los beneficios que fumar representa para mi salud mental superan los riesgos pulmonares.

No dije nada, y por lo visto no esperaba otra cosa, porque de inmediato me preguntó por la casa de Pühapäev. Le hablé de los policías que husmeaban por la casa y me habían ahuyentado sin miramientos.

—Los primos Olafsson. ¿Te lo imaginas? Menudo nombre para unos polis de pueblo, como recién sacadito de una peli. Lo único para lo que puedes contar con ellos es que si denuncias que se está cometiendo un delito seguro que llegan media hora tarde, como mínimo. Para eso y para que a final de mes te pongan una multa por exceso de velocidad en Elias Road conduzcas deprisa o no. ¿Ya los conocías?

—Los había visto un par de veces, nada más —repuse—. No sabía que se llamaban Olafsson. ¿Cuánto hace que son policías aquí?

—Ya estaban cuando volví a instalarme en Lincoln, hace unos cinco años. Cuando era pequeño, su abuelo era el jefe de policía, luego lo fue su padre, y cuando el pueblo creció, contrató a su hermano como ayudante. Y así aterrizaron ellos aquí. Corre el rumor de que su abuelo, que llegó con la primera oleada de campesinos suecos en los años veinte, no sabía cultivar la tierra, así que convenció al alcalde para que lo nombrara sheriff. Podrías preguntar a Austell, él te lo contará. Claro que quizá te convenga más evitar preguntárselo, porque seguro que te lo cuenta todo sobre su antiquísima aldea natal sueca.

Adoptó una expresión ausente mientras imaginaba la historia narrada por Austell, el clásico relato bíblico de Nueva Inglaterra, generaciones que engendran generaciones de buenas gentes del campo.

—Bueno, Allen —prosiguió al cabo de unos instantes—, el flaco, heredó el puesto de su padre, que era el jefe, no el ayudante. No lo hacía mal. Al fin y al cabo, un poli de pueblo en un sitio como este... ya me explicarás. Que las arcas andan escasas, pues aparcas el coche patrulla al pie de Station Hill y empiezas a poner multas. Bajas gatos de los árboles... ¿O eso lo hacen los bomberos? Creo que sí... En fin, el hijo del ayudante, Bert, o sea el gordo, fue policía en Hartford unos cinco o diez años, y de repente volvió a aparecer aquí. Allen lo contrató como ayudante suyo, pero no hay más que echarles un vistazo. Bert hace lo que quiere con el pobre chaval. Dicen que Bert suspendió el examen para sargento no sé cuántas veces y que tenía un expediente penoso lleno de borracheras, palizas y demás lindezas, así que volvió a casa. Borrón y cuenta nueva. El problema es que para hacer realmente borrón y cuenta nueva tendría que cambiar de carácter, lo cual no ha hecho. Sigue bebiendo, sigue igual de vago y de grosero... No me extrañaría que convenciera a Allen para que fuera a casa del muerto a birlar algo.

—¿Y por qué no escribimos un artículo sobre eso? —propuse—. Corrupción municipal, negligencia policial... Es eso lo que les hace la boca agua a los periodistas, ¿no?

Art emitió un sonido a caballo entre suspiro y gruñido antes de erguirse.

—Sí, sí, sin duda, pero este periódico, para bien o para mal, no es el lugar adecuado para ello. Hartford sí, o tal vez incluso Waterbury, New Haven... Pero esto es una publicación local que da cuenta de las bodas, los partidos de fútbol, los carnavales, las inauguraciones y los cierres de tiendas... Además, casi todos nuestros lectores se trasladan aquí desde la gran ciudad para escapar de todas esas historias de polis corruptos. —Tamborileó con los dedos sobre la mesa, algo dolido y avergonzado por la conversación—. Y además, publicar un artículo así te garantizaría todas las multas de tráfico y aparcamiento del mundo, tanto reales como imaginarias. Y el problema es que mis amigos de Hartford tampoco querrán publicarlo, porque al fin y al cabo, ¿a quién le importa una mierda Lincoln? ¿Quieres hacer trabajo de investigación?

Me lanzó una mirada inescrutable; no supe si quería una respuesta afirmativa o negativa, pero al final asentí. ¿Por qué no? De todos modos, no tenía nada que hacer durante los siguientes sesenta años.

—Pues si quieres hacer trabajo de investigación, te buscaré un empleo más importante en otra parte. Hartford, Stamford, tal vez New Haven. Puede que incluso pueda encontrarte algo en el *Record* de Boston, pero eso ya es apuntar muy alto. Si decides que quieres dar el paso, me lo dices. Lo que está claro es que no puedes quedarte aquí para siempre; o acabas como Austell o un día te encaramarás al campanario con una metralleta y te cargarás a nuestros lectores uno a uno. Y eso no puede ser. Vete a ver mundo, a hacer cosas. Puedes hacerlo, ¿sabes? —Apagó el cigarrillo antes de continuar—: Y aquí termina la primera lección —sentenció, mirando el reloj—. Mientras tanto, ¿tienes algo que hacer hoy? ¿Puedes llamar a alguien para preguntar por ese profesor muerto? Tiene que haber algo, alguien en alguna parte que lo conociera, ¿no?

Asentí.

—Bueno, ¿qué te parece si voy a Wickenden a ver si alguien del departamento de historia sabe algo más de él?

—Muy loable. ¿No te importa? ¿Estás trabajando en algo más aquí?

—No, no me importa, y además me pica la curiosidad ese tipo. Iba a trabajar en un artículo sobre el traslado de la tienda de jardinería Verrill a un local interior y el añadido de la sección de fruta y miel, pero eso puede esperar.

—¿Cómo que esperar? —replicó Art con fingido enfado—. Eso no es cualquier cosa en Lincoln, es una noticia candente. Bueno, ahora en serio. Si indagas sobre el profesor, ¿tendremos suficiente material para llenar la edición de esta semana?

—Creo que sí. Tendré preparado el artículo sobre Verrill. Luego está el de urbanismo que no publicamos la semana pasada y la lista de Navidad. Y no olvides las fotos de la Navidad pasada que también podemos publicar. Un montón de noticias apasionantes. Estaré de vuelta por la tarde.

Art golpeó el escritorio con la palma de la mano.

—Genial. En fin, ve con Dios y prospera, hijo mío. Que el camino salga a tu encuentro y tal y tal...

Por lo general, el trayecto desde Lincoln hasta Wickenden llevaba poco menos de dos horas, si el tráfico lo permitía. Lo había realizado a menudo al empezar a trabajar en el periódico, cuando pasaba cada fin de semana con Mia. Mia Choi iba dos años por detrás de mí en la universidad y muchos años luz por delante en cuanto a temple, inteligencia y tenacidad. Mantuvimos la clase de relación inquieta y espasmódica que avanza a trompicones cuando ninguno de los dos quiere ser el primero en relajarse. Nos habíamos conocido justo antes de que me licenciara, y con un poco de esfuerzo por mi parte y mucho por la suya, seguimos saliendo hasta el final del siguiente semestre (aún medíamos el tiempo en períodos académicos, mala señal). Cortamos de forma amistosa y predecible, y mantuvimos un contacto cada vez más esporádico. Cuando se licenció, supuse que no volvería a tener noticias de ella, aunque sospechaba que algún día leería sobre ella. Sentía curiosidad por saber cómo le iban las cosas, pero decidí que no merecía la pena pasar un rato incómodo, sobre todo porque tenía que estar de vuelta en Lincoln por la tarde. Probablemente habría cambiado de idea de creer que tenía posibilidades de echar un polvo por los viejos tiempos, pero el sexo diurno entre semana es una de esas cosas a las que renuncias cuando encuentras trabajo... y el sexo, según había descubierto para mi creciente consternación, era una de esas cosas a las que renuncias cuando te trasladas a un pueblecito de Nueva Inglaterra donde eres más joven que los hijos del ciudadano medio.

Me dirigí hacia el este por las antiguas ciudades industriales de Connecticut, ahora inhóspitas, arruinadas y desmanteladas. En cuanto me incorporé a la autopista, podría haber conducido hasta Wickenden con los ojos cerrados, pues había efectuado aquel trayecto desde Nueva York unas setenta u ochenta veces. Conocía las distancias y el paisaje tan bien como el interior de mi propia casa. La calzada que se tornaba más rugosa al entrar en Rhode Island, el bosque que flanquea la autopista y que parece fuera de lugar en el estado del Océano, los anodinos bloques de oficinas de hormigón construidos en los setenta, los aparcamientos de camiones, las terminales de autobuses de Staunton y Eastwick... Cuando te aproximas a Wickenden, retrocedes cincuenta años en el tiempo. Innumerables casas de madera de tres plantas pintadas en colores pastel y con balcones en cada piso bordeaban las carreteras. Más adelante empieza el distrito comercial de ladrillo rojo, antaño abandonado y ahora reconvertido en galerías de arte y cafés donde por cinco dólares y medio te sirven un café con denominación de origen en un tazón de cerámica hecho a mano por algún amigo del dueño. Luego llega el centro, rebosante de edificios viejos y destartalados, otros nuevos de acero y vidrio que relucen como el tío rico en una reunión familiar, calles estrafalarias que empiezan en un aparcamiento y mueren en la fachada lateral de un edificio... En fin, el desván de la abuela americana. A mí me encantaba, lo adoraba con la posesividad que reservamos para los amores indefendibles (o defendibles solo a medias). Cualquiera podía mudarse a Nueva York, San Francisco o Los Ángeles, dejar atrás el pasado y unirse al coro nativista, pero aquel lugar ofrecía poca cosa aparte de su rareza y su encanto cochambroso, e impedía que quienes caían bajo su hechizo pudieran amar ningún otro lugar.

Dejé la autopista en la salida de Firwell Street, a escasa distancia de la universidad. Los edificios del centro ocupaban un área de varios kilómetros cuadrados en lo alto de una colina que dominaba la zona este de la ciudad. La universidad estaba lo bastante aislada, tanto geográfica como culturalmente, para que los estudiantes menos aventureros jamás tuvieran que sucumbir a la depravación de la gran ciudad (en realidad, una ciudad de tamaño medio y poca depravación), y lo bastante cerca para que los estudiantes algo mayores aquejados de claustrofobia tuvieran un lugar al que escapar. Subí la cuesta, pasando por delante del juzgado y el club universitario, y cuando los edificios profesionales dejaron paso a los institucionales, detuve el coche a la vuelta de la esquina de la facultad de historia.

Cuando me apeé del coche, vi a un hombre escuálido y desaliñado, ataviado con una enorme parka azul, que caminaba hacia mí conversando con un número indeterminado de amigos imaginarios. En un momento dado agitó un dedo en el aire y señaló hacia mí cual director de orquesta.

—Oye, hermano, esos ponis son unos cabrones. Esos hijos de puta acaban contigo.

Supongo que me lo quedé mirando con fijeza, porque al llegar junto a mí me miró de arriba abajo.

—¿Te crees que hablaba contigo, joder? Mieeerda —espetó al tiempo que se quitaba la grasienta gorra para rascarse la cabeza calva—. Ya puedes ir metiéndote en ese montón de chatarra que llamas coche y volverte derechito a San Luis.

Echó a andar de nuevo, pero de pronto se detuvo, se volvió hacia mí, extendió los brazos con las palmas de las manos hacia arriba y meneó la cabeza.

—Y dile a la señorita Ethel que no se preocupe por mí, que estaré ahí mismo, tío.

Subí la escalinata de la facultad meditando sobre los posibles significados de aquellas palabras. Tenía la impresión de que había transcurrido una vida entera desde que me paseara por aquel lugar, un estudiante bastante bueno, pero nada motivado, que hacía los trabajos bien por costumbre y consideraba los estudios de posgrado como vía de escape, siempre incapaz de interesarse lo suficiente por el zurcido de calcetines en la América colonial o los cañones de las armas de fuego en la Rusia zarista. No era por falta de curiosidad, sino más bien por falta de una curiosidad comprometida. Me habría encantado saber algo acerca de, por ejemplo, la producción de galletas de barco en Vermont o la influencia de las innovaciones introducidas por el armero mayor de Catalina la Grande en el diseño del kalashnikov, pero en realidad no pretendía hacer más con esos conocimientos que pensar en ellos, darles vueltas e imaginarlos en tres dimensiones. Desde luego, no me apetecía pasar décadas enteras revisando archivos y buscando fuentes de información secundarias para poner esos conocimientos en tela de juicio.

A pesar de todo, aquella facultad me gustaba. Me gustaba el aire que desprendía, el ligero hundimiento en el centro de los escalones, el omnipresente olor a libros, tabaco de pipa, café pasado y polvo, el susurro de las conversaciones sobre temas arcanos. A los doce años había ido de excursión con la escuela dominical a un monasterio cerca de Oneonta. La facultad de historia producía la misma sensación de solemnidad enclaustrada. Sin embargo, el monasterio ofrecía un entorno mucho más acogedor, con chimeneas, sofás mullidos, habitaciones bien aisladas y una cocina caldeada, que la facultad de historia, instalada en una casa decimonónica estilo reina Ana que no se pintaba desde hacía décadas y cuyas paredes parecían casi inexistentes en invierno, e incluso ahora, a principios de diciembre.

En recepción, una secretaria hablaba con otra acerca de su marido, hijo o perro desobediente.

... y va y lo hace allí mismo, en el suelo, así que voy y le digo «Angelo, o lo limpias ahora mismo o esta noche no sales», y él va y me dice...

En aquel momento llamé a la puerta abierta.

—¿En qué puedo servirle? —preguntó la mujer.

—Pues verá, me llamo Paul y trabajo para el *Lincoln Carrier* de Lincoln, Connecticut. Me gustaría saber si la facultad tiene alguna biografía o información biográfica sobre el profesor Pühapäev.

La recepcionista estiró el cuello para mirar los buzones.

—Pühapäev aún no ha llegado. De hecho, parece que hace un par de días que no viene. Puede preguntárselo cuando llegue o dejarle un mensaje y se lo meteré en el buzón.

Miré en derredor con cierto pánico. ¿Cómo era posible que nadie supiera nada en la facultad? Pero entonces comprendí que el profesor vivía solo y a dos horas de distancia, que probablemente tenía pocos amigos y no llevaría una vida demasiado ordenada. La persona ideal para desaparecer del mapa, para hacer realidad nuestro temor más espantoso, ese que salva incontables matrimonios y mantiene unidas a tantas familias por un vínculo a caballo entre el amor y el terror. En suma, la persona ideal para morir sola sin que nadie se percatara de ello.

—Lamento tener que darle esta noticia, pero el profesor Pühapäev murió anoche. Vivía en Lincoln, y estoy buscando información para escribir su esquela.

La recepcionista palideció y bajó la mirada. Las demás secretarias dejaron de teclear. Era como una película del Oeste, cuando el forastero entra en el bar y el tiempo se detiene.

—¿Que ha muerto? —exclamó la recepcionista, santiguándose—. ¿Cómo? ¿Qué ha pasado?

—Pues a decir verdad, todavía no lo sé. Vivía solo, y lo encontraron ayer. He venido en busca de alguna información sobre él, algo que me ayude a escribir la necrológica. ¿Por casualidad sabe qué edad tenía?

—Creo que era bastante mayor, aunque no lo sé exactamente. Ya estaba en la facultad cuando yo entré, aunque solo llevo aquí unos cuantos años.

Adopté mi mejor expresión de idiota inofensivo, que a buen seguro no era tan distinta de mi expresión habitual.

—¿No tendría algún documento o formulario que pudiera indicarme de dónde era, dónde nació y cosas por el estilo?

Lanzó un suspiro y emitió un chasquido compasivo con la lengua.

—Pues no sé... —repuso con vaguedad—. Me resulta un poco raro darle algo antes de que venga la familia o alguien, ¿sabe?

Asentí, de nuevo con toda la inocencia de que fui capaz; consideraba que todavía no merecía la pena discutir con ella.

—Podría hablar con el profesor Crowley —prosiguió antes de reclinarse hacia atrás en la silla para echar otro vistazo a los buzones—. Hoy ha venido, y creo que sigue aquí, aunque no estoy segura. Vaya a su despacho. Creo que él y el profesor Pühapäev eran amigos. En fin, tienen... bueno, tenían despachos contiguos. Suba a la tercera planta, gire a la derecha y vaya hasta el fondo. —Esbozó una leve sonrisa e inclinó la cabeza—. Dígale a su familia que lo sentimos y que rezaremos.

—Lo haré; estoy seguro de que se alegrarán de saberlo.

Me pareció lo mejor que podía decir.

Llamé a la última puerta del pasillo derecho de la tercera planta.

—¿Sí? —refunfuñó una voz desde el interior.

Abrí la puerta y asomé la cabeza al despacho, donde un rostro de color blancuzco me lanzó una mirada funesta.

—Horas de visita mañana de una a tres. Vuelva entonces o pida hora.

—No soy estudiante, señor, soy periodista y...

Al oír aquello, el hombre se levantó de un salto como un perro risueño y se acercó a mí.

—Ham Crowley, encantado de conocerlo. Siento este recibimiento tan seco, pero creía que era un estudiante. ¿En qué puedo servirle?

Su actitud ansiosa me desconcertó. De hecho, había asistido a sus clases («El poder y la prensa bajo Jruchov y Kennedy»), pero tenía muchos alumnos y nunca había hablado con él. Tenía fama de crítico imparcial, consejero bravucón, lector errático y borracho. A finales de los ochenta había publicado un libro que, a través de la autopromoción y la lectura selectiva, afirmaba haber «augurado» la caída de la Unión Soviética. A principios de los noventa disfrutó de catorce de sus quince minutos de gloria (cenas con senadores, tertulias televisivas los domigos por la mañana, artículos en *Foreign Affairs* y editoriales en el *New York Times* y el *Wall Street Journal*), y se había pasado el resto de la década intentando vivir el minuto quince. Esperaba que me echara a patadas de su despacho en cuanto supiera el motivo de mi visita.

—Bueno, señor, estoy escribiendo la necrológica de Jaan Pühapäev, que falleció ayer. La recepcionista me ha dicho que quizá pudiera contarme algo sobre él.

Crowley infló los carrillos al puro estilo sapo, regresó a su escritorio y se dejó caer pesadamente en la silla.

—Mierda, lo siento. Creía que había venido por mi libro, cuya publicación de momento solo ha generado un silencio sepulcral.

Me indicó la silla colocada frente al escritorio y me alargó un libro de un montón de veinte. *¿Dónde está el oso?* de Hamilton S. Crowley. La cubierta mostraba a un oso pardo en equilibrio sobre un globo terráqueo, con la hoz y el martillo a un lado, y la bandera estadounidense al otro.

—Horrible, ¿verdad? —espetó, quejumbroso—. Un diseñador hijo de puta de mi editorial cutre creyó que era mono. Detesto que estropeen mis cubiertas. Y ni siquiera me dejaron escoger el título. Cabrones de mierda.

Me pregunté si Crowley conocería al hombre del poni con el que me había topado en la calle. Los imaginé sellando su amistad a base de palabrotas.

—¿Qué título le había puesto usted?

—*Reformas de mercado y gestión controlada de recursos en la Rusia postsoviética*. Vaya mierda, ¿eh?

Hizo una mueca que dejó al descubierto la peor dentadura de Nueva Inglaterra, una especie de barrio marginal dental en las postrimerías de un terremoto.

—Bueno, ¿qué me decía de Johnny? —prosiguió, trocando su expresión derrotada en otra de vago interés.

—Perdone, ¿de quién?

—Pühapäev. Jaan. Cuando llegó, empecé a llamarle Johnny. Creo que le hacía gracia, aunque con él nunca se sabía.

—¿A qué se refiere?

—No era de los que exteriorizan emociones. Muy soviético y también muy estonio. Los estonios tienen un proverbio: «Que tu rostro sea de hielo». Y el de Jaan lo era. Casi del todo inescrutable, joder.

—¿Estaba dando clase este semestre?

—Seguramente. Llevaba no sé cuántos años dando las mismas dos asignaturas cada curso. —Crowley cogió un anuario y lo hojeó—. Primer semestre: Historia báltica, 1200-1600. Segundo semestre: Historia báltica, 1601-1991. Creo que escribió el programa durante el vuelo a Estados Unidos en 1991 y nunca lo cambió. Por lo visto a veces tenía alumnos, pero no muchos. No sé si llegó a dirigir alguna tesis y creo que publicaba poco, siempre en esas oscuras revistas bálticas.

—¿Realizaba alguna tarea administrativa? No parece que su carga lectiva fuera excesiva precisamente.

—Bueno, era un tipo muy raro.

Crowley apoyó las manos sobre la mesa y asintió una vez con firmeza.

—Al principio recomendaba a mis alumnos que cogieran su asignatura, pero hace un par de años dejé de hacerlo; no tenía sentido. Una vez una chica me contó una historia curiosa sobre él. Se ve que un día un estudiante le hizo una pregunta cuya respuesta no sabía, y Pühapäev agarró el púlpito con ambas manos y se quedó mirando al infinito durante mucho rato. Y luego salió del aula. Se largó a media clase y apareció en casa del estudiante a las dos de la madrugada, aún vestido igual, para darle la respuesta.

—¿Y cuál era la pregunta?

—No tengo ni idea, pero ¿qué más da?

A todas luces, el encanto de hablar con un representante de la prensa empezaba a perder lustre. Crowley se sacó la camisa de la cinturilla y se pasó un rato rascándose el sobaco, gesto que me tomé como un indicio de que mi presencia le importaba bien poco.

—¿Sabe dónde y cuándo nació?

—Su nombre es estonio, y creo que él también. No hablo la lengua, es un galimatías úgrico-finlandés incomprensible, con catorce declinaciones, vocales impronunciables y demás, pero sé que hablaba estonio, letón, lituano, ruso, alemán y de vez en cuando incluso inglés. Y la otra pregunta era... Ah, sí, cuándo. No estoy seguro. Llegó aquí en medio de toda la euforia, cuando todo el mundo se moría por contratar a eruditos soviéticos. El listón bajó, ¿sabe lo que quiero decir? No es que Johnny no estuviera cualificado, pero no creo que nadie necesitara saber gran cosa de él aparte de que era un profesor universitario estonio, que no era miembro del partido y que era bastante raro.

—¿La facultad tiene su currículum?

—Puede, pero no creo que a Johnny le hiciera gracia que usted husmeara en él. Como buen soviético, era un paranoico. Pruebe abajo.

—Ya lo he hecho, pero me han enviado aquí. Por favor, ¿podría decirme algo, cualquier cosa sobre él para que pueda escribir la necrológica?

Me dirigió una mirada enfurruñada y jugueteó con algunos papeles del escritorio.

—Mire, señor...

—Tomm.

—¿Señor Tomm?

—Sí, T-O-M-M. Tomm.

—¿Qué coño de nombre es ese?

—Es una larga historia que sin duda no le interesa.

—Tiene razón. En fin, señor Tomm, Johnny y yo éramos compañeros y nos llevábamos bien, pero nada más. No éramos amigos íntimos. Cuando llegó a este país, mi mujer y yo lo invitamos a unas cuantas barbacoas, las del Cuatro de Julio, con la banderita de marras y todas esas chorradas. De vez en cuando salía a tomar unas copas con él, pero hacía años que no. Y ya está. Y ahora, si me disculpa, tengo que seguir con lo que quiera que estuviera haciendo antes de que se presentara usted aquí.

Me levanté, pero antes de marcharme le pregunté adónde iban de copas.

—Es curioso, pero todavía me acuerdo. Íbamos a un bar de carretera que se llamaba el Lobo Solitario, un poco después de Westerly, justo en las afueras en dirección a su casa. Creo que el pueblo se llama Clougham. Sabe Dios por qué me molestaba en ir hasta allí. Johnny solo bebía allí, y solo un brandy casero espantoso. Unos cuantos de esos acaban contigo. Una vez mi mujer... —Agitó la mano y esbozó una sonrisa antes de volver a adoptar su habitual expresión derrotada—. En fin, no es momento de contarlo. Cuestión, que íbamos al Lobo Solitario. Buena suerte con sus pesquisas, señor Tomm. Cierre la puerta al salir si no le importa.

En silencio deseé a Crowley todas las críticas elogiosas, politiquillos aduladores y entrevistas en C-SPAN posibles, y me dispuse a regresar a Lincoln sin más información de la que tenía al llegar.

En el rellano de la segunda planta oí a mi espalda una voz culta y de acento inimitable que me resultaba familiar.

—¿Sabe que en tiempos tuve un alumno que se parecía mucho a usted? Sin embargo, mi alumno era un joven de buenos modales, casi tímido, que jamás habría olvidado su deber de hacer al menos una breve visita de cortesía a un viejo amigo de hallarse en las inmediaciones.

El profesor Jadid estaba de pie en el umbral de su despacho, papeles en una mano, americana a cuadros escoceses doblada sobre el brazo, las cejas enarcadas a modo de saludo y la característica media sonrisa asomando bajo el bigote de escobilla y las gafas de media luna. Era el primer profesor al que había conocido, el tutor al que me habían asignado al azar y a cuyas clases había asistido en primero, aunque de hecho le pedía consejo al inicio de cada semestre y era la primera persona que se me ocurría cuando escuchaba la palabra «profesor».

Le tendí la mano tras verificar que llevaba la camisa remetida en los pantalones (así era) y que no llevaba zapatillas deportivas (que sí llevaba). El profesor me la estrechó efusivamente.

—No recuerdo la última vez que un periodista llegó hasta esta planta. Por regla general, mis colegas reciben a sus admiradores en el vestíbulo antes de permitir que una publicación estival u otra pague el almuerzo y las copas. ¿Qué le trae por aquí?

—Hola, profesor.

Estuve a punto de darle un abrazo, pero creo que lo habría considerado un error de etiqueta.

—Ahora mismo me preguntaba si estaría por aquí.

—¿Por aquí? ¿Y adónde quiere que vaya? Me alegro mucho de verlo. ¿Qué hace por aquí?

—He venido por trabajo. Soy periodista, lo crea o no. El profesor Pühapäev murió anoche. Vivía en Lincoln, y estoy intentando encontrar algunos datos biográficos para poder escribir su esquela, aunque de momento no ha habido suerte.

El profesor lanzó un suspiro y bajó la mirada al tiempo que restregaba un zapato contra la jamba de la puerta.

—Vaya, lo siento, lo siento mucho. Supongo que... Vaya, vaya...

Al poco recobró la compostura y se irguió.

—¿Sabe algo de él? Dónde nació, cuándo y esas cosas.

—Oh, no mucho. Sé que su apellido era estonio y que de vez en cuando me traducía artículos de las tres lenguas bálticas. Pero no sé con certeza si nació allí. Por cierto, su nombre, Jaan Pühapäev, significa «Juan Domingo» en estonio. Muy inusual y a buen seguro falso. Siempre supuse que era judío y que se cambió el nombre en la época soviética para evitar o cuando menos minimizar la persecución religiosa. Sin embargo, no es más que una conjetura sin fundamento alguno. Sé que era un buen lingüista y que en su departamento lo consideraban un experto en su campo, tal vez porque hay tan pocos historiadores bálticos fuera de Alemania, Rusia y los propios países bálticos. También sé que era mal profesor.

El profesor Jadid calló y volvió a golpear el suelo con la puntera del zapato. De hecho, ambas punteras aparecían muy desgastadas; nunca había reparado en aquel hábito, pero por otro lado, tal vez era la primera vez que conversábamos de pie.

—También creo que lo echaré mucho de menos, no porque fuéramos amigos íntimos precisamente, sino porque vivía rodeado en un aura de perpetuo misterio y melancolía, algo que siempre me ha parecido un excelente antídoto... y por favor, señor Tomm, no interprete mis palabras como sandez generacional... En fin, un excelente antídoto contra el bullicio desbocado reinante en esta universidad. Detecto en muchísimos de mis alumnos la certeza absoluta de que jamás les ocurrirá nada malo. Las guerras, las epidemias, las detenciones, las palizas, todo ello son sucesos para los que recogen firmas de camino al gimnasio. En mi calidad de inmigrante, le aseguro que requiere más esfuerzo del que quizá imagina para mantener una actitud como la de Jaan. Por regla general, o nos volvemos más americanos que los americanos o bien nos creamos una coraza de desprecio hacia todo lo relacionado con nuestro nuevo hogar. Jaan se limitaba a ser él mismo, y eso constituye un elogio de primer orden.

Miré el reloj, y Jadid, tan sensible y discreto como de costumbre, miró el suyo y cerró la puerta tras de sí.

—Este semestre doy clase los miércoles por la tarde. Tengo un seminario sobre la Hansa y si no me apresuro llegaré tarde. ¿Tiene prisa o puedo convencerlo para que dé un paseo por su antiguo campus durante una hora y media y después se reúna conmigo para tomar una copa en Fitzgerald's?

Aquella invitación ya valía el viaje, pues me sentía como si acabara de aprobar un examen, pero tenía que irme. Bajamos juntos la escalera.

—Lo siento, pero tengo que estar de vuelta en el despacho esta tarde, y son dos horas de trayecto.

Jadid apretó los labios, cerró los ojos, se encogió de hombros y ladeó la cabeza hacia ambos lados en una pantomima grouchiana de la resignación.

—En fin, los ancianos somos bien ridículos. Si tiene intención de volver por aquí, me encantaría invitarlo a una cerveza, y si no pensaba regresar, incluiré un almuerzo en la invitación para proporcionarle un buen pretexto. Siempre me gusta recibir noticias del mundo exterior.

—Me encantaría. Quizá a finales de semana, cuando termine la necrológica. Cualquier día que le vaya bien a usted.

—¿Por qué no viene el sábado? Ninguno de nosotros trabajará entonces, espero. Reservaré una mesa orientada hacia el oeste en el Blue Point, y podremos concluir el almuerzo como hacen todos los seres civilizados en invierno, tomando brandy y contemplando la puesta de sol.

Accedí de inmediato, y el profesor me tendió la mano.

—Hasta el sábado entonces. Y manténgame informado sobre Jaan. Tengo curiosidad por saber qué descubre acerca de él y también por el modo en que lo descubre.

Salimos del edificio, y de inmediato nos azotó el viento típico de Wickenden. Había olvidado que la zona este de la ciudad generaba sus propias galernas. El profesor sujetó con fuerza sus papeles, alzó la otra mano a modo de saludo y se alejó a buen paso y con la cabeza gacha hacia las aulas. Sin embargo, al poco se dio la vuelta y regresó junto a mí.

—¿Sabe, señor Tomm? No me gusta ser un chivato, pero Jaan era un hombre extraño. Obsesivamente reservado, bastante paranoico... Quiero contarle algo sobre él que quizá no averigüe por otros medios, pero a cambio tiene que prometerme algo.

—Por supuesto.

—De acuerdo. Debe prometerme que no utilizará la información con fines salaces. Si le ayuda a redactar una necrológica más completa, me parece bien, pero tiene que prometerme que no lo incluirá tan solo para ponerle un poco de salsa al texto. ¿Tengo su palabra?

—Sí.

—Bien. En ocasiones, la relación de Jaan con las autoridades locales era más complicada de lo que cabría esperar de un profesor universitario. Creo que una vez lo detuvieron, aunque me parece que no fue a la cárcel.

—¿En serio? ¿Por qué?

Cuando abrí el cuaderno, Jadid hizo una mueca, como si la impropiedad fuera una falta demasiado grave para considerarla siquiera.

—Bueno, tal como le he dicho, era un hombre reservado y paranoico, pero también de temperamento violento. Por lo visto llevaba siempre encima un arma de fuego —explicó con una risita amarga.

Enarqué las cejas, sorprendido. ¿Un profesor armado?

—Descubrimos tan singular hecho cuando disparó por la ventana de su despacho contra un gato callejero que correteaba por el tejado del edificio de enfrente. Creo que vio una sombra y confundió al gato con un intruso —prosiguió el profesor.

—¿Recuerda cuándo ocurrió?

—Oh, hace varios años. Lo más probable es que usted aún estudiara.

—¿De verdad? No recuerdo haber oído nada sobre ello.

—Es normal. La facultad y la universidad se tomaron muchas molestias para silenciar el asunto.

—¿Por qué?

—¿Que por qué? —replicó con cierta sorna—. ¿Un profesor armado en una universidad de este estado? Se habría montado un escándalo considerable.

—¿Por qué no lo despidieron?

—Era profesor titular. Tendríamos que haber aducido una razón y organizado una audiencia pública, lo cual queríamos evitar.

Nos limitamos a decirle que no se le ocurriera volver a presentarse armado en la facultad. Accedió a regañadientes, aunque huelga decir que nadie se habría dedicado a cachearlo al entrar.

—¿Y volvió a pasar?

—A decir verdad, no estoy seguro. Nunca volví a tener noticias de ello, pero por otro lado, pocos miembros de la facultad estaban al corriente del primer incidente. No existe razón alguna para que todo el mundo lo sepa todo. Pero si le interesa conocer todos los detalles, le aconsejo que llame a mi sobrino Joseph, que pertenece al cuerpo policial de Wickenden.

—¿Tiene un sobrino policía? —inquirí, incrédulo.

—Por supuesto —asintió con una carcajada—. Es mi sobrino favorito de los siete sobrinos y dos sobrinas que tengo. ¿Acaso cree que todos los varones Jadid nacen con una americana con coderas debajo del brazo? Nada de eso, yo soy el único, y... En fin, llego tarde. Podemos hablar de familias durante la comida del sábado. Pero por favor, póngase en contacto con Joseph si quiere averiguar algo más. No cae bien a todo el mundo, pero es inteligente, y si le comenta que yo le he recomendado que llame, sin duda estará dispuesto a echarle una mano.

—Gracias. Por curiosidad, ¿sabe si el profesor Pühapäev tenía motivos para ser tan paranoico?

—Uno de los legados perpetuos de la Unión Soviética, señor Tomm, es la desconfianza hacia todo y todos. Por supuesto, la paranoia como psicosis no descarta la posibilidad de que existan motivos reales para ser paranoico. En el caso de Jaan, no me atrevo a hacer conjeturas; era un hombre inescrutable. En fin, espero con impaciencia el almuerzo del sábado para poder seguir hablando de él.

EL CASTILLO

> Cuando del castillo decimos que es el enclave donde tiene lugar la transformación, no se trata de una afirmación restrictiva, sino todo lo contrario. Se refiere al recipiente, al recipiente externo que sella el primero, el laboratorio, el edificio del laboratorio, el edificio de la ciudad, el condado de la ciudad, y así sucesivamente. Un metaforista experto e introspectivo podría apuntar el telescopio hacia adentro en lugar de hacia afuera, refiriéndose a sí mismo como el recipiente último de la transformación, encargada de trocar imágenes y sonidos en pensamientos. Mejor será que dejemos este enfoque a las damas y los novelistas.
>
> Clarke Chumbley, *Too Little, Too Late: The Tragic Peregrinations of a Victorian Alchemist*

Si el juez más preciso del tiempo es un reloj, entonces el más sensible es sin duda un ladrón. Omar Iblis era el mejor, y en el año 1154 de nuestra era, cuando da comienzo este relato, el más discreto ladrón de Sicilia. Cultivaba su anonimato con meticulosidad, llevando las ropas más olvidables, con el cabello y la barba cortados al estilo más anodino posible, sin caminar ni demasiado cerca ni demasiado lejos de los demás, ni demasiado despacio ni demasiado aprisa, sin llamar jamás la atención sobre el objeto de sus deseos.

Aprendió a prestar más atención a la periferia que al centro de su visión. Por las noches ejercitaba la memoria; detrás de su casa recogía un puñado de guijarros y otro de alubias secas, extendía los brazos, dejaba caer guijarros y alubias, se los quedaba mirando durante un rato, preparaba la cena y después de comer dibujaba la disposición en que habían caído al suelo. Antes de acostarse ejercitaba el cuerpo, pasando horas moviendo tan solo un músculo del centro de la mano, controlando los latidos de su corazón, sincronizando su respiración con los ritmos del canto de los grillos.

Había pasado de robar fruta de noche en los huertos a robar animales de sus jaulas, luego baratijas a los mercaderes y por fin las ganancias de los mercaderes. Acabó por convertirse en un experto ladrón de casas, porque siempre adivinaba, gracias a la indumentaria, la expresión de impaciencia y la cantidad de equipaje que llevaban sus moradores, cuándo estos se disponían a emprender un viaje largo. Solo entonces entraba en la casa, examinaba el contenido a sus anchas y se llevaba lo que deseaba, siempre y cuando pudiera hacerlo sin dar un espectáculo ni ocasionar conmoción alguna. Nunca desvalijaba iglesias, sinagogas ni mezquitas, al igual que nunca robaba a sacerdotes, rabinos ni imames; si bien no asistía a los servicios religiosos, procuraba eludir la ira de Dios y de Sus representantes en la tierra. El rey Rogelio II velaba por todos los siervos de Dios a conciencia, y sus centinelas infligían los castigos correspondientes con los métodos más variados y sanguinarios.

A primera hora de cierta tarde, Omar se cruzó con un joven novicio recién tonsurado y aún algo torpe en su hábito, y le preguntó qué día era.

—La festividad de San Teodoro Obispo —repuso el muchacho al tiempo que levantaba el brazo envuelto en un aro de hierro para confirmar sus palabras.

—Ya veo. Y dime, si lo sabes, ¿a quién pertenece esa casa en lo alto de la colina, rodeada de tan bellos jardines?

—Nuestro abad anhela esa casa, pero su morador era un hombre singular que no rezaba en ningún templo de Dios y que encendía hogueras de extraña fragancia en plena noche. Algunos dicen que era brujo, pero siempre gozó de la protección del rey. Siento no poder deciros su nombre.

—Hablas de él en tiempo pasado. ¿Acaso ha muerto?

—No, ayer se hizo a la mar. El abad dice que Su Santidad el rey Rogelio convertirá la casa en un segundo palacio alejado del bullicio de Palermo, pero los guardias no llegarán al menos hasta mañana. Hasta entonces, la casa permanecerá abandonada, y Su Santidad el rey Rogelio ha prohibido la entrada a todo el mundo.

—Vaya, vaya. En fin, gracias por tu ayuda y la conversación, amigo mío.

—Id con Dios, amigo mío.

El monje dio media vuelta, tropezó con el hábito, dio dos vueltas de campana, se incorporó y siguió bajando la cuesta a toda prisa.

Omar sopesó sus opciones. Por un lado, una casa desierta de apariencia opulenta, propiedad primero del amigo de Rogelio y ahora del propio Rogelio, sin duda repleta de riquezas... Por otro lado, que estuviera vacía no era más que un rumor, y si lo sorprendían en la vivienda de un protegido real, o peor aún, del propio rey, ello significaría cuando menos la muerte. Por fin decidió que no había nada malo en echar un vistazo; si lo encontraban en la finca, podría hacerse pasar por jornalero ambulante que buscaba trabajo en los jardines y huertos de la zona.

Avanzó al margen del camino, al amparo de los árboles pero sin ocultarse bajo ellos, caminando con decisión pero sin prisa, con desenvoltura pero sin excesiva indolencia. Rodeó la casa y se acercó a ella por entre los naranjos, limoneros y almendros, deteniéndose para guardarse algunas naranjas en uno de los bolsillos que se había cosido en la cara interior de la túnica. Al llegar bajo una ventana se detuvo a escuchar. Al instante, una avispa se le posó en el labio y cruzó su rostro en dirección a la oreja. Otra aterrizó en su nariz, una tercera sobre su párpado izquierdo y una más sobre el derecho. Los muslos y las rodillas empezaron a temblarle mientras permanecía inmóvil en cuclillas, con ganas de estornudar por culpa de las antenas de los insectos. Las avispas, cada una de ellas tan grande como el meñique de un adulto, avanzaron cual ejército hacia un objetivo determinado y se detuvieron como si aguardaran instrucciones. Y de repente, por el mismo orden en que habían llegado, alzaron el vuelo. Omar rodeó la casa hasta la fachada delantera, entró por la puerta principal y la cerró tras de sí.

El suelo del vestíbulo era de mármol. Una línea blanca trazada en el centro dividía la estancia en dos partes idénticas. El pavimento era blanco y negro como un tablero de ajedrez, de ambos rincones partían sendas escaleras que convergían en una sola, a cada lado se abrían dos puertas, y entre ellas se veía un estante sobre el que había dos jarrones iguales de cristal azul con sendas rosas marchitas. Omar nunca había puesto los pies en una morada tan suntuosa. Cruzó la línea blanca hacia la izquierda y abrió la puerta más cercana; daba a una pared estucada. La puerta más alejada del mismo lado también daba a una pared, sobre la que había pintada alguna suerte de bestia roja de cola bífida, dentadura afilada y boca que echaba fuego. Atravesó la habitación y abrió la puerta derecha más alejada de la entrada. De ella partía un pasillo en penumbra que al poco trazaba una curva cerrada. Omar se adentró en él, pero sin cerrar la puerta tras de sí. Como todo ladrón siciliano, siempre llevaba el bolsillo lleno de garbanzos secos para marcar el camino recorrido o bien para comer en caso de necesidad, y en aquel momento fue dejándolos caer a medida que avanzaba. El pasadizo discurría muy sinuoso, pero apenas había caminado por él durante un minuto cuando llegó a otra puerta. Al abrirla descubrió que daba al vestíbulo; era la única que aún no había abierto. Perplejo y exasperado al ver que las posibilidades de obtener un sustancioso botín se desvanecían, subió la escalera que se convertía en una escala de mano. Al alcanzar la trampilla instalada en lo alto, la abrió de un empujón y se encaramó por ella.

Se encontró en una habitación alargada, oscura y de techo bajo, con tres hornos que daban a tres chimeneas como en las panaderías. A lo largo de una pared se alineaban más libros de los que Omar había visto juntos en su vida, más aún que en casa de su abuelo, Maulvi Azzam. Junto a la otra pared había estantes llenos de recipientes de distintos tamaños, colores y formas. Omar caminaba entre ellos, examinando ora un ancho cuenco de piedra, ora una espigada copa de cobre, cuando oyó la puerta principal abrirse con un chirrido. Con cuidado se asomó a la trampilla y vio a dos hombres, ambos armados con espadas cortas y largas, así como escudos identificados con el emblema real. En silencio, Omar se apartó de la trampilla y empezó a registrar la estancia en busca de algo, cualquier objeto de valor que llevarse. Ya no pensaba en los tesoros, sino en la huida (negociando mentalmente con el Dios al que nunca visitaba para prometerle que a partir de entonces llevaría una vida decente y tranquila, dedicado a la cría de ovejas si por esta vez, por esta vez...) y en una única chuchería que poder mostrar a sus amigos e hijos para jactarse de haberla robado delante de las propias narices del rey.

En un rincón yacía un informe saco de arpillera. Al agacharse para recogerlo, Omar reparó en un pequeño baúl de madera encajado tras uno de los hornos. Lo cogió, y al agitarlo oyó un tintineo; estaba cerrado con llave y no pesaba demasiado. Contempló la posibilidad de meterlo en el saco, pero apenas cabía y habría resultado engorroso acarrearlo mientras corría. Así pues, cogió un pesado recipiente de piedra y golpeó con todas sus fuerzas la cerradura del baúl, que se rompió con menos estruendo del que esperaba. Vació el contenido en el saco, distribuyéndolo de forma que pudiera atárselo con comodidad alrededor de la cintura, y una vez más se asomó a la trampilla. Vio a dos guardias, cada uno sentado en una escalera de modo que no distinguía si estaban o no dormidos. Ambos estaban en el tercer escalón, con la cabeza entre las manos en idéntica postura, como si formaran parte del mobiliario de la estancia. Consideró la posibilidad de esperar arriba, pero no tenía más comida que los garbanzos secos, el día tocaba a su fin y sabía que si los guardias ocupaban la casa en nombre del rey, tarde o temprano subirían a inspeccionar el desván.

Abrió la trampilla con cuidado y descendió por la escala con todo el sigilo posible. Cuando la escala se bifurcaba para formar las dos escaleras, se detuvo (los guardias no lo habían oído), se aferró al travesaño inferior, tomó impulso y se dejó caer al suelo, aterrizando de pie en el vestíbulo. Los dos guardias se levantaron de un salto al mismo tiempo, pero Omar salió de la casa como una exhalación y se alejó de ella como alma que lleva el diablo.

—¡Te hemos visto! —gritó uno de los guardias a su espalda—. ¡Te han visto los hombres del rey, ladrón, y serás castigado por ello!

Aquella noche durmió entre la maleza, y al despertar descubrió que lo que en sueños había tomado por la boca de una moza de tez ambarina era en realidad el hocico húmedo de un erizo curioso. Caminando a buen paso y sin detenerse para comer, llegó a Palermo al anochecer. Conocía al dedillo los callejones y los tejados de la ciudad, por lo que pudo llegar sin ser visto a una casucha chata y destartalada situada en la orilla, donde el olor a mar y peces podridos se mezclaba con el aroma a pescado asado sobre ramas de romero y tabaco de manzana que salía por la ventana. Apenas había asomado la cabeza por la puerta cuando una voz estentórea le preguntó qué quería, quién era y si prefería morir ahogado, empalado, inmolado o desollado.

—Asusta a quienes viven rodeados de comodidades, tío. Yo ya me he llevado suficientes sustos en los últimos dos días.

Una carcajada capaz de hacer temblar la tierra siguió a sus palabras.

—Vaya, pero si es mi raudo y veloz Omar. Entra y siéntate, entra. ¿Te quedarás a comer y hacer compañía a este anciano?

Omar cruzó el umbral y vio a su tío Faisal alumbrado por la luz de las velas y el ocaso. La envergadura de Faisal parecía aumentar al ritmo de la ciudad. Poseía una figura no tanto corpulenta como maciza e imponente. La tez morena, la postura algo desgarbada y la renuencia a moverse a menos que fuera absolutamente necesario le conferían un aspecto petrificado. Una cicatriz en forma de la letra árabe faa' le surcaba el rostro desde la ceja derecha hasta casi alcanzar la coronilla de su cabeza lironda, y lucía una voluminosa barba que le llegaba hasta el vientre. Sus ojos eran dos esferas lechosas y anónimas.

Omar había aprendido el oficio de Faisal antes de que su tío fuera sorprendido con las manos en la masa en la morada del asistente de un duque de poca monta y le quemaran los ojos con una espada candente. Ahora, Faisal se dedicaba a dirigir casi todo el crimen de Palermo desde su casucha junto al muelle. Si bien Omar no veía a nadie ni dentro ni alrededor de la vivienda, sabía que su tío vivía al menos tan bien protegido como el rey. En aquel momento, el hombre efectuó un aleteo absurdamente femenino con los dedos, y al instante, un hombre alto, musculoso y armado apareció con una bandeja de dátiles, almendras, pan y queso que dejó ante Omar sin mirarlo. Omar engulló el banquete ruidosamente y con ansia, sin tan siquiera ofrecer nada a su tío, que mantenía los ojos ciegos clavados en su sobrino como si pudiera verlo.

—¿Por qué no me cuentas qué ha sucedido, muchacho?

—Me han visto. Los guardias del rey me han visto robando en casa del amigo del rey, y debo abandonar la isla de inmediato. No importa adónde vaya, cómo me vaya ni lo que haga, pero si me encuentran...

Lanzó un gemido ante la perspectiva del castigo que podían infligirle.

—Ningún decreto será jamás tan efectivo como el dolor físico —sentenció su tío con aire pensativo—. ¿Qué has robado y dónde te han visto?

—No he robado gran cosa, nada de valor —empezó Omar, alzando la voz, pero su tío levantó y bajó la mano para indicarle que se calmara—. Me he llevado estas chucherías —prosiguió al tiempo que abría el saco— de una casa en lo alto de una colina, a unos dos días a paso rápido de aquí.

Su tío introdujo la mano en el saco para inspeccionar el contenido con las manos. Fue sacando objeto tras objeto, una flauta de oro, una moneda pintada, una soga anudada prendida a una plancha de cobre... para luego devolver cada uno a su lugar. Por fin cerró el saco y se lo alargó a su sobrino con un suspiro.

—¿Aquella casa tenía huertos y jardines?

—Sí, ambas cosas.

—¿Y ambos lados de la entrada eran idénticos? ¿Robaste estos objetos de la planta superior?

—Sí, tío, pero ¿cómo es posible...?

De repente, su tío asestó un tremendo puñetazo sobre la mesa.

—¡Estúpido! ¡Desgraciado! ¡Maldita sea mi estampa! Si pudieras devolver estas cosas... Pero no puedes. En fin, no importa.

Suspiró de nuevo y se pasó la mano por la cabeza calva, resiguiendo la cicatriz con un dedo.

—Mi hermano, tu padre, está muerto. Mis esposas son yermas y me odian. No conozco a mis propios hijos, así que eres mi único pariente vivo. Te subiré a un barco y te proporcionaré un salvoconducto. O te enmiendas o te vas a cometer estupideces en otro lugar, pero no pienso permitir que mueras aquí.

Omar sepultó el rostro entre las manos.

—¿Cómo me iré? ¿Y a quién pertenece la casa en la que he entrado?

Faisal dio dos palmadas, y al poco entró el mismo hombre de antes. Tras conversar unos instantes en susurros, el hombre se retiró.

—En cuanto a la manera, partirás con un mercader genovés que zarpará rumbo a Sudak al amanecer. ¿Sabes dónde se encuentra Sudak?

Omar negó con la cabeza.

—*Ignoramus*. Yo estudio todos los mapas nuevos y ni siquiera puedo verlos. El mundo se hace cada vez más grande, sobrino, tal vez incluso lo suficiente para albergar a un estúpido temerario como tú. En cuanto a tu otra pregunta, has robado en casa de al-

Idrisi, geógrafo del rey y poseedor de muchos otros cargos. No acaba de sorprenderme que escaparas de allí sin que los guardias te echaran el guante, pero que escaparas sin que te ocurriera algo infinitamente más terrible... En fin, ya veremos si en verdad es así. El genovés me debe un favor por haberle presentado a Assa Qidri y sus hijas, pero no es un hombre honrado, por lo que me temo que tendrás que separarte de parte de tu tesoro.

Del exterior me llegó un silbido tenue y rítmico. Faisal se incorporó con gran dificultad, se llevó una mano al corazón y se inclinó.

—Y ahora vete. Sigue a Asif en silencio hasta el navío y no mires atrás. Ve con Dios y hágase Su voluntad. Espero no volver a tener noticias tuyas jamás.

A bordo del barco, Omar realizaba todas las tareas que le encomendaba el mercante Silvio. Cocinaba, fregaba galeras, aparejaba velas... y al cabo de un mes avistaron tierra. El mercante convocó a Omar en sus aposentos.

—Aquello es Sudak, tu nuevo hogar. ¿Piensas dedicarte a trabajar o a robar?

—A trabajar. Me temo que el instinto de ladrón me ha abandonado.

—Magnífico. No esperaba una respuesta menos inteligente, responda o no a la verdad. He cogido este saco de tu cabina. Fue esto lo que te metió en un brete en Sicilia, ¿verdad? —Omar asintió—. Pues bien, te aliviaré de esta carga.

Omar quiso protestar, pero Silvio se llevó la mano a la espada.

—Pero para que veas que no soy un desalmado, puedes elegir un objeto del saco, que si no me equivoco contiene catorce, como recuerdo de tu vida anterior.

Le alargó el saco abierto. Omar introdujo la mano sin mirar y se guardó el objeto que sacó a toda prisa en el bolsillo de la túnica.

—Magnífico. El respeto apropiado por la casualidad, el destino, la voluntad de Dios, la suerte o como quieras llamarlo. Cuando alcancemos la orilla, debes desembarcar de inmediato. Eres un joven sano y no te resultará difícil encontrar trabajo en el muelle. No vayas tierra adentro hasta que te canses de vivir; la Horda de Oro y lo polovtsianos luchan encarnizadamente por el control de la isla, y cuando uno de ellos tenga fuerza suficiente para aniquilar al otro, también nosotros, los genoveses, tendremos que marcharnos. Te harás un favor a ti mismo si permaneces entre gentes civilizadas el mayor tiempo posible. Y ahora recoge el resto de tus pertenencias y desembarca con la tripulación. Si vuelves a importunarme, si afirmas siquiera que me conoces o que hemos hablado, te desollaré como a un conejo.

Omar se dirigió a toda prisa hacia la proa. Cuando el barco atracó, desembarcó casi de un salto. Hombre transformado, sin nada a su nombre salvo una piedra labrada de valor dudoso en el bolsillo, respiró hondo por primera vez desde que abandonara Sicilia y con las piernas temblorosas por la travesía cruzó la pasarela de madera a la luz mortecina del crepúsculo.

Pese al recelo y las preocupaciones iniciales, Omar descubrió que Sudak era una ciudad agradable; no tan avanzada ni cosmopolita como Palermo, pero como casi todos los puertos, rebosante de intrigas, tipos estrafalarios y todos los placeres que la bolsa de un hombre pudiera comprar. Pasó varios veranos en Sudak, sin recurrir jamás al robo. Su capacidad de conversar en árabe, latín y siciliano vulgar lo convertían en un negociador de valor inusual, un empleo que no solo lo alimentaba y vestía, sino que le permitió ahorrar lo suficiente para hacerse con una esposa y un pedacito de tierra en las montañas. Cuando se marchó de Sudak, juró no volver a ver jamás el mar; plantó viñas y naranjos, y se granjeó cierto renombre como vinatero.

Se propagó el rumor de que sus caldos proporcionaban una longevidad inaudita a quienes los bebían, pues Omar sobrevivió no solo a su esposa, sino también a sus siete hijos, para morir a lo que algunos denominaron una edad antinatural. En su lecho de muerte confesó a su nieto mayor, a la sazón un abad entrado en años de reputación intachable, que había pasado más de un siglo en Sudak. El día de su muerte, a la hora callada que media entre el canto de los grillos y el trino de los pájaros, empleó sus últimas fuerzas para levantarse del lecho y arrastrarse hasta un rincón aislado y yermo entre la casa y los viñedos. Allí cavó un pequeño hoyo y, sin descuidar el ritual, sepultó el único objeto que lo había acompañado desde Sicilia, envolviéndolo en algodón virgen blanco como si de su propio yo más joven se tratara. Al alba, cuando su ayuda de cámara acudió a despertarlo para las oraciones matutinas, halló a su señor pálido y frío, con tierra incrustada bajo las largas uñas.

En cuanto al capitán genovés, Silvio Freschi, adquirió fama no solo como el marino más valeroso e intrépido de una tierra de marinos valerosos e intrépidos, sino también como el mercader más rico de una tierra de mercaderes ricos. Creó asentamientos genoveses en Qingdao, Kwangiu y Fukuoka. Supuestamente tomó esposa en Axum, donde pasó largos meses conversando con el monje guardián del Arca de la Alianza. En las raras ocasiones en que regresaba a Génova, su presencia era siempre motivo de fiesta y admiración, pues volvía con la bodega repleta de especias, frutos secos, frutas, semillas, telas, instrumentos musicales y libros. Siempre navegaba con la misma tripulación, y cuando uno de sus miembros moría, desertaba o se quedaba en una ciudad agradable, no lo sustituía. Silvio afirmaba que se retiraría cuando ya no le quedaran suficientes marineros.

Cuando llegó el momento, atracó en Génova con los últimos doce integrantes de la tripulación, y juntos hundieron el barco con ayuda de un polvo negro que habían obtenido en Qingdao a cambio de una caja de pétalos de rosa secos de Masqat. A continuación, Silvio invitó a sus hombres a su hogar para disfrutar de una última cena juntos, y allí entregó a cada uno de ellos una treceava parte de su riqueza. Luego, en un gesto que se popularizó en Génova al poner fin a la singladura de un marino, quemó ceremoniosamente un saco vacío, lo que simbolizaba el fin de sus días de viajes y comercio. El saco que quemó era de tosca arpillera siciliana; la tripulación recordó al nervioso ladronzuelo que lo había llevado a bordo atado a la cintura.

Objeto 2: Una torre tallada en cuerno de elefante. 40 centímetros de altura, 20 centímetros de anchura y 20 centímetros de fondo. Hueca y completamente ennegrecida, como si hubiera pasado largos períodos sobre el fuego. Zonas chamuscadas junto a las ventanas externas de la torre, como si de un castillo arrasado se tratara. Dibujos decorativos color bermellón y aguamarina en torno a la base, los torreones y las almenas. Diseño obtenido del delirio inducido por el hachís de Ali Rasul Ali (1034-1134), arquitecto y ajedrecista de Lahore. Ali talló un juego de ajedrez completo, todo él de cuerno de elefante y con piezas mucho más grandes de lo habitual. Hacia el final de su vida se volvió miope, si bien su pasión por el ajedrez nunca menguó, por lo que jugaba

con piezas de mayor tamaño para descansar la vista y conservar las fuerzas.

La labor de un alquimista transcurre en el castillo, lo cual no describe en modo alguno lo que es o puede ser un castillo. Podría decirse que la labor de un alquimista transcurre dentro de un guisante si pudiera hallarse un guisante lo bastante grande y hueco. El castillo debería contener físicamente todos los utensilios y efluvios relacionados con el proceso alquímico, y por tanto sus dimensiones varían de forma considerable (este se halla entre los más pequeños; el *Domesday Book** menciona «la fortaleza cerca de los Greate Brizes, con un círculo ennegrecido en lo alto de sus torrecillas, toda envuelta en repulsivos vapores y excrecencias, en el que nadie afirma vivir ni efectivamente se conoce de quien lo haya hecho»). Asimismo, no responden necesariamente al diseño típico de los castillos. Por supuesto, el castillo definitivo es el mundo.

Fecha de fabricación: Finales del siglo XI de nuestra era.

Fabricante: Ali Rasul Ali.

Lugar de origen: Lahore.

Último propietario conocido: Yusuf Hadras ibn Azam Abd Salih Yafar Jalid Idris. Robado de su biblioteca en 1154 por Omar Iblis, ladrón siciliano que murió convertido en un vinatero feodosio. Omar conservó la torre hasta que enfermó gravemente a una edad inusualmente avanzada, momento en que la enterró en un lugar oculto entre sus viñedos y su suntuosa morada. Allí permaneció hasta 1943, cuando una serie de explosiones achacadas a separatistas tártaros de Crimea la desenterró. De hecho, quien

* Libro del Gran Catastro, primer censo inglés, compilado por Guillermo el Conquistador en 1086. (*N. de la T.*)

puso las bombas fue el agente del KGB Yuri Starpov a fin de proporcionar un pretexto para deportar y luego aniquilar a la población tártara de Crimea a instancias de Stalin. Un comandante lituano del ejército soviético encontró la torre entre un amasijo de raíces y sangre. La llevó a Svencionis, donde permaneció en el fondo de una alacena, detrás de platos de loza barata y vasos desportillados, olvidada hasta desaparecer en un robo perpetrado en 1974.

Valor aproximado: Sobre la base de las ventas de figuras de ajedrez antiguas y artesanía premogol, entre 24.000 y 70.000 dólares. Existen otras figuras de este juego, pero están diseminadas por todo el mundo. La correspondiente torre blanca se encuentra en la trastienda de un establecimiento de antigüedades en Pecs, cuyo propietario ignorante pedía 400 lek por ella. Las dos torres negras, pintadas con una mezcla de sangre de cabra, tierra y vainas de cardamomo quemadas, se vendieron en una subasta de Pondichery por 65.000 dólares cada una. El jovencísimo gran maestro ajedrecista irlandés Sean Lallan, de Roscommon, ahora de edad avanzada y gran fortuna gracias a sus astutas inversiones en la industria lanera de Donegal, posee ambos caballos blancos y un alfil negro, y ha hecho público que estaría dispuesto a trocar veinte acres de tierra por el otro alfil negro. Una falsificación de la reina blanca se vendió por 54.000 dólares en una subasta de Toronto a un ortodoncista mujeriego.

Y así como todas las cosas provinieron del Uno, por mediación del Uno, así todas las cosas nacieron de esta Única Cosa, por adaptación.

Cuando el profesor Jadid se alejó, empecé a lamentar no haber aceptado su invitación a tomar una copa aquella tarde. Tal vez debería haberme preocupado más por volver a casa, pero lo cierto era que estaba intrigado. Las armas de fuego y las conspiraciones, aun cuando fueran de naturaleza académica como aquella, representaban una distracción agradable de los habituales artículos sobre reuniones del consejo escolar y disputas urbanísticas. Al contemplar el luminoso cielo azul y aspirar la inconfundible fragancia otoñal de la ciudad, mezcla de humo y mar, con alguna que otra ráfaga salada procedente del muelle, pasar hora y media deambulando por allí me resultaba de lo más atractivo.

Y la idea de ponerme al día con el profesor me atraía aún más. Era un hombre cortés, de educación clásica, porte digno, europeo en un estilo de preguerra, y como tal poseedor de diversos enemigos en el campus, que lo consideraban un auténtico dinosaurio. Una de las razones por las que me caía tan bien residía en que aquella circunstancia no lo afectaba en absoluto. Había visto a varias estudiantes negarse a cruzar las puertas que él les sostenía abiertas, pero jamás lo había visto dejar de sostenerlas abiertas para ellas. Habíamos perdido el contacto sobre todo a causa de mi desidia. Olvidaba contestar a las cartas, nunca me acordaba de coger el teléfono y llamarlo, y así había transcurrido casi un año sin tener noticias de él.

No sé si lo echaba de menos a título personal o si añoraba una figura benévola y aprobadora, algo que desapareció en cuanto me licencié y me encontré solo ante el peligro, obligado a tomar decisiones importantes. También echaba de menos la ciudad, con su aire extraño y acogedor, así como su vivacidad, al menos en comparación con Lincoln. Mientras paseaba la mirada por Roderick Street, la zona estudiantil por excelencia, se me ocurrieron mil y una historias locales, hasta el punto de que los fantasmas de las historias se evidenciaron en mi mente con mayor claridad que las personas a las que veía caminar por la calle. Al cabo de dos minutos, el entusiasmo que me inspiraba el lugar se desinfló como un globo. Dondequiera que fuese, el pasado me abrumaría sin dejar espacio al presente ni al futuro, así que decidí subir al coche y volver a la vida real.

Una hora después de cruzar la frontera de Connecticut reparé en la salida de Clougham y recordé el bar que había mencionado Crowley. Aún no eran ni las dos de la tarde; si paraba a tomar una sola cerveza, podía estar de vuelta en el periódico con tiempo de sobra. Además, tal vez Pühapäev hubiera tenido compañeros de copas o era de aquellos que se sinceraba con el camarero... o yo era de los que racionalizaba lo que fuera con tal de tomarme una cervecita en horas de servicio.

Clougham era uno de esos innumerables pueblos de una sola calle que salpican Connecticut, de esas poblaciones cada vez más escasas que todavía no se habían convertido en una extensión del

Upper East Side de Nueva York. Tenía una gasolinera de dos surtidores, un solo colmado de madera blanca (a diferencia del colmado Ye Olde General Store de Lincoln, que todavía tiene una caja registradora manual, pero vende el *Wall Street Journal*, vino pinot noir y seis variedades de olivas en vasijas de barro), y junto a él una combinación de oficina de correos y licorería. Cuando me trasladé a Lincoln, pasaba los fines de semana explorando las inmediaciones y así descubrí Clougham. Pero en los últimos meses había dejado de explorar para empezar a colaborar como autónomo para un par de periódicos medianos de Connecticut y alguna que otra revista, sobre todo con artículos de interés regional, histórico y paisajístico. Art me había pasado algunos encargos que otros editores le encomendaban a él, con la justificación de que yo necesitaba el currículum más que él. También me había dicho que si alguna vez encontraba a otro periodista en activo que se dedicara a pasar artículos bien pagados a un compañero por la cara, me compraría una revista para mí solito.

Al pasar delante de la licorería, me quedé mirando por la ventanilla a dos parejas probablemente un poco más... oh Dios mío, un poco más jóvenes que yo, que tomaban cerveza en las cabinas abiertas de dos camionetas contiguas, una de ellas con motivos de color rojo fuego y la otra, de color azul mar. Uno de los tipos se levantó cuando aminoré la velocidad y arrojó una lata de cerveza contra mi coche. Pensé que estaba vacía hasta que la oí golpear el costado con fuerza suficiente para hacerme tambalear un poco. Aminoré la velocidad aún más para comprobar los daños por el espejo retrovisor, y el tipo cogió una barra de hierro de la camioneta y se acercó a mi coche. Mi coche tenía la portezuela abollada, pero carecía de armas comparables a la suya, de modo que seguí conduciendo con las manos temblorosas y los nudillos blancos aferrando el volante. Los oí lanzar una carcajada y por el retrovisor vi que el agresor entrechocaba la mano con la de su amigo.

A pocas calles de la licorería, a la vuelta de una curva cerrada, se alzaba una achatada casa granate de dos plantas con luces navideñas enrolladas alrededor de los canalones de desagüe y encendidas pese a que era de día. El jardín delantero se había transformado en un aparcamiento, frente al cual se veía un pequeño rótulo de madera clavado en la hierba: El Lobo Solitario.

Entré en el aparcamiento y estacioné entre un Crown Victoria azul marino y un Datsun oxidado. Salvo por el rótulo luminoso de Schlitz colocado en la ventana y el aparcamiento en sustitución del jardín, el edificio no se distinguía en nada de las demás casas de la calle. Tras ella, apenas visible desde la parte delantera, había un jardín con una enorme barbacoa, algunos contenedores de basura y un columpio roto y de aspecto triste. Norman Rockwell visto desde el fondo de una botella, uno de esos paisajes bucólicos que te dan náuseas.

Entré en el bar por lo que habría sido la puerta principal de la casa, y por un instante creí encontrarme en la residencia de alguien. Tanto la barra como las paredes aparecían revestidas con la enclenque madera de imitación tan típica en sótanos y salas de juegos. Todas las sillas y mesas estaban desparejadas y parecían sacadas del trapero. En un rincón, la pantalla de un televisor en blanco y negro emitía un culebrón con el volumen al mínimo. Un camarero de cuello grueso y bigote estilo Pancho Villa alzó la vista hacia mí desde detrás de la barra, al igual que tres parroquianos de aspecto sombrío y soñoliento. Cada uno de ellos estaba sentado solo, y cuando me miraron no tuve la impresión de haber interrumpido ninguna conversación. Era un local tosco y lúgubre. No es que no me gustaran los lugares pintorescos con sabor a viejo, pero tendía a mantenerme alejado de bares como aquel. Cuando entré, las manos, que aún me temblaban por el incidente de la lata de cerveza, empezaron a sudarme.

—¿Qué hay? —gruñó el camarero con un acento que no alcancé a descifrar, aunque no era americano.

Cerré la puerta tras de mí y saludé con un ademán de cabeza.

—¿Está abierto?

—Depende. ¿Miembro?

No sabía con exactitud a qué tipo de miembro se refería, pero supuse que me preguntaba si era miembro.

—¿Miembro de qué?

—Esto es un club privado, no un bar. Hay que ser miembro para beber. ¿Tiene tarjeta?

—Pues no. ¿No podría hacer una excepción y ponerme una cerveza? No se lo diré a nadie.

El tipo apoyó el antebrazo sobre la barra y se inclinó hacia adelante.

—Nada de excepciones, amigo. Hay que ser miembro. Pero podría hacerse miembro solo para hoy.

—Estupendo, y ¿cómo se hace?

—Solo por invitación —replicó con una sonrisa, como si toda la conversación hubiera navegado hasta aquel punto—. Lo siento.

Un hombre flaco con chaquetón de marinero y anticuadas gafas de montura plateada habló desde el extremo de la barra más cercano a mí.

—Venga, Eddie, ponle una cerveza al chico. Ya le invito yo, por el amor de Dios. —Dicho aquello me indicó por señas un taburete vacío—. Siéntate aquí, chico. Este es el único bar en tres pueblos a la redonda, y el único decente que queda en esta parte del estado. Venga, siéntate de una vez.

Hablaba con voz ronca y acento del lugar, el clásico deje de Nueva Inglaterra algo descafeinado a aquella distancia de la costa, con los finales de palabra pastosos y las vocales muy redondeadas.

El camarero se encogió de hombros con fingida indiferencia, aunque parecía molesto por no haber tenido ocasión de echar a alguien. Nunca he entendido por qué a algunos propietarios de bares les gusta tanto negarse a servirte.

—Vale, siéntese. Está invitado, así que puede sentarse. ¿Qué cerveza quiere?

—¿Una Bud?

—No tengo.

—¿Rolling Rock?

—Tampoco.

—¿Qué tiene?

—Busch, Schlitz, Genesee, Heineken.

—Pues una Genesee.

—A lo mejor se me ha acabado. Voy a ver. —Sepultó la cabeza en la nevera colocada bajo la barra—. No..., sí, sí que tengo. ¿Lata o botella?

—Botella, por favor.

—Solo tengo latas.

—Pues una lata, y no me hace falta vaso.

Deslizó la lata por la barra hacia mí y me alargó un vaso mugriento con una cerilla usada en el fondo.

En aquel momento, un hombre de barba blanca sentado en el otro extremo de la barra miró al camarero y con el mentón le hizo un gesto seco de persona acostumbrada a ser obedecida. Parecía un animal de montaña transformado por un rato en ser humano. El camarero le sirvió un líquido transparente y viscoso de una botella sin etiqueta y no se apartó del cliente hasta que este dio su aprobación.

El tipo flaco, mi anfitrión, se volvió hacia mí, y la luz se reflejó en los cristales de sus gafas de forma que no pude distinguirle los ojos, que parecían dos monedas relucientes suspendidas delante de su rostro.

—¿El taller de Nate? —preguntó.

—¿Cómo dice?

—Que si has venido al taller de Nate.

—¿Qué? ¿Quién es Nate?

—Ya veo que no —exclamó con una carcajada—. El taller de coches de Nate. Está justo aquí detrás. Trabajan bien y no son caros. Muchas veces hay gente esperando a que les acaben el coche. Nate les dice que esperen aquí.

—Creía que había que ser miembro.

El hombre apuró la cerveza y señaló al camarero.

—Este tipo nunca renuncia a un dólar. Al principio te lo pone difícil, pero siempre acaba dejándote sentar, ¿verdad, Ed?

El camarero emitió un gruñido, chasqueó la lengua contra los dientes delanteros, la mayor parte de los cuales eran fundas de oro, y le sirvió otra cerveza (Schlitz en lata).

—Bueno, bueno —prosiguió el hombre de los ojos de moneda—, ¿qué hace un joven apuesto como tú malgastando una hermosa tarde de miércoles con un atajo de borrachos en Clougham?

Al oír aquello, un tipo gordo despatarrado en el sofá alzó el vaso.

—¡Eh, que está hablando de nosotros!

Todos los presentes rieron lo suficiente para diluir la incomodidad que suponía sentirse identificado con aquella descripción.

—Un amigo mío viene a tomar copas aquí. Me lo recomendó por si alguna vez estaba en la zona. No tengo que estar en ningún sitio hasta dentro de un par de horas, así que he decidido pasarme a echar un vistazo.

El camarero dejó de limpiar vasos y me miró.

—Pues su amigo ya podría haberle hablado de lo de ser miembro. ¿A quién conoce que venga a beber a un sitio como este?

—Es un antiguo profesor mío —mentí.

Ya me consideraban sospechoso, de modo que bien podía acentuar sus suspicacias confesando que era universitario.

—Se llama Jaan.

—Eh, yo lo conozco —terció el tipo gordo del sofá.

Cuando se volvió hacia mí, vi que llevaba una gorra que anunciaba PIENSOS Y SEMILLAS CHARLIE REED.

—Es un tipo viejo, bastante dejado, mucha barba. Sí, viene un par de veces por semana. Habla poco.

El camarero volvió a concentrarse en los vasos, bruñéndolos sin cesar y sin molestarse en mirarme una sola vez. Teniendo en cuenta el estado del vaso que me había dado, lo cierto era que hacía mucho alarde de pulcritud.

—¿Un tipo que hablaba un poco raro? ¿Gafas negras y siempre con la misma corbata de entierro? —preguntó el tipo sentado junto a mí; Piensos y Semillas asintió—. Sí, yo también lo conozco. Es muy callado. Ni siquiera sabía que era profesor. Vaya, vaya, resulta que aquí viene gente con clase.

Piensos y Semillas se echó a reír. El camarero siguió con sus vasos.

—Bueno, ¿y qué tal le va?

—Pues la verdad es que no le va. Siento decirles que ha muerto —anuncié.

El camarero apenas levantó la vista, y el hombre de la barba blanca se me quedó mirando con expresión pétrea de halcón. El flaco se giró hacia mí.

—Murió anoche. Trabajo en el periódico de Lincoln, donde vivía Jaan, y estoy buscando un poco de información básica para poder escribir su necrológica. He pasado por su despacho y por su casa, y me he enterado de que venía aquí a menudo, así que he pensado que quizá ustedes supieran algo de él que pudieran decirme. Bueno, ya saben, lo básico —repetí al tiempo que sacudía la cabeza y extendía las manos para indicar que no entrañaba amenaza alguna.

—Mierda —masculló el flaco—. Es una pena. Pero era muy callado, y no sé mucho de él. Eh, Eddie, sírvenos unas copas a la salud de Jaan, ¿quieres?

Eddie se encogió de hombros y alineó cinco vasos de chupito sobre la barra. Los llenó de la botella sin etiqueta y nos los fue alargando. Se quedó con uno para él mismo y emitió un silbido para indicar a Piensos y Semillas que se levantara a coger el suyo.

Me llevé el vaso a la nariz, pero el olor era insoportablemente penetrante. Lo aparté con un gesto brusco.

—¿Qué es esto? Huele a disolvente.

—A mí también me lo parece —rió Eddie—. Nunca lo he bebido. Jaan lo hacía en casa con frutas, raíces, azúcar, y luego lo dejaba reposar, se lo bebía y traía unas botellas aquí. Es una especie de brandy.

—¿Se hacía su propio licor y lo traía al bar? ¿Pagaba las copas?

—Pues sí, teníamos un acuerdo. Yo le compraba las botellas y luego él pagaba los chupitos, así que al final estábamos en paz.

Un acuerdo estrambótico, pero a decir verdad, aquel lugar poseía un aura estrambótica, destartalada, íntima e improvisada. Producía una sensación efímera y eterna a un tiempo. Tal vez si volvía al día siguiente, el Lobo Solitario hubiera desaparecido, pero si regresaba al cabo de treinta años, no me sorprendería encontrar a aquellas mismas personas sentadas del mismo modo y haciendo las mismas cosas. Ojeé el vaso con suspicacia. Eddie sonrió, abrió los ojos de par en par y asintió. Dos de sus dientes superiores delanteros eran de oro. Aspiré hondo, espiré y apuré el brandy de un solo trago, sintiendo que me dejaba un rastro abrasador en la boca y la garganta. Estuve a punto de caerme del taburete. Eddie lanzó una carcajada a la que se unieron los tres parroquianos. El flaco empujó su vaso hacia el camarero.

—Sin ánimo de ofender, Albie, no me lo voy a beber. Nada de alcohol fuerte hasta que se pone el sol, solo cerveza.

El camarero volvió a encogerse de hombros y devolvió el brandy a la botella.

—¿Acaba de llamar Albie al camarero? —pregunté al flaco en voz baja para que el aludido no lo oyera.

—Sí, así es como lo llamamos.

—Pero ¿no se llamaba Eddie?

—Sí, Eddie el Albanés, así es como lo llama todo el mundo. A veces Eddie, a veces Albie, y a veces, si estamos en plan más formal, el Albanés.

La voz del flaco había ido aumentando de volumen durante nuestra breve conversación, de modo que el camarero se plantó ante nosotros con la mano extendida hacia mí y una sonrisa de oro pintada en el rostro que resultaba más amenazadora que su huraña expresión anterior. Le estreché la mano.

—Eddie. Este bar es mío. Puede que tenga ganas de mencionarlo en su periódico, pero le aconsejo que no lo haga. Es un sitio tranquilo, mi bar —recalcó al tiempo que me apretaba la mano con más fuerza y su sonrisa se ensanchaba—. No queremos problemas. En mi tierra, la gente que hace demasiadas preguntas tiene un nombre: cadáveres.

Intenté retirar la mano, pero él me agarró la muñeca con la izquierda y se acercó tanto a mí que percibí todos los olores que desprendía, a ajo, sudor y jabón lavavajillas.

—Vamos a brindar por Jaan. Siento que haya muerto, pero la gente siempre se muere. Brindamos, luego se larga y no vuelve nunca más.

El flaco se había ido encogiendo en su taburete. Por fin, Eddie me devolvió la mano, que ahora tenía aspecto de piel de pollo crudo. Me la restregué hasta que recuperó el color. Sin dejar de sonreír, Eddie se volvió para colocar la botella en el estante. El flaco me rodeó los hombros con el brazo.

—A veces el Albanés se sulfura un poco. Venga, te acompaño al coche.

En mi vocabulario, «sulfurarse un poco» significa asestar un golpe a la pared cuando te haces daño en el dedo gordo del pie o gritarle al televisor cuando un delantero de los Jets la caga en el último cuarto. Significa que le echas un moco a alguien cuando no toca. Pero intentar arrancarme la mano y compararme con un cadáver me parecía bastante peor que «sulfurarse un poco». Pero de cualquier modo, no tenía intención de discutir con la única persona del bar a quien parecía importarle que yo saliera de allí con todos los huesos intactos.

—Mira, Jaan no era más que un bebedor —prosiguió el flaco mientras cruzábamos el aparcamiento—. Esto es un bar de bebedores, no un sitio para pasar el rato. Todos venimos porque nos gusta beber sin que nos toquen las narices, así que nadie cuenta de dónde viene, qué hacen sus hijos, con qué le pegaba su padre ni nada por el estilo, porque a nadie le importa una mierda. Nos sentamos, nos envenenamos un rato y nos vamos. Eddie tiene un bar tranquilo y barato, y eso es lo único que queremos.

—Así que usted y Jaan nunca llegaron a conversar...

El flaco lanzó un suspiro y escupió.

—Claro que charlábamos, en plan qué tal y eso, pero nada más. No sé absolutamente nada de él ni él de mí. Llevo viniendo desde que el bar abrió, y él también.

—¿Y cuándo abrió?

El flaco aspiró hondo como si se dispusiera a repetirme el sermón, pero me apresuré a tranquilizarlo.

—No lo publicaré, es que siento curiosidad. ¿Cuándo abrió el Lobo Solitario?

Se caló una gorra negra que llevaba en el bolsillo. Algo en él, la expresión perdida, la edad indeterminada, las facciones aquilinas, pero desdibujadas por la mala vida, hacía pensar en una figura de la Nueva Inglaterra de antaño, un tripulante libresco del *Pequod*, el barco del capitán Acab.

—Bueno, vamos a ver. Recuerdo que cuando empecé a venir mi hijo aún vivía en casa, pero estaba a punto de irse. Ahora está en el ejército y vive en Alemania. Lo van a ascender a capitán. Pero no lo veo desde... —Su voz se apagó, bajó la vista y al poco la levantó como un delfín saliendo a la superficie del mar—. Pues creo que abrió en el noventa y uno. Sí, a principios del noventa y uno, porque recuerdo ver a Scott Norwood fallar aquel gol en la tele de este bar, mientras Eddie y yo poníamos el suelo. Era la primera vez que veía un partido de fútbol. Sí, principios del noventa y uno.

Dicho aquello, asintió con la cabeza, golpeó el techo de mi coche, me saludó con la mano y volvió al bar. Eddie le abrió la puerta y le dio una palmada en la espalda con ademán entre afectuoso y amenazador. A mí me dedicó otra de sus sonrisas de calavera, levantó el pulgar y acto seguido se lo deslizó por el cuello.

Contra toda sensatez, y seguramente también contra toda ley, reanudé el trayecto hacia Lincoln sin esperar a que se me pasara el efecto del brandy y la cerveza. Había algo en Clougham que me inquietaba, como si el pueblo no me quisiera allí y hubiera animado a sus habitantes a asegurarse de que me marchaba enseguida. Todos salvo el flaco, cuyo nombre desconocía y a quien tal vez debía mi integridad física.

Al llegar al despacho encontré a Austell y Art en la misma posición, uno mirando por la ventana, el otro sentado a su mesa con la puerta entornada y los auriculares puestos. Solo había cambiado la luz; el fulgor dorado de la tarde confería a Austell un aspecto más joven y lograba que Art, con la barba bañada en oro puro, pareciera un icono bizantino encarnado.

Cerré la puerta, saludé a Austell y avancé resuelto hacia el despacho de Art para evitar que el columnista me acorralara. Pese a mi agilidad me siguió y se apostó junto a la puerta del jefe.

—Bueno, muchacho, ¿qué me cuentas? —inquirió Art tras apagar la música.

—Nada, estoy igual que antes. Nadie sabe dónde ni cuándo nació, aunque sí que su apellido procede de Estonia. Uno de sus compañeros de la universidad cree que era un nombre falso, pero no sabe el verdadero.

—¿Hablaba estonio?

—Sí.

Art exhaló una bocanada de humo hacia un rayo de sol, donde se detuvo un instante como si reflexionara antes de disolverse.

—Estonia, ¿eh? Tallinn. Estuve allí en el ochenta y nueve y otra vez en el noventa y tres. Es una de esas pequeñas ciudades europeas profesionalmente monas, con vendedores de postales en cada esquina y el minúsculo centro histórico adoquinado atestado de restaurantes y tiendas de recuerdos. Profesionalmente mono, sí, señor —repitió con un estremecimiento teatral—. Lo siento. Así que te has pasado el día en Wickenden y no sabes nada más que esta mañana.

—Bueno, no exactamente. Los dos profesores con los que he hablado me han dicho que iba de copas a un bar de Clougham, el Lobo Solitario —hice una pausa por si Art conocía el bar, pero enarcó las cejas y denegó con la cabeza—, así que he pasado por allí para ver si el camarero o alguno de sus compañeros de copas sabía algo sobre él.

—¿Y?

—Pues que no. Pero era un sitio extraño; me ha dado mala espina.

—Ah, sí, Clougham, no me extraña —terció Austell a mi espalda—. Siempre han sido un poco raros en ese pueblo. Es que durante la guerra de 1812 y luego durante la guerra ruso-japonesa...

—Eh, Austell —atajó Art—, ¿qué te parece si me invitas esta noche a la copa que me debes? Déjame hablar un momento con el chico y enseguida estoy contigo, ¿vale?

El rostro de Austell se iluminó.

—¿En el Líder Intrépido, a tomar jerez delante de mi chimenea? Vaya, vaya, toda una ocasión. Voy a llamar a Emily para decírselo.

Y cual perro obediente en pos de un palo, salió disparado del despacho de Art.

Art sacudió la cabeza con ademán exasperado aunque afectuoso antes de indicarme que continuara.

—Había algo raro en ese sitio. El camarero, Eddie el Albanés...

—¿Eddie el Albanés? —me interrumpió Art con una carcajada—. Pero ¿qué has hecho, quedarte colgado en un relato de Damon Runyon? ¿Dónde se ha visto un albano que se llame Eddie? —Se detuvo para encender otro cigarrillo—. Bueno, ¿y qué ha pasado?

Eddie no quería hablar. Me ha dejado muy claro que no quería volver a verme.

—¿Estás bien?

—Sí, sí. No sé si me gustaría volver allí solo, pero quiero saber por qué se ha mostrado tan hostil. La cuestión es que parecía saber que Pühapäev había muerto, ¿sabes? Cuando lo dije, ni siquiera levantó la mirada, sino que siguió lavando vasos, y el otro tipo, un hombre flaco que bebía con Pühapäev, dice que frecuentaba el bar desde hace diez años.

—¿Y?

—¿Cómo que y? El mismo tío, el mismo bar, el mismo camarero, diez años, y ni siquiera levanta la mirada cuando le digo que Pühapäev ha muerto. Venga ya, no es que sea un bar muy concurrido precisamente. No sé, me ha parecido algo raro.

—Puede ser, o puede que sea simplemente un tipo raro.

—Puede, pero me ha parecido más hostil que raro. De hecho ha llegado a decir que me mataría si mencionaba el bar.

—Bueno, es una forma como cualquier otra de darse publicidad. Mira, si crees que hay algo, ve y averígualo —instó Art—. De verdad, a por ello, y si puedo ayudarte en algo, me lo dices. Pero desde este lado de la mesa, te digo que lo más probable es que no haya nada.

—Vale. Ah, otra cosa. Un antiguo profesor mío me ha dicho que Pühapäev había tenido algunos problemas con la justicia.

—¿De qué tipo? ¿Fiscales?

—No... Llevaba encima una pistola y una noche se cargó a un gato desde su ventana.

—¿Que se cargó a un gato? —repitió Art, incrédulo—. Esto se está poniendo cada vez más estrafalario. ¿Lo has confirmado con la policía de Wickenden?

—Todavía no; iba a llamarlos esta tarde. El sobrino de mi profesor es policía allí.

Art se mesó el cabello.

—¿Lo ves? Por eso creo que tenemos que meterte en un periódico de verdad. Se nota que empiezas a ponerte nervioso y a sentir curiosidad, y esas son las mejores cualidades de un periodista. Mañana decidiremos si quieres seguir indagando o si prefieres seguir con lo de siempre.

Asentí, y Art se levantó para ponerse el abrigo.

—Ah, por cierto, se me había olvidado comentarte algo —dije—. El poli gordo...

—Bert.

—Eso, Bert. Me dijo que recibieron una llamada en plena noche para informar de la muerte de Pühapäev. Alguien más dio parte. ¿Tienes idea de quién pudo ser?

Art se detuvo con el abrigo a medio poner.

—Buena pregunta... No tengo ni la más remota idea. —Volvió a quitarse el abrigo—. Espera un momento, voy a llamar al Panda.

Activó el altavoz del teléfono, marcó el número y esperó a oír la voz profunda y precisa del forense.

—Hola, Panda, ¿tienes la sala de espera llena de clientes o puedes dedicarme un momento?

—El mundo, amigo mío, es mi sala de espera llena de clientes, y a ti siempre puedo dedicarte todos los minutos que necesites.

—Estoy aquí sentado con Paul Tomm, periodista de primera.

—Vaya, el experto en Shakespeare. ¿Cómo está?

—No se queja. ¿Y cómo estás tú?

—Tampoco me quejo. ¿Qué puedo hacer por ustedes, caballeros?

Art me indicó por señas que guardara silencio.

—Panda, nos gustaría saber quién dio parte de la muerte de Jaan Pühapäev.

—Sabes bien que eso es información policial y que debería guardar silencio y remitirte a las autoridades.

Art suspiró e hizo una mueca.

—Sí, lo sé, pero ¿no podrías decírmelo? Te prometo que no lo publicaremos y que tu nombre no aparecerá en ninguna parte, pero nos está costando horrores averiguar nada, y el periodista de primera empieza a ponerse nervioso.

—Amigo mío, por ti soy capaz de hacer cosas que no haría por nadie más, aunque solo porque eres el único hombre a este lado de Brighton Beach que representa algún desafío para mí ante un tablero de ajedrez. —Oímos el susurro de unos papeles al otro lado de la línea—. Ah, aquí está. Llamada telefónica a las 3.23 horas, procedente del número 860-555-7217. Fue una llamada anónima, lo siento.

—Mierda... En fin, gracias de todos modos, amigo. Nos veremos pronto.

—Eso espero. La próxima vez, tú y Donna tenéis que venir a casa a cenar conmigo y con Ananya. Jugaremos al ajedrez mientras las damas beben, ríen y dormitan en el sofá. Y antes de cortar la conexión, en cuanto al artículo del periodista de primera... voy a conservar el cadáver hasta que alguien lo reclame, si es que alguien llega a reclamarlo. De lo contrario, puede que lo corte en pedacitos si la universidad no se me adelanta. Es posible que entonces esté en posición de contarte algo más. Por el momento, tan solo diré que posee una piel inusualmente tersa para ser tan anciano. Y hay otro detalle que merece ser investigado, algo que no puedo... No, no diré nada más, esperaremos al dictamen del bisturí. Será pronto. Y creo que tú o el experto en Shakespeare volveréis a llamarme mañana, ¿verdad?

—Te llamará él —aseguró Art—, ¿verdad, chico?

—Por supuesto —asentí.

—¿Has oído? Ha dicho por supuesto. Cuatro sílabas para decir que sí.

—Cuatro sílabas que jamás volverá a recuperar. La próxima vez, experto en Shakespeare, limítate a decir sí y reserva las otras tres sílabas para decirle a tu dama que la quieres. Reina a Torre Cuatro, Arthur. Me llamaréis mañana.

Y dicho aquello colgó.

Art me pasó el teléfono y se reclinó en su silla.

—Creía que le llamaríamos mañana.

—A Panda no, chico, sino al número que te ha dado.

De periodista de primera nada.

Marqué el teléfono, que sonó doce veces antes de que dejara de contar y unas cuantas más antes de que lo cogieran. En el primer momento, lo único que oí fue una especie de susurro, como si alguien hubiera sacado el teléfono por la ventanilla de un coche. Al poco, algo o alguien golpeó el micrófono tres veces seguidas de una pausa y otros tres golpes.

—¿Oiga? ¡Oiga! —grité.

—Este no. Este no. Este no. Este no. Este no...

Una voz profunda y monótona siguió recitando aquel mantra mientras yo observaba a Art tirar la ceniza de su cigarrillo con la uña del pulgar. Me aparté el auricular del oído y cuando me lo volví a acercar, el mantra había cambiado.

—La encontraré. La encontraré. La encontraré.

Di un golpecito sobre la mesa de Art para captar su atención y le alargué el teléfono. Se lo acercó al oído y me miró con expresión extraña.

—¿Qué te parece? —pregunté.

—Pues en mi tierra lo llamamos señal de línea desocupada —repuso al tiempo que me devolvía el aparato.

En efecto, mi interlocutor había colgado.

—¿Qué pasa, que se ha cortado o algo?

—No —denegué, desconcertado—. No, ha contestado un tipo que no paraba de repetir «Este no» una y otra vez.

—Ajá —masculló Art con aire escéptico—. ¿Por qué no vuelves a marcar? Pero no pulses el botón de rellamado; marca otra vez.

La tranquilidad y la expresión escéptica de Art casi me hicieron dudar de lo que había oído, pero aun así volví a marcar el número, y esta vez contestó un hombre.

—Sí —dijo una voz fastidiada.

—Sí, esto... ¿Acaba de contestar al teléfono? —pregunté.

—No, gilipollas, estoy hablando por una lata de sardinas. ¿A ti qué coño te parece?

—No, no ahora, sino hace un momento. ¿Quién ha contestado hace un momento?

—¿Cuándo? ¿Quiere decir ahora mismo?

—Sí.

—Nadie. Aquí no ha llamado nadie. Me he llevado un susto de puta madre cuando ha sonado el teléfono. ¿Qué cojones quieres?

—Llamo del *Lincoln Carrier*. Me gustaría hablar con alguien sobre Jaan Pühapäev.

—¿Pu qué? ¿Y ese quién coño es? —espetó la voz, ahora enfadada en lugar de fastidiada.

Sonaba a hombre con bigote. Oí un claxon; el teléfono se encontraba al aire libre.

—Anoche llamó alguien desde ahí para informar de una muerte. Estoy intentando...

—¿Cómo que desde aquí? Pero ¿a quién llamas?

Camisa de franela, camioneta de caja abierta, acento del interior de Nueva Inglaterra, aficionado al béisbol.

—No lo sé, a eso me refiero. Hemos identificado ese número...

—Es un teléfono público, colega.

—¿Un teléfono público?

—Sí, tío, de esos en los que echas monedas de diez centavos, solo que en este hay que echar treinta y cinco porque no paran de subir el precio. Es un teléfono público delante del local de Arliss.

Saqué el cuaderno mientras Art arqueaba las cejas.

—¿Y dónde está el local de Arliss?

—En Trawbridge Road, a las afueras de Lincoln, justo antes del puente Stevens.

—¿Se refiere a ese pequeño colmado que está justo al lado del parque de Lincoln? No sabía que tenía nombre.

El hombre emitió un sonido a caballo entre suspiro, resoplido y gruñido.

—Pues lo tiene —replicó.

—Hum —farfullé; de haber sido un periodista como Dios manda, habría sabido qué preguntar, pero como no lo era, me limité a seguir mascullando «hum».

—¿Así que alguien informó de una muerte desde aquí? Seguro que fue el asesino, ¿no?

Me erguí en la silla como si acabaran de meterme varios cubitos de hielo por el cuello de la camisa.

—¿Por qué lo dice?

—Pues porque aquí no hay nada, colega. La tienda cierra a las ocho, y solo hay campos y estanques en quince kilómetros a la redonda. El pueblo empieza a más de medio kilómetro, pero ¿quién iba a caminar hasta aquí para usar este teléfono? Los únicos que llaman desde aquí son Arliss y la gente que para aquí de paso. Antes se decía que Trawbridge era la salida más rápida de Hanoi.

—¿Por qué? ¿Adónde lleva?

—Pues un trozo por la carretera 87, hacia el norte desde Bridgeport, en el estrecho de Long Island. Luego atraviesa Massachusetts y Vermont por la parte más aislada de Nueva Inglaterra. Allí no hay ni Dios. Acaba a las afueras de Drummondville, en el río St. Lawrence.

Consulté el mapa colgado en la pared del despacho de Art, pero no vi ningún río llamado St. Lawrence.

—¿Dónde está el St. Lawrence?

—¿Que dónde está? —replicó con una carcajada burlona—. No vas mucho a pescar, ¿eh? Pues hay buena trucha y buen salmón. Está en Canadá. Mañana a la misma hora te doy otra clase de geografía si quieres, mamón.

Oí de nuevo su risa, esta vez acompañada de la de una mujer, y acto seguido se cortó la comunicación. Lo imaginé colgando el teléfono con furia, aunque sin duda todos los cortes de comunicación suenan igual.

—Uno de los habitantes menos agradables de la zona rural de Connecticut —comenté a Art—. El teléfono utilizado para dar parte de la muerte de Pühapäev está delante de la tienda de Arliss, en...

—El colmado de Arliss. Ya sé dónde está. ¿Por qué has mencionado el río St. Lawrence?

—Porque por lo visto ahí es donde acaba la carretera 87. Está en Canadá, cerca de un lugar llamado Drummondville.

Art se mesó la barba y miró al techo durante largo rato.

—Qué raro. Podría tratarse de un error. La letra del Panda, un número mal marcado... —Me miró al advertir que me removía en la silla con aire defensivo—. Vale, antes de volver a marcar el número, deberías llamar al sobrino de tu profesor, a ver si te puede contar algo más del estonio armado.

Asentí, hice girar la silla y marqué el número. Alguien descolgó antes de que la línea empezara a sonar.

—Gomes.

—Ah... esto... yo no... Llamaba al departamento de policía de Wickenden.

—Es aquí —aseguró el hombre—. Soy el detective Gomes. ¿En qué puedo servirle?

—Querría hablar con Joseph Jadid, por favor.

—Un momento, por favor —pidió Gomes antes de dejar el teléfono sobre la mesa con un fuerte golpe—. Línea dos, hombretón. Alguien pregunta por ti —dijo más lejos del teléfono.

—Casos sin resolver, detective Jadid al habla.

—Vale ya con el coñazo de los casos sin resolver, tío —refunfuñó alguien a su espalda.

—Hola, me llamo Paul Tomm y llamo del *Lincoln Carrier*...

—No hablo con la prensa. Si espera un momento, le pasaré con nuestro relaciones públicas...

—No, no, espere. Su tío me dijo que me pusiera en contacto con usted.

—¿Ah, sí? ¿Qué tío?

—Anton.

—¿Y él le ha dicho a un periodista que me llame? ¿De qué lo conoce?

—Fue profesor mío y me ha dado su número esta mañana.

Jadid suspiró y se aclaró la garganta.

—Está bien, pero que quede bien claro que no mencionará mi nombre en su artículo. Si tiene que citarme, lo hace como fuente anónima. Esta ciudad es pequeña, y hace poco ya tuve problemas con la prensa.

—De acuerdo.

—Eso espero. En fin, ¿qué quiere?

—Estoy escribiendo un artículo sobre un hombre llamado Pühapäev. Vivía en Lincoln y trabajaba en Wickenden, con su tío, de hecho, de profesor. La cuestión es que murió anoche, y tengo entendido que había tenido problemas con la ley en Wickenden. ¿Podría decirme qué clase de problemas?

—Vamos a ver —murmuró al tiempo que pulsaba algunas teclas en el ordenador—. Pu... ¿qué más?

—P-Ü-H-A-P-Ä-E-V, con diéreses sobre la u y la segunda a.

—Esto es un ordenador policial y no tiene diéresis. Bueno, aquí está. Oiga, antes de revelarle algo que no debería revelarle, quiero que sepa que no haría esto por nadie más salvo por el tío Abe. Si lo conoce lo suficiente para darle mi número, no me queda más remedio que concluir que es usted legal. No joda la reputación de los tres publicando estupideces, ¿vale? Si quiere utilizar directamente algún dato que le dé, primero lo consulta conmigo, ¿de acuerdo?

—Por supuesto.

—Bien. Vamos a ver. Jaan Pühapäev, residente en Connecticut, carnet de conducir de Connecticut, dos incidentes y bastantes cargos. Tenemos dos cargos por llevar arma oculta, dos por perturbación del orden, dos por disparar el arma en cuestión y uno por perturbación del orden bajo los efectos del alcohol, que fue cuando lo detuvieron. De todo ello se libró con multas y prisión menor.

—¿Cuándo pasó?

—Pues... un momento. Vaya mierda de ordenador —masculló al tiempo que golpeaba bien la mesa o bien el aparato traidor—. Aquí está. Primer cargo: 12 de enero de 1995, segundo: 24 de agosto de 1998. Después no hay nada. Supongo que eso significa que el profesor murió como ciudadano oficialmente rehabilitado —observó con una ironía que indicaba que pensaba lo contrario.

—Puede ser. En cualquier caso, muchísimas gracias por tomarse tantas molestias.

—No es molestia tratándose de un amigo del tío Abe. Pero como le he dicho, si quiere usar la información, llámeme. Cuando aparece información policial sobre Wickenden en un periódico de Wickenden, la gente se pregunta cómo ha llegado hasta allí.

—No se preocupe, lo haré, pero recuerde que no estoy en Wickenden, sino en Lincoln, Connecticut.

—Lincoln, Connecticut —repitió—. ¿Y dónde coño cae eso?

—A unas dos horas al oeste de Wickenden, cerca de las fronteras de Nueva York y Massachusetts.

—Ah, bueno, pues si escribe ahí, use mi nombre, mi foto, mi número de la Seguridad Social y lo que le dé la gana —exclamó con una risita—. Era broma —añadió tras una pausa.

—Ya me lo imagino.

—Estupendo. Bueno, que lo pase bien en la tierra de *Defensa*.

Los amigos con los que me crié en Brooklyn mostraban la misma actitud. En cuanto sales de la ciudad, estás en medio de la nada. Una vez pasadas las afueras residenciales, es como si te adentraras en el Tercer Mundo. Mi hermano, criatura de asfalto, era buena prueba de ello. Resumí la conversación telefónica a Art, que se rascó la barba, se reclinó en la silla y buscó inspiración en el techo.

—A ver si me aclaro: Hay a un tipo muerto —empezó mientras extendía el pulgar derecho—, pero nadie sabe cómo murió —índice derecho—. Nadie sabe quién dio parte de la muerte —dedo medio—. No parece un robo que se saliera de madre —dedo anular—. A la policía local no le importa el asunto, y la policía estatal y federal no tiene motivos para intervenir —mano derecha abierta con la palma hacia arriba—. Pero era un profesor que apenas daba clases y encima llevaba arma. No tenía amigos, familia ni nada.

—Sí, es un buen resumen. Y no olvides el detalle del teléfono público.

—Eso —murmuró Art—. Dejémoslo de lado por el momento. Bueno, ¿tienes que hacer más llamadas?

Negué con la cabeza.

—Bien. Son casi las siete y media, y le debo una copa a Austell. Como me vuelva a obligar a beber ese jerez acetónico... Joder. En fin, quiero que mañana por la mañana vengas a hablar del artículo con una amiga mía, ¿vale?

—De acuerdo. ¿Quién es?

—Ya lo verás mañana. No pongas esa cara de escéptico, que se te va a quedar así y nunca podrás encontrar otro trabajo que no sea de periodista.

EL NEY DORADO DE FERAHID

> Nuestro oro es un cuerpo perfecto, que nada anhela, que emula a Dios; nuestro azufre es un cuerpo imperfecto y activo, que desea a su esposa y hace de hombre. Todas las cosas terrenales comienzan por este matrimonio.
>
> HAMID SHURBAT IBN ALI IBN SALIM FERAHID,
> *De los objetivos de la música y el sol*

En el andén, Yuri había tomado un trago de despedida con todos los miembros de su familia y dos con su padre, quien sostenía que los ojos le lloraban por culpa del vodka y el viento, pese a que se encontraban de cara a la pared y bajo los aleros del tejado de la estación. Cuando caminaban hacia el tren, su madre lo había cubierto de besos afectuosos. Una y otra vez le remetía la camisa, le anudaba la bufanda y lo arrebujaba en su abrigo, de modo que al llegar al tren estaba prácticamente momificado dentro de la ropa.

En cuanto el traqueteo del tren se tornó más regular, Yuri cayó en un sueño ebrio y pesado. Al despertar, el paisaje típico de Moscú, con sus chatas fábricas de ladrillo a medio construir o semiderruidas, los abedules plantados precariamente ante los mastodónticos bloques de pisos, el cableado eléctrico y las calles que se alejaban en sentido radial de las vías en dirección al centro de la ciudad, había dado paso a interminables bosques de abetos salpicados de vez en cuando por pueblecitos compuestos de algún que otro camino de tierra y entre doce y quince dachas iluminadas y agolpadas como fumadores chismorreando en la taberna.

Cada vez que miraba por la ventanilla, se decía: «Esto es lo más lejos que he estado nunca de casa», y después de pasar un rato escribiendo o leyendo, volvía a mirar y pensaba: «No, esto es lo más lejos que he estado nunca de casa». Cada vez que contemplaba el paisaje, experimentaba una punzada de nostalgia por el Yuri de cuarenta minutos antes, el que aún no había visto todo aquello que el nuevo Yuri veía en aquel momento. Cambiaba de ser a intervalos irregulares, y para cuando cambió de tren en Novosibirsk al cabo de cuatro días, se consideraba un hombre infinitamente más mundano que el muchacho del barrio de Yamoskvarache al que había dejado en casa casi cien horas antes.

Su viaje duró otros tres días. Los bosques casi míticamente interminables, tan inmensos que las ciudades rusas se antojaban meras formalidades, incursiones vacilantes en aquella nada infinita e indomable, dieron por fin paso a las montañas. Más adelante, las montañas se convirtieron en llanos cada vez más desérticos hasta llegar a la estepa, planicies y colinas blancas sobre una tierra constante, inmutable, con un horizonte tan lejano y visible que más parecía un concepto que una realidad.

Durante una parada a las afueras de Aktogay, Yuri vio un escorpión encaramarse al tren antes de que la *provodnitsa*, una mujer de proporciones formidables, lo arrojara al andén a escobazo limpio. Le contó que un uzbeko le había dicho que los escorpiones dan buena suerte, por lo que supo de inmediato que no era cierto y ordenó a todas sus subordinadas que montaran guardia junto a las puertas armadas con escobas, ya que a los escorpiones les gustaba colarse en los vagones. Le advirtió que si tenía la mala fortuna de que lo mordiera un escorpión, el único remedio consistía en empapar un paño musulmán en vodka macerada con hipérico durante tres minutos y oprimir con él la herida durante treinta y tres minutos, a fin de que la hierba absorbiera el veneno del cuerpo y lo pasara al paño. A continuación era necesario quemar el paño a conciencia y dispersar las cenizas.

Como respuesta a aquellas palabras, el único contacto humano que había tenido durante todo el viaje, Yuri asintió obediente y en silencio. Cuando por fin llegó a Leninabad y vio al cabo aguardándolo con expresión expectante junto a la entrada de la estación, sintió un reparo repentino a regresar al mundo de la interacción humana.

—¿Ingeniero Kulin? —preguntó el cabo, a lo que Yuri asintió—. ¿Me permite ver sus documentos, por favor? Pasaporte interno y *propusk*.

El *propusk* era el papelito indispensable cuyo sello y firma oficiales convertían la información que contenía en una verdad incuestionable. Si un *propusk* afirmaba que su titular medía tres metros y portaba el sello oficial del partido y la firma del subdirector de Especificaciones de Estatura, entonces era cierto sin lugar a dudas.

El *propusk* de Yuri decía que no era estudiante de posgrado de lingüística, sino un ingeniero asignado a «supervisar la planificación previa para la posible creación de un museo de cultura socialista tayiko». A todas luces, una de las personalidades que Yuri había desechado durante el trayecto a Leninabad era la de aspirante a lingüista para dar paso a la de ingeniero. El joven entregó los documentos al cabo con actitud tan indolente y autoritaria como pudo.

El cabo poseía la constitución recia de los campesinos, de cabello claro y tez rubicunda, y una expresión vaga que tendía a la jovialidad titubeante, como si siempre temiera perderse algún chiste. Él y Kulin, también rubio y ataviado con uniforme militar, destacaban entre los hombres delgados, morenos, de facciones angulosas, barba y turbante que atestaban el andén. Al cabo parecía incomodarlo dirigir exigencias a un hombre culto, aun cuando fuera más joven que él. Devolvió los documentos a Yuri con un saludo militar y lo condujo hasta un coche aparcado, donde pudo volver a adoptar la actitud servil en la que se sentía más a gusto.

—Le han asignado un alojamiento privado en los barracones de los oficiales en Leninabad —anunció con orgullo a Yuri—. Me llamo Kravchuk y seré su conductor mientras esté aquí.

El vehículo, un Zhiguli destartalado y salpicado de barro, traqueteó por la carretera medio asfaltada que conducía hasta el puesto de avanzada. Cuando llegaron a los barracones, un lúgubre conjunto de edificios grises que parecían absorber el color de cuanto los rodeaba, así como el de las personas que los habitaban, Yuri tenía la sensación de que lo habían arrastrado por el suelo durante quince kilómetros. En la cantina de oficiales dio cuenta de la clásica cena a base de albóndigas, cuyo principal ingrediente, por descontado, era el pan seco, ensalada de col grasienta, ensalada de remolacha grasienta, ensalada de zanahoria grasienta y patatas grasientas, todo ello regado con cantidades generosas de crema agria algo fétida y eneldo. Los hombres que lo rodeaban comían en bulliciosos grupos o bien permanecían sentados en furioso, pétreo y reprimido silencio.

—Usted debe de ser nuestro invitado, el ingeniero.

Delante de Yuri se había plantado un hombre de mediana edad, de mirada perspicaz, constitución musculosa y uniforme militar salpicado de medallas y galones. Llevaba el cabello algo más largo de lo que era habitual entre los soldados, y se conducía con un porte demasiado relajado para resultar marcial.

Yuri se levantó.

—Ingeniero Kulin, señor. Pero si no le molesta que se lo pregunte... Llevo uniforme militar. ¿Cómo ha sabido que soy un civil y no un militar destinado aquí?

—Ajá —exclamó el hombre, inclinándose hacia el rostro de Kulin al tiempo que señalaba su plato—. Sus hábitos alimenticios lo delatan. Corta la carne con cuchillo y tenedor, y se lleva la comida a la boca con el tenedor. Asimismo, come las ensaladas con el tenedor, y su cuchara sigue donde la ha colocado el asistente. Estos hombres, los hombres alistados... —continuó con un gesto que indujo a Kulin a pasear la mirada por el barracón—. Casi todos ellos utilizan el dorso del tenedor para empujar la mayor cantidad posible de comida sobre la cuchara y luego llevársela a la boca. No es imposible encontrar un recluta con buenos modales en la mesa, pero sí conseguir que conserve esos buenos modales después de la instrucción. Usted también ha servido en el ejército, ¿verdad?

—Sí, señor, en la república de Tayikistán.

—¿Y su listón social no bajó?

Kulin guardó silencio y bajó la vista involuntariamente.

—Claro que no se habría atrevido a volver a casa de su madre con esos modales, ¿cierto?

—No, señor.

—En fin, he venido a darle la bienvenida, no a chincharlo. Soy el coronel Voskresenyov. Me alojo en un barracón privado a apenas cien metros del suyo. Por favor, no dude en acudir a mí si tiene algún problema durante su estancia.

—Gracias, señor, lo haré.

—¿Juega al ajedrez, Kulin?

—No, señor.

—Lástima. En fin, buen provecho y buenas noches.

Una vez en su alojamiento, Yuri preparó sus utensilios para el día siguiente. Papel, lápices, manuales de conversación tayiko-ruso y uzbeko-ruso (hablaba ambas lenguas con fluidez, pero le habían enseñado a llevar ambos libros y referirse a ellos de forma evidente), una fotografía que no soportaba mirar y que esperaba ardientemente no tener que usar, y una bolsita acolchada de terciopelo que cabía en un bolsillo oculto de su maleta. Verificó el nombre y la dirección del hombre con el que debía reunirse, así como los términos del intercambio. Trocar dos instrumentos musicales por una vida humana se le antojaba extraño y cruel, pero por otro lado, tal como le habían recordado, él no era un militar. Si todo salía bien, volvería a subir a un tren con rumbo a Moscú al cabo de dos días, estaría instalado en su cubículo de la biblioteca al cabo de una semana y ocupando un puesto importante en el Ministerio de Cultura para cuando terminara su tesina en el mes de junio.

Tras un abundante desayuno a base de huevos escalfados, pan negro, gachas saladas y té, Kulin y Kravchuk subieron de nuevo al coche y se dirigieron hacia el norte.

—Bien, camarada ingeniero...

—Por favor, Kravchuck, llámeme Yuri si no le importa. No soy un soldado.

—Pero ¿sirvió en el ejército?

—Sí, en Dushambé, aunque en los tres años que pasé allí, nunca llegué hasta la región de Ferghana.

—Si usted lo dice, cam... Yuri. Yo no soy más que un mujik de Jarkov —masculló antes de lanzar un resoplido contundente y una risita que parecía mofarse de sí mismo—. A mí lo que me va es la llanura y la tierra negra. Tengo entendido que ayer conoció al coronel.

—Sí, un hombre muy cortés.

—Cortés —repitió Kravchuk con incredulidad—. Eso será si le caes en gracia. Es un tipo extraño, pero al fin y al cabo, es del Báltico, así que un poco...

Extendió la mano con la palma hacia abajo y la agitó. ¿Un poco desequilibrado? ¿Un poco loco? ¿Un poco homosexual?

Kulin carraspeó.

—¿Cuánto tiempo lleva aquí?

—¿Qué día es hoy? 25 de septiembre de 1979, ¿no? Pues entonces, once meses, dos semanas y tres días, para ser exactos —repuso con una carcajada seguida de un eructo—. En fin, tengo un amigo que trabaja de tipógrafo para un general y dice que pronto nos trasladarán a Afganistán por invitación de nuestros hermanos socialistas, según dice el general.

Kulin hizo una mueca. Pasearse por aquella tierra como un emperador era una cosa, pero como parte de sus estudios había leído relatos sobre el ejército británico en el paso de Jaibar, y le preocupaba que Afganistán fuera otra cosa bien distinta.

—Si no le importa que se lo pregunte, Yuri, ¿por qué lo han enviado aquí? Quiero decir, ¿para qué necesitamos un museo precisamente aquí?

—La verdad, cabo, no lo pregunté. Mi superior me ordenó presentarme en este lugar. La sección local del partido quiere documentar y exponer los logros culturales que la revolución soviética ha traído al valle de Ferghana. Mi labor consiste en evaluar la adecuación del emplazamiento propuesto para el museo y luego regresar a casa.

—Es moscovita, ¿verdad? —Kulin asintió—. ¡Siempre lo adivino! —exclamó el conductor, golpeando el volante con una sonrisa de oreja a oreja—. En fin, no pretendía meterme donde no me llaman. Déjeme ver otra vez la dirección. Ah, ahí es. Cruzamos el puente, y es ese pueblo de la derecha.

El puente tendido sobre el río Sir Dariá marcaba el límite de Leninabad y, de hecho, el confín de la Unión Soviética. La nieve convertía la carretera estrecha y sin asfaltar que unía aquella zona y Tashkent, situado unas tres horas al norte, en un paso muy complicado entre octubre y mayo, mientras que los bandidos garantizaban que solo un batallón pudiera recorrerla de mayo a septiembre. Al sur se alzaban los montes Pamir, al este se abría el valle de Ferghana, morada de violentas facciones regionalistas de toda índole, y más allá empezaba China. Leninabad terminaba de un modo abrupto. Edificios de lúgubre arquitectura soviética abrazaban una orilla del río, y a lo largo de la otra asomaban entre la nieve picos montañosos que parecían pájaros agolpados y se extendían hasta la lejana cordillera de Tien Shan. Una fotografía tomada desde el norte tendría aspecto de montaje, como si hubieran pegado la imagen de una ciudad sobre la de un valle.

Kravchuk señaló las nueve casitas que salpicaban la colina más cercana, dispuestas alrededor de un marronoso afluente del Sir Dariá.

—Casi todos aún viven así, en estas aldeas...

—*Kishlaks*.

—¿Qué?

Kulin abrió el manual de conversación para corregir su error.

—Aquí dice que *kishlak* significa «pueblo» en tayiko.

—Pues eso. En fin, se llamen como se llamen, desde luego son más bonitos que Leninabad.

La carretera moría al pie de la colina, y Kravchuk apagó el motor. Ambos se apearon del coche y echaron a andar juntos, pero Kulin pidió al conductor que esperara junto al vehículo.

—Por si acaso. Nunca se sabe lo que puede pasar si el coche se queda solo.

Kravchuk asintió, a todas luces satisfecho con la decisión.

—Grite si me necesita, ingeniero. Iré en un santiamén.

Kulin asintió, lo saludó con la mano y siguió subiendo la cuesta. Tres niños salieron de la primera casa por la que pasó.

—¡Ruso! ¡Ruso! —gritaron—. ¡Venid a ver al extranjero!

Para cuando llegó al centro del pueblo, los gritos habían cesado, y se vio rodeado de niños morenos y callados que lo observaban con los ojos abiertos como platos.

—*Assalom u aleykum* —empezó, pero de inmediato lo interrumpió una voz rasposa que hablaba en ruso.

—¿Por qué no habla su lengua materna? Nosotros la hablamos. Algunos de nosotros tenemos azotes, cicatrices y quemaduras que lo demuestran.

La voz, que poseía un deje irónico rayano en la amenaza, pertenecía a un hombre alto de rostro arrugado y penetrantes ojos verdes. Lucía un *turpan* a rayas multicolores sujeto con una faja a la cintura y permanecía inmóvil, sin dar la bienvenida ni pretender ahuyentar a Kulin.

—Gracias —repuso Yuri con torpeza.

Aguardó la respuesta del hombre, pero este se limitó a seguir observándolo en silencio y sin cambiar de expresión.

—Querría hablar con Porat Badhmadullaev. Tengo entendido que vive en este pueblo.

—Así es. Ahora se llama Hayi Porat. Realizó el viaje el año pasado con su hijo. Muy difícil y muy ilegal. Pero si es usted quien creo que es, entonces sin duda ya lo sabe.

—No soy de la KGB, si es eso lo que piensa. Soy ingeniero y he venido a buscar un emplazamiento apropiado para un museo dedicado a la cultura tayika, a su cultura —explicó Kulin.

Intentó esbozar una sonrisa, pero de inmediato comprendió que ese gesto le confería un aspecto débil e inestable en lugar de cálido y confiado. Su interlocutor inclinó la cabeza y la ladeó un ápice, ademán cuyo significado Kulin no alcanzó a captar.

—¿Podría llevarme hasta él, por favor?

El hombre señaló la última casa del pueblo, situada en lo alto de la colina, y se volvió sin decir palabra. A dos palmadas suyas, los niños se dispersaron. Kulin percibió numerosas miradas clavadas en él desde el interior de las moradas, pero nadie salió a saludarlo, amenazarlo ni echarle un vistazo. Al llegar a la última casa, se detuvo un instante antes de llamar a la puerta de madera.

Una voz lo invitó a pasar. Kulin empujó la puerta y entró en una casucha de una sola habitación, en cuyo centro se veía un pequeño fuego dentro de una estufa de piedra. A su alrededor se sentaban cuatro hombres, todos ellos con barba blanca y sin bigote. Llevaban túnicas y turbantes blancos, eran de rostro alargado y ojos hundidos y vidriosos. Daban la impresión de llevar siglos allí sentados, figuras intemporales curtidas por el fuego, observadores y guardianes de secretos.

—¿Busca a Hayi Porat? —inquirió uno de ellos en tayiko.

Kulim asintió. Tres de los hombres se levantaron y salieron sin decir palabra ni cambiar de expresión. El cuarto alzó la mirada y lo observó con seriedad.

—Soy Porat. Por favor, siéntese y tome un poco de té.

Dicho aquello le sirvió un poco de té flojo de un abollado cazo de aluminio en un mugriento cuenco de cerámica que le alargó con ambas manos.

—¿Le han dicho quién soy y por qué estoy aquí? —quiso saber Yuri.

—Por supuesto. Ha venido en busca de un lugar para construir un museo de cultura tayika. Me parece una elección inusual, tan lejos de la ciudad, en una zona montañosa proclive a las avalanchas y las riadas. Un emplazamiento muy poco apropiado.

De repente, Kulin se sintió incómodo ante la idea de tener que explicar la situación a Porat. El hombre que le había encomendado aquella misión le había asegurado que Porat entendía y aceptaba las condiciones del canje. Kulin no era más que un correo, un hombre elegido por su inteligencia, su anonimato, su ambición y su dominio de las lenguas regionales. Carraspeó para iniciar la explicación, pero Porat lo interrumpió con un gesto.

—No es necesario que diga nada. Conozco los verdaderos motivos de su visita. Me dijeron que traería una fotografía de Akbarjan. ¿Me permite verla, por favor?

—Hayi Porat, no sé si querrá...

Porat levantó el bastón con ambas manos e hizo añicos el cuenco de Kulin.

—Ya imagino qué aspecto tendrá y lo que le habrán hecho los suyos. Estoy preparado. Muéstreme la fotografía.

Kulin sacó la fotografía de entre dos páginas del manual de conversación y se la alargó a Porat. Mostraba a un joven tendido en una cama de hospital, con una mano sujetándole la cabeza. Tenía la piel negra y violeta alrededor de los ojos cerrados por la hinchazón. La nariz aparecía casi plana, rota por innumerables sitios, los labios partidos y tumefactos entreabiertos, dejando al descubierto la dentadura rota y ensangrentada. Daba la sensación de que lo habían sumergido en vino y le habían inflado la cabeza. Los cardenales continuaban hasta los hombros, donde terminaba la fotografía. Porat intentó contener un sollozo, pero se le escapó un suspiro tembloroso que le hundió el pecho. Kulin no se movió.

—¿De qué se le acusa? —inquirió Porat al tiempo que se erguía en la silla y se enderezaba el turbante.

—No lo sé, Hayi, pero le prometo que...

—Las promesas de un agente del gobierno soviético valen menos que el aire necesario para pronunciarlas. Pero ¿acaso tengo elección? —Kulin calló—. ¿Lo ve?

Porat se dirigió hacia un ornamentado cofre de cobre situado en un rincón.

—Estoy seguro de que le pagarán bien por las molestias que se ha tomado. Un joven como usted puede tener coches, buenos trabajos, mujeres, una buena casa para su madre... Pero cualquier privilegio que reciba tendrá menos valor que lo que se llevará de aquí. Y tenga por seguro que lo que se llevará se lo daría mil veces con tal de que me devuelvan a Akbarjan, mi hijo, mi único hijo. Akbarjan es el último descendiente varón del científico y músico samaní Ferahid. Nuestro linaje se remonta más de mil años. ¿Qué me dice de su familia? ¿Quién es usted? —espetó Porat, clavándole una mirada penetrante.

El padre de Kulin trabajaba en una fábrica de jabón y su madre era secretaria en una sección local del partido. Sus abuelos eran campesinos, y allí terminaba su linaje, de modo que guardó silencio.

—Supongo que no importa —prosiguió Porat al tiempo que abría el cofre y sacaba un paquete cuidadosamente envuelto—. A mí, a mi padre, al padre de mi padre y a todos los padres de nuestra familia nos ha llevado siglos encontrar estas flautas. Ahora son suyas. El tesoro más valioso de nuestra familia a cambio de su continuidad. Una elección dolorosa pero muy, muy fácil en el fondo.

Kulin desenvolvió el paquete y vio dos pequeñas flautas, una de oro y la otra de plata. Les dio la vuelta para verificar las inscripciones, pero Porat golpeó la estufa con el bastón.

—Guárdelas y escuche con atención. No es usted un invitado. Espero que esta noche envíe un telegrama a quien corresponda para que mi hijo quede en libertad de inmediato. Maldito sea si no lo hace. Quiero que mi hijo vuelva a casa. Y ahora váyase —ordenó, dándole la espalda aun antes de terminar la frase.

Nadie se dirigió a Kulin en el camino de vuelta al coche. Nadie salió siquiera de ninguna casa, pero en todas ellas se oía el mismo sonido, el chasqueo de desaprobación que su madre emitía cuando Kulin hacía algo mal, lo cual era cierto en aquel caso, por supuesto. El hecho de ser una pieza insignificante del asunto no representaba ningún consuelo. Llevaba toda la vida deseando viajar a la región de Ferghana. Por fin lo había conseguido, y los primeros tayikos a los que había conocido lo odiaban. O bien el hijo era un criminal y Yuri debía entregar un soborno para ponerlo en libertad, o bien lo habían secuestrado para conseguir aquellas dos flautas que ahora llevaba en la bolsa. Se preguntó por qué las flautas significarían tanto para alguien lo bastante poderoso para sacar de la cárcel a un preso y garantizar un futuro opulento a un lingüista apolítico. Sin embargo, Kulin sabía por experiencia que las preguntas tendían a ocasionar más problemas que beneficios, de modo que las desterró de su mente.

Cuando llegó junto al coche, Kravchuk estaba sentado sobre el capó leyendo un libro y tomando una cerveza. Al ver a Yuri apuró la cerveza y arrojó la botella todo lo lejos que pudo. Se hundió en el Sir Dariá con un satisfactorio chasquido.

—¿Ha tenido algún problema?

—Ninguno. ¿Qué estaba leyendo?

Kravchuk sostuvo el libro en alto y leyó el título de la cubierta.

—Historia de Uzbekistán, del Comité Soviético para la Hermandad del Cáucaso y Asia Central.

Kulin conocía el libro, un cuento previsible, tedioso y típicamente soviético en el que las bondades del marxismo-leninismo salvaban a los desafortunados pueblos de Asia Central de la superstición y la barbarie.

—¿Interesante? —preguntó sin el más mínimo interés.

—Mucho. Ahora estaba leyendo sobre el hoyo de alimañas. Muzafar Jan, un dirigente uzbeko de mediados del siglo XIX, se había hecho famoso por arrojar a sus oponentes a un profundo hoyo alfombrado de roedores, escorpiones y gusanos. De vez en cuando ordenaba a su apicultor real que añadiera un nido de avispones al mejunje. A los historiadores soviéticos les encantaban aquellos relatos y les dedicaban mucho más tiempo que al Bujara de Rudaki, Avicena y Firdusi (y por lo visto, a Ferahid. Kulin se prometió mentalmente consultar el nombre cuando regresara a Moscú).

—Hay formas mucho más limpias de resolver una disputa y desembarazarse de un oponente —comentó Kravchuk con una amplia sonrisa.

Kulin asintió con aire ausente, subió al vehículo y cerró los ojos. No reparó en que Kravchuk deslizaba la mano bajo el asiento del conductor y sacaba un objeto de metal gris. Si oyó el chasquido metálico, probablemente creyó que Kravchuk estaba ajustando el asiento. Al sentir algo frío contra la base de la mandíbula, abrió los ojos y no vio más que un cegador destello blanco.

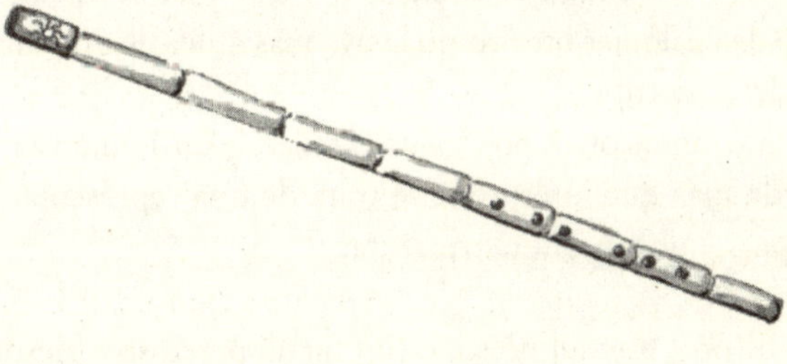

Objeto 3: Un ney: flauta vertical de forma cilíndrica, 28,3 centímetros de longitud y 2,1 centímetros de diámetro, con seis ori-

ficios en un lado y uno para el pulgar en el anverso. Justo debajo de la boquilla se ve un sol tallado al estilo persa, así como una inscripción en farsi que dice «Oro, pero no nuestro oro». La flauta es de oro, o mejor dicho, se trata de un cilindro hueco de oro relleno de azufre en polvo y sellado en ambos extremos y alrededor de los bordes de los orificios.

El azufre amortigua los sonidos del ney, tornándolos tan pesados que casi ningún músico puede tocarlo. El hecho de que Ferahid utilizara azufre en esta flauta se descubrió porque muy pocos músicos versados lograban arrancarle nota alguna, tal como explica el historiador samaní Ghazi Yafar Sharaf:

«El exaltado Ismail, tras recibir de su músico Ferahid una resplandeciente flauta de oro, intentó durante largo tiempo y en vano tocar el instrumento. Exasperado, arrojó la flauta a su músico; el instrumento chocó contra uno de los pilares del castillo y de él cayó un polvo amarillento, parte del cual se derramó sobre las llamas, desprendiendo un fétido hedor. Ferahid lo defendió como "una cosa secreta y milagrosa para lograr toda suerte de transformaciones y medicinas sublimes". Acto seguido fundió varios de sus tesoros para reparar la flauta, que devolvió a Ismail, flor estival de Bujara, que quedó profundamente complacido por el gesto. Ferahid reunió al tañedor de ud y los maestros de doura y doira para interpretar con gran esfuerzo una melodía compuesta por él mismo, y el sonido que emitía el ney de Ismail se distinguía del sonido de cualquier otro como la uva más dulce de un puñado de arena del desierto».

Como tantos otros objetos en el taller de un alquimista, el ney recuerda más que interpreta; se trata de una representación de principios y una metáfora tripartita:

1. El oro, por supuesto, es un metal precioso y desde hace largo tiempo se asocia a los alquimistas (correcta o erróneamente) con la transmutación de metales insignificantes en otros de gran valor. Como tal, el oro representa la fase final

del proceso alquímico, la sustancia definitiva mutada e inmutable.

2. El sol representa tanto el oro como el fuego de la transformación. Es el padre alquímico, la fuerza activa, ardiente y penetrante que impulsa el proceso.
3. El azufre, material con que Ferahid rellenó la flauta, representa los mismos principios masculinos que el sol. Según la teoría de los metales de Kabeljauw, el azufre es la «forma raíz de todos los metales. Hiede como el demonio, pero debemos comerciar con él, pues un breve conocimiento de los principios puede permitirnos triunfar sobre la perdición activa, es decir, la tentación, y la perdición pasiva de la ignorancia».

Fecha de fabricación: Año mil de nuestra era.

Fabricante: Hamid Shorbat ibn Ali ibn Salim Ferahid. Ferahid era músico y astrónomo en la corte de Bujara. Asimismo era preceptor de Abu Ali ibn'Sina (Avicena) y poseía una extensa biblioteca en Bujara. Dedicó su vida a la composición de una sola obra, inacabada y jamás encontrada. Su ilustre discípulo contaba que Ferahid «ha ampliado el conocimiento humano de Dios en mayor medida que ningún otro hombre en la historia, pero no busca la fama por sus esfuerzos, ya que la idea de que sus descubrimientos se utilicen con fines oscuros y contrarios a la sabiduría divina lo atormenta sobremanera, hasta el punto de que temo por su salud y su cordura. En ningún caso abandonará su hogar, pues he presenciado las maravillas de que habla y podría dar fe al mundo de su grandeza».

A la muerte de Ferahid, Avicena contó que su maestro «fue al seno de Dios anoche en las circunstancias más grotescas y espeluznantes. Todo su valioso trabajo ha desaparecido sin dejar rastro, y temo que la historia lo conozca como un mero artesano».

Lugar de origen: Si bien Ferahid sirvió en la corte samaní de Bujara, vivió y trabajo en Jojand, donde con toda probabilidad fabricó esta flauta.

Último propietario conocido: Porat Badhmadullaev, residente en la localidad de Bilanjan, situada en la frontera entre Uzbekistán y Tayikistán, en la boca del valle de Ferghana y al otro lado del río de Leninabad (la pasada y futura Jojand). Porat era el nonagesimonoveno descendiente varón de Ferahid y completó la labor iniciada por los nietos de Ferahid, encontrar y obtener los neys de sus antepasados.

Durante los años del declive de la dinastía samaní, a principios del siglo XII, las flautas fueron enviadas como tributo a Bagdad, donde al-Idrisi las ganó al califa en un juego de destreza. El geógrafo se las llevó a su nuevo destino como geógrafo de la corte del rey siciliano Rogelio II, pero cuando desapareció mientras realizaba un mapa de Europa en 1154, la existencia de las flautas se convirtió en un rumor. Un antepasado de Porat que vivió en el siglo XIV afirmó haberlas visto en Venecia. Dos siglos más tarde, otro antepasado fue ahorcado en Trivandrum por intentar robar una flauta de oro a un rico terrateniente.

Porat jamás reveló cómo había obtenido las flautas. Yuri Kulin, un joven y prometedor lingüista especializado en las lenguas de Asia Central, fue enviado a Bilanjan, supuestamente para documentar la historia de Porat con el fin de incluirla en un museo de historia tayika que llevaba largo tiempo proyectado pero que no llegó a construirse. Por aquel entonces, al igual que la mayor parte del valle de Ferghana, Bilanjan se tornaba cada vez más intranquilo, atrapado en las garras del fervor musulmán de finales del siglo XX. Según el informe del ejército soviético, por supuesto de corte oficial, los hermanos de Porat dispararon a Yuri Kulin, mutilaron el cadáver y lo hicieron rodar colina abajo hasta la orilla del Sir Dariá. Fue a parar a los pies del escolta militar de Kulin, el cabo Alexei Kravchuk, quien dio parte de la muerte (del cadáver sin orejas, manos ni cabeza) y afirmó haber oído a los hermanos de Porat disparar sus rifles al aire con aspecto triunfante en el pueblo. Al cabo de tres horas, Bilanjan quedó reducido a escombros por un bombardeo. Al final de aquel mismo día, Akbarjan Badhmadullaev, encerrado en la cárcel de Lefortovo como sospechoso de terrorismo, «se suicidó golpeándose repetidamente contra los barrotes de su celda». Tres días más tarde, el cabo Kravchuck desapareció sin que se hayan vuelto a tener noticias de él.

Valor aproximado: El oro por sí solo valdría decenas de miles de dólares. Si a ello añadimos la antigüedad y la pintoresca historia del instrumento, sin duda la cifra se situaría en varios millones.

¿Qué pagaría usted por la lámpara de Aladino?

Su padre es el Sol, su madre la Luna.

A la mañana siguiente, desde la ventana de la redacción, el lago Massapaug relucía quieto y profundo como un ópalo al sol de finales de otoño. Ningún bañista, embarcación ni pescador perturbaba la superficie. En la oficina los teléfonos callaban, y también Art y yo guardábamos silencio. Eran poco más de las nueve, de modo que Austell aún no había llegado, y Nancy seguía de vacaciones. Una leve brisa acariciaba la superficie del lago y empujaba las ramas casi desnudas de los árboles contra el tejado de la redacción. Estábamos sentados en el despacho de Art, él con un cigarrillo y un café, yo con el periódico. La mañana aún no se había convertido en un día de pleno derecho.

Había pasado la noche anterior mirando uno de esos atroces partidos de entre semana en un canal gratuito de deportes. En aquella época del año, casi todos los seguidores de los Jets contraen una acidez de estómago aguda que en realidad no acaba de abandonarlos nunca. Mi hermano Victor describe su estrategia como «cagarla y luego agarrarse a la liga como sea». Después de perder cuatro partidos en septiembre y octubre que deberían ganar, ganan tres partidos en noviembre y diciembre que deberían haber perdido, se cuelan en la fase final a duras penas y quedan eliminados en la primera ronda. Nunca falla.

El año anterior había ido a casa para verlos perder la final de consolación contra el Oakland con Vic, su mujer, Anna, y Chris, mi sobrino. Era el peor momento de mi ruptura con Mia, de modo que acabé bebiendo demasiado, dejándola verde delante de Vic y Anna y desmayándome en el sofá antes del inicio del partido. Anna era una de esas madres histéricas que ya está preparando la solicitud de Chris para Harvard; tener un cuñado descarriado que se pasaba la velada mascullando palabrotas y estaba a punto de abrirle la cabeza a su hijo al caer desplomado sobre el sofá no es precisamente lo que más le gusta del mundo. En fin... Este año esperaba recibir una invitación de Art para ver las finales; por regla general, él y su estable familia eran mucho más fáciles de soportar que mis parientes nerviosos y entrópicos. Pero a decir verdad, me conformaba con una invitación a ver los partidos desde mi propio sofá.

Unos pasos rápidos y decididos en la escalera de madera que conducía hasta la puerta de la oficina nos sacaron de nuestro ensimismamiento. Ambos nos quedamos mirando la puerta cuando se abrió de golpe.

—Mira, te preparo el almuerzo para que te lo comas. No puedes seguir subsistiendo a base de tabaco y cafeína a tu edad y con el corazón que tienes.

Donna Rolen avanzó teatralmente hacia el escritorio de su marido y le alargó un túper que contenía un bocadillo y una manzana. Art hizo una mueca también muy teatral, retiró la tapa y husmeó el interior.

Donna se volvió hacia mí con un resoplido.

—Hola, cariño. ¿Te hace trabajar demasiado? ¿Eso es un bocadillo de jamón? ¿Ya te estás comiendo el almuerzo?

Me avergüenza confesar que me estaba comiendo un bocadillo de jamón a las nueve de la mañana.

—No, sí y no. El bocadillo de jamón es mi desayuno, ten en cuenta que mi madre es holandesa. Pero hoy no me he traído almuerzo; tengo que cuidar este figurín.

Donna se echó a reír con mucho más entusiasmo del que merecía un chiste tan malo.

—¡Te vas a quedar en los huesos! ¿Cómo vas a pensar si no comes? ¡Así no podrás concentrarte! —Arrebató el túper a su esposo y me lo puso delante—. No se lo comerá. Solo lo coge para que me calle. Cómetelo tú, es de pavo. ¿Te gusta el pavo? —Asentí—. ¡Estupendo! No permitas que se pase contigo —añadió, señalando con el dedo a Art, que con Cara de Marido Compungido se hundía cada vez más en la silla—. Y si empieza a fastidiarte, ya sabes lo que tienes que hacer, ¿verdad?

—¿Fastidiarle yo también? ¿Usar mi anillo antifastidio?

Donna me miró como si acabara de salirme una segunda cabeza y por un instante temí haber herido su puritana sensibilidad de Nueva Inglaterra, pero al cabo de un instante se echó a reír con más fuerza que antes.

—¡Tienes que SALIR DE AQUÍ! Conocer a gente joven, meterte en líos. De verdad, a Art le encanta tenerte aquí, ¿verdad? —ni siquiera se volvió hacia su marido en busca de confirmación, pero aun así percibí el leve asentimiento de mi jefe—, pero a tu edad deberías pasarte toda la noche sin dormir. Art y yo sobreviviremos sin ti.

Estaba convencido de ello. De hecho, Art y Donna podían sobrevivir prácticamente sin nada. Habían vivido en más países de los que la mayoría de la gente había visitado, y su eterno pique de mujer chinchona y marido agobiado no era más que eso, un pique que ocultaba un amor profundo y a toda prueba. Mis padres llevaban diez años sin estar juntos en la misma habitación, mientras que Donna y Art apenas habían pasado una sola noche separados en cuatro décadas. La familia de Donna llevaba casi doscientos años en Lincoln, y si bien se pasaba la vida bromeando acerca del puritanismo autosuficiente y la estoica frialdad de los naturales de Nueva Inglaterra, lo cierto era que al trasladarme al pueblo, la mujer de mi jefe me había preparado la cena todas las noches durante un mes y nunca me permitía irme con las manos vacías, aunque eso significara dejar a su marido sin almuerzo.

—¿Se lo has dicho? —preguntó en aquel momento a Art, que negó con la cabeza.

—¿Tengo motivos para preocuparme? —tercié.

—Sí, muchacho, estás despedido. Mi único reportero como Dios manda —puso los ojos en blanco y se dirigió a Donna— y se cree que voy a echarlo y permitir que Austell rebautice el periódico como *Carrier y Sedal*. No, no hay motivos para preocuparse. Anoche Donna y yo estábamos hablando de tu necrológica y...

—No conocía a ese tipo —lo atajó Donna—, y eso que creo conocer a casi todo el mundo en el pueblo. Bueno, a todos menos los que vienen de fin de semana —puntualizó como si hablara de cucarachas—. Pero creo que he oído hablar de él.

—¿Ah, sí? ¿Quién te ha hablado de él? —pregunté, alargando la mano hacia mi cuaderno.

—Nuestra nueva profesora de música.

Donna era la bibliotecaria de la academia Talcott, la escuela privada de Lincoln.

—Tiene alquilada la planta baja de la casa de Mary DeSouza, en Orchard Street. ¿Aquel hombre vivía en Orchard?

Consulté mis notas y asentí.

—Pues tiene que ser él. Siempre habla del viejo extraño que vive al lado, de que no tiene amigos y es de un país extranjero y sabe un montón de cosas fascinantes y qué triste y tal y cual. Le prepara la comida y juega a las damas con él. Bueno, le preparaba la comida y jugaba a las damas con él, quería decir.

—¿Cómo se llama?

—Hannah Rowe. Ha empezado este año, y todos los pequeños están enamorados de ella.

—¿Es guapa? —pregunté, procurando aparentar indiferencia, aunque supongo que mi falta de práctica amorosa me hizo sonar más ansioso de lo que pretendía.

—Vaya, vaya —exclamó Donna con una amplia sonrisa—. Es humano a fin de cuentas. —Lanzó una carcajada que me hizo sonrojar—. Hannah está muy bien. Demasiado alta para mi gusto, pero qué se le va a hacer. —Se detuvo un instante y contuvo el aliento antes de continuar en voz más baja—: No es precisamente muy popular entre el personal, aunque yo nunca he tenido problemas con ella.

—¿Por qué? ¿A la gente le cae mal?

—Bueno, no, bueno... quizá no debería decir nada. Las chicas guapas suelen poner un poco nerviosos a los carcamales.

Asentí con cara de póquer. Nunca había oído a Donna criticar a nadie que conociera, y el asunto parecía incomodarla un tanto.

—¿Y a ti te cae bien?

—Bueno, sí, claro, pero es que en realidad apenas la conozco. Es muy agradable y muy concienzuda en su trabajo... —Se interrumpió y tragó saliva—. No sé si la invitaría a cenar a casa, pero es cordial.

—De acuerdo. ¿Crees que accedería a hablar conmigo?

—Supongo que sí. Eso espero. Con tu encanto estoy segura de que no tendrás ningún problema —afirmó mientras me daba una palmadita en la rodilla.

—Yo no estoy tan convencido, pero gracias de todos modos. No tendrás su número de teléfono por casualidad...

—¿Su número de teléfono? Vaya, vaya, vas directo al grano, ¿eh? —se burló con un guiño—. No, no lo tengo, pero seguro que lo puedes conseguir en información. O mejor aún, llámala a la escuela; seguro que está allí. Por cierto, yo también tendría que ir para allá; le he dicho a Joanie que solo salía cinco minutos.

Miró el reloj y miró por la ventana. Como casi todos los lugareños, siempre dejaba el coche en marcha cuando iba a hacer un recado corto, un hábito que no dejaba de sorprenderme.

—Bueno —resopló, volviéndose hacia Art—. Comerás algo, ¿verdad? Paul se comerá el almuerzo que te he traído, y tú puedes ir a casa y coger algo de la nevera.

—¿Y por qué no me dices de paso qué debo comer? Ah, y no olvides recordarme que no me quede delante de la nevera con la puerta abierta —replicó Art al tiempo que apoyaba la mejilla en la mano con expresión de colegial aburrido.

Donna agitó el puño y lo besó en la frente.

—Suerte que lo quiero, porque si no tendría que matarlo. No trabajéis demasiado, chicos —advirtió con un saludo entre coqueto y burlón antes de cerrar la puerta y bajar la escalera.

En cuanto se fue, dejé el almuerzo delante de Art, pero él lo deslizó hacia mí.

—Cómetelo tú, de verdad. Ya iré a casa a buscar algo.

Me encogí de hombros, cogí el túper e intenté recordar la última vez que mi padre me había dado un bocadillo casero. La respuesta era nunca. Mi padre y yo no nos llevábamos demasiado bien. Suponía que Vic, licenciado en derecho, padre de familia, propietario de su propia casa, jugador de golf y maestro de la jovialidad, mantenía el contacto y se esforzaba lo suficiente por los dos.

Mi padre adoptaba cierto tono derrotado cada vez que me preguntaba cómo me iban las cosas. El año anterior, por Acción de Gracias, me había dicho que «muchas personas de éxito han empezado haciendo lo mismo que tú». Fue entonces cuando le dije a Anna que en aquella cena iban a caer tres botellas. Cuando mi padre añadió cuánto sentía que la hubiera «cagado con aquella chica oriental tan lista», incrementé el cálculo a seis botellas. En los últimos tiempos había cambiado de táctica, pasando de la beligerancia a los suspiros de mártir cada vez que le aseguraba que me gustaba mi trabajo. Llevaba tiempo escaqueándome de la llamada telefónica que le debía porque estaba convencido de que insistiría en que fuera a Indianápolis para pasar las Navidades con él, su nueva esposa histérica y rubia de bote y mis hermanastros modelo encefalograma plano. Habría preferido beberme un vaso de lejía, pero en tal caso tendría que asegurarme de comprar la marca de lejía apropiada, ya que de lo contrario mortificaría a papá.

—Realmente estás investigando a fondo para este artículo —comentó Art—. Nada que ver con las historias locales que te encargo.

Asentí con expresión neutra y sin saber adónde quería ir a parar.

—Deberíamos colocarlo en un periódico más importante que el *Carrier*.

—¿Como cuál?

—Para eso te he hecho venir temprano hoy —repuso él al tiempo que descolgaba el teléfono.

—¿A quién llamas?

—A Leenie —explicó Art mientras marcaba—. Eileen Coughlin, redactora adjunta del periódico más importante de Boston. Ella y yo... —Se interrumpió a media frase para escuchar—. LeeNIE —saludó a su interlocutora, recalcando la segunda sílaba mientras una sonrisa se insinuaba en sus labios para acabar ensanchándose.

—Sí, señora. ¿Qué tal estás? Espera un momento, que pongo el altavoz.

Al instante, una voz ronca con espeso acento de Boston surgió del teléfono de Art.

—... puto aparato para que pueda hablar contigo como una persona normal.

—Leenie, ¿recuerdas que la otra noche en Metzger's te hablé del chico que tengo trabajando conmigo, Paul Tomm?

—Sí.

—Pues lo tengo delante, y está trabajando en algo que, si no me equivoco, encajaría mejor en vuestro periódico que en el mío.

—¿Ah, sí? Si el chico lleva el sello de garantía de Art Rolen, soy todo oídos. Suéltalo.

Art me señaló con el dedo y asintió. Te toca, decía su gesto. Le conté la historia con toda la concisión de que fui capaz, exagerando los aspectos más misteriosos (enigmático profesor inmigrante que llevaba y a veces disparaba un arma, causa de la muerte en apariencia desconocida, ciudadano anónimo que informaba de la muerte desde un teléfono público, posible robo, antecedentes penales), y eludiendo la conclusión más banal (anciano estrafalario muere solo por causas naturales).

—Bueno —dijo Leenie cuando terminé—. Parece que podría ser algo, aunque por otro lado, podría no ser nada de nada. Pero en cualquier caso, es interesante. ¿Artie te dirige o te asesora?

—Lo asesoro, cariño —terció Art—. El chico sabe vestirse solo y ya no lleva pañal.

—Oye, Paul, hazme un favor, ¿quieres? —pidió Leenie, riendo—. Coge el teléfono para que no tenga que oírte gritar por esa lata. Gracias, eso está mucho mejor. Vamos a ver... Art habla muy bien de ti, y yo lo aprecio mucho. Él cree que tú crees estar sobre la pista de algo, y tú crees estar sobre la pista de algo, y si es así, entonces tiene razón en lo de no publicar el artículo en el *Carrier*. Si sale algo más, llámame otra vez y hablamos. Entretanto, salga algo o no, a veces publicamos artículos de interés local de toda Nueva Inglaterra. Si encuentras algo que merezca la pena, me das un toque. Y ahora pásame a Art, ¿quieres? Buena suerte y hasta pronto.

Entregué el teléfono a Art, que se despidió de su amiga, hizo planes corteses pero irrealizables para quedar con ella y colgó.

—¿Te ha dicho que te dejará un hueco?

—Si encuentro algo interesante, sí. También ha dicho que a veces publican artículos de interés local.

—Sí, deberías escribir alguno. El corresponsal que tienen ahora es extremadamente perezoso y poco fiable.

—¿Quién es?

—Yo —confesó Art con una sonrisa avergonzada—. Escribo un artículo cada pocos meses, pero la verdad es que podría escribirse uno al mes sin problema. Pagan bien, es un trabajo fácil, bueno para el currículum y también para tener un pie dentro si alguna vez te da por ir a Boston. Y espero que te dé. A lo mejor

Leenie te proporciona algo que te permita saltarte algún paso, para que no tengas que pasar por... no sé, New Haven o Springfield cuando te vayas de aquí. Entretanto, tendrás que seguir indagando. —Bajó la cabeza y señaló el teléfono—. ¿Vas a llamar a la profesora de música?

Al igual que las empresas de zapatillas deportivas patrocinan a los corredores, las compañías telefónicas deberían patrocinar a los periodistas, porque nadie salvo los profesionales del telemarketing utiliza los teléfonos tanto como nosotros. Marqué el número de la escuela, y al poco contestó una voz precisa y culta.

—Escuela Talcott, soy la señora Turley. ¿En qué puedo servirle?

—Querría hablar con Hannah Rowe, por favor.

—La señorita Rowe está enferma. ¿Quiere dejar algún mensaje?

—A decir verdad, me urge bastante hablar con ella. ¿Tiene algún número donde la pueda localizar?

—¿Con quién hablo, por favor?

—Soy su primo Brett —mentí, haciendo caso omiso de la risita contenida de Art—. Llamo porque esta noche estaré de paso en Lincoln y querría pasar a saludarla. La cuestión es que me he dejado el número en Filadelfia y no consigo localizar a mi mujer. ¿Hay alguna posibilidad de ponerme en contacto con ella?

—Oh, bueno... por lo general no... pero en fin... siendo familiar suyo... Aquí tiene el número: 555-0791. Dígale de mi parte que se mejore.

—Muchísimas gracias, señora Turley, lo haré.

Por aquel entonces, no creía en el destino, la fortuna, la predestinación ni ninguna otra de las «señales de intervención divina en la tierra» que Hannah veía en todas partes. Antes de conocer a Hannah, consideraba tales creencias con cierta perplejidad, como la inofensiva imposición de un orden narrativo en un mundo fundamentalmente azaroso. Ahora las detesto de forma activa; son peligrosas, demenciales, y sé que la gente cree en esas cosas por vanidad. No puedo despreciarla a ella sin pensar igual (o peor) de mí mismo, yo que la hallé tan fascinante durante un período tan breve de tiempo.

Tampoco puedo evitar pensar en aquella conversación telefónica como algo extraordinario; la plasmé en el diario que empecé a escribir aquella misma noche, pero de hecho sus palabras permanecen grabadas a hielo en mi memoria. No cuento esta historia a modo de conmemoración, sino como medio para cubrir la emoción con una manta de palabras y así derrotarla. Haré añicos su recuerdo conservándolo, así que ahí va:

Hannah contestó al tercer timbrazo del teléfono que me había proporcionado la señora Turley.

—¿Diga?

—¿Hannah Rowe?

—Sí.

—Me llamo Paul Tomm y trabajo en el *Lincoln Carrier*.

De inmediato, su voz adquirió un matiz más cálido, con una sonrisa audible que aún me encoge el corazón cuando pienso en ella.

—Vaya, me encanta el *Carrier*, y me suena su nombre. Usted escribió aquel artículo sobre la reconstrucción del Viejo Molino, ¿verdad?

—Pues sí. Desde luego, sabe cómo halagar a un periodista.

—No es un halago, créame. El señor Relaford y yo..., es el profesor de artes visuales, llevamos a nuestros alumnos al molino después de leer el artículo. Se pusieron a dibujar mientras yo tocaba para ellos en aquella enorme estancia de piedra. Fue como tocar en una iglesia, qué acústica tan impresionante. Así que gracias, Paul Tomm.

Ya entonces, escuchar mi nombre de sus labios me hizo sentir inquieto y agradecido a un tiempo. Es lo que pasa cuando un hombre joven y sano se entierra en un pueblecito sin contacto femenino durante meses. Aunque por otro lado, creo que siempre se me ha dado mejor inventar aventuras románticas que vivirlas.

—Gracias. Como le decía, aquí todos somos unos ególatras; nos encanta ver nuestro nombre impreso. Lo único que queremos es reconocimiento, así que acaba de alegrarme la semana.

Hannah lanzó una risita aguda y tintineante.

—La llamo porque estoy trabajando en un artículo sobre Jaan Pühapäev. Tengo entendido que es vecino suyo.

—Sí.

—¿Lo ha visto últimamente?

—Vamos a ver. Hoy no, ayer tampoco, y el martes acompañé a mis jóvenes de la iglesia de excursión. Por lo general paso por su casa una vez el fin de semana y otra entre semana, pero esta semana todavía no he tenido ocasión.

—Así que la última vez que lo vio fue...

—Vamos a ver. El jueves o el viernes pasado, creo. ¿Está escribiendo un artículo sobre él? Me parece muy bien, ¿sabe? Es un hombre fascinante.

Guardé silencio un instante, pero no, aunque me avergüence admitirlo, por respeto a los difuntos, sino porque no quería estropear nuestra conversación con una noticia triste. Pero entonces me asaltó la idea de consolarla, de abrazar a aquella mujer a la que jamás había visto y con la que tan solo llevaba hablando unos minutos.

—Siento tener que decírselo, pero ha muerto. Murió el martes por la noche.

Hannah calló un momento, y por fin la oí emitir un leve gemido.

—Lo siento muchísimo —aseguré con sinceridad—. ¿Se encuentra bien?

—Estoy bien —asintió ella con un sollozo contenido—. Es que me parece espantosa la idea de que muriera solo. Sin embargo, estoy convencida de que se encuentra en un lugar mejor.

—Escuche —dije, reacio a comentar aquel punto—, ¿podríamos quedar para hablar de él? Estoy intentando escribir un artículo sobre él, y por lo visto es usted la única persona de Connecticut o Rhode Island que lo conocía.

—¿Un artículo? ¿Quiere decir una necrológica?

—Sí.

Más o menos. Quizá. Técnicamente sí, supongo.

Hannah suspiró.

—De acuerdo. Oficialmente estoy enferma, así que no quiero salir. ¿Por qué no pasa por mi casa esta tarde a tomar el té?

—Estupendo. Vive cerca de casa de Jaan, ¿verdad?

—Hasta ahora sí —puntualizó ella con una risita amarga—. Vivo al otro lado de la calle y un poco más abajo. Mi casa no tiene número, pero es marrón con postigos blancos. Estoy en la planta baja.

—Muy bien, y gracias.

Hannah intentó decir algo dos veces antes de que las palabras brotaran de sus labios como un torrente.

—Lo quería, ¿sabe? Lo quería y quiero que se le recuerde. Lo hago por él. Venga esta tarde si puede.

—Puedo. Iré a las cuatro.

Nos despedimos y colgamos.

Quizá se debía a que no me había acostado con nadie ni coqueteado con nadie desde Mia. Quizá se debía al académico frustrado en mí que siempre veía promesas en el otoño, o tal vez simplemente me sentía solo. En cualquier caso, de repente me parecía haber despertado, y al colgar advertí que me temblaba la mano.

—Muy bien, a las cuatro. ¿Y ahora qué vas a hacer? —inquirió Art.

—¿Ir a casa y prepararme?

Art soltó una carcajada y se retrepó en la silla con las manos entrelazadas en la nuca.

—No te embales, que esto no es una cita. Sigues trabajando en el artículo, ¿no?

—Claro, lo siento. En fin, supongo que podría...

—Llamar al Panda para ver si tiene alguna novedad.

Marqué el número de la oficina del forense. Contestó una voz de mujer nasal y amortiguada que no esperaba.

—Oficina del forense del condado de New Kendall.

—¿El doctor Sarath... Shata... —consulté la tarjeta antes de proseguir más despacio—: Sunathipala, por favor?

—¿Es usted pariente?

—¿Cómo dice? Ah, ¿que si llamo para reclamar un cadáver? No.

—No, que si es familiar del doctor Sunathipala.

—No, y...

—¿Quién es, por favor?

—Paul Tomm, periodista y amigo suyo —medio mentí.

—Pues siento decirle —repuso en tono oficial— que el doctor Sunathipala murió anoche. Lo atropelló un coche cuando volvía a casa a pie.

—¿Que ha muerto? Pero ¿qué...? Pero si hablé con él ayer. Yo no...

Art me miraba con fijeza, los ojos como platos, la boca entreabierta, la mano paralizada de camino al paquete de cigarrillos que guardaba en el bolsillo de la pechera. Meneó la cabeza sin decir nada y con una expresión a caballo entre la estupefacción, el miedo y la incredulidad.

—Lo sé, todos estamos destrozados. Era un hombre tan entrañable... Vamos a celebrar una ceremonia en memoria suya aquí en la oficina. No sé qué planes tiene la familia.

Su voz se tornaba cada vez más tensa, como si intentara contener los sollozos y estuviera a punto de perder la batalla.

¿Qué podía decir? Lo único que quería era colgar lo antes posible.

—Lo siento muchísimo.

—Gracias.

Volví a darle las gracias, colgué y se lo conté a Art. Se pinzó el puente de la nariz con los dedos durante tanto rato que creí que se había quedado dormido. Por fin, como una escultura de hielo bajo un secador de pelo, empezó a moverse, a desplomarse de hecho, como un charco sobre su escritorio. Me levanté en silencio y estaba a punto de apoyarle una mano en el hombro cuando se irguió.

—Es que... Te pasas tantos años trabajando en zonas de guerra que empiezas a conocer a más muertos que vivos —murmuró—, pero nunca aprendes a llevarlo mejor.

Se metió la mano en el bolsillo y sacó un papel arrugado y blando por el paso del tiempo.

—El obispo de Hebrón me dio esto hace veinte o veinticinco años. Por entonces vivía en Beirut y cubría la guerra civil. Fue una época horrible. Aún recuerdo... —Agitó la mano y sacudió la cabeza con los ojos cerrados, como si desechara algo—. Eran otros tiempos. En fin, aquel obispo había construido una pequeña choza en una colina. El movimiento de los colonos empezaba a ganar terreno bajo el mando de Begin, y el obispo quería protestar contra la idea de que Dios había prometido tierra a personas nacidas en tales o cuales circunstancias. Así pues, abandonó su iglesia y se instaló en aquella barraca, donde tenía intención de permanecer cuarenta días y cuarenta noches, con agua pero sin comida. Sin embargo, al cabo de tres semanas, un médico que había viajado desde Brooklyn para ponerse a buenas con Dios le pegó un tiro en el costado, lo trasladó al hospital del asentamiento y lo operó... De hecho, le salvó la vida. No quería matar al sacerdote, tan solo conseguir que se largara de la colina. Así que algunos de nosotros fuimos allí para entrevistar al obispo. Nunca olvidaré esto: dijo que cada vez que su fe era puesta a prueba, lo que imagino que sucedía a menudo, no acudía a los Evangelios ni al Apocalipsis ni a las promesas celestiales ni nada por el estilo, sino a un versículo de Eclesiastés —y entonces Art empezó a leer del papel—: «Todo lo que te venga a la mano para hacer, hazlo con empeño. Porque en el Seol, adonde vas, no hay obras, ni cuentas, ni conocimiento, ni Sabiduría». —Alzó la mirada hacia mí—. Decía que le recordaba que la fe iba y venía, incluso para los sacerdotes. Ni siquiera nosotros podemos creer en todo momento, decía... Y también decía que los actos, no la creencia pura, eran lo que más importaba.

Recuerdo que me miró (un católico practicante siempre reconoce a uno negligente) y dijo: «Viniste por una bala, pero jamás habrías venido a misa». Y tenía razón... No sé qué narices tiene esto que ver con Panda, pero este trozo de papel... ¿Lo ves? Está escrito en árabe por un lado y traducido al inglés para mí aquí... Lo guardaba en aquella barraca, y siempre lo leo cuando muere alguien que conozco, algo que sucederá más a menudo de lo que imaginas, te lo aseguro, aunque solo si eres afortunado y no te mueres tú.

Me dedicó un guiño cansado, se levantó, se puso su deformado abrigo verde y palmeó cada bolsillo como parte del ritual.

—Me voy a casa a llorar. Luego iré a ver a Ananya. Nos vemos mañana por la mañana.

EL NEY PLATEADO DE FERAHID

Hermes, Thot y Mercurio, raudos e ingeniosos, amados pese a su inconstancia. El instruido galeno bautizó a la progenitora de mi arte en honor del miembro griego de aquel triunvirato. El metal en sí mismo es tan previsible en sus propiedades y naturaleza, pero no en sus acciones concretas, como cualquiera de estos dioses. A su modo se asemeja a la mujer, al agua y a la música, que crean, sostienen y confieren sabor a la vida.

HAMID SHORBAT IBN ALI IBN SALIM FERAHID,
De los objetivos de la música y el sol

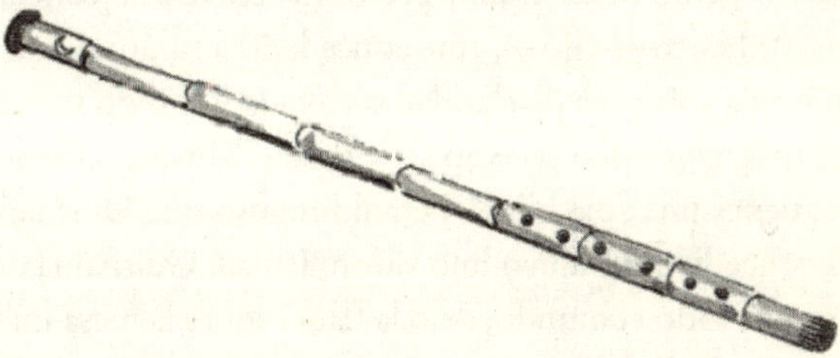

Objeto 4: Flauta vertical de forma cilíndrica, 28,3 centímetros de longitud y 2,1 centímetros de diámetro, con seis orificios en un

lado y uno para el pulgar en el obverso. Justo debajo de la boquilla se ve una luna tallada al estilo persa, así como una inscripción en farsi que dice «Plata, pero no nuestra plata». La flauta consiste en un cilindro hueco de plata relleno de mercurio y sellado en ambos extremos y alrededor de los bordes de los orificios.

El instrumento es el más famoso de la pareja; su sobrenombre persa se traduce como «Facilitador deslizante de locura». «Deslizante» hace referencia a la ausencia de notas fijas que produce este ney; cuando el mercurio fluye a lo largo del cuerpo de la flauta como reacción al calor y la presión de los dedos del intérprete, el peso del instrumento se redistribuye y como consecuencia de ello la tonalidad y el timbre de los sonidos varían.

Ghazi Yafar Sharaf describe el momento en que Ferahid hace entrega del ney a Ismail: «Ferahid ofreció a Ismail, fruto del árbol genealógico más noble de los samanís, una segunda flauta, en esta ocasión de plata, con una luna tallada y una inscripción junto a la boquilla. "Con esta flauta pueden emitirse más notas que con cualesquiera otras tres de distintos tamaños", explicó a su señor. "No obstante, ello requiere una firmeza de espíritu reflejada en la firmeza de los dedos del intérprete." Dicho aquello, tapó todos los orificios con los dedos y sopló por la boquilla. En efecto, el sonido resultante tembló sin apaciguarse. Con una reverencia alargó el instrumento a Ismail, quien lo contempló con la benevolencia y el gentil buen humor por el que con tanta justicia se lo recuerda. "Músico —dijo—, ¿me concederás a tu única hija si logro emitir una sola nota de claridad sostenida y te pido su mano?" Una vez más, el músico accedió sin vacilar. "Músico —repitió Ismail—, ¿tienes una sola hija?" Ferahid repuso que Dios tan solo le había concedido un único hijo varón. Ismail, Guirnalda de Bujara, señor de todo el mundo, dejó la flauta sobre la mesa más cercana a su trono y sonrió».

Al igual que su gemelo, el ney de plata representa tres metáforas:

1. De valor ligeramente inferior al oro, la plata simboliza que el proceso alquímico está a punto de finalizar; representa el esfuerzo más que el triunfo.
2. Si el sol es el padre, la luna es la madre, y como tal encarna los principios frescos, receptivos y puros del proceso.
3. El mercurio, con frecuencia denominado *argent vive*, simboliza la transformación o la propia alquimia. Informe y rápido, el mercurio es posibilidad pura y poco digna de confianza; requiere una mano firme por el conocimiento más que una fuerza para domeñarla.

La ironía de que el propio Mercurio fuera, entre otras cosas, dios del comercio y de la riqueza, no escapaba a la mayor parte de los alquimistas.

Fecha de fabricación: Véase «El ney dorado de Ferahid».

Fabricante: Véase «El ney dorado de Ferahid».

Lugar de origen: Véase «El ney dorado de Ferahid».

Último propietario conocido: Véase «El ney dorado de Ferahid».

Valor aproximado: Véase «El ney dorado de Ferahid».

El viento lo llevó en su vientre,

la tierra fue su nodriza.

Salí de la oficina en cuanto Art se fue. No me apetecía hablar de la muerte con Austell. Emprendí el cuidadosamente diseñado «paseo sin rumbo» que Art me había mostrado al trasladarme a Lincoln. Salir por la puerta trasera del despacho, bajar la pendiente, adentrarse en el bosque y seguir el río hasta el puente que lo cruza cerca de la gasolinera que marca el límite del centro de Lincoln. Cuando alcancé el ecuador del paseo empezó a llover, no una llovizna insignificante que pudiera tomarse por neblina, ni tampoco un chaparrón cuyo paso pudiera esperar bajo un árbol, sino la típica lluvia constante y fría que caracteriza el final del otoño en Nueva Inglaterra, esa que te cala hasta los huesos y oscurece cielo y tierra. Pasé por mi casa, situada frente a la gasolinera, me cambié de ropa, me puse un anorak y cogí un paraguas.

Cuando regresé a la redacción la encontré vacía (gracias a Dios), y sobre mi mesa había un sobre con mi nombre. Lo abrí y saqué una hoja de papel con el sello del condado de New Kendal en la parte superior y un post-it amarillo que decía: «PT -Ver documento adjunto si estás interesado. En caso contrario, hazle un favor al Panda y échale un vistazo de todos modos. Por favor, déjalo sobre mi mesa cuando termines. Buena suerte con la profesora de música. Recuerda que la vida es corta. Hasta mañana. AR».

Bajo el sello empezaba el informe de la policía de New Kendal sobre la muerte de Vivepananda Sunathipala. La fecha y hora escritas junto a la firma indicaban que el informe se había presentado a las 22.03 horas de la noche anterior. El sello horario de la esquina superior derecha mostraba que lo habían enviado por fax a Art Rolen a las 9.59 horas de aquella misma mañana. Me pregunté a quién conocería en el cuerpo policial de New Kendal. El informe explicaba que el Panda había sido atropellado por un coche de modelo reciente, de dos o cuatro puertas, pintado de negro, gris, azul marino o violeta, con uno o más conductores, varones o mujeres. Cinco testigos habían visto a cinco conductores de características distintas. Dos enfermeros habían visto a un forense muerto en la calle. Todos coincidían en que el coche no se había detenido, en que apenas si había aminorado la marcha después de atropellar al Panda.

La segunda muerte sin explicación con que me topaba en los últimos dos días, más que en todos mis veintitrés años de vida juntos. Relacioné a Pühapäev y el Panda por una simple cuestión de circunstancia, pero al poco me pregunté si de hecho no existiría alguna conexión entre ambas muertes. Desde luego, resultaba extraño que el único hombre de Connecticut en examinar con detenimiento al primer fallecido muriera al poco. Pero ¿consideraría alguien más que era extraño, o creería la gente que no se trataba más que de dos muertes casuales, unidas por el único y tenue vínculo de que guardaban cierta relación con mi trabajo?

Firmaba el informe un tal teniente Haynes Johnson, al que llamé para comprobar si tenía algo más que añadir. Pero cuando le dije que llamaba de un periódico, me pasó con el relaciones públicas, quien me recordó que «la información relativa a una investigación en curso, sea o no relevante para dicha investigación, no se hace pública hasta que las autoridades puedan cerciorarse de que hacerla pública reportará algún beneficio dirigido a la detención del sospechoso o los sospechosos». Todo un logro sintáctico. Le di las gracias, colgué, dejé el informe sobre la mesa de Art con una nota («AR: He hecho lo que me has dicho. Muchas gracias. Espero que tú, Donna y la familia del Panda estéis todo lo bien que cabe esperar. PT»), y salí de nuevo a la lluvia para entrevistar a una profesora de música.

Cuando torcí a la izquierda por Orchard Street, esquivando a duras penas las ramas bajas que se cernían sobre la calle, Allen Olafsson conducía en sentido opuesto en el coche patrulla del pueblo. Me miró con ojos entornados a través de los dos parabrisas para intentar discernir quién era. Cuando nuestros coches casi se tocaban, me dedicó una leve inclinación de cabeza y media sonrisa para indicar que me había reconocido, me hizo luces, se desvió y detuvo el coche a un lado de la calle antes de bajar la ventanilla. Paré mi coche a su altura.

—Es la segunda vez que nos vemos en este barrio —comentó con voz neutra—. ¿Qué le trae por aquí?

Estuve tentado de replicar que no era asunto suyo, pero nunca está de más tener a la policía local de tu parte.

—Una entrevista.

—¿Una entrevista? ¿Y quién vive aquí que merezca la pena ser entrevistado?

—En la casa de la señora DeSouza vive una profesora.

—Mary DeSouza, ¿eh? Un personaje muy raro. ¿La entrevista tiene algo que ver con nuestro difunto amigo?

—Sí, tiene que ver con su necrológica —expliqué.

No veía motivo para mencionar al forense, el informe policial y la investigación para un periódico de Boston; siempre es mejor simplificar.

—¿Ha encontrado algo en la casa? —pregunté al policía.

—Qué va —negó Al al tiempo que se quitaba la gorra y se pasaba la mano por el ralo cabello pajizo—. De hecho, ni siquiera he entrado. Solo paso con el coche de vez en cuando, para asegurarme de que no desaparece nada y de que no vuelve nadie, aunque no sé si sirve de algo. —Esbozó una sonrisa afligida—. Entre nosotros, Bert cree que pierdo el tiempo, pero me hace sentir mejor y me da una excusa para salir de la oficina.

Asentí sin decir nada, con la esperanza de que tomara mi silencio como una invitación para dar por concluida nuestra conversación. Así fue.

—Bueno, no le entretengo más —dijo—. Pero una cosa... Si se entera de algo interesante sobre ese tipo, ¿me lo hará saber? Yo haré lo mismo, para que tenga... ya sabe, una fuente.

No sabía a ciencia cierta si se estaba cachondeando de mí, pero accedí. Me tendió la mano y se la estreché. Luego se alejó, con la luz del techo centelleando y la sirena apagada.

La calle moría a escasos metros de distancia. A ambos lados de la calzada, el humo seguía brotando de las chimeneas de las dos casas de piedra, que como la otra vez estaban a oscuras. El columpio de Pühapäev continuaba en el mismo estado lamentable, y la lluvia había transformado su jardín delantero en un paisaje lunar salpicado de cráteres y barro. Aparqué delante de la casa de madera de tres plantas, la única de la calle que mostraba indicios de estar habitada, y me dirigí a la puerta principal. Debajo del timbre, un adhesivo blanco decía DeSouza, con una flecha que señalaba hacia arriba, y Rowe, con una flecha que señalaba hacia la fachada lateral de la casa. Seguí la flecha, pisé un charco, me encaminé a la puerta lateral y resbalé con algo tirado en el sendero que se estrelló contra la puerta con un golpe embarazosamente fuerte. Era una enorme llave inglesa. La recogí justo cuando la puerta se abría.

Era más baja de lo que la señora Rolen me había dado a entender, tan solo un par de centímetros más alta que yo, pero su delgadez y su larga melena la hacían parecer más alta. Tenía el cabello castaño claro, ojos grises y facciones angulosas, diáfanas. No era un rostro bello, pero adquiría profundidad cuanto más lo contemplabas. Los cambios de humor y de pensamiento lo surcaban como agua y se zambullían veloces bajo la superficie. Por supuesto, eso sucedió más tarde, pero aun aquella primera vez me descolocó.

—¿Hannah Rowe?

—¿Paul Tomm? —replicó en el mismo tono.

No sabía si me estaba tomando el pelo o tan solo respondiendo con musicalidad a mi saludo. Bajó la mirada hacia la llave inglesa que sostenía en la mano como si de un ramo de flores se tratara. Me sonrojé.

—Sabía lo de los griegos que traen presentes, pero nunca me habían hablado de periodistas que traen llaves inglesas. Eres Paul, ¿verdad?

Asentí, y Hannah me invitó a entrar tras quitarme la llave inglesa y volverla a arrojar con despreocupación al sendero.

—Llegas un poco pronto —comentó y se apresuró a agitar la mano cuando empecé a disculparme—. Solo es una constatación, no un motivo de disculpa. ¿Te apetece un poco de té?

Repuse que sí, y ella me indicó que me sentara en uno de los dos sillones verdes colocados en un rincón, alrededor de una mesa redonda de madera. Me dirigí hacia uno de los sillones, y al quitarme la chaqueta volqué la mesa. Una curiosa mezcolanza de trastos, entre ellos algunos objetos de cerámica, un naipe y varias cosas que parecían trabajos de arte infantil, cayeron al suelo con estruendo. Hannah se echó a reír, y yo volví a sonrojarme.

—Paul Tomm, vamos a tener que instalarte en un lugar seguro. Me parece que tendría que haber puesto esquineras de espuma en los muebles.

Me ruboricé tanto que las orejas me ardían. Sentí deseos de salir corriendo y volver a empezar desde el principio. Me quedé de pie junto a la mesa volcada, con la chaqueta empapada en una mano y el cuaderno en la otra, petrificado, humillado.

—Era broma... no hace falta que te ruborices —intentó tranquilizarme al tiempo que me cogía el anorak y lo colgaba sobre un radiador—. Siéntate y relájate. No, no recojas nada, solo pon la mesa bien y siéntate aquí —ordenó, apoyándome las manos en los hombros para conducirme hasta el sillón.

Instintivamente, levanté el brazo para tocarle la mano, ya fuera a modo de agradecimiento o de disculpa, no lo sé. En cualquier caso, ella me la oprimió con cortesía cuando me senté.

—Ahora quédate aquí mientras pongo un poco de música y preparo el té. ¿Qué te apetece escuchar?

—La verdad es que no entiendo mucho de música. No tengo preferencias, pon lo que quieras.

Hannah sonrió y pulsó un botón del equipo de música colocado en el rincón. Las notas de un violoncelo, suntuosas, tristes, quejumbrosas y expresivas, llenaron la estancia. La pauta que trazaban no era exactamente una melodía; su ritmo deliberadamente irregular parecía imitar el habla humana. Nunca había oído nada parecido. Me llenaba el cerebro, obligándome a estar pendiente de cada compás.

—¿Qué es? —pregunté en voz alta para que me oyera desde la cocina.

—Marais. Un dúo de viola de gamba llamado Les Voix Humaines, pero arreglado para violoncelo. Pretende sonar como una voz humana. A mí me suena a poema, o a plegaria.

Al poco dispuso una bandeja con una tetera, dos tazas, un cuenco de terrones de azúcar y un plato de galletas sobre la mesa recién despejada.

—¿Lo ves? En el fondo me has hecho un favor sin proponértelo. ¿Dónde habría puesto la bandeja si no hubieras despejado la mesa?

Se sentó frente a mí y me dedicó otra de sus sonrisas deslumbrantes. La miré durante un instante demasiado largo para resultar cortés, luego cogí el cuaderno y me saqué dos bolígrafos del bolsillo de la pechera.

Siempre había envidiado la capacidad de Art de iniciar una conversación con naderías insignificantes que desembocaban sin fisuras en preguntas importantes. Me había advertido en incontables ocasiones que era crucial hacer sentirse cómodos a los entrevistados. Por supuesto, Hannah se sentía mucho más cómoda que yo; de hecho, yo tenía un nudo en el estómago y estaba empezando a sudar. No se me ocurría nada que decir a excepción de lo que quería preguntarle.

—¿Puedo hacerte unas preguntas sobre Jaan?

Su sonrisa se desvaneció de inmediato sin dejar ningún rastro de calor en su rostro aquilino. De repente parecía un ser atormentado; con la suave luz de su tez pálida y la larga melena, parecía sacada de una historia de fantasmas del siglo XIX.

—Siento tanto que muriera solo. Espero que supiera adónde iba.

—¿Y quién lo sabe?

—Yo —afirmó ella, volviéndose hacia mí.

En aquel momento estaba hermosísima, con la luz de la lámpara iluminándole el rostro y aquella expresión que me llegó al alma de tal modo que a punto estuve de levantarme de un salto y salir huyendo. Cualquiera que piense que la belleza es atractiva en lugar de aterradora es o bien un ignorante o bien una persona inusualmente valiente.

—Yo —repitió en voz baja.

—¿Crees que él lo sabía?

Hannah se retorció las manos sobre el regazo.

—Eso espero, de verdad, eso espero. Es que... Era tan mayor, ¿sabes? Tan mayor. Espero que pensara en ello —musitó para sus adentros.

Carraspeé antes de continuar.

—¿Sabes qué edad tenía?

Me miró de hito en hito, y la expresión torturada desapareció de su rostro. La luz arrancó destellos a su melena y le rodeó con fulgor fiero el rostro solemne y profundo como el de un ángel tallado en piedra.

—¿Exactamente? No. Decía que había vivido en la Estonia independiente de entreguerras, así que supongo que tendría unos ochenta años. Pero por favor —añadió al ver que tomaba notas—, no me cites como fuente fidedigna. De hecho, ¿es necesario que cites mi nombre?

Le dije que no, que no pensaba utilizar su nombre si ella no quería. Le pregunté cómo lo había conocido.

—Lo conocí cuando me instalé aquí hace un par de años. Llamé a su puerta para presentarme, y me gritó que me fuera —explicó con una risita cariñosa al rememorar el episodio—. Empecé a bajar la escalinata, pero supongo que me vio por la ventana, porque oí que abría la puerta y me dice con ese acento tan fuerte que tenía: «¿Por qué no me dices que eres chica guapa?». Me invitó a pasar, hablamos un rato y así empezó todo, como suele decirse.

—¿Sabes dónde nació, si tenía familia, en qué consistía su trabajo y demás? —inquirí, haciéndome el tonto como Art me había enseñado, porque más vale obtener demasiadas respuestas que demasiado pocas.

Hannah bajó la vista y se puso a arrancar bolitas de lana de la manta echada sobre su sillón.

—Bueno, era de Estonia, me parece que ya te lo he dicho. Hablaba mucho de Tallinn, pero también del campo y de las islas. Tenía un libro de fotografías de una de las islas, creo que se llamaba Saaremaa, que le encantaba enseñarme. Creo que tenía familia, pero no sé quiénes son ni dónde vivían. Pero el verano pasado pasó tres semanas en Estonia. —Se dirigió a la librería y sacó una botella de color granate—. Me trajo esto.

VANNA TALLINN, decía la etiqueta. La abrí y husmeé el contenido. Olía a caramelo y regaliz, y el líquido tenía consistencia de jarabe, como jerez hervido durante largo rato. Hannah me echó un poco en el té. Sabía dulce, y aunque no ardía, percibí su calor al deslizarse por la garganta.

—¿Y qué me dices de su trabajo? Sé que era profesor, pero...

—Creo que estaba medio jubilado, o al menos que daba pocas clases. Desde luego, no daba clases aquí.

—No, daba clases en la Universidad de Wickenden.

—Vaya, veo que has hecho los deberes, muy bien. Escribía mucho, eso sí. Tiene cuadernos enteros llenos de escritos, pero no creo que le publicaran muchas cosas. De vez en cuando sacaba de la estantería una revista desconocida y me enseñaba su nombre. La verdad es que no sé si siempre era la misma. Pero no creo que publicara ningún libro. En cualquier caso, deberías ir a Wickenden si quieres saber más cosas de su trabajo.

—Ya he ido. Me licencié allí —alardeé como un idiota, deseoso de contarle algo acerca de mí para ver si caía en mis brazos.

—¿Ah, sí? Yo quería ir, pero no entré —confesó, golpeteándose la sien—. Demasiado poco cerebro.

—Dime a qué tutor tengo que matar.

Hannah se echó a reír.

—¿Qué te parece? —preguntó a continuación mientras señalaba los altavoces.

—Me gusta —aseguré, incapaz de pronunciar una frase más inteligente.

Sonaba a música, a música bonita.

—¿Qué instrumento tocas?

—Solo el piano y el violoncelo —repuso antes de sepultar el rostro entre las manos—. Es mi lacra como profesora de música. Soy un fraude —añadió con una sonrisa afligida.

—No eres un fraude, solo una persona entusiasta.

—Eres un encanto.

Estaba a punto de responderle que sí, que en efecto lo era, cuando me preguntó si tocaba algún instrumento.

—No. La verdad es que no sé nada de música. Oídos de hojalata, zarpas por manos y pies de paja.

Hannah se echó a reír.

—Y necesitas un corazón, un cerebro y valor, ¿verdad? Podría darte un curso intensivo.

La miré como un perrillo torpe y dócil.

—Solo tienes que decirme cuándo; me encantaría.

Sonrió, ladeó la cabeza y apoyó una mano larga y esbelta sobre el antebrazo opuesto al tiempo que señalaba mi cuaderno con la cabeza.

—¿Quieres saber algo más?

—¿Puedes contarme algo más?

—Solo que lo quería. Lo quería, de verdad —insistió como si se lo hubiera rebatido.

Era lo mismo que me había asegurado por teléfono. En aquel momento alcancé las más profundas tinieblas románticas y sentí celos de un estonio muerto.

—Le hacía la compra cuando lo necesitaba, le preparaba la comida un par de veces por semana, charlaba con él... Bueno, de hecho me sentaba con él mientras él hablaba y fumaba. Ahora desearía haberme interesado más por sus cosas. Estoy convencida de que en el lugar donde reposa hay un fuego encendido, un sillón mullido y enormes cantidades de libros, tabaco y chicas guapas dispuestas a escucharlo.

Se encogió de hombros y enarcó las cejas con ademán afligido. Nos miramos en silencio y con intensidad durante el tiempo suficiente para que no quedaran preguntas entre nosotros. La librería, el sofá y el violoncelo apoyado en un rincón empezaron a relucir y a oscurecerse. Me sentía atrapado en la ropa. La tela me escocía, y percibía los latidos de mi corazón en la base de la mandíbula. Hannah dejó la taza de té demasiado cerca del canto de la mesa, de modo que cayó y se hizo añicos contra la pata. Ambos nos levantamos de un salto.

—Vaya —jadeó—, parece que me has contagiado tu torpeza.

Examiné los fragmentos de porcelana entre los numerosos artefactos religiosos aún esparcidos por el suelo.

—¿Qué son? —quise saber.

—Oh, es mi mesa de Dios —explicó con una sonrisa que me impidió discernir si hablaba o no en serio—. Creo en todo —prosiguió—. En cualquier religión, en todas las religiones.

Asentí, incapaz de hallar una respuesta adecuada.

—¿Tú eres creyente? —preguntó.

—No, soy como un chucho sin raza —contesté, devolviéndole la sonrisa.

Hannah adoptó una expresión horrorizada.

—No digas eso. Da igual lo que seas mientras seas algo. No se me ocurre nada peor que no creer en nada. ¿Qué eres?

—Luterano, católico, griego ortodoxo, judío. De madre medio holandesa, medio irlandesa y padre griego judío. Con un abuelo en cada iglesia y doce nietos que no pertenecen a ninguna.

—Es maravilloso. Fíjate en todas las opciones que tienes. ¿En cuál te educaron?

—Dependía del lugar donde pasáramos los días señalados. Es una larga historia —comenté antes de mirar el reloj y hacer acopio de mis siempre escasas reservas de valor—. Una historia larga y a ratos interesante que mejor te cuento durante la cena. ¿Qué te parece?

—Vaya, ¿el periodista estrella invita a la pobre profesora de música a cenar?

—Me encantaría. ¿Qué tal el Longwood Inn?

—Tienes gustos caros para ser un reportero de pueblo. ¿Qué tal algún restaurante algo más alejado? Preferiría no tener que preocuparme por si nos ven mis compañeros y por las habladurías en la sala de profesores. ¿Has estado alguna vez en el Trout?

—No, no me suena.

—Eso es porque está en Pelton, a unos cuarenta y cinco minutos al norte de aquí. Justo a la orilla del río y casi en la frontera con Massachusetts. ¿Tienes coche?

—Sí. ¿Cuándo vamos?

—¿Mañana? —Asentí—. Estupendo —exclamó—. Hace semanas que no salgo un viernes por la noche. Por desgracia, tengo cosas que hacer en la escuela, así que si no te importa, ve a buscarme detrás de Talcott, donde empieza la pendiente que va del centro al distrito de la estación, ¿vale? ¿Te parece bien sobre las siete?

—Perfecto —respondí mientras me abría la puerta.

Le tendí la mano. Hannah se la quedó mirando con aire compasivo antes de alzar la mirada.

—Eres un encanto —repitió.

Luego me apoyó las manos en los hombros, me besó en el pómulo, me saludó con la mano y cerró la puerta tras de mí.

Cuando me dirigía a la parte delantera de la casa, por el rabillo del ojo vi un movimiento rápido en el porche. Me volví para averiguar de qué se trataba, y un gato pasó volando junto a mí, rozándome el punto donde Hannah me había besado antes de desaparecer con un frufrú de hojas entre los arbustos. Retrocedí de un salto, y estoy seguro de que debí de gritar o cuando menos mascullar un juramento en voz embarazosamente alta, porque la puerta principal se abrió, y a ella se asomó una escuálida anciana ataviada con una informe bata de guatiné, zapatillas desparejadas y una abultada manta azul a modo de turbante. Al verme dio un respingo.

—Vaya por Dios, pero si no estoy presentable. Mi casa es un poco fría, ¿sabe? —Se inclinó hacia adelante y dobló la mano por la muñeca como si compartiera un secreto—. Y la calefacción es tan cara. ¿Qué hace merodeando detrás de la casa, joven?

—He venido a visitar a Hannah —repuse, desconcertado e intentando no reírme de su aspecto.

—Vaya, vaya, es su novio, ¿verdad? Debería haberlo adivinado. Soy una mujer anticuada y, la verdad, no apruebo que los jóvenes se pasen la vida entrando y saliendo de la cama como si tal cosa.

No sabía si ofenderme o sentirme halagado por su valoración de mi destreza sexual.

—Soy periodista, señora —tartamudeé— y he venido a hablar con ella de su difunto vecino. Le aseguro que nos hemos limitado a hablar sentados en sillones diferentes o de pie.

—Apuesto lo que sea a que lo lamenta —espetó ella, mirándome por encima del borde de las gafas, lo que la hacía parecer más baja—. No parece de aquí.

—No lo soy —repliqué con sequedad mientras echaba a andar hacia el coche.

—No se atreva a alejarse cuando hablo con usted, joven. ¿Dice que ha venido para escribir sobre ese viejo que vivía enfrente?

—Sí.

—Bueno, pues soy la señora DeSouza, y si quiere puede citarme.

—Por supuesto. ¿Lo conocía? —pregunté, el bolígrafo suspendido con gesto ostentoso sobre el cuaderno.

—Llevo setenta y dos años viviendo en esta casa. De algo tiene que servir eso.

Se arrebujó en la bata y se ajustó la manta, que empezaba a tambalearse sobre su cabeza.

—Nunca tomamos el té juntos, si es eso lo que quiere saber. Ni siquiera se molestó en presentarse cuando llegó —resopló—. Y cuando por fin fui a su casa para reprochárselo, ni siquiera me invitó a pasar. ¿Se lo imagina? Solo abrió la puerta una rendija y apenas asomó la cabeza.

—¿Y después lo conoció mejor?

—¿Después del modo en que me trató? Estará de guasa. A ese viejo roñoso no le habría dado ni la hora.

Aquello fue la gota que colmó el vaso; mis intentos de contener la risa no hicieron más que reforzar la carcajada que se me escapó. La señora DeSouza se irguió y me lanzó una mirada furiosa, pero el gesto perturbó el precario equilibrio de la enorme bola azul que llevaba en la cabeza, la cual resbaló hacia un lado y estuvo a punto de derribar a la enclenque anciana.

—Sepa que no suelo usar esa clase de lenguaje, joven. Hoy en día ya nadie se toma en serio los modales. Ese hombre debería haberse presentado.

—Por supuesto, lo sé. En fin, si no tiene nada más...

—¿Que si no tengo nada más? ¿Qué quiere decir con eso?

—Para mi artículo. Quería decir nada más sobre Jaan.

—La única persona que «tenía algo», como dice usted, de ese hombre era su amiguita la profesora de música. Nunca le vi abrir la puerta a nadie más, pero ya imagino por qué —añadió en voz baja y salaz.

—Estoy seguro de que nunca sucedió nada impropio entre ellos.

—Claro, claro. ¿Con un viejo como ese? Probablemente no se le levanta desde la guerra. Solo digo que la señorita Rowe tiene unos encantos considerables, a juego con sus artimañas. Un viejo solo sin duda se sentía halagado, a pesar de que nunca hacía ni caso a nadie más.

—Muy interesante. Gracias, señora DeSouza. Esta entrevista me ha sido de gran utilidad.

—No se ponga condescendiente conmigo. Y no quiero verlo merodeando por aquí en plena noche, ¿queda claro?

—Por supuesto.

Dicho aquello, la anciana cerró de un portazo, y yo subí al coche. El gato echó un vistazo suspicaz al porche desde la seguridad de los arbustos.

EL ETÍOPE

Tras muchos veranos muere el cisne, tras muchas eras perece el mito. Mi colega Lönnrot cree que los mitos no mueren, sino que son suplantados. Sin embargo, aunque esta visión no me parece incorrecta, se me antoja basada en una apreciación limitada y poco imaginativa de la materia. En plena primavera, las hojas suplantan las flores, pero es igualmente cierto que a finales de otoño, hojas que «no son» suplantan las hojas que fueron. En ese breve vacío presenciaríamos cosas maravillosas si supiéramos mirar.

Olav Grynzstein,
La cámara de Menelik

19 de noviembre de 1979
Axum, Estado Popular Revolucionario de Etiopía

Para: Camarada coronel Virju Saarju, ejército de la Unión de Repúblicas Socialistas Soviéticas, enlace especial de la Unión de Investigadores y Profesores de Etnografía Etíope, división estonia

De: Capitán Félix Armando Correa, Ejército Popular Revolucionario de Cuba

Camarada coronel:

Le transmito fraternales saludos en nombre de la continua revolución popular y la lucha socialista contra el menchevismo, la regresión, la burguesía, el pensamiento contrarrevolucionario, el formalismo y la superstición. Asimismo transmito un caluroso saludo personal a su esposa, Natasha Georgovna, y a sus hijos Grigorii y Fiodor, con la esperanza de que esta misiva llegue a sus manos y de que su familia no se encuentre en peor estado de salud que durante nuestro último encuentro en Santiago de Cuba.

Nuestras unidades siguen luchando valientemente contra los rebeldes nacionalistas, si bien nos encontramos en clara desventaja por lo que se refiere al conocimiento del terreno. Con ayuda de barricadas instaladas en puntos estratégicos de entrada a lo largo de carreteras y pasos, nuestras tropas revolucionarias controlan las ciudades principales de Etiopía. No obstante, nuestro mandato termina al ponerse el sol y no se extiende más allá de los límites de ninguna ciudad. Confío suficientemente en su amistad para no tener que avergonzarme de confesarle que será para mí un alivio abandonar Asmara.

Asumirá mi puesto César Reyes quien, siguiendo lo que imagino son sus instrucciones, ha contado a mi batallón que me he dirigido a las tierras altas en misión de reconocimiento con una pequeña avanzadilla. Ello ha dado pie a toda suerte de historias ridículas sobre mi valor y mi compromiso inamovible. Cuando partí, uno de mis sargentos, un hombre tosco llamado Juan Colón, me entregó subrepticiamente un pequeño crucifijo de caoba que, según me explicó, había pertenecido a su bisabuelo Ernesto.

Con su permiso, hablaré con franqueza, dejando las paráfrasis a nuestros apreciados camaradas de talante más militar. Tal vez pueda corresponderme usted con la misma moneda y hacerme saber cuando volvamos a vernos si Juan Colón es uno de los nuestros o bien si no es más que uno de los numerosos hombres de nuestros dos países que podrían mostrarse afines pero que hasta la fecha desconocen esta misión en particular. Sea como fuere, tomé sus buenos deseos como una señal propicia, ya sea de usted o de

Algún Otro, y viajé en avión militar de Asmara a Axum sin contratiempo alguno.

Llevo unas seis semanas en Axum investigando este asunto. Ocupo una pequeña villa de estilo etíope, construida de ladrillo de arcilla, con techos bajos, estancias reducidas y mesas estrechas, y cuento con la asistencia de un intérprete (un nativo de Axum llamado Gebredan), un cocinero, un criado y un recadero. El alojamiento es ideal para mí, aunque en términos generales el recibimiento que me han dispensado no podría ser peor. La gente me odia. Odian a Mengistu, me odian a mí y lo odiarían a usted si pusiera los pies en este lugar.

Gebredan insiste en que llevar el uniforme en público pone mi vida en peligro de forma innecesaria; cada vez que un lugareño sacrifica una cabra o un pollo, grita «¡Ruso!» o «¡Cubano!» al hundir la punta del cuchillo en el cuerpo del animal. Pese a esa clase de episodios, a base de perseverancia, humildad, buena voluntad y fe, he logrado granjearme la confianza de mi intérprete. Ello ha facilitado en gran medida mi trabajo aquí, con lo que quiero decir que ahora comprendo cuán ambigua será la respuesta que acabaré proporcionándole.

¿Ha oído hablar del físico alemán Schrödinger y de su gato teórico? Al igual que ese gato, lo que buscamos se halla en superposición; está y al mismo tiempo no está.

Conseguir que Gebredan hiciera algo más aparte de repetirme una y otra vez lemas socialistas ha requerido cantidades considerables de dinero, mortificación, ron y cigarros. En un principio, Gebredan creyó que estos últimos eran productos de carne curada, error cuyas consecuencias me obligaron a permanecer encerrado en mi estudio durante casi un día entero, pero una vez aclarada la cuestión, se tornó cada vez más locuaz. Es un hombre religioso, cristiano, y cuando le enseñé el credo en español y él a mí en amhárico, empezamos a llevarnos de maravilla.

La reina de Saba, me explicó, era etíope (su supuesto palacio se halla a poca distancia del aeropuerto en el que aterricé), y durante una visita a Jerusalén, quedó embarazada del rey Salomón. Dio a luz un hijo, Menelik, quien a la edad de doce años viajó a Jerusalén, donde fue recibido con todos los honores. Una vez allí, su padre y los cortesanos reconocieron al muchacho. Después de pasar unos años en la ciudad, los consejeros de Salomón empezaron a sentir celos del muchacho y lo instaron a marcharse, lo cual hizo, llevándose consigo el Arca de la Alianza al partir.

De algún modo logró ocultar el robo a sus compañeros hasta que, como lo expresó Gebredan, «se hallaron fuera del alcance del largo brazo de Salomón». Menelik y sus compañeros razonaron que un robo tan osado, temerario y mal planeado jamás habría prosperado de no ser la voluntad de Dios. Así pues, con la gracia y la aprobación del Señor, Menelik y sus seguidores llevaron el Arca a Axum, donde erigieron un magnífico templo para ocultarla. Mi intérprete asegura que todavía se encuentra allí.

Pero por supuesto, usted ya sabe todo esto, ya que de lo contrario no me habría enviado aquí, con todos los riesgos y subterfugios que semejante misión comporta. Desea saber si la leyenda es cierta, y yo le respondo que jamás lo sabremos, que lo que sé es que esta ciudad existe para proteger un único sendero en un único edificio que tal vez conduzca a una única estancia donde quizá repose el Arca. Una combinación de fe, terror, orgullo y miedo protege el Arca. Es para no denigrar el templo ni a quienes la leyenda intimida. Se desconoce si Dios tiene algún poder más allá de la inculcación de estos sentimientos.

Solo un hombre, el Monje Guardián, tiene permiso para ver el Arca, y en el lecho de muerte elige a su sucesor. Gebredan me ha dicho que el mismo hombre ha sido guardián durante toda su vida, la de su padre y la del padre de su padre, en total unos setenta años. Cuando el guardián es elegido de entre las filas de monjes, no novicios, debe acercarse a los cien años de edad o bien rebasarlos. Cuando le pregunté qué podía hacer un hombre de cien años contra un enemigo o un batallón de enemigos armados y resueltos a apropiarse del Arca, Gebredan se echó a reír y me contestó que el Monje Guardián no protegía el Arca de los desconocidos, sino a estos del Arca. El monje elegido no es el más fuerte ni el más versado en la batalla, sino el más sutil, inteligente y persuasivo, el monje más capaz de convencer a los forasteros curiosos para que cejen en su empeño por su propia seguridad.

En caso de que tal estrategia no funcione, me contó Gebredan, Axum cuenta con numerosos hombres dispuestos a matar para proteger el Arca. Tampoco en la iglesia donde supuestamente descansa el Arca faltan trampas, vericuetos, laberintos y habitaciones secretas para entorpecer la huida o bien ocultar a aquellos para quienes la iglesia se convierta en una sepultura. Gebredan no habla de dichas trampas, tan solo menciona que superar aun la más sencilla requiere conocer a fondo el hebreo, el arameo, el amhárico y el tigrino. El templo está excavado en la ladera de una montaña; existe una sola entrada, y para acceder a ella hay que recorrer varios kilómetros por un estrecho sendero con la montaña a un lado y el vacío al otro.

Hace dos noches pedí de nuevo a Gebredan que me mostrara el interior del templo, pero una vez más rehusó. Desde entonces se comporta de un modo extraño, negándose a alejarse de la casa, insistiendo en que contrate a otro hombre para las «tareas exteriores» y encerrándose en su habitación durante casi todo el día. Solo me cabe suponer que me ha revelado demasiadas cosas, aunque no sé si teme la tradición o algo mucho más tenebroso.

Por lo que a mí respecta, mi misión aquí ha terminado. O el Arca se encuentra en ese templo o no, pero en cualquier caso, la conclusión es la misma para nosotros. Ningún lugareño, a excepción del guardián, ha visto jamás el Arca, pero creen que está allí y se comportan como si así fuera, lo cual basta para cuestionar el asunto. Por supuesto, cabría la posibilidad de presentarse en Axum con un batallón armado hasta los dientes e irrumpir en la iglesia, aunque convencer a la oficialmente atea Unión de Repúblicas Socialistas Soviéticas para que retire unas tropas muy valiosas del frente y las destine a buscar un artefacto religioso de autenticidad y existencia dudosas es una tarea que, con toda probabilidad, excede incluso sus poderes de persuasión. Además, considero que es lo mejor, por razones más allá de la necesidad material de luchar contra el Frente Popular de Liberación Tigrino, por motivos que un funcionario soviético denominaría «superstición regresiva», pero que usted y yo conocemos por otro nombre, dejar en paz Axum. En mi opinión, profano la ciudad con mi mera presencia, aunque me encantaría volver bajo circunstancias distintas.

Regresaré a Asmara a principios de la semana que viene y espero estar de vuelta en Santiago para el cumpleaños de Nuestro Señor (si bien entiendo que su agregado cultural, ese bufón seboso de Guenadi Stharpin, insiste en llamar la Navidad «la Celebración Invernal de la Toma Obrera de los Medios de Producción y los Crecientes Logros de la Industria Colectiva bajo la Benévola Mano de Hierro Socialista»).

Su camarada y buen amigo,

Capitán Félix Armando Correa de Todos los Santos

Objeto 5: Un tríptico de madera tallada, con un panel principal cuadrado de unos ocho centímetros por lado, oculto a su vez por dos paneles rectangulares. En el anverso de las solapas se ve la talla de un cofre de madera coronado por dos figuras aladas, querubines, encaradas entre sí. El análisis detenido de la talla revela vestigios de pintura dorada en los querubines.

Al abrir las solapas queda al descubierto un icono donde se ve a un hombre delgado, de tez oscura, barba y cabeza descubierta de pie en primer plano, con los brazos levantados y las palmas hacia afuera, señalando las escenas plasmadas a ambos lados de él (es decir, en el interior de cada una de las solapas). A su izquierda se ve una representación a todo color del cofre del anverso, esta vez con dos conos delgados de color amarillo que simbolizan el fuego celestial y manan hacia el exterior desde ambos querubines. A la derecha, los conos convergen en tres obeliscos altos que parecen generados por el fuego. La mirada firme, los ojos grandes y los labios apretados de la figura situada en primer término le confieren un aire preocupado y desafiante.

Muchos alquimistas europeos utilizaban la figura de un hombre negro (o para los que se consideraban más mundanos, un etíope) para representar la fase inicial del proceso alquímico, en el que la sustancia que se va a transformar debe primero descomponerse y ennegrecerse a fin de poder renacer. Los alquimistas del Cuerno de África, sin embargo, que aprendieron el oficio de científicos árabes que conducían caravanas comerciales por el mar Rojo, recurrían al autorretrato para representar no la descomposición, sino el poder y las posibilidades de una sustancia liberada de una forma inferior; la libertad presente en comparación con la esclavitud pasada, en lugar del amorfismo presente en comparación con la perfección futura.

Fecha de fabricación: El hombre en primer término, con su cabeza desproporcionadamente grande y estrecha, así como los labios apretados y el estilo del tríptico (madera tallada, una sola imagen en el anverso que ocupa ambas solapas, lo cual presagia la escena revelada en el interior), son característicos de la escuela tereyu de iconografía etíope, por lo que la fecha de fabricación se situaría a finales del siglo XI o principios del XII.

Fabricante: Se desconoce el fabricante, pero sin duda pertenecía a las filas de los monjes tereyu, famosos como artistas desde

Lubeck hasta Constantinopla y aún más lejos, así como por sus innovaciones estratégicas en la batalla contra los Hijos del Imán Ali Rashid cuando durante siete años y siete meses defendieron la fortaleza del Sueño del Pastor contra los árabes invasores.

Lugar de origen: Con toda probabilidad, entre las actuales ciudades de Massawa y Zula, en Eritrea. La región situada entre ambas fue un enclave comercial importante entre los siglos VIII y XVIII. Casi todas las mercancías que abandonaban Etiopía rumbo a Europa o Asia pasaban por aquella región.

Último propietario conocido: El Centro de Etnografía y Cultura Africanas, Universidad de La Habana, Cuba. Este icono se encontraba en uno de los cuatro baúles atestados de «curiosidades orientales» que Félix Armando Correa, antaño capitán del ejército cubano y más tarde experto en cristianismo africano, llevó a Santiago de Cuba. En 1980, tras ser licenciado del ejército en circunstancias dudosas, Correa dedicó ocho años a investigar los viajes del monje itinerante del siglo VI Cosmas Indicopleustes. A su regreso en 1988, se retiró a la plantación de tabaco de su familia, donde pasó los últimos años de su vida en ayuno, estudio y plegaria.

Tras un huracán en agosto de 1989, fue necesario pintar y cambiar la instalación eléctrica del museo. A fin de acabar el trabajo con la mayor rapidez posible, un grupo de electricistas uzbeko-rusos que se encontraban de «retiro obrero» fueron reclutados para participar en la reforma. El icono fue dado por desaparecido un día después de que la electricidad volviera a funcionar y cuando los electricistas ya habían regresado a Chirchik.

Un año exacto después de la desaparición de la figura tereyu, el nieto de Correa encontró a su abuelo en el cobertizo de secado, el cerebro esparcido por la pared y una escopeta en las manos.

Valor aproximado: Los optimistas calcularían su valor en unos 70.000 dólares, los vendedores realistas, en unos 55.000, y los compradores más avezados no pagarían menos de 45.000. Los iconos tereyu, escasos y antiguos, suelen situarse entre los 15.000 y los 45.000 dólares, según su estado, cuando se componen de un solo panel, y entre los 30.000 y los 70.000 cuando se trata de un díptico o tríptico tallado en buen estado. Este tríptico, integrante de una serie que, según ciertos expertos, demuestra que el Arca se halla, o cuando menos se hallaba, en Etiopía, está en perfectas condiciones.

El Padre de toda la Perfección de todo el Mundo está aquí.

Cuando el viernes entré en la oficina más tarde de lo debido, me encontré con Austell, pluma en mano y folio sobre la mesa, con libros de grabados y fotografías de hongos esparcidos en el suelo ante él.

—Ah, buenos días, Paul. ¿O quizá debería decir tristes días? —puntualizó mientras señalaba la puerta de Art—. Ha ido al velatorio de aquel médico, ese del nombre...

—Panda —lo atajé.

—Exacto, Panda. Qué nombre tan magnífico. No llegué a conocerlo. Bueno, supongo que lo vi alguna vez en una de esas maravillosas veladas bohemias en casa de Art y Donna. Era un caballero de tez oscura, ¿verdad?

Me encogí de hombros sin mojarme; nunca había visto al Panda.

—Eso pensaba yo —prosiguió Austell, ajeno a mi gesto—.

Hum... un hombre simpático, desde luego. Tengo entendido que murió de repente.

—Lo atropelló un coche que se dio a la fuga sin detenerse siquiera.

Austell se quitó las gafas y me miró como si me viera por primera vez.

—¿En serio? ¿En serio? Es terrible. Vaya, es absolutamente... ¿Alguien ha ido a la policía?

Su forma de recalcar la palabra «policía» indicaba que se trataba de un concepto exótico para él, hombres violentos de americana barata que derribaban puertas armas en ristre. Me pregunté si habría conocido a algún policía (sin incluir a los Olafsson).

—Sí, alguien llamó a la policía justo después del accidente. Todavía no hay sospechosos; los testigos no se ponen de acuerdo en el tipo de coche ni la descripción del conductor.

—¿Has hablado tú con la policía?

—Sí, pero no averigüé gran cosa.

—Qué lástima. ¿Y qué tal el resto de tu trabajo? —inquirió en tono casi paternal.

—Bien, no puedo quejarme, gracias.

—Estupendo, estupendo. Tengo entendido que Verrill va a incluir una sección de verduras. Te aseguro que está levantando mucha expectación. ¿Tienes que volver a Clougham?

—No, de momento no. Parece que todo se concentra aquí o en Wickenden.

—Una idea excelente. Ya te dije que Clougham siempre ha sido un lugar extraño. Yo no iría si pudiera evitarlo.

Asentí con gesto amigable y me volví hacia mi mesa. Durante el resto de la mañana trabajamos en medio de un silencio quebrado tan solo por el murmullo de Austell al pronunciar una frase para sí y por el golpeteo de mis dedos sobre las teclas del ordenador mientras transcribía la conversación del día anterior con Hannah. Su imagen me asaltaba cada dos por tres sin previo aviso. Empecé a contar primero las horas y luego los minutos que quedaban para pasar a buscarla, y cada vez me resultaba más difícil concentrarme. Austell había tomado por costumbre tararear mientras trabajaba, con la afinación de un avispón drogado. Al final de la mañana estaba tan nervioso por la perspectiva de una cita real con una mujer de carne y hueso que apenas podía quedarme sentado. Le dije a Austell que salía a hablar con los Verrill acerca de la expansión, y me fui antes de que tuviera ocasión de pedirme que le comprara algo.

A las siete menos veinte, el sol ya se había puesto, el aire soplaba fresco y fragante por el humo, y yo ya me había marcado una maratón entera paseándome por el piso como un oso enjaulado. No se me había ocurrido ninguna forma productiva de pasar la tarde, de modo que recurrí a la tradicional práctica de arrojar una pelota de tenis contra la pared hasta que la casera me regañó con unos golpes en la suya. Luego miré las noticias. Las noticias de las televisiones locales parecían diseñadas adrede para refutar la afirmación de que el periodismo da fe de un mundo cambiante. Tras pasar dos meses en Lincoln y alrededores, las noticias de la tarde se habían convertido para mí en un ejercicio de combinatoria. Incendio, concejal en apuros, victoria del equipo de fútbol del instituto, el tiempo; jugador del equipo de fútbol del instituto en apuros, concejal propone un nuevo sistema para pagar los impuestos municipales, incendio, el tiempo; tormenta de nieve, reportaje sobre el equipo de hockey del instituto, juez destituido por meter mano a su secretaria, incendio, el tiempo. Aquella tarde, el principal titular era la inauguración de un supermercado pijo a dos pueblos de distancia, lo que significaba que los veraneantes ya no tendrían que llevar consigo la quinoa, la achicoria y la cerveza al aroma de café-chocolate-mirto. Cuando explicaron que el equipo de baloncesto del instituto había pasado a cuartos de final en el campeonato estatal, apagué el televisor, me puse una americana por primera vez desde la ceremonia de graduación (por lo visto había encogido a la altura de la barriga por pasar demasiado tiempo sola en el armario), me cepillé el incepillable cabello hasta disponerlo en mechones castaños semidóciles, salí de casa, arrojé las llaves con una mano para cazarlas con la otra, fallé y tuve que pescarlas de un charco.

El sendero de entrada en forma de herradura de la escuela Talcott brillaba a la luz de sus lunas particulares, farolas amarillas que lo flanqueaban desde la suntuosa puerta principal, pasando por los campos de deporte intensamente iluminados y los edificios de la residencia de estudiantes, de distintos estilos (rústico de Nueva Inglaterra, ladrillo rojo cubierto de hiedra y bloque de hormigón tipo años setenta) hasta alcanzar la sencilla puerta trasera de vidrio y acero. Hannah me esperaba junto a ella y salió cuando la saludé con la mano y le hice luces (¿Por qué le haría luces? Nunca lo hago, no es un gesto propio de mí; parecía que la velada empezaba a llenarse de reproches procedentes de mí y dirigidos contra mí). A la cálida luz de las farolas, con la capa de lana verde, el cabello color miel y los largos pendientes de plata, parecía una figura intemporal, hechizada, una especie de gacela líquida.

—Qué puntual —dijo al subir al coche—. Me alegro; hace solo cinco minutos que he terminado de corregir trabajos.

—¿Sobre qué?

—Oh, lo típico, música. He intentado que los mayores hagan contrapunto. Les puse la primera Suite Francesa y luego *Cuando tenga sesenta y cuatro años* por el solo de clarinete del final, ¿sabes a qué me refiero?

No tenía ni idea.

—Sí.

—A juzgar por los trabajos, parece que no se han enterado de gran cosa. —Se miró en el espejo retrovisor y se mesó la melena—. En fin... Por cierto, ¿sabes cómo se va?

—No, y tengo un sentido de la orientación pésimo. Me pierdo hasta en los aparcamientos.

Hannah soltó una risita. Uno a cero para el equipo local.

—Soy todo oídos.

—Vale, tienes que girar en la 87, que está en... —De repente se interrumpió y me apoyó una mano en el brazo—. ¡Para! ¡Para un momento delante de St. Stephen's!

A nuestra derecha se alzaba una gran iglesia de piedra. Ante ella, dos hombres ataviados con sotana y parka clavaban unos rótulos sobre estacas en la tierra. Los hombres eran polos opuestos en casi todos los sentidos. Uno de ellos era grueso, rubicundo, de aspecto jovial y blanco, mientras que el otro era delgado, musculoso, pulcro, austero y negro. El párroco negro sujetaba la estaca mientras el otro la clavaba en la tierra, resoplando por el esfuerzo. Cuando detuve el coche, ambos interrumpieron su trabajo y alzaron la mirada. Al ver a Hannah, el blanco corpulento dejó caer el martillo con aire despreocupado y se acercó al coche.

—Vaya, mira quién ha venido. Hola, Hannah, qué sorpresa tan agradable. ¿Adónde vas? Luke, mira quién está aquí —llamó al otro párroco—. Es la señorita Rowe.

El segundo párroco se aproximó y dedicó una sonrisa cortés y una inclinación de cabeza a Hannah, quien le devolvió el saludo pero se puso a hablar con el otro.

—Vamos a cenar. Este es mi amigo Paul —me presentó—. Este es el reverendo Hampden.

El hombre se quitó el guante y me tendió una mano gordezuela y fláccida como una carpa muerta. Sin estrechar siquiera la mía, la retiró a toda prisa y volvió a ponerse el guante.

—Y este es el reverendo Makgabo —prosiguió Hannah.

El párroco negro me estrechó la mano con firmeza e incluso aseguró que estaba encantado de conocerme. No alcancé a discernir su acento.

—Bueno, bueno, ¿y adónde os dirigís, chicos? —inquirió Hampden.

—Al Trout.

—Ah, magnífico, magnífico. Una elección estupenda. Y dime, Paul, ¿eres de por aquí?

—No, pero ahora vivo en Lincoln.

—¿Ah, sí? ¿Y a qué te dedicas? ¿A qué iglesia asistes?

—A decir verdad, voy poco a la iglesia, pero trabajo en el *Carrier*.

—¡Periodista! Supongo que eso lo explica todo —dijo al tiempo que dedicaba a Hannah un exagerado guiño—. Los miembros de la atareada prensa no tienen tiempo para ir a la iglesia. No, ni siquiera Art y Donna vienen por Navidad. Claro que Art es católico, así que quizá... —Dejó la frase sin terminar y levantó las manos enguantadas como si me hubiera abalanzado sobre él—. Sin ánimo de ofender, créame, si es que es usted católico o cualquier otra cosa. En cualquier caso, Hannah es una de las pocas personas jóvenes de por aquí que participa activamente en los asuntos de la iglesia, ¿verdad, Luke?

Makgabo asintió, pero Hampden ni siquiera se volvió hacia él en busca de confirmación.

—De hecho, hace poco acompañó a nuestro grupo de jóvenes, ¿no es cierto?

Hannah asintió.

—Por cierto —continuó Hampden, levantando una de sus enormes manos para ajustarse la panza bajo el abrigo y la sotana—, ¿te importaría entrar un momento para que podamos hablar de eso? Paul, si quieres puedes acompañarnos; solo será un momento. Luke, ¿puedes terminar los rótulos, por favor? —Hampden se volvió hacia mí y de nuevo alzó las manos—. Es que con estos guantes no sirvo para nada. ¿Vienes, Hannah?

Hannah se apeó, Hampden le rodeó los hombros con el brazo, y juntos se dirigieron hacia la iglesia. Hannah me miró por encima del hombro, levantó un dedo y moviendo los labios me prometió en silencio que solo tardaría un minuto.

Apagué el motor y bajé del coche.

—¿Quiere que le eche una mano con los rótulos? —ofrecí a Makgabo.

Los rótulos anunciaban una venta de pasteles y una subasta silenciosa con el fin de recaudar fondos para la rectoría.

—Sí, gracias. La verdad es que hacen falta dos personas para clavarlos como Dios manda, y el suelo resbala mucho después de tanta lluvia. Sujete la estaca con fuerza, que yo la clavaré con el martillo. No, por arriba no, más abajo. No tengo ningunas ganas de aplastarle los dedos.

—Si no le importa que se lo pregunte, ¿de dónde es usted?

—De Uganda. He venido a Estados Unidos para un intercambio de dos años. Un sacerdote de New Haven, el reverendo Jonas, ocupa mi lugar en Gulu durante el mismo período.

—¿Y por qué Lincoln y no New Haven?

—Pues para serle sincero, no estoy seguro. Me he limitado a ir a la parroquia que me asignaron. Trabajo en New Haven tres noches por semana, pero más como voluntario que como párroco. Por lo que se ve, parece que haría más falta allí que aquí... Le ruego me perdone si mis palabras lo ofenden.

—En absoluto. ¿Qué hace en New Haven?

—Trabajo en un comedor de beneficencia que gestiona la iglesia. Cocino, limpio, escucho... —Clavó una estaca con firmeza en la tierra y cogió otra—. ¿Así que usted es periodista? —me preguntó a su vez, mirándome de hito en hito con expresión franca y cálida.

—Supongo.

—Suponer no sirve de nada. Es usted un hombre culto, con suficiente formación para elegir una profesión que quizá adore, así que no tiene necesidad de suponer. A su amiga Hannah parece encantarle su trabajo. —Se detuvo y me dirigió una sonrisa maliciosa acompañada de un brillo travieso en la mirada—. Y a usted parece encantarle ella. No ha dejado de mirarla ni un momento mientras caminaba hacia la iglesia. —Me ruboricé hasta la raíz de los cabellos, y el reverendo Makgabo se echó a reír—. ¿Lo ve? Lo sabía. Tengo esposa y la miro igual. Que sea reverendo no significa que no sea humano.

Poseía una risa profunda y contagiosa a la que no pude resistirme.

—Sí, la verdad es que no está mal —admití, lo cual no hizo más que incrementar el volumen de sus carcajadas.

—Ya, ya lo veo. —Volvió a mirarme con aquella expresión traviesa—. Si no le molesta que se lo diga, sería usted un excelente *hooker*.*

—¿Cómo dice?

Otra mirada traviesa y más carcajadas.

—Sí, ya sé que en inglés americano esta palabra tiene un significado no demasiado... digamos, decente, pero yo me refería al rugby. ¿Sabe jugar?

—Nunca lo he probado.

—Ah, entonces debería unirse a nosotros. Un grupo de unos veinte jugamos los fines de semana cuando podemos. Aparte de mí, nadie ha jugado nunca. Pongo anuncios en New Haven y en Lincoln para convencer a mis hermanos en ambas poblaciones de que corran como demonios durante unas horas. No se imagina la cantidad de problemas que se pueden resolver en un partido de rugby. En lugar de rumiar, discutir y conspirar, te limitas a abalanzarte sobre algún oponente y descargas todas las frustraciones de golpe.

—¿El reverendo Hampden también juega?

—Ay, esa es una plegaria todavía desatendida —suspiró Makgabo con una sonrisita—. Hablando del rey de Roma...

Cual ballena borracha, Hampden se acercaba con una mano enguantada extendida para mantener el equilibrio y guiando a Hannah con la otra. La que tenía apoyada en la espalda de Hannah no llevaba guante, y la expresión que se pintaba en su rostro mientras escuchaba a la joven se encontraba a caballo entre el interés extremo y la lascivia sospechosa. De hecho, la frecuencia con que desviaba la mirada hacia el escote de Hannah inclinaba la balanza a favor de la lascivia. Al llegar junto a nosotros me dio una palmadita en el hombro.

* Juego de palabras intraducible. En inglés, *hooker* significa tanto «puta» como «talonador», una de las posiciones del rugby. (*N. de la T.*)

—Bueno, Paul, he hecho toda clase de preguntas sobre ti a Hannah, pero la verdad es que no ha sabido contarme nada.

No sabía a ciencia cierta cómo reaccionar, de modo que miré a Hannah en busca de ayuda, pero no me la prestó.

—En fin, pareces buen muchacho. ¿Tú qué crees, Luke? Supongo que lo habrás sometido al tercer grado —dijo con otro de sus guiños teatrales a Hannah.

—Oh, sí. Me parece una persona honrada.

—Estupendo, entonces. Ha sido un placer conocerte, Paul. Conduce con cuidado. Como siempre, encantado de verte, Hannah.

La besó en la mejilla y le dio un innecesario y algo espeluznante abrazo.

—Hasta pronto, espero.

—Yo también lo espero.

—Genial. Paul, pásate cuando quieras para ver lo que hacemos aquí.

Miles de respuestas me surcaron la mente como barcos en una regata. Incapaz de decir nada agradable, me decanté por un silencioso apretón de manos. El reverendo Makgabo me dijo que fuera al campo de deportes de la escuela Talcott a la mañana siguiente si me apetecía jugar. Hannah me apoyó un dedo en la parte inferior de la espalda para empujarme hacia el coche y me advirtió que era hora de cenar.

El Trout se encontraba a la orilla de un riachuelo al sur de la frontera de Massachusetts, junto a un espacioso prado rodeado de pinares y colinas que se recortaban contra el cielo nocturno como fantasmas de colinas.

—Justo entre esos árboles queda la Ruta de los Apalaches —nos explicó el barbudo propietario al acompañarnos a la mesa—. Poca gente lo sabe; se suelen asociar los Apalaches con Tennessee. Pero si al acabar la cena cogen el camino que empieza detrás del aparcamiento, giran a la izquierda en la primera arboleda y siguen andando, acabarán en Tennessee. Cuando quieran pedir, vayan a la barra. Los platos están anotados en aquella pizarra. Yo de ustedes pasaría del salmón —aconsejó con un guiño.

Hannah pidió el estofado a la cerveza, mientras que yo me decidí por una hamburguesa con queso, patatas fritas y una Budweiser. El propietario y Hannah me miraron con una mueca de dolor, como si acabara de pedir un bebé salteado.

—¿Estás seguro de que quieres una Budweiser? —preguntó Hannah en un tono que indicaba que estaba convencido de que no era así—. Es que el restaurante fabrica su propia cerveza.

—¿En serio?

El propietario asintió con una sonrisa y los ojos cerrados en una expresión beatífica. Supuse que tanta satisfacción no podía significar otra cosa que la perfección hecha cerveza.

—En tal caso tomaré... bueno, lo mismo que ella.

El hombre lanzó un resoplido, hizo una mueca de exagerada tolerancia y se alejó.

—Soy un ignorante, lo sé. Si tuvieran latas, habría pedido una.

—Solo espero que nadie me vea en compañía de un paleto como tú —bromeó ella con fingido enojo.

Le pregunté qué le parecía el padre Hampden.

—Oh, es un viejecito entrañable y tiene aspecto de cura de cuento, ¿no crees? ¿A ti qué te ha parecido?

Enarqué las cejas en un esfuerzo de aparentar neutralidad.

—Me ha caído muy bien el reverendo Makgabo.

—Es muy callado; la verdad es que apenas lo conozco. Pero el padre Hampden parece tan auténtico, encaja tan bien en esa iglesia...

Sus palabras no me convencían en absoluto, pero no merecía la pena discutir el asunto.

—¿Puedo hacerte una pregunta? —inquirió Hannah.

Asentí.

—¿De dónde viene el nombre de Tomm? Cuando me llamaste creí que te llamabas Paul Tomm como quien se llama Billy Bob o Becky Sue.

Asentí de nuevo y me eché a reír. No era la primera vez que alguien tomaba mi apellido por una parte de un nombre de pila compuesto.

—No pretendo ser indiscreta —continuó, ladeando la cabeza y apartándose la melena de la cara.

No era justo, pensé. Habría revelado secretos de Estado con tal de volver a ver aquel gesto.

—Mi abuelo, el padre de mi padre, llegó a Brooklyn desde Polonia. La verdad es que tendría que haber ido a Liverpool, porque ahí es adonde había ido su hermano y adonde creía que iba el barco. No sabía leer ni escribir, y supongo que decidió subir al primer barco cuya tripulación hablara inglés. Así que mientras viajaba hacia el oeste decidió que tenía que anglificar su nombre. Cuestión, que habló con uno de los tripulantes...

—¿El primer oficial?

—¿El contramaestre? ¿Un grumete? No lo sé. Solo he subido a un barco una vez en mi vida, el ferry de Staten Island. En fin, que va y le pregunta al tipo cuál es el nombre más inglés que se le ocurre. Y el tío le contesta que «Tom». De ahí el apellido. No sé cómo acabó teniendo la segunda eme, pero lo creas o no, esta es la historia de mi apellido. ¿Y qué me dices del tuyo? Rowe... ¿Desciendes del *Mayflower*?

Se echó a reír, escupiendo sin querer un poco de cerveza en el vaso.

—Eso es lo que le gusta creer a mi padre. Mi madre, en cambio, es la típica chica del Medio Oeste, de origen escandinavo, irlandés-escocés y probablemente algo más. La clase de ascendencia étnica que no merece ni el calificativo de ascendencia étnica.

—¿Sois una familia unida?

—Me llevo muy bien con mi madre. Vive sola a las afueras de Chicago, concretamente en Schaumburg, no sé si te suena. —Negué con la cabeza—. Aparte de ella, poca cosa. A mi padre lo veo de vez en cuando, lo menos posible, a decir verdad. Se largó con otra cuando yo tenía unos seis años y al cabo de un tiempo la dejó tirada. Desde entonces ha habido muchas otras. Ahora vive en Florida, en un ridículo bungalow junto a un campo de golf donde puede pasarse la vida bebiendo 7&7 y alimentando su vanidad. Detesta el frío, así que nunca viene por aquí, otra de las ventajas de vivir en Lincoln.

Nos sirvieron la cena mientras hablaba. En cuanto acabó el resumen familiar, atacó el estofado como si llevara días sin comer. Supongo que me la quedé mirando con demasiada fijeza, porque de repente me miró con timidez y empezó a enjugarse la barbilla mientras comprobaba si se había manchado la camisa.

—Tranquila, no tienes nada. Es que me encantan las chicas que comen con ganas.

—Ah, gracias. En efecto, soy una auténtica zampabollos.

—No pretendía... Lo siento, es que...

Se echó a reír y agitó la mano para acallarme.

—Ya lo sé. Bueno, háblame más de ti. Eres como un chucho sin raza de Brooklyn. ¿Qué más?

—Bueno, mi padre vive en Indianápolis, donde se crió. Mis padres se separaron cuando yo tenía doce años. Mamá sigue viviendo en Brooklyn, de hecho en la casa donde se crió, un monstruo de tres plantas. Siempre dice que alquilará las dos primeras, pero en realidad creo que quiere cedérselas a mi hermano y su mujer.

—Vaya, un hogar de tres generaciones en Estados Unidos. Y nada menos que en Nueva York.

—Ya, bueno... Es que no viajamos mucho.

—¿No viajáis?

—No, es que a nadie de la familia le gusta viajar. Mis padres nos llevaron una vez a Londres cuando era pequeño, y mi madre va a Holanda e Irlanda de vez en cuando para visitar a sus parientes. Por su parte, mi padre dice que se pone de los nervios en cualquier parte al oeste de Cleveland o al oeste de Omaha.

—Vale, y ahora la gran pregunta —anunció Hannah antes de hacer un redoble sobre la mesa con los dedos—. ¿Cuántos años tienes?

—¿Tú qué crees?

—No sé. ¿Veintisiete? ¿Veintiocho?

Me hundí pesadamente en el banco rojo de cuero sintético.

—Ay, eso duele, de verdad. Acabo de cumplir veintitrés.

Hannah se cubrió la boca con la mano y abrió mucho los ojos, a los que las velas que nos rodeaban arrancaban numerosos destellos.

—Dios mío, pero si eres un crío. No me lo puedo creer. No es la primera vez que salgo con alguien más joven que yo, pero esto no tiene precedentes. Me siento como una infanticida.

Me ruboricé por enésima vez. ¿Acababa de insinuar que salíamos juntos?

—¿Por qué? ¿Te importa que te pregunte...?

—¿Yo? Digamos que se me ha pasado el arroz, que soy más vieja que Matusalén, que tengo un pie en el otro barrio... Treinta y uno.

No dije nada, lo que en retrospectiva fue peor que hacer algún comentario ingenioso. Recordaba con nitidez la fiesta del vigesimoctavo cumpleaños de mi madre. Treinta y un años eran muchos.

—Nunca había salido con nadie tan... Bueno, es que estaba en la universidad y no...

Cada vez metía más la pata. El rubor se trocó en lividez absoluta.

—Deja ya de ponerte rojo. Me consigues un andador y unas vitaminas para salir del restaurante y listos. No te preocupes.

Por lo general me cuesta hablar relajadamente con la gente, sobre todo las mujeres, y más aún las mujeres que me atraen. Pero nuestra conversación fluía con extrema facilidad, y cuanto mejor fluía, más sentía yo que había mucho en juego. El mundo se amplió y se suavizó en nuestra mesa.

Le confesé que no sabía a ciencia cierta qué quería hacer con mi vida, y ella respondió que tampoco estaba segura. Antes de trasladarse a Lincoln vivía en Boston, donde daba clases de inglés, cantaba en un par de coros y llevaba la vida ligeramente libertina propia de una mujer soltera razonablemente atractiva en una inmensa ciudad universitaria. Se había mudado a Lincoln al enterarse de la plaza vacante en Talcott y porque, según afirmaba, necesitaba alejarse de la ciudad, pero afirmaba sentirse «más contenta y satisfecha» con su vida de lo que había esperado. Se preguntaba si eso era un problema o si debía limitarse a aceptar la situación. Me encogí de hombros y respondí que no lo sabía.

—Claro que no. Pero si apenas tienes edad suficiente para invitarme a una cerveza. Hablando de eso... —Agitó el vaso vacío en la mano izquierda—. Quiero otra. Y la amenaza sigue en pie; si te atreves a volver a la mesa con una Budweiser o una lata de lo que sea, me marcho.

Charlamos durante dos horas más y otras tantas cervezas hasta que por fin me preguntó qué hora era. Me levanté para mirar el reloj colgado tras la barra y bajo él, apoyado sobre un taburete y sin hablar con nadie, vi a un hombre que me resultaba familiar. Poseía un rostro afable y curtido, ojos azules y barba blanca, y llevaba un traje de corte y color indefinidos, un atuendo holgado y de un beige marronoso. No alcanzaba a situarlo, pero estaba seguro de haberlo visto antes.

Al sentarme de nuevo se lo comenté a Hannah. Imaginaba que el hombre era de Lincoln y creí que tal vez ella lo conocería. Cuando se volvió para mirarlo, el hombre tenía la vista clavada en nuestra mesa. Hannah giró la cabeza con gesto brusco y sin poder disimular una expresión aterrorizada.

—No sé quién es; no creo haberlo visto nunca. Creo que deberíamos irnos —farfulló con una sonrisa a todas luces forzada—. Estoy cansada —añadió, apoyando la mano sobre la mía.

—¿Qué pasa? ¿Quién es ese hombre?

—Ya te lo he dicho, no lo sé. ¿Podemos irnos, por favor? ¿Por favor?

—Pero si todavía te queda media cerveza. ¿Estás segura de que no...?

Sin darme tiempo para terminar, sacó el monedero, dispuesta a pagar la cuenta. Al ver aquello desistí.

—Vale, vale, no pagues. Vámonos. Pero si estás preocupada, quizá deberías llamar a la policía o...

Hannah intentó adoptar una expresión de fatigada serenidad, pero en aquellas circunstancias parecía una máscara mal ajustada.

—Es que me recuerda un poco a mi padre, a las fotos de antes.

Si aquello era cierto, su padre debía de tener unos sesenta años al nacer Hannah, lo cual resultaba extraño si no inaudito. En cualquier caso, no me imaginaba a ese tipo con pinta de lobo de mar en un bungalow junto a un campo de golf de Florida.

Pese a la sonrisa despreocupada y el paso liviano con que se dirigió hacia el coche, a Hannah le temblaban las manos cuando se abrochó la capa.

EL MARFIL DE XINJIANG (TIERRA)

> Tierra: Con inusual acierto, un poeta bárbaro señaló que de ella venimos y a ella volveremos. Es el primero y el más importante de los elementos, como observaron los antiguos, de calidad y dignidad extraordinarias, caracterizada ante todo por su frialdad y sequedad, pero en realidad depósito y medio de cultivo para los otros tres. Tsun Li Bai afirmaba que el verdadero científico debía ingerir una cucharada diaria de su tierra natal y llevarla consigo cuando viajara. Huelga añadir nada más sobre su desgraciado destino...
>
> YUN FEIYAN, *La rueda del dragón*

[El siguiente texto procede de la declaración del poeta estonio Jakob Harve, considerado enemigo del Pueblo y confinado en el campo de trabajo de Yamal en agosto de 1974. Lo escribió al fugarse de Yamal diecisiete meses más tarde. Faltan la primera o primeras páginas.]

... porque entendía que todos ellos habían sido colectivizados y convertidos en obedientes *homo sovieticus*. Le pregunté si no era así en realidad.

—Por regla general, sí —respondió en un ruso sospechosamente fluido, lo cual por sí solo ya debería haberme puesto en guardia, imbécil de mí—. Pero algunos grupos de nuestro pueblo siguen en libertad, como siempre ha sido y siempre será.

Bajó la mirada hacia mis pies. Llevaba las escuálidas botas de prisionero, cuyas suelas empezaban a despegarse. De hecho, tenía los pies entumecidos desde hacía varias horas y las yemas de los dedos empezaban a ennegrecerse, pero estaba tan resuelto a alejarme del infierno del que había huido que apenas si reparaba en ello.

El hombre se echó a reír y con el cuchillo cortó dos tiras de piel del dobladillo de su abrigo, indicándome que me las atara alrededor de las botas. Luego se quitó el voluminoso e informe abrigo de pieles y me lo echó sobre los hombros. Le dije que era la primera vez que conocía a un yakuto. Él explicó que los únicos rusos a los que veían él y los suyos eran prisioneros fugados. Después sacó dos tiras de carne seca (no pregunté de qué animal procedía) de las profundidades de su ropa y me las alargó. Tenía la boca tan reseca y la carne era tan dura que lo único que conseguí fue hacerla rodar sobre la lengua como si de un caramelo se tratara. El yakuto me dio una palmadita en el hombro y señaló una yurta en el horizonte al tiempo que me preguntaba si me sentía con fuerzas suficientes para andar. Por supuesto, asentí. Sin embargo, mientras caminábamos hacia su campamento, la falta de comida y la congelación pudo conmigo. En un momento dado di un traspié y caí hacia adelante con la esperanza de que la nieve amortiguara la caída. Pero lo único que recibí en aquel paraje tan septentrional fue un golpe en la mandíbula.

Desperté porque una especie de trapo caliente y mojado me surcaba el rostro en medio de un olor extrañamente dulce y bastante fétido. Al abrir los ojos descubrí que era la lengua de un reno que me lamía el sudor de la frente y las mejillas. El susto me hizo incorporarme con tal brusquedad que volqué la mesa situada junto al camastro. Pan, té y tiras de carne seca salieron despedidos al suelo y ahuyentaron a mi amigo cuadrípedo. Oí risas en distintas tonalidades y estilos. Risitas aflautadas de niña, carcajadas roncas de anciano, sonoros bufidos de hombre gordo, jadeos de edad y sexo indeterminados, así como una serie de risas indescifrables para completar el cuadro. Me senté, algo mareado, y advertí que me hallaba en una tienda pequeña y atestada de gente. Apestaba a sudor, flatulencias, tabaco, alcohol y sebo. Sin embargo, por primera vez en 947 días, despertaba en un lugar que no era mi celda, y di gracias a Dios también por primera vez en casi tres años.

Mi salvador estaba sentado en el suelo junto a mí, con la cabeza descubierta y fumando una tosca pipa de madera.

—¿Bulun? —preguntó.

Asentí.

—¿Cuánto tiempo?

—Casi tres años.

Emitió un gruñido y arqueó las cejas. Una mujer rolliza de rostro chato a la que tomé por su mujer alzó la mirada de las botas forradas de piel que estaba arreglando y chasqueó la lengua con aire compasivo.

—No está mal —prosiguió el hombre—. El último que pasó por aquí había estado quince años. Murió antes de que llegáramos a la tienda, pero la verdad es que ya era cadáver desde hacía rato. —Recogió lo que había tirado y me lo fue alargando—. Pan. Lo ha hecho mi mujer —explicó, señalando con la cabeza a la mujer rolliza, que me dedicó una sonrisa triste—. Y carne de reno. Muy saludable.

—Y té —terció una voz quebrada de mujer desde el otro lado de la tienda.

Estaba sentada junto a un hombre de edad similar. Ambos eran tan ancianos, tan curtidos e inescrutables que parecían tallas de madera.

—Bebe té —insistió, recalcando la palabra «té» como si yo fuera extranjero, lo que hasta cierto punto era verdad—. Caliente en invierno. Bueno para los huesos. Y bueno para pensar —aseguró mientras se golpeteaba la sien para enfatizar sus palabras.

—Té, madre. Tráele té a nuestro invitado —ordenó mi salvador—. Y ahora come, entrarás en calor. ¿Fumas?

Negué con la cabeza.

—Es la primera vez que conozco a un prisionero que no fuma.

—Podía comprar más cosas con los cigarrillos si no me los fumaba.

—Muy listo. ¿Eres ruso?

—Estonio.

Dijo algo a los dos ancianos, que asintieron con expresión insondable y tan al unísono que resultaba algo sobrecogedor.

—Mis padres —presentó mi salvador—. Y esas tres pequeñas son mías también —prosiguió al tiempo que señalaba a tres niñas que me observaban con recelo desde el rincón más alejado de la tienda—. Y hay un cuarto en camino —añadió con un guiño—. Ese gordo que ronca allí es el inútil del hermano de mi mujer. Pero la familia es la familia. ¿Te espera alguien en casa?

—Mi esposa. Tengo esposa.

En la cárcel había aprendido a reprimir todo pensamiento relacionado con ella, pero ahora, alentado por la posibilidad de regresar, su imagen congelada empezó a derretirse en mi mente, primero despacio y luego a borbotones. Al recordar sus manos, su voz y su olor, me puse a temblar y a llorar en presencia de aquella familia desconocida. No soportaba seguir pensando en ella.

—Por favor, ¿quién eres? ¿Y por qué me has ayudado? —inquirí en cuanto recobré la compostura.

—Me llamo Nei. Somos de Saja, ya sabes, yakutos. Los últimos yakutos libres de esta región. ¿Que por qué te he ayudado? Pues porque es mi deber.

Resulta asombrosa y desafortunada la rapidez con que la coraza carcelaria se desprende cuando te ves expuesto a la primera expresión de calor humano, máxime cuando dicho calor es una simulación, una mera chispa, no una hoguera.

—Hace años, amigo mío, que no oía a nadie hablar del deber en estos términos, no como el deber de pisotear a quienes tienes debajo y doblegarte ante los que tienes encima.

Alargué la mano hacia él y creo que lo habría abrazado si la solapa no se hubiera abierto y por ella no hubiera entrado un par de botas que me resultaban familiares, seguidas de un rostro que me resultaba aún más familiar.

—Bonito discurso, poeta —espetó el hombre con una sonrisa malévola—, pero Nei se refería a su deber socialista para conmigo, no a un concepto retrógrado e infantil que lo obligaría a ayudar a enemigos del Estado.

A pesar de que había esperado no volver a ver jamás el rostro del comandante Zhenski, sabía que jamás lo olvidaría. Y ahora, a despecho de todos los esfuerzos, de los secretos, los sobornos, la excavación, las esperanzas, la espera, los peligros y el riesgo de morir o ser capturado que creía haber eludido, ahí estaba otra vez, la misma [FRAGMENTO TACHADO] su inventiva.

—Ha llegado más lejos que la mayoría. Burló los dos puestos de guardia y ha vivido lo suficiente para llegar hasta Nei. Estoy impresionado. Dígame, ¿dónde hizo el servicio militar?

Se sentó en un hueco desocupado junto al fuego. Era extraño que estuviera desocupado, a menos, claro está, que lo hubieran reservado para él (como así creía).

—Murmansk.

—Eso lo explica todo. Parece estar acostumbrado al frío, ¿no es así?

Guardé silencio.

—Le diré una cosa; nadie llega a acostumbrarse nunca a este frío. Si no se hubiera topado con Nei donde lo encontró, llevaría horas muerto. ¿Cree que Bulun es una prisión? Bulun es un oasis, un paraíso de calidez y buena convivencia en comparación con el resto de esta región dejada de la mano de Dios. Este desierto sí es una prisión. ¿Sabe cuánto tiempo llevo viviendo aquí? Dieciocho años. ¿Y sabe por qué? Porque me pagan por ello, y bien. Tengo una casa enorme a orillas del Lena, donde puedo pescar. Tengo privilegios para viajar al extranjero, acceso a atención sanitaria para mí, mis padres y mis hijos. Tengo coches y chóferes, y vivo mejor que el noventa por ciento de los funcionarios del partido de rango técnicamente superior al mío. Pero a cambio me veo obligado a vivir en este infierno. Nueve meses de frío insoportable y tres de mosquitos. Camarada poeta, ¿cuántas veces ha salido al aire libre desde que llegó como invitado mío? No, no me lo diga, ya lo sé. Tantas veces como se lo hemos permitido. ¿A qué le huelen las manos?

Por supuesto, olían a pescado, y creo que siempre olerán igual. Las olisqueé e intenté no mostrar expresión alguna, pero sin duda arrugué la nariz, porque Zhenski se echó a reír.

—Ya me parecía. No queremos que ninguno de ustedes llegue a librarse nunca del todo de ese olor. Y estamos incrementando la producción, ¿sabe? Cada vez nos envían a más hombres como usted, más escritores judíos, más actores maricas, más cantantes melenudos. Y tenemos espacio y trabajo para todos.

Nei y su mujer miraban el suelo con expresión afligida. Zhenski se volvió hacia ellos. De inmediato, ambos abrieron los ojos como platos sin levantar la cabeza y esbozaron sonrisitas hipócritas. El comandante ordenó a Nei que me sirviera más té y me trajera un plato de comida. Husmeó la carne, profirió una exclamación asqueada y me alargó el plato.

—Supongo que a la larga uno puede acabar acostumbrándose, pero yo nunca lo he conseguido. Carne de reno cruda, congelada y cortada en lonchas muy finas. Repugnante. Yo prefiero el caviar osetra que envían cada mes junto con una caja de vodka y otra de champán de Crimea. Lo mejor de lo mejor. Pero en fin, coma. Intente entrar en calor, que luego me gustaría mostrarle algo.

Había perdido el apetito, pero no quería que Zhenski creyera que me había trastornado, de modo que comí. Cuando hube dado cuenta de toda la carne y el pan, devolví el plato a la mujer de Nei y le di las gracias con un ademán de cabeza. Ella me sonrió de oreja a oreja, luego miró a Zhenski y regresó a toda prisa y con la cabeza gacha junto a Nei.

—Salgamos un momento —dijo Zhenski—. Quiero que vea algo.

Intenté incorporarme, pero estaba congelado. La combinación de la temperatura y la reputación sanguinaria de Zhenski inutilizaban la parte inferior de mi cuerpo.

—Poeta —murmuró, acercando su cara marcada color grasa de pollo cruda—. ¿Acaso me tiene miedo?

No dije nada, sino que me obligué a levantarme y me arrebujé en el abrigo de Nei. Retiramos la solapa de la tienda y salimos a una noche tan despejada y fría que era como estar dentro de un cristal. En el cielo brillaban más estrellas de las que había visto en mi vida; estaba atestado de ellas. A lo lejos se oía un sonido a caballo entre tintineo y crujido. Zhenski señaló a nuestra espalda, y al mirar distinguí a duras penas un débil fulgor en el horizonte.

—Bulun. La verdad es que no está tan lejos. A unos cuatro kilómetros, más o menos. Pero ¿ve este campamento? ¿La forma que tiene?

Ni siquiera había advertido que estábamos en un campamento. En aquel momento reparé en varias tiendas como la nuestra plantadas a intervalos regulares que se extendían en ambas direcciones.

—Es una línea —constaté.

—No. Venga aquí y vuelva a mirar.

Nos dirigimos al otro lado de la tienda.

—Un círculo. Las tiendas...

—Un anillo. Bulun y mi casa se encuentran en el centro. ¿Lo entiende ahora? Los yakutos son libres para campar a sus anchas. Tienen sus rebaños, sus pieles, su lengua... No están en Magnitogorsk, no extraen carbón en las minas de Vorkuta o Voronezh, y sus hijos no van a internados estatales. Lo único que les pedimos a cambio es vigilancia y un poco de información.

A mis ojos afloró una lágrima que me rodó por la mejilla y

cayó al suelo con un tintineo, ya solidificada. Zhenski se inclinó y la recogió. La mejilla me escocía en el trayecto que había recorrido, pero la lágrima relucía en el guante de Zhenski como un regalo precioso.

—El susurro de las estrellas —dijo.

—¿El qué?

—Un poeta como usted debería apreciarlo. Lo llaman «el susurro de las estrellas». Escuche —ordenó, alzando un dedo en demanda de silencio.

Aún oía aquel sonido parecido a un tintineo y estiré el cuello para averiguar de dónde procedía.

—No, aquí. Mire.

Formó una gran O con la boca y exhaló. La bocanada de aire cayó al suelo en forma de gotas. Ese era el sonido que había oído, el de nuestras respiraciones al caer.

—Es una expresión yakuta. Se refiere a un período de tiempo tan frío que el aire exhalado cae al suelo antes de poder disiparse. Los yakutos dicen que durante el susurro de las estrellas no hay que contar secretos al aire libre, porque las palabras se congelan, y cuando llega la primavera, cualquier persona que pase por el lugar las oirá. En primavera, el aire se llena de chismes obsoletos, órdenes no obedecidas, las voces de niños que ya son adolescentes, retazos de conversaciones olvidadas... Su voz, camarada poeta, nuestra conversación permanecerá aquí mucho más tiempo que usted.

En aquel momento creí que tenía intención de matarme, pero lo que hizo fue darme una palmadita en el hombro, conducirme de vuelta a la tienda y asomar la cabeza por la abertura.

—Eh, Nei, yakuto gordo y perezoso, tráeme esa caja, ¿quieres?

—¿Qué caja, comandante?

El rostro de Nei, tan ancho, abierto y lleno de preocupación cuando me encontró deambulando por la nieve, se había convertido en una máscara de servilismo y terror.

—La de marfil, la caja de marfil tallado en la que guardas el tabaco de mascar. Esa que te dije que me gustaba la última vez que vine y que fuiste demasiado grosero para ofrecerme.

—Pero, comandante, esa caja perteneció a...

Un terrible estruendo y una lluvia de chispas nos hicieron dar un respingo a Nei y a mí. Llegué a caer de espaldas, y cuando levanté la mirada, vi a Zhenski sosteniendo un arma de la que salían espirales de humo. Apuntaba y por lo visto acababa de disparar contra un enorme alerce, del que salía gran cantidad de humo. Con un gruñido y cierto aire de resignación, medio tronco se desplomó, y al instante, el resto del árbol, raíces, ramas y demás, cayó en dirección opuesta. Zhenski lanzó una carcajada y se volvió hacia mí.

—Con este frío explotan. Si intentas talarlos durante el invierno, el tronco echa chispas y el hacha se te rompe. Pero la verdad es que no sabía que me saldría tan bien. Debía de tener raíces poco profundas. —Rió de nuevo y enfundó el arma al tiempo que miraba a Nei—. Me estabas diciendo por qué no puedes darme la caja que te he pedido.

Nei entró a toda prisa en la tienda. Por la abertura vi a su mujer y a sus hijas acurrucadas en el rincón más alejado, llorando. Al poco, Nei salió llevando una cajita de marfil que alargó a Zhenski.

—Antes de caer en manos de la Horda de Oro, los yakutos comerciaban con los mercaderes en Novgorod. A su vez, los mercaderes de Novgorod recibían mercancías de todo el mundo, entre ellas, imagino, esta hermosa caja. Y puesto que nadie que tenga contacto con el resto del mundo viene nunca a esta tierra de mierda helada y dejada de la mano de Dios, los pequeños tesoros como este suelen permanecer en las familias durante muchas generaciones. Mire, fíjese en los detalles. Es evidente que esto no lo ha tallado ningún yakuto, ¿no le parece? Bueno, le parezca o no, debería sentirse honrado, camarada poeta. Esta caja conservará sus palabras para mí cuando usted ya no esté. Y ahora seré sincero con usted —anunció.

Deslizó la mano en el bolsillo de la chaqueta para sacar una petaca y un fajo de papeles; bebió un largo trago de la petaca y me la alargó. Creía que sería vodka, pero lo que tragué era puro fuego líquido.

—Aguardiente yakuto. No sé de qué está hecho, pero te mantiene caliente. —Bebió otro trago antes de guardarse la petaca en el bolsillo—. Aquí tengo —prosiguió, agitando teatralmente los papeles— los poemas por los que fue condenado. Por cierto, ¿sabe de qué se lo acusa?

Repuse que nunca había llegado a saberlo.

—De formalismo burgués. De aprovechar su puesto en la universidad para pervertir a los futuros dirigentes de la Unión Soviética. —Quise protestar, pero alzó la mano para interrumpirme—. No, por favor, todo eso es agua pasada. Lo cierto es que me gustan bastante estos poemas. Hablan de la naturaleza y del amor, y además siguen unos patrones muy bonitos, enlazando las palabras con maestría...

—Sextinas.

—¿Cómo dice?

—Se llaman sextinas, al menos algunos de ellos. También escribía villanelas. Ambos son estilos italianos basados en juegos de palabras y se traducen con bastante facilidad al ruso. Si coge el primer verso y lo traspone...

—No hace falta que me dé una clase magistral, hace demasiado frío. Lo que quiero decir es que no son poemas peligrosos. A algunos prisioneros, narcotraficantes, desertores y judíos, los habría ejecutado de inmediato, pero usted es diferente. Es posible que tenga futuro en este país. Por supuesto, no puedo dejarlo escapar, porque me quedaría sin empleo. Pero si firmo su puesta en libertad y cambio retroactivamente la fecha, ¿quién me lo va a discutir, eh?

Me dedicó un guiño que se me antojó mucho más aterrador que el disparo.

—Siempre ha sido obediente, aunque lo cierto es que ha mostrado mucho más ingenio y fortaleza de lo que habría esperado ver en un poeta, sobre todo un poeta estonio, a la hora de escapar. Solo le pediré dos favores y luego me iré para que pueda pasar la noche aquí tranquilamente. Lo primero que hará será escribir cómo huyó. ¿Sobornó a los guardias? Quiero saber a quién. ¿Lo ayudaron otros prisioneros? Quiero saber quiénes. ¿Existe un punto débil en la arquitectura de Bulun? Quiero saber dónde. No quiero escuchar sandeces ni declaraciones de honor ni sermones del tipo «no tengo intención de delatar a tal y cual» ni nada por el estilo. Quiero una explicación sincera y detallada. Si me la da, le permitiré conservar los frutos de su esfuerzo. ¿Le parece justo? Bien. Y ahora la segunda tarea. Veamos... Ah, sí, por aquí —exclamó mientras me indicaba con señas que lo siguiera hasta el árbol caído, desplomado en el centro de un montículo de hielo, nieve, astillas y negra tierra siberiana.

Cogió un pellizco de tabaco rosado de la caja, tiró el resto al suelo y me condujo hasta el centro de la mancha de tierra negra.

—Respire —ordenó.

El aire que exhalé cayó en forma de cristalillos a la tierra ya helada.

—Perfecto. Y ahora, ¿qué poema desea leer?

—¿Cómo dice?

—Que qué poema desea leer. ¿Cuál es su favorito? Bueno, bueno, puede que no lo recuerde. Es posible que ahora mismo no recuerde nada de nada. Vamos, eche un vistazo.

Se sentó sobre el tronco del árbol, a mis pies, y encendió un cigarrillo.

—Este —dije por fin al llegar a uno titulado «El lamento de la frutera».

Lo había compuesto durante el primer verano de mi matrimonio, en Kurgia, mientras hacía el amor con mi mujer y escuchaba a una vendedora de grosellas cantar en la plaza.

Zhenski me hizo un gesto para que empezara. Mientras leía, se puso a gatas y con un cuchillo de cazador recogió la tierra sobre la que caía mi respiración para guardarla en la caja. Cuando acabé, cerró la caja y se inclinó.

—Ya lo tenemos. Ahora, cada vez que quiera recordar al ilustre poeta que tuve a mi cargo, no tendré más que abrir la caja cuando haga calor. En cuanto a usted, aquí tiene papel y dos plumas. No las pierda. Empiece a escribirlo todo, no lo olvide, incluyendo esta conversación. Volveré dentro de dos días para verificar sus progresos. Una vez quede satisfecho (como sé que quedaré), tramitaré su puesta en libertad y lo enviaré de vuelta a casa. Parece sorprendido. No debería. No todos somos monstruos, ¿sabe? No, Nei y yo hemos descubierto el modo de utilizar el sistema para nuestro propio beneficio. Él obtiene lo que quiere, yo también, y los únicos que salen perdiendo son delincuentes, hombres depravados y enemigos del Estado que de todas formas habrían caído en sus manos. Aun el peor de los fugados saborea al menos unas horas de libertad, ¿verdad? Unas horas mascando tasajo de reno en compañía de estas mujeres con cara de luna llena que apestan a grasa de reno. Mejor que nada. Mejor que las tripas de pescado y los ronquidos de los criminales. Merece la pena, ¿no cree? Que duerma bien, camarada poeta.

Objeto 6: Una caja rectangular de marfil, con vetas de plata y jade en los costados. Sobre la tapa se ve una inscripción de jade en árabe que dice «En el nombre de Dios, el Compasivo, el Miseri-

cordioso». En la cara interior de la tapa se ve la palabra «tierra» inscrita en chino. La caja mide 12 centímetros de longitud, 3 centímetros de altura y 4 centímetros de anchura.

Por supuesto, la tierra es uno de los cuatro elementos aristotélicos (los otros son el fuego, el aire y el agua) y posee las cualidades del frío y la sequedad (el fuego es caliente y seco, el aire es caliente y húmedo, el agua es fría y húmeda). Puesto que todos los elementos comparten una cualidad con los demás, cualquiera de ellos puede transformarse en otro calentándolo, enfriándolo, secándolo o añadiendo agua. Esta idea es el fundamento principal de la alquimia.

Idris ibn Jalid al-Yubir califica la tierra como «el más fundamental de todos los elementos, el más omnipresente y, en verdad, el menos útil. Al igual que el agua y el aire, la tierra simplemente existe, pero a diferencia de los otros dos, su forma no puede alterarse. Es el libro de toda materia; es como es, y lo que es no es más que la materia prima de lo que será o debería ser. El mundo material, la tierra terrenal, es silente, innoble e imperfecta. Al igual que la voz requiere la boca y la respiración para cobrar forma, el mundo tangible requiere una mano que lo guíe hasta la perfección».

Fecha de fabricación: Aunque de naturaleza sofisticada, el veteado es de apariencia tosca, y los signos de desgaste en los cantos de la caja la sitúan en el siglo IX o X.

Fabricante: Desconocido.

Lugar de origen: Los materiales, marfil, plata y jade, son de uso común en China, pero la inscripción en árabe y la técnica consistente en vetear una piedra con otra indican cierta influencia musulmana. La confluencia de estilo y material sugiere que la caja procede de Xinjiang, enclave donde el arte chino-musulmán experimentó un importante auge cuando los árabes llegaron a la corte de Uighur. El islam se puso de moda en la corte, pero cuando los ejércitos árabes empezaron a llegar en masa, se convirtió en algo más que una moda.

Último propietario conocido: Pavel Vadimovich Zhenski, ingeniero en jefe de la planta conservera de Bulun y comandante del Centro de Trabajo y Educación Superior de Bulun, ambos enclaves cerrados a la caída de la Unión Soviética. Zhenski vendió la caja y su contenido, junto con una carta y el (ahora desaparecido) testamento del poeta estonio Jakob Harve a un comprador desconocido por una suma también desconocida.

En el momento de la venta, en agosto de 1992, acababa de hacerse público el papel que Zhenski había desempeñado en la eliminación de miles de escritores disidentes en Bulun. Dos meses antes había sido desenmascarado como artífice del CHP (la Patrulla Popular del Norte, compuesta de grupos de siberianos a los que el KGB obligaba a actuar como guardias informales a cambio de cierta apariencia de libertad), y como consecuencia de ello fue expulsado de su mansión a orillas del río Lena. El escándalo que lo forzó a vender sus pertenencias reveló que sobornaba a los guardias para que facilitaran la fuga de conocidos escritores disidentes y luego los esperaba en el campamento yakuto que rodeaba la prisión. Cuando los tenía de nuevo a su merced, les prometía la libertad a cambio de una descripción detallada de las personas que los habían ayudado a escapar. Utilizaba aquellos testimonios para chantajear a todos los guardias que servían a sus órdenes. Sin excepción alguna, mataba personalmente a los prisioneros fugados o bien pagaba a sus anfitriones yakutos para que les dispararan mientras dormían. El primero en desvelar la trama fue un guardia insatisfecho, cuyo testimonio corroboraron todos los guardias que habían trabajado a sus órdenes y seguían con vida.

Zhenski conservaba toda clase de recuerdos de los escritores a los que había matado o hecho matar, recuerdos que se apresuró a vender en cuanto sus tribulaciones se hicieron públicas. Su esposa, Ludmila Yakovlevna Zhenskaia, conjeturó que había empleado el dinero de la venta para resolver sus problemas legales a base de sobornos e irse de Rusia. Poco antes del inicio previsto del juicio, desapareció sin dejar rastro y desde entonces no se tienen noticias suyas. Ludmila Yakovlevna explicó que su marido era un poeta y ensayista prolífico, que leía y era capaz de recitar de memoria muchas de las obras por las que sus presos eran condenados. Sin embargo, prácticamente todas las publicaciones literarias importantes de la antigua Unión Soviética habían rechazado de plano sus escritos.

Valor aproximado: Dada la antigüedad de la caja, su factura, así como las vetas de plata y jade, con toda probabilidad podría rebasar los cien mil dólares. Es una pieza de museo, lo que incrementaría la demanda además de ahuyentar a compradores generosos pero furtivos, nada deseosos de sobrellevar escrupulosamente pujas insignificantes en compañía de polvorientos funcionarios. Bien vendida, con ayuda de una campaña publicitaria selectiva y haciendo hincapié en los detalles adecuados (la inscripción en lugar del fino veteado, los metales preciosos y los minerales), el precio podría alcanzar el medio millón de dólares.

Su fuerza permanecerá íntegra aunque fuera vertida en la tierra.

La noche terminó, para bien o para mal, sin beso en mi coche. Con brotes de nerviosismo que asomaban por entre la fina capa de calma que se esforzaba en aparentar, Hannah me dijo que nos veríamos al día siguiente, aunque sin especificar dónde, cuándo ni cómo. Un par de veces durante el trayecto intenté preguntarle por el hombre del bar, pero siguió afirmando que se parecía a su padre, y en cuanto noté que su voz se tensaba por la irritación, lo dejé correr. Evidentemente, no era cierto, pero más evidentemente aún, era la mujer más atractiva que había subido a mi coche en muchos meses, tal vez años. Como ya he comentado, no quise insistir en lo que por entonces me pareció un detalle insignificante, si bien el tiempo me reveló que estaba equivocado.

Al bajar del coche me dio las gracias por la cena y por la agradable velada antes de deslizarme una mano suavísima por el rostro y el cuello hasta detenerse junto al cuello de la camisa. Me incliné hacia ella y alargué a mi vez la mano, pero por desgracia había olvidado poner el coche en punto muerto, de modo que empezó a avanzar. Habría sido genial coronar la noche con un accidente, lo sé. Puse el freno de mano, y ambos evitamos por los pelos chocar de cabeza contra el parabrisas. Temiendo por su integridad física (me dije), Hannah cerró la puerta, me saludó con la mano y recorrió el sendero hacia su casa. Esperé a que me saludara de nuevo y por fin me marché.

A la mañana siguiente, el tiempo había mejorado. Todo aparecía limpio y reluciente, los contornos demasiado definidos para parecer reales, el cielo tan despejado que se antojaba pintado. Intrincados hilillos de hielo recorrían una de mis ventanas desde rincones opuestos, se saludaban y se fundían en una nube de cristal blanco. Un regalo para la mañana del sábado. Era sin duda lo más hermoso que había en mi piso, y para mediodía ya se habría derretido. Me puse una camisa azul, la única medio planchada que tenía y que desenterré del fondo del armario, corbata y pantalones de vestir. Luego abandoné la pobreza minimalista de mi casa para ir a comer con el profesor Jadid.

Sin embargo, de camino quería pasar por el campo de deportes de Talcott. El reverendo Makgabo me había caído muy bien, aunque no sabía por qué, pues solo habíamos charlado de trivialidades. No obstante, su actitud callada y contenida me parecía un antídoto excelente contra la jovialidad excesiva de Hampden. Y para ser sincero, me preguntaba si sabría algo más de Hannah. Supongo que intenté convencerme de que lo único que quería era averiguar algo acerca de una fuente potencial en un intento de racionalizar todo el asunto desde un punto de vista meramente periodístico, pero lo cierto era que Hannah me interesaba mucho. Era una mujer atractiva, cautivadora, pero también había en ella algo oculto e inescrutable, y no solo lo pensaba por su reacción ante el hombre del bar. No albergaba grandes esperanzas acerca de la propensión de un religioso a chismorrear, pero consideré que merecía la pena intentarlo al menos.

Al llegar al campo vi al reverendo Makgabo ataviado con pantalones cortos y camiseta de rugby a rayas verdes y blancas, de pie en el centro de un círculo de unos veinte adolescentes sentados, sosteniendo en las manos un balón de rugby con el que gesticulaba a menudo mientras hablaba.

—... y debéis dar un buen rendimiento académico. Eso significa que si queréis jugar con nosotros, nada de suspender, hacer novillos, pelearos ni provocar expulsiones. Dicen que el fútbol es un deporte de caballeros jugado por bárbaros, mientras que el rugby es un deporte de bárbaros jugado por caballeros. No espero menos de vosotros. Y ahora debéis preparar el cuerpo. Dad cuatro vueltas corriendo al campo y luego volved aquí.

Cuando los chicos se pusieron en marcha, algunos con excesiva rapidez y otros con mucha más parsimonia, el reverendo alzó la vista, me vio y me saludó.

—Un atuendo muy curioso para jugar al rugby —comentó, subiendo y bajando la mano como si yo estuviera desfilando por una pasarela—. No veía nada parecido desde la escuela primaria. Nos placábamos los unos a los otros agarrándonos por la corbata —explicó antes de arrojarme el balón con un lanzamiento bajo y curvo.

—Hoy no puedo jugar, por desgracia. Solo he venido para saludarlo y ver si puedo escribir un artículo sobre el equipo de rugby de Lincoln —dije mientras le devolvía el balón.

—No, no —negó Makgabo con una carcajada—. Se llama el Club de Rugby de Lincoln, suena más profesional. Sí, por supuesto, la idea del artículo me parece estupenda...

—De acuerdo. No llevo encima el cuaderno, pero...

—No pasa nada, de todos modos ahora no tengo tiempo para hablar. Pero jugamos cada sábado, si realmente siente curiosidad. Intentamos empezar sobre las once e intentamos que los chicos estén de vuelta en la estación a las tres y media.

—¿De dónde son los jugadores?

—Casi todos de New Haven; los conozco a través del voluntariado que hago allí. Es la primera vez que muchos de ellos salen de la ciudad, e imagino que es la primera vez que muchos habitantes de esta pequeña y encantadora ciudad ven a tantos chicos negros juntos.

Lanzó otra carcajada y yo proferí una risita con esa mezcla de embarazo, culpabilidad y deseo de agradar que surge después de un chiste con tintes raciales.

—¿Y el reverendo Hampden nunca viene?

—No. Me gustaría, pero no —repuso con una sonrisa.

—¿Y por qué? Quiero decir que por qué le gustaría.

—Mi primer entrenador me dijo que el mejor lugar para disipar las frustraciones y resolver las diferencias es el terreno de juego. Allí los problemas no pueden enquistarse ni engendrar resentimiento. Placas a alguien y luego lo ayudas a levantarse. Él te placa a ti y luego te ayuda a levantarte.

—¿Se refiere al poder humanizador de la violencia?

—Oh, no, más bien al poder humanizador del deporte. De todos modos, creo que esta concurrencia es demasiado pequeña y, digamos, demasiado insignificante para el reverendo Hampden.

—¿Está usted celoso?

—De ningún modo. Lo cierto es que estoy encantado de trabajar a mi manera. Considero que este campo también es una suerte de ministerio.

—Tenga por seguro que incluiré eso en mi artículo.

—Así lo espero. ¿Va a reunirse con su amiga?

—¿Qué amiga?

—¿Qué amiga? —repitió con una risita maliciosa—. Ya sabe a qué amiga me refiero.

—¿Hannah? —El reverendo asintió—. No, voy a Wickenden para comer con un viejo amigo.

—Ah, creía que quizá se casaba alguien al verlo tan bien vestido a estas tempranas horas de un sábado. No dude en llamar o pasar por la iglesia cuando decida escribir un artículo sobre nosotros. Espero verlo por allí.

Cuando crucé la pesada puerta de caoba y luego la puerta basculante de vidrio del Blue Point, el profesor Jadid ya estaba sentado a una pequeña mesa junto a la ventana, fumando y charlando amigablemente con una pareja de mediana edad que estaba de pie junto a la mesa. Jadid permanecía sentado muy quieto, atento y felino, mientras el humo de su cigarrillo se mezclaba con el polvo del establecimiento y relucía al surcar los rayos de sol que lo bañaban. El hombre y la mujer hablaban sin gesticular. Parecían formar un matrimonio cuyos gustos habían confluido tanto que ya vestían, se comportaban y erguían la cabeza de forma idéntica, natural y sin afectación alguna. Al verme, Jadid sonrió, se incorporó a medias y me indicó por señas que me acercara.

—Llega muy puntual, señor Tomm. Me alegro de verlo. Permítame que le presente al señor y la señora O'Sullivan, propietarios del local y buenos amigos míos.

Al acercarme a la mesa comprobé que el hombre ofrecía un aspecto más cordial y afable que su esposa, quien tenía un rictus de vaga y permanente desaprobación en la boca. El hombre se presentó como Jerry.

—Así que es usted otro licenciado por la Academia Jadid de la Buena Vida —comentó.

No entendí el chiste y alterné la mirada entre él y su mujer, a quien no parecía hacerle ninguna gracia.

—Este hombre es uno de nuestros mejores clientes —prosiguió Jerry, propinando al profesor una incongruente palmada en el hombro—, y probablemente el mejor cocinero de Wickenden.

Calló sonriente e hizo una pausa algo demasiado larga para darnos tiempo a apreciar el chiste. Jadid se limitó a sonreír, cerró los ojos y bamboleó ligeramente la cabeza en ademán de sufrida tolerancia.

—¿Les traemos la carta y algún aperitivo?

Jadid me miró. Pedí la cerveza de barril de la casa, y él una copa de Sarcerre. Ignoraba si se trataba de cerveza, vino o licor.

—No sabía que cocinaba —comenté mientras me sentaba frente a él.

—Pues sí, es un arte necesario para civilizar a las personas. La cocina no se encuentra entre las numerosísimas virtudes de mi esposa. Además, en mi familia los varones siempre han sido cocineros por afición y profesores o rabinos de profesión. Supongo que un objetivo alcanzado de dos no es una mala proporción para un inmigrante.

Jerry trajo una cerveza color ámbar para mí («Navidad Harpoon») y vino blanco («el mejor de Sakonnet») para Jadid.

—¿Rabinos? —inquirí mientras lo observaba sujetarse la servilleta en el interior del cuello almidonado de la camisa y seguía su ejemplo.

—Bueno, sí. En la mayoría de los países, mi nombre despista a casi todo el mundo. Ahora apenas practico. Sigo siendo judío por lo de la persecución, como dice mi hijo mayor. Supongo que soy lo contrario de una víctima de la Segunda Guerra Mundial.

—¿A qué se refiere?

Jadid lanzó un suspiro.

—Mire, en mi opinión no hay nada raro en mi forma de hablar, pero por el motivo que sea, la primera pregunta que me hacen todos mis antiguos alumnos en cuanto empezamos a hablar como amigos en lugar de profesor y estudiante es de dónde procede mi acento.

Me eché a reír, y él meneó la cabeza muy despacio y con los ojos cerrados, como un gato soñoliento.

—Es cierto. ¿A usted qué le parece? Tenga en cuenta que no puede ofenderme si falla y que, a menos que me equivoque con usted, no creo que acierte. Pero mientras piensa, ¿le importa que pida el almuerzo? ¿Hay algo que no coma? ¿No? Estupendo.

Levantó la mano, y la esposa de Jerry se acercó, cuaderno en mano y sonrisa desganada pintada en el rostro. Jadid pidió media docena de ostras de Wellfleet, media docena de ostras de Malpeque, una sopa de pescado para él, un cuenco de estofado de marisco para mí y una botella de Sancerre.

—Maura es la encargada de la bodega y de las finanzas del restaurante —explicó en un susurro cuando la propietaria se acercó—. Sé que parece hosca, pero lo cierto es que solo es un poco tímida y se le dan mejor los números que las personas. Pero le aseguro que tiene un paladar exquisito. En fin, ¿ya tiene la respuesta?

—Bueno, diría que alemán, pero la verdad es que no tiene aspecto de alemán. Además, de ser alemán, judío y de la edad que es, lo más probable es que hubiera sido una víctima de la guerra y no lo contrario de una víctima, signifique eso lo que signifique.

—Muy razonado y correcto en sus apreciaciones.

—También podría decir que suizo o austríaco —proseguí—, pero probablemente se aplicaría el mismo razonamiento que para el alemán. Tal vez húngaro. —Era un poco más moreno que yo, de ojos verdosos y cabello gris; en Hollywood podría haber representado papeles de una docena de etnias distintas—. ¿Español? ¿Turco? No sé, yo diría que medio húngaro, medio turco y algo más.

—Una deducción tan inteligente como esperaba de usted, señor Tomm, pero...

—Profesor, ¿podría llamarme Paul y tutearme?

—Por supuesto, Paul. Lo cierto es que nací y crecí en Tabriz.

Mis conocimientos geográficos se tambaleaban un poco al este de Cape Cod y al sur de Baltimore.

—No es que pretenda alardear de mi ignorancia, pero ¿dónde queda Tabriz?

—En Irán, aunque nosotros preferimos denominarnos persas. Cuando los judíos persas fueron convertidos a la fuerza, pasaron a llamarse Jadid al-Islam o nuevos musulmanes. Por razones que se me escapan, uno de mis antepasados adoptó ese sobrenombre como apellido. Persia, que no Irán, posee la connotación de tolerancia y sofisticación que en tiempos caracterizaron aquella parte del mundo y que espero resurjan algún día.

Alzó la copa y brindó por sus propias palabras. Me apresuré a intentar hacer lo mismo, pero lo único que conseguí fue derramar cerveza sobre la mesa.

—¿Qué quería decir con lo contrario de una víctima?

—Más o menos nos echaron del país después de 1948. A decir verdad, era una práctica común en aquellos países; una de las ironías crueles de la historia. Se suponía que Israel proporcionaría un refugio seguro a los judíos del mundo entero, una aspiración noble, máxime teniendo en cuenta los recientes acontecimientos. Sin embargo, como consecuencia de ellos, en todo Próximo Oriente, los judíos fueron desalojados de las ciudades, a veces incluso de las casas donde habían vivido durante siglos. La casa en que me crié la había construido mi tataratatarabuelo casi doscientos años antes. Nos marchamos a toda prisa, y ni siquiera sé quién queda allí ahora.

—¿Y fueron a Israel?

—No, no. Mi padre se lo pensó, pero después de vivir durante siglos en Persia, entre cristianos, musulmanes, zoroástricos, de todo, en realidad, no sé si habría sobrevivido en un ambiente puramente judío. La cuestión es que un amigo suyo holandés al que había conocido antes de la guerra y que había sobrevivido a los campos, se puso en contacto con él en 1950 para invitarlo a convertirse en el rabino de lo que quedaba de la comunidad sefardí de Leiden. Así que fuimos a parar allí, razón por la que supongo que mi acento suena algo alemán, aunque con ello no quisiera que te hirviera la sangre holandesa que corre por tus venas. Si a ello añadimos a una aguerrida mujer de Belfast, la señora McClenahan, que nos crió a mí y a mis hermanos tras la muerte de mi madre, obtenemos mi forma de hablar, que según me han dicho más de una vez, es única.

En aquel momento, Maura llegó con dos cuencos humeantes y una docena de ostras en un plato de cristal, junto con pequeños recipientes que, según nos explicó, contenían salsa cóctel, vinagreta al oporto y salsa de soja con jengibre y zumo de lima respectivamente. Por regla general huyo despavorido del marisco crudo y no había probado una sola ostra en todos los años que llevaba viviendo en el noreste del país. Sin embargo, no quería que Jadid me considerara un paleto, así que cogí una, me la tragué entera, y mientras viajaba por mi esófago como un estornudo refrigerado, me pregunté por qué la gente se empecinaba en comer aquellas cosas y si conseguiría mantener el bicho en el estómago una vez llegara allí. Maura colocó el estofado blanco ante Jadid y el rojo ante mí.

—Ya sabe por qué ha pedido estos dos platos, ¿no? —preguntó, y al ver que yo negaba con la cabeza, añadió—: Son recetas suyas.

Miré a Jadid con expresión interrogante, y Maura se echó a reír.

—Algunos lunes, cuando el restaurante está cerrado, Anton viene a hacer experimentos en nuestra cocina. Estos dos platos son inventos suyos. Creo que es responsable de... ¿Cuántos? Cuatro o cinco platos de nuestra carta.

—Cinco —puntualizó Jadid, más contento que el ganador de un concurso escolar—. El estofado de marisco, la sopa de pescado, el tagine de tiburón... ¿Qué más, qué más? El pescado a la brasa con chermoule y el martini Jadid. Ginebra con un chorrito de grapa, piel de lima y hielo.

—Ya, Anton, pero ¿quién ha pedido jamás tu martini aparte de ti? —bufó Maura.

—No soy responsable de la espeluznante falta de gusto de los demás, querida. Lo único que puedo hacer es ofrecer al público mis supremos inventos, sin imponérselos.

La propietaria se alejó riendo, un gesto que le quitó de golpe diez años de encima.

—Bueno, y ahora cuéntame tu historia —pidió el profesor, enjugándose un poco de sopa de los labios; sin duda aquel hombre era capaz de hurgarse la nariz con elegancia—. Cuéntame qué sucede en ese «mundo real» del que tanto oímos hablar los profesores. Tengo curiosidad por saber qué has averiguado acerca de Jaan.

—Poca cosa, desgraciadamente. Todavía no sé cómo murió, y el forense que le practicó la autopsia fue atropellado por un coche hace dos días.

—Dios mío, ¿qué ocurrió? ¿Está bien?

—No, ha muerto. El coche lo atropelló y se dio a la fuga sin detenerse siquiera.

—Es horrible.

—Lo sé. De hecho, todavía no había terminado la autopsia, pero me dijo que había algo raro en el cadáver. La única persona que parecía conocerlo es Hannah, que...

—¿Quién es Hannah?

—Lo siento. Es profesora de música y vecina de Jaan.

—¿A quien también conoces lo bastante bien para referirte a ella por su nombre de pila?

—Bueno, sí... supongo que sí. Es una persona poco corriente.

—Lo suficiente para hacerte tartamudear y enrojecer. Continúa.

—Su sobrino me confirmó lo que usted me contó, que Jaan fue detenido en dos ocasiones por disparar un arma.

—Eso me recuerda que esta historia le ha picado la curiosidad a Joseph. El otoño pasado tuvo algunos problemas y lleva varias semanas confinado al escritorio. Tu pequeño misterio le ha dado por fin el estímulo que tanto necesitaba.

—¿Qué clase de problemas tuvo?

Jadid suspiró y entornó los ojos.

—Joseph siempre ha sido un poco bruto, la verdad. Lo ha heredado de su padre, mi hermano mayor, Daniel, que estaba tan enamorado de los cuadriláteros y los tugurios más infames de Leiden como yo de sus bibliotecas. En fin, que Joseph es listo, diligente y muy buena persona en el fondo, pero también más tozudo que una mula y un poco demasiado proclive a recurrir a la violencia. En octubre, un coche chocó contra el suyo en un aparcamiento con él dentro. Se puso a discutir con el otro conductor, luego pasaron a los empujones, y Joseph, por desgracia, acabó por pegarle y romperle la nariz y un par de dientes. Resultó que el otro conductor era amigo del alcalde, así que para su disgusto, Joseph lleva cinco semanas «haciendo de chupatintas», según lo expresa él mismo, y me parece que tiene un poco de claustrofobia. En cualquier caso, me pidió que te preguntara si puedes pasar a verlo el lunes.

—¿En la comisaría? Claro.

—Estupendo, se lo diré esta noche. Como te decía, Joseph puede ser un poco difícil, pero si te ayudó el otro día y por lo visto tiene intención de volver a hacerlo, significa que le caes bien.

—¿Puedo hacerle una pregunta sobre algo que me llamó la atención de la conversación con Joe?

—Por supuesto.

—¿Por qué lo llama tío Abe?

—Ah, porque mi verdadero nombre es Avram. Me lo cambié por el de Anton al ingresar en la Universidad de Leiden. En consecuencia, mis padres, abuelos, tíos y tías me llamaban Avi, mis amigos de la universidad y compañeros de trabajo de Wickenden, Anton, y mi esposa, parientes más jovenes y amigos íntimos, Abe. A decir verdad, me parece bastante ridículo, pero debo decir en mi defensa que cambiarme el nombre me pareció una idea muy moderna en su momento.

—Impresionante. A mí nunca me han llamado otra cosa que Paul. ¿Puedo preguntarle otra cosa?

—Acabas de hacerlo, pero imagino que te referirás a otra. Por supuesto.

—Me dijo que al profesor Pühapäev no lo despedían porque era titular. Pero ¿cómo es eso? Quiero decir que a algunos profesores los suspenden por hacer comentarios estúpidos o por la sospecha aun más vaga de acoso sexual. En cambio, en su departamento hay un tipo que se dedica a disparar su arma por la ventana, que apenas daba clase y que no ejercía de tutor. Sé que me dijo que el asunto no salió en los periódicos, pero la policía estaba al corriente. Sin duda podrían haberse desambarazado de él sin armar jaleo...

Jadid se enjugó la boca con la servilleta y sirvió el resto del vino.

—Dime una cosa... ¿Los periodistas realmente dicen eso de «extraoficialmente» o solo pasa en las películas?

—No, lo decimos.

—Magnífico. En tal caso, esta conversación es extraoficial.

Asentí.

—La primera vez que Jaan disparó su arma fue en enero de 1995. Alcanzó a un gato, como ya te conté, y le dio un susto de muerte al vigilante nocturno de la facultad. Por aquel entonces, el jefe del departamento era el profesor Crowley. Hamilton había defendido mucho a Jaan cuando este llegó aquí, pero otros miembros del departamento albergaban dudas sobre su capacidad como profesor en una universidad de este calibre. Crowley respaldó la solicitud de profesor titular de Jaan, que acabó prosperando. Cuando Jaan disparó la primera vez, Hamilton procuró por todos los medios que el asunto no saliera publicado y quedara silenciado. No sé cómo arrancó la promesa a la policía de no divulgar el incidente a la prensa, pero no me sorprendería en absoluto que hubiera recurrido al soborno. A fin de cuentas, estamos en Wickenden. Creo que solo cuatro profesores, incluyéndome a mí, estaban al corriente de lo que Jaan había hecho. Todo eso sucedía en las postrimerías de la época gloriosa de Hamilton, pero por aquí todavía lo consideraban una lumbrera. Atraía a muchos alumnos y mucha atención, y dejó bien claro que si emprendíamos alguna acción contra Jaan, contra su protegido, como él lo consideraba, se marcharía. No sé qué reputación tiene Hamilton entre los alumnos, pero imagino que su ego es sobradamente conocido. Así pues, nadie emprendió acción alguna, Jaan prometió no volver a llevar armas a la universidad y nosotros prometimos callar para siempre. Pero al cabo de tres años, a finales de verano, justo antes de que regresaran los alumnos, Jaan reincidió. De nuevo en plena noche, creyó ver una sombra, tuvo la reacción equivocada, etcétera. En aquella ocasión, la bala alcanzó el capó del Mercedes del profesor Crowley... con el profesor Crowley dentro. No le pasó nada, pero se llevó un susto mayúsculo e insistió en que Jaan fuera despedido, encarcelado, multado... de todo menos destripado y descuartizado. Yo hice justo lo que Hamilton hizo la primera vez, argumentando que si lo castigábamos de algún modo por el segundo incidente, la información sobre su falta y nuestra... conspiración, a falta de un término más delicado, tendría que salir a la luz. Deseaba evitar el escándalo, así que arrancamos las mismas promesas, presentamos las mismas disculpas, excluimos a los mismos periodistas y editores, casi todos ellos licenciados por Wickenden, engatusamos y presionamos para acabar obteniendo los mismos resultados. El único detalle extraño fue que, cuando le advertí a Jaan que iría a la cárcel, a despecho de la publicidad negativa que ello conllevase, si oía siquiera el más leve rumor de que volvía a llevar un arma a la universidad, al día siguiente recibí una carta de Vernum Sickle.

—Ese nombre me suena.

—Sí, es casi imposible de olvidar, ¿verdad? Dickensiano, podría decir una persona dada a emplear semejantes necedades, en cuyo caso no podríamos estar almorzando juntos. En cualquier caso, Sickle es quizá el mejor abogado criminalista, desde luego el más caro, de toda Nueva Inglaterra. Representa sobre todo a las familias del crimen organizado, según tengo entendido, y de vez en cuando a algún político destacado para variar un poco. El señor Sickle me advertía en su carta que dejara de acosar a su cliente, el profesor Jaan Pühapäev, ya que de lo contrario nos demandaría a mí, a la facultad y a la universidad entera por difamación, y que si emprendía cualquier acción basada en rumores, tal como había amenazado al profesor... en fin, me sucedería algo terrible, etcétera, etcétera, etcétera. También me recordaba que, pese a ser una universidad privada, obteníamos fondos federales y municipales, por lo que estábamos sujetos a la Cuarta Enmienda, lo cual significaba que no teníamos derecho a registrar ni la persona ni el despacho de Jaan. No sé si sus argumentos eran de peso, pero en cualquier caso me intimidó tanta terminología legal junta. En definitiva, Jaan se quedó y nunca volvió a disparar un arma, aunque apostaría cualquier cosa a que llevaba una encima. La intervención de Sickle me intrigó, porque demostraba que Jaan era más mundano de lo que parecía. Por supuesto, pudo sacar el nombre de Sickle de uno de los innumerables artículos en los que consigue ser mencionado, pero la carta me llegó tan pronto después del incidente que imagino que ya se conocían. Como te he dicho antes, todo esto es extraoficial.

—La verdad, profesor, me gustaría utilizar esta información. Esto ya no es una simple necrológica. La historia me intriga tanto como a su sobrino; hay algo raro en todo esto. Por lo que a mí respecta, no tengo por qué decir de dónde procede la información. Puedo atribuirla a «un compañero» o «una fuente de la universidad», pero sí necesito citas textuales.

Jadid miró por la ventana. Estábamos en los confines del centro de Wickenden, y a la luz del atardecer, los edificios se antojaban un montaje de piezas de Lego color tostado y canela en su dulce serenidad. El río reflejaba los rayos de luz y ofrecía un aspecto cálido, dorado, aunque a buen seguro el agua estaba helada y era corrosiva al tacto.

—Déjame pensarlo. No me gustaría perjudicar al departamento. Desde luego, te estás tomando muchas molestias con esta investigación para trabajar en un periódico de tan poca tirada.

—La tirada no tiene nada que ver —repliqué con más dureza y en tono más defensivo de lo que habría querido—. Además, un periódico de Boston está interesado. Podría ser el puente para un empleo allí.

—Sería magnífico. Un periódico de prestigio en una ciudad importante a tu edad... Excelente. Mis más sinceras felicitaciones. Esto requiere un par de copas de brandy —afirmó al tiempo que llamaba por señas a Maura—. Tal vez no sea asunto mío, pero siempre me has parecido una persona ambiciosa y temerosa de su ambición. ¿Estoy en lo cierto?

—Pues no lo sé. ¿Temeroso? Creo que no. Me gusta que las cosas me vayan bien.

—Por supuesto, es indiscutible. Tan solo me permito recordarte que la ambición desbocada puede resultar despiadada, mientras que la ambición encadenada a un sentido del decoro y la propiedad tan desarrollado como el que sin duda posees es del todo esencial. Haz el bien, Paul, pero eso no significa que además las cosas no puedan irte bien. Tal vez en este sentido necesites algunas lecciones de la señorita Choi.

—Mia... ¿Cómo está?

—Es una de las alumnas más inteligentes a las que he tenido el placer de enseñar, y también una de las más combativas. Debo decir, sin ánimo de ofender, que me resulta bastante difícil imaginaros como pareja.

—No es el único —aseguré con una carcajada—. Nos va mucho mejor como amigos que como pareja, aunque ya hace casi un año que apenas nos vemos.

—Cosas que pasan. No insistiré en esa profesora de música, pero si la aprecias lo suficiente para ruborizarte, algo debes de sentir por ella. Buena suerte.

—Gracias.

—Y ahora deberíamos brindar por última vez antes de enfrentarnos a este frío atardecer de invierno. Quizá deberíamos brindar por los profesores tenebrosos y posiblemente criminales de puntería nefasta pero de efectos milagrosos sobre las carreras profesionales de periodistas jóvenes. No, es un poco largo. ¿Qué tal si brindamos por los periodistas, por los profesores y por el descubrimiento?

Y así lo hicimos.

Mientras conducía por las calles violáceas a la luz del crepúsculo, mil preguntas me rondaban por la cabeza. ¿De qué y por qué conocía Pühapäev a Sickle? ¿Era cierta la historia de Jadid sobre el encubrimiento de Crowley? Y en tal caso, ¿podría llegar a confirmarlo? ¿Qué había averiguado Joe Jadid y por qué se interesaba tanto por la investigación insignificante de un periodista?

Pero una pregunta destacaba sobre todas las demás. ¿Estaría Hannah ocupada esa noche?

LAS LÁGRIMAS DE LA REINA

> Después de la degradación del rey llega su muerte, tras la que la reina baña con lágrimas castas y reverenciales el cuerpo quebrado e inerte de su Señor, y ved, a través de esas lágrimas se presencia un renacimiento, que libera al rey de todo sufrimiento terrenal, de la mugre y la fragilidad de su vida, y que lo transformará en algo sin parangón.
>
> John Foxwell, *On rare and wonderful things*

El destartalado autobús plateado traqueteaba despacio por la calle Praga, Pragas iela, dejando tras de sí una estela de fango marrón y humo negro. El claxon emitía un sonido quejumbroso e ineficaz, como una oca atrapada en las profundidades del motor. El conductor lo hacía sonar constantemente en una secuencia de toques cortes y largos que recordaba el morse, surtiendo un efecto más cómico que imponente.

Antes de salir del hotel Latvija, una monstruosidad de hormigón propiedad del Estado que atraía sobremanera a las cucarachas y los roedores, pero no así a los seres humanos, el conductor había «reparado» los limpiaparabrisas, que se habían congelado durante la noche, quedando atrapados bajo la nieve grisácea que se acumulaba en todos los resquicios. Con ayuda de un zapato a modo de martillo y el cuello dentado de una botella de cerveza a guisa de cincel, desprendió la nieve helada hasta liberar los limpiaparabrisas. Sin duda se había aplicado con excesivo entusiasmo, pues ahora se movían de un lado a otro en un arco exagerado, chocando a menudo entre sí como si aplaudieran sarcásticos los esfuerzos del conductor cuando este consiguió detener el vehículo a ciegas y por pura intuición en el aparcamiento de la terminal de autobuses.

A medida que se apeaban, los pasajeros le dieron las gracias por llevarlos. Un pasajero soviético jamás habría hecho eso, pero aquellos viajeros eran británicos y se apearon en una procesión funeraria de gabardinas color beige, gorros grises, bufandas pardas y verde vómito, coderas raídas y paraguas escuálidos. El guía turístico y el conductor del autobús convinieron en que era el trabajo más fácil que habían hecho en su vida. Nada de obreros borrachos de Krasnoyarsk, ni *babushkas* pesadas de Petrogrado, ni «camaradas» condescendientes de Moscú que visitaban las provincias. Aquellos eran turistas corteses, obedientes y conejiles de Islington y Jericho que pasaban las vacaciones de invierno (ninguno de ellos las denominaba «Navidades») en el paraíso socialista de Letonia.

Cuando el autobús se detuvo, el guía se aplastó con la mano sudorosa unos cuantos mechones de cabello sobre la calva salpicada de manchas. Acto seguido carraspeó y escupió algo de aspecto repugnante al suelo del autobús antes de apearse.

—Síganme, por favor —indicó al tiempo que elevaba su paraguas rojo sobre las cabezas de los turistas—. Nos dirigimos al magnífico mercado central de Riga, donde pueden encontrarse toda clase de productos procedentes de todos los rincones del estado obrero de la Unión Soviética. Por aquí, por favor.

Cuando el guía se dio la vuelta, uno de los británicos lo agarró del brazo y le susurró algo al oído. Era el único de entre sus compañeros de viaje que poseía un cepillo de pelo y sabía hablar ruso, además de aparentar al menos veinte años menos que el más joven de sus compatriotas. La expresión aburrida del guía se trocó por un instante en otra de preocupación, e instintivamente miró por encima del hombro para comprobar si alguien había oído la petición del joven.

—Mire —dijo el británico al tiempo que le apoyaba la mano en el hombro con ademán tranquilizador—, le prometo estar de vuelta en el hotel a las diez como máximo. Si no estoy, no dude en llamar a la policía para que me busque. Dígales que me he escabullido de la habitación o lo que le venga en gana. Pero me gustaría disponer de unas horas para explorar la ciudad solo. Le prometo que le compensaré —aseguró, alargando la mano con un billete de veinte libras enrollado entre el dedo medio y el anular—. Esta noche le daré otro igual.

El guía le estrechó la mano, se guardó el billete y asintió con rapidez.

—Si yo fuera del KGB, cogería el dinero, lo seguiría y lo detendría. Y si usted es del KGB... bueno, no quiero ni pensarlo. Despístese en el mercado y no haga nada ilegal, ¿me oye?

Clavó un dedo en el costado del joven y siguió hablando con arrogancia de subalterno cuando cambió a su lengua materna.

—Si me crea algún problema, el que sea, le garantizo que su estancia en el paraíso obrero tendrá mucho de obrero y poco de paraíso. Esta noche a las diez y media iré a su habitación, donde me esperará con otro regalito.

Los dos hombres se estrecharon de nuevo la mano. El británico se incorporó al grupo y empezó a charlar con un maestro jubilado de St. John's Wood.

Al doblar la esquina, los turistas vieron cinco hangares plateados ante sí, bulliciosamente atestados de gente, productos, colores y fragancias.

—Apreciados visitantes, bienvenidos por favor al mercado central de Riga —anunció el guía, recalcando sus palabras con pequeños golpes de paraguas—. Aquí encuentran recuerdos y regalos que necesitan de Unión Soviética. Recuerden dar regalos a inspector de aduanas en el hotel para comprobación. Punto de encuentro por favor aquí a la una y media para volver al hotel y almorzar.

El inglés aguardó hasta que el maestro jubilado se alejara en dirección a unos cuernos georgianos de madera tallada, se zafó del tártaro con un codazo certero y sacó un papel del bolsillo. Siguiendo las indicaciones escritas en él, pasó ante un grupo de vendedores de calabazas uzbekos de aspecto suspicaz, estuvo a punto de chocar contra un puñado de hombres de Kirguizistán tocados con espigados *telpeks* blancos y negros que charlaban mientras tomaban cuencos de té, paró un instante para admirar una exposición de dagas de Daguestán (todas ellas falsas y romas) y por fin reparó en una puertecita de madera encajada entre dos puestos al fondo del hangar. Se detuvo a probar un poco de miel de acacia; los ojos del anciano vendedor se iluminaron y su barba pareció levantarse un poco cuando el inglés le sonrió antes de rodear el puesto y colarse por la puertecita.

Dos hombres estaban sentados a una mesa redonda de madera, casi a oscuras. Uno de ellos era de tez morena y aspecto tosco, con facciones vagamente asiáticas, expresión amenazadora y un ancho bigote que se cernía sobre las comisuras de sus labios. Al abrirse la puerta frunció el ceño y deslizó la mano bajo la mesa sin apartar la mirada del inglés. Junto a él se sentaba un hombre delgado, menudo y con aspecto de pajarillo, de cabello rubio, facciones anodinas y una sonrisa cálida aunque algo perpleja en el rostro. Tanto podría haber tenido treinta años mal llevados como contar sesenta y conservarse muy bien.

—¿Es usted Voskresenyov? —preguntó el inglés.

El hombre-pájaro asintió.

—Se parece a su padre —comentó en inglés con un leve acento extranjero.

—Ya no.

—Señor Hewley, ese comentario ha sido de mal gusto y nada propio de un joven tan afortunado como usted.

Hewley se echó a reír.

—¿Con lo de afortunado se refiere a que ahora estoy endeudado hasta las orejas? ¿A que están a punto de desahuciarme? ¿A que no puedo ni tomarme una cerveza en...?

Voskresenyov alzó una mano y cerró los ojos con ademán apaciguador.

—Señor Hewley, me refiero a su posición futura, no a su situación actual. Si no supiera que la muerte desafortunada y repentina de su padre lo ha dejado, por así decirlo, en la estacada, no me habría tomado la molestia de invitarlo a venir. Siéntese, por favor —pidió al tiempo que señalaba una silla desocupada que el hombre de tez oscura empujó sin miramientos hacia él.

—Y el Charlie Chan este, ¿quién es?

—Por suerte para usted, Timur no entiende el inglés. Es kazajo, no chino, y se siente profunda y violentamente ofendido cuando lo toman por cualquier cosa que no sea kazajo. Timur es un amigo y supervisa todo lo concerniente a mi integridad física.

—Ah, el musculitos —exclamó Hewley antes de levantarse y acercarse a Timur simulando golpes y llaves, aunque procurando mantenerse fuera de su alcance—. ¿Qué es, un asesino profesional? ¿Karate, nunchakus y todo eso?

—No, señor Hewley, creo que tales artes son japonesas. ¿Por qué no toma asiento? Gracias. ¿Ha traído lo que se le indicó?

—Un momento, primero enséñeme lo suyo. De todas formas, está claro que aquí el amigo Mao Tse Tung puta mierda kazajo puede arrancarme los brazos de cuajo cuando le dé la gana.

Voskresenyov se encogió de hombros.

—No hemos venido a robarle, señor Hewley, y menos aún a hacerle daño. A fin de cuentas, ¿qué diría Serguei Kirilovich si esta noche le abriera la puerta a las diez y media con un billete de veinte libras pegado a un muñón ensangrentado?

—¿Cómo coño...?

Voskresenyov desechó la pregunta con un gesto y puso un maletín sobre la mesa. Lo abrió y lo sostuvo para que Hewley viera su contenido.

—Cien mil libras. Cuéntelas si quiere. Y más importantes aún que el dinero son estas cartas... —se sacó varios sobres del bolsillo de la americana y los dejó sobre el dinero— que aplacarán a cualquier inspector de aduanas inquisitivo tanto en mi país como en el suyo. Le conviene guardarlas como oro en paño, incluso cuando ya esté en Inglaterra. Y lo más importante es que tiene usted mi palabra, como amigo de su padre, de que en el caso de que las cartas no cumplan su cometido, me aseguraré de que regrese sano y salvo a Londres, con todo el dinero y todas las extremidades en su sitio. Y ahora, si no le importa...

Los ojos de Voskresenyov relucieron por la excitación, y sus facciones parecieron afilarse cuando se inclinó sobre la mesa hacia Hewley.

El inglés introdujo la mano en el bolsillo interior del abrigo y sacó una cajita lacada del tamaño de un paquete de cigarrillos. Se puso unos guantes de paño blanco, abrió la caja y con gran delicadeza sacó una baraja de cartas. Voskresenyov dio una palmada.

—Ah, es la primera vez que veo estas cartas. La primera vez, si no me equivoco, que salen de Inglaterra. Y a juzgar por su excelente estado de conservación, una de las primeras veces que alguien las toca desde finales del siglo xviii. ¿Podría hacerme el favor de colocar las cuatro reinas boca arriba sobre la mesa?

Hewley extendió una gamuza granate sobre la madera, empezó a pasar cartas y fue colocando cada una de las reinas sobre ella.

—Gracias, es lo que deseaba ver. Si se siente más cómodo, vuelva a guardar las cartas en la caja y coloque la caja entre nosotros. Le prometo una vez más que ni ella ni usted sufrirán daño alguno.

—¿Cómo lo hacemos? ¿Contamos hasta tres? ¿Yo le doy las cartas y usted me pasa el maletín?

—Si quiere... Como ya le he dicho, no tengo ninguna intención de robarle, y dada la presencia de Timur y el hecho de que desconoce el lugar, usted no puede robarme a mí, de modo que efectuaremos el intercambio como usted desee.

Hewley tamborileó sobre la mesa con los dedos y miró a los otros dos hombres de hito en hito.

—Pero podría haberlo hecho. Robarle, quiero decir. En otra parte.

—Lo sé —reconoció Voskresenyov con una carcajada—. Su reputación lo precede. Desciende usted del mejor.

—Ya lo tengo —exclamó Hewley, dejando de tamborilear con los dedos para empezar a golpear la mesa con las manos en un ritmo frenético—. ¿Qué tal si jugamos una mano de póquer? Estas reinas no pueden ser vírgenes toda la vida.

—No quiero tocar estas cartas más de lo estrictamente necesario. Las reinas deben quedar intactas. Sin embargo, puesto que en sentido estricto es usted mi invitado, no puedo negarme a un deseo tan modesto como el de jugar una mano de póquer. ¿Cuál es la apuesta?

Hewley empezó a sacar la cartera, se detuvo bruscamente y miró a Voskresenyov como si acabara de ocurrírsele una idea repentina.

—¿Qué tal si nos jugamos lo que tenemos aquí? Una sola mano y el ganador se lo lleva todo.

—Desde luego, es usted un joven temerario —rió Voskresenyov—. Le ofrezco con toda honestidad una cantidad suficiente para saldar casi todas, si no todas sus deudas, pero usted ambiciona más. ¿Qué importancia tiene para usted esta baraja?

—Yo no soy el comprador, amigo mío —masculló Hewley con un guiño—. Si está usted dispuesto a pagar cien mil libras en un cuartucho como este y en secreto, imagino que podría sacar un poco más en una subasta como Dios manda. Podría llamar a Sotheby's para que echen un vistazo a las cartas, hacerlo público y todo eso...

—Creía que habíamos hecho un trato, señor Hewley, y si pretende seguir los pasos de su padre, su palabra tiene que ser tan firme como lo era la de él.

—Pues ya ve cómo acabó. ¿Sabe que ni siquiera pudimos celebrar un velatorio a féretro abierto? Lo sacaron del fondo del Severn gris como un pescado pasado e hinchado como una pelota. Esa clase de muerte no es para mí —aseguró con un estremecimiento antes de erguirse y propinar un último golpe a la mesa—. Además, hoy estoy de buen humor. Me siento afortunado, ¿sabe lo que quiero decir? Una mano de póquer, y el ganador se va con cien mil libras y esta baraja de cartas que vale... no sé... ¿el doble?

Voskresenyov se encogió de hombros.

—Como quiera. Solo le ruego que, si gana, olvide la subasta y me diga aquí mismo cuánto quiere por las cartas. Les he tomado mucho cariño a estas reinas.

—Si no le importa que se lo pregunte, ¿cómo se las ha arreglado un ruso como usted para agenciarse tanta pasta? Creía que aquí todo el mundo era igual.

—Sí, todos somos iguales, solo que algunos somos más iguales que otros. Sin ánimo de ofender, querría señalar que otra de las razones por las que su padre vivió tantos años y tuvo tanto éxito era su marcada falta de curiosidad. La curiosidad mató al gato. —Se volvió hacia Timur—. ¿Tezvadze todavía tiene un puesto en el mercado? —le preguntó en ruso, a lo que el kazajo asintió—. ¿Y sigue vendiendo las mismas cosas? —Otro gesto de asentimiento—. Muy bien, pues ve a comprar una baraja —ordenó al tiempo que le daba unos billetes—. Y tráete también a alguien para repartir —añadió, aferrándolo del brazo—. El trato de siempre. Tezvadze vende naipes georgianos —explicó Voskresenyov cuando Timur se fue—. Afirma que están pintadas a mano, pero si es así, las ha pintado el tipo con el pulso más firme del mundo. Se las vende a bálticos, rusos y turistas demasiado asustados para pasar del Cáucaso. Los palos son un poco distintos de lo habitual para usted, pero deberían servir. En cuanto a la persona para repartir... en fin, veremos a quién encuentra Timur. ¿Le apetece un trago mientras esperamos? —ofreció, sacando una botella de cerámica de debajo de la mesa.

—¿Qué es?

—Bálsamo. Rigas Melnais Balzams, una especialidad local. Algunos nunca llegan a tomarle gusto, pero debo decir que desde que lo bebo, nunca me he puesto enfermo. Resulta especialmente eficaz para ahuyentar las dolencias típicas del clima inglés.

Bebió un largo trago de la botella y la deslizó sobre la mesa. Hewley olisqueó el contenido y retrocedió, espantado.

—Argh... ¿Qué es esta porquería?

—Nadie lo sabe a ciencia cierta. Ajenjo, hisopo, piel de naranja, corteza de roble, flores... Es una receta secreta.

Hewley bebió, tragó, sufrió una arcada, cayó hacia atrás en la silla, se irguió y se mesó el cabello. Voskresenyov se echó a reír, y en aquel instante se abrió la puerta. Timur cruzó el umbral seguido de una muchacha esbelta de unos doce o trece años, ataviada con una mugrienta bata marrón y con los ojos vendados. Timur arrojó una baraja de cartas sobre la mesa.

—La he encontrado merodeando por el puesto de las teteras bashkir.

La niña temblaba en silencio, y una lágrima rodó bajo la venda hasta estrellarse contra la mano de Timur, apoyada contra la clavícula de la pequeña para guiarla hacia adelante.

—Ven aquí, niña.

La muchacha se irguió, sorbió ruidosamente por la nariz y caminó hacia Voskresenyov con tanto sentido de la orientación y seguridad como si no llevara la venda.

—¿Sabes repartir cartas? —La niña asintió—. Te doy a elegir. Dentro de media hora puedes tener más dinero del que tu padre gana en cinco años, o dentro de media hora puedes conocer al primero de miles de maridos. ¿Qué prefieres?

De repente, la niña arañó el rostro de Voskresenyov.

—¡Maldito cerdo ruso! —aulló—. ¡Hijo de puta kazajo! Reconozco vuestras voces...

Voskresenyov la abofetó con el dorso de la mano y fuerza suficiente para derribarla. La niña profirió un jadeo, pero no lloró. Timur la agarró de ambas muñecas con una sola mano y la levantó de un tirón.

—Lo único que queremos es que repartas unas cartas —explicó Voskresenyov con suavidad mientras le acariciaba el pelo, a lo que ella retrocedió como si aquella mano ardiera—. Reparte bien y sin trucos. Si lo haces, te recompensaremos generosamente y podrás irte. ¿Lo comprendes? Pero si cometes alguna estupidez, forcejeas o nos pones la mano encima a cualquiera de nosotros, tu vida se convertirá de repente en un paseo muy corto y muy doloroso. ¿Quieres a tus padres? —La niña permaneció inmóvil—. Bien. El dinero será tuyo. Puedes dárselo a ellos, quedártelo, lo que quieras. Si accedes, mi socio te soltará. Si te suelta y no haces exactamente lo que te he pedido, no volveremos a sostener una conversación como esta. ¿Queda claro?

La niña asintió. Timur la soltó, y Voskresenyov le entregó la baraja de cartas.

—Baraja y reparte estas cartas, por favor. ¡No, espera! —exclamó antes de quitarle la baraja y disponer cuatro cartas sobre la mesa—. Como le decía antes, los palos son distintos. Espadas, oros, copas y bastos, por este orden. ¿Preparado? Una mano. ¿Qué tipo de póquer prefiere?

—Pues el Texas Holdem —repuso Hewley, alterado por el incidente de la muchacha y por tanto en voz mucho más alta y estridente de lo normal.

—De acuerdo. Sin comodines. —Se volvió hacia la chica—. Reparte, por favor. Dos cartas boca abajo para cada uno... Eso es, ponlas boca abajo sobre la mesa, una por una, igual que las tienes en la mano. Bien. Ahora deja una a un lado, a tu derecha, y pon tres boca arriba, eso es... al revés, delante de ti. Ahora otra a un lado y una más boca arriba. Y ahora lo mismo. Bien. Ahora apártate de la mesa. ¿Tiene alguna objeción, señor Hewley?

Hewley negó con la cabeza y tragó saliva.

—Magnífico. Y ahora, niña, aquí tienes más dinero del que has visto en tu vida. Timur te acompañará afuera y te quitará la venda. Olvidarás todo este episodio y te inventarás una historia creíble para lo de tu nariz. Por favor, acepta mis disculpas. Y ahora vete y no te atrevas a mirar atrás.

Dicho aquello, Voskresenyov se concentró en las cartas dispuestas sobre la mesa, un diez de espadas, un ocho de copas, una sota de oros, un as de oros y un diez de copas, antes de echar un vistazo a las que tenía en la mano. Hewley siguió su ejemplo.

—Este juego pierde gracia si no se apuesta —masculló Voskresenyov—. Señor Hewley —dijo en voz alta y clara—, ¿está preparado para mostrar sus cartas?

—Sí.

Objeto 7: Un naipe aproximadamente 2,4 centímetros más largo y 1,2 centímetros más estrecho que el naipe estándar inglés o americano. El dorso es vermellón oscuro con ribete dorado. En la parte interior del ribete, escrito en intrincada caligrafía y empezando en el rincón superior izquierdo para continuar en el sentido de las agujas del reloj por toda la carta, se ve el siguiente texto:

«Sutcliffe Sanderson & Trout, artesanos expertos en toda clase de grabados, especializados en la creación de *cartes de jeux* y caligrafía ornamental, por nombramiento de Su Majestad el duque Pelotasdecaballo de la Conchinchina, impreso con autorización solo nuestra en Londres u otro lugar».

En el anverso se ve una reina de picas de angulosa forma geométrica y la finura general propias de los naipes ingleses de finales del siglo XVIII y principios del XIX. A juzgar por los detalles que la rodean y delicadas líneas que la definen, procede de un grabado en cobre realizado al estilo de los grabados en madera. El fondo de la carta es un mosaico de círculos entrelazados y unidos por las lunas crecientes que Yazdeh Samizdanji y sus seguidores empleaban en Tabriz para sus cartas de número (el diseño se inspiraba en una serie rara pero famosa de litografías procedentes de la corte del rey Rogelio II de Sicilia). La reina sostiene un alambique verde en una mano y un pequeño ataúd con la inscripción latina: EL REY HA MUERTO. LARGA VIDA AL REY. Una lágrima solitaria adorna su mejilla, unida por un fino hililllo al ojo. Los pocos que conocen la existencia de esta carta se refieren a ella como «las Lágrimas de la Reina de Hoxton».

El rey es el material original que debe ser transformado; el proceso da comienzo cuando empieza a emanar agua. Las lágrimas de la reina representan tanto los atributos purificadores del agua (y, por ende, la alquimia) como la aflicción del rey al pasar de una vida, una forma, a otra.

Fecha de fabricación: Finales del siglo XVIII o principios del XIX.

Fabricante: En ningún gremio de Londres ni de Inglaterra consta inscrita ninguna empresa llamada Sutcliffe Sanderson & Trout. Jan Pieterszoon von Soudcleft, un conde flamenco enamorado del whist, el bridge, el vino español, los temas científicos más arcanos y las muchachas excepcionalmente jóvenes, vivió al este de Londres entre 1792 y 1820, año en que murió de frío tras salir a pasear el día de Año Nuevo por los alrededores de su finca, ataviado tan solo con su peluca. Cuando su único hijo vendió el patrimonio y se cambió el apellido por el más inglés de Sutcliffe, entre los objetos subastados se hallaba una tipografía y diversos utensilios de grabador, todo ello poco usado o tal vez por estrenar. El conde Von Soudcleft poseía asimismo una amplia colección de grabados en madera musulmanes, los cuales su hijo maldijo y quemó en lugar de venderlos. Los historiadores expertos en naipes especulan que esta baraja, la única registrada a nombre de Sutcliffe Sanderson & Trout y el único exponente de un diseño de grabado en madera de estilo híbrido musulmán-inglés, se inspiraba en la colección de grabados inmolada.

Las identidades de Sanderson & Trout siguen siendo un completo misterio.

Lugar de origen: Las cartas parecen ser inglesas a juzgar por la lengua empleada en el dorso, su forma y tamaño, así como las representaciones genéricas utilizadas en las figuras (los naipes franceses, españoles, ingleses y holandeses se basaban siempre en personajes históricos, y solo los ingleses recurrían a figuras genéricas).

Último propietario conocido: Hugh Hewley, anticuario británico, marchante de antigüedades y carterista compulsivo. Después de que muriera ahogado durante un accidente de pesca con mosca en Gales, todas sus posesiones, tanto deudas como antigüedades, pasaron a manos de su hijo educado en Cambridge, Antony, que trabajaba como intérprete autónomo de ruso en Londres, pero cuya principal fuente de ingresos era el póquer. Inmediatamente después de la muerte de Hugh, Antony viajó a Letonia por razones que se desconocen. A su regreso, saldó de golpe todas las deudas pendientes de su padre y vendió la tienda con todo su contenido a los Icemen de Southall, una banda londinense de mediados de los setenta encabezada por Azim Mehmood y Stony Rosen. Las cartas no se localizaron por ninguna parte, lo cual resulta extraño, ya que Hugh afirmaba guardarlas siempre bajo llave en una caja fuerte en la trastienda y se había negado varias veces a venderlas a ningún cliente por ningún precio. Se decía que llevaba las cartas encima al ahogarse y que se desintegraron en el fondo del Severn.

Antony murió presuntamente por una sobredosis de heroína dos semanas después de vender el negocio. No dejó descendientes.

Valor aproximado: Las barajas singulares de naipes pueden rebasar con facilidad los 100.000 dólares. Consideremos que los compradores suelen ser jugadores, que con frecuencia disponen de grandes cantidades de dinero en efectivo que no les conviene depositar ni declarar, y que en realidad están pagando por un mínimo de cuarenta pinturas distintas.

En 1889, el príncipe Alberto decidió afeitarse y volver a dejarse crecer la barba durante las vacaciones estivales en Balmoral. Encargó al retratista real que pintara su retrato cada día durante cincuenta y dos días, y luego mandó imprimir una baraja de cartas con las imágenes para conmemorar el proceso. En 1972, unos representantes de Frankie «Hombre Pollo» Testa compraron la baraja en una subasta privada por 120.000 dólares; la baraja recibió el nombre de «Las Patillas de Al» en honor del vello facial del príncipe y también del restaurante de Filadelfia que constituía la corte del Hombre Pollo.

En 1993, Wei Xiang, estudiante de un posgrado de robótica en la Universidad de California, Berkeley, utilizó un brazo mecánico acoplado a un aerógrafo para crear cincuenta y dos naipes del tamaño de un microchip, cada uno de ellos con una figura relevante en la historia de la informática. Uno de sus profesores le ofreció 15.000 dólares por la baraja, pero Wei, que vivía en un piso extraordinariamente desordenado, la perdió poco después de llevársela a casa.

Solo cabe especular qué valdrían esas cartas si de repente se anunciara su reaparición.

Si fuera vertida en la tierra, separará la tierra del fuego, lo sutil de lo grosero.

Me pasé el trayecto desde el Blue Point hasta casa intentando decidir si en realidad debería estar conduciendo o no. Tras despedirme del profesor, intenté despejar la bruma provocada por el brandy dando un corto paseo por el nuevo parque construido a orillas del río, con aceras de ladrillo que respondían a la idea que algún burócrata tenía del universo europeo, y a continuación tomando un café de cuatro dólares en un establecimiento de paredes color naranja que ocupaba lo que antaño era el Mama Fatima. Por lo visto, la propia Mama Fatima había muerto hacía poco más de un año; su marido había vuelto a Loule y sus hijos habían vendido el restaurante, que había dejado de ser un bareto de estibadores para convertirse en un antro donde servían *focaccia*, brotes de toda clase y *mochaccino* a los bohemios acomodados que invadían los antiguos almacenes. Por descontado, los artistas habían huido despavoridos en cuanto los alquileres empezaron a engullir todos sus ingresos, trasladándose a Olneyton, mientras que los programadores, abogados y médicos que llevaban el dinero bien visible en forma de etiquetas de diseñadores pijos se morían por aspirar la fragancia pija del lugar. Pero en honor a la verdad, el café era mejor que el de Mama Fatima.

Por fortuna, el viaje transcurrió sin contratiempos, y aparqué en mi hueco habitual tras la señal de «Prohibido aparcar», entre el contenedor y el Celica blanco hecho polvo, alrededor de las seis. Era una noche oscura y despejada que despedía aquella maravillosa fragancia de hojas marchitas y humo, y en el centro se veía la cantidad de transeúntes habitual de los sábados por la noche, es decir, cero. The Colonial, una taberna situada en la acera de enfrente, con sus rótulos luminosos de cerveza en el escaparate y otro en forma de mosquete y tricornio sobre la puerta, parecía bastante concurrida, pero era el único indicio de vida en muchos kilómetros a la redonda.

Al subir el último tramo de escaleras que conducía a mi piso, vi una nota pegada a la puerta. Puse los ojos en blanco y proferí un bufido de toro; mi casera tenía la pesada manía de ponerme notitas en la puerta cada vez que cometía una infracción contra una de sus innumerables reglas. Ella y su marido vivían en el piso inferior y eran dueños de los diez pisos del edificio, así como de todos los locales comerciales de la finca. Supongo que eran unos caseros concienzudos, pero los ponía nerviosos alquilar un piso a un tipo joven y soltero de la Gran Ciudad. La semana anterior, la señora Tawell me había dejado una nota mecanografiada para informarme de que mi costumbre de botar una pelota de tenis contra la pared «amenaza con desprender las vigas y podría llegar a provocar el hundimiento del edificio». Sé que era una costumbre exasperante; en mi tierra, los vecinos se habrían limitado a pagarme con la misma moneda, pero imagino que eso no habría sido demasiado propio del norte. En cierta ocasión, el señor y la señora Tawell habían pasado una tarde de fin de semana examinando las bolsas transparentes de reciclaje de todos los vecinos para contar las botellas de licor que contenían.

Al llegar a mi puerta descubrí que la nota no estaba pegada, sino clavada con un clavo oxidado y apenas insertado en la madera. Era un sobre estándar tamaño postal, en cuyo anverso se veía un grueso bastón de dos cabezas y dos serpientes enroscadas a su alrededor, la clase de símbolo que se ve en el margen superior de algunas recetas médicas. Parecía un dibujo más que una imagen impresa, un sello o una fotocopia. Bajo el bastón habían pegado un recorte de periódico con mi nombre tal como figuraba en mi columna del *Carrier*.

Abrí el sobre. No contenía ninguna carta, pero al introducir la mano saqué un colmillo humano. Parecía recién extraído, pues en el interior del sobre se veía una mancha sanguinolenta, y la sangre aún adherida al diente y su raíz era roja, no marrón. El sobre desprendía un fétido hedor de diente podrido. Sufrí una arcada, abrí la puerta con dedos temblorosos y entré a toda prisa. Por primera vez desde que me trasladara a Lincoln, corrí el cerrojo.

La luz del contestador parpadeaba, y al pulsar el botón escuché la voz de Hannah.

—Hola, Paul Tomm, soy yo, Hannah. Llamaba para ver si ya habías vuelto de tu almuerzo con el profesor y para invitarte a cenar con una profesora de instituto. Llámame cuando llegues. Gracias.

Descolgué el teléfono para devolver su llamada, pero concluí que quizá merecía la pena contarle a alguien lo de la nota. Los Olafsson no harían nada al respecto. A Art le interesaría el asunto, pero probablemente insistiría en que me instalara en su casa o bien llamaría él mismo a la policía, y lo cierto es que no quería armar tanto revuelo. Por un instante me sentí tentado de llamar a mi madre, pero cabía la posibilidad de que explotara de preocupación. Si bien no tenía jurisdicción en Lincoln, Jadid parecía la persona más lógica a quien recurrir. Ya había manifestado interés en el caso y se había mostrado directo y honrado aun antes de conocerme. No creía que estuviera en la comisaría un sábado por la noche, pero me quedaría más tranquilo si intentaba localizarlo. Si no estaba, llamaría a Art.

Jadid contestó al primer timbrazo.

—Homicidios, Jadid.

—Sí, soy Paul Tomm y...

—Vaya, en vivo y en directo desde el culo del mundo, Paul Tomm. ¿Qué hace llamándome aquí un sábado por la noche?

—¿Qué hace usted en la comisaría un sábado por la noche?

—¿Acaso cree que los malos libran el fin de semana? Forma parte de mi plan de rehabilitación; trabajo de sábado a miércoles, bien de noche o bien de cuatro a doce. Vendrá a verme el lunes, ¿no? Tengo un par de cosas que podrían serle útiles.

—Sí, iré, pero acaba de pasar algo que me parece importante que sepa. Aunque no sé, porque ha pasado en mi casa y usted está en...

—¿Qué? ¿De qué se trata?

—Me he encontrado un sobre muy raro clavado en mi puerta al llegar a casa hace un rato.

—¿Qué decía?

—Nada, era un dibujo, uno de esos símbolos médicos, ya sabe, el del bastón con las dos serpientes.

—Sí, un caduceo.

—¿Un qué? ¿Cómo lo sabe?

—Un caduceo... Ventajas de criarse con el tío Abe, el hombre que sabe todo lo que hay que saber siempre y cuando no tenga ninguna utilidad práctica. Cuestión, que se ha encontrado un caduceo clavado en su puerta. ¿Algo más?

—Sí, dentro del sobre había un diente.

—¿Cómo dice?

—Un diente, un colmillo humano, si no me equivoco. Creo que hay sangre fresca en la raíz. Nada más. Ni cartas, nada escrito, nada de nada. Solo un diente ensangrentado.

—¿Roto o arrancado?

—Parece arrancado, porque aún tiene la raíz.

—¿Ha llamado a la policía?

—¿Y qué cree que estoy haciendo ahora mismo?

—No, me refiero a la de su pueblo, a los cabrones que se encargan del resto de los cabrones allí.

—Pues no, y si los conociera, usted tampoco los habría llamado.

Jadid respiró hondo. Oí el chirrido de su silla cuando se reclinó contra el respaldo y el golpeteo de un bolígrafo contra la mesa.

—Mire, hágame un favor, ¿quiere? —pidió en voz más baja y algo amortiguada, como si estuviera cubriendo el micrófono con la mano—. Los tribunales no aprecian mucho a los polis que creen ser polis en todas partes, pero a tomar por el culo, no me aprecian de todos modos... Vuelva a meter el diente en el sobre y tráigalo cuando venga a verme el lunes. Lo enviaremos al laboratorio para intentar averiguar de dónde y de quién procede. ¿Quiere que le envíe a alguien para cuidar de usted? En plan oficioso, por supuesto; no sería un policía, pero con él estaría a salvo.

Medité unos instantes, pero enseguida recordé que Hannah había llamado, y pese a que estaba asustado, no quería tirar por la borda mis planes para la velada. Ni siquiera quería saber si estaba en peligro o si el sobre no era más que una broma pesada, tal vez de algún dentista del pueblo al que había ofendido de algún modo en uno de mis artículos. Un dentista versado en forzar cerraduras y que sabía dónde vivía. Egoísta o no, razonable o no, decliné el ofrecimiento y le dije que nos veríamos el lunes.

—Vale, tío duro. ¿Va a quedarse en casa esta noche?

—Pues no lo sé. De hecho, ahora mismo iba a salir.

—Vaya, vaya, vaya —exclamó en un falsete burlón.

—¿Eh?

—Nada. ¿Es usted uno de esos aficionados a Woody Allen con cerebro y sin sentido del humor o qué?

Guardé silencio.

—Venga, era una broma, no se ponga así. Estoy seguro de que es una preciosidad. Pero tenga cuidado, ¿de acuerdo? Puede que se enfrente a tipos bastante desagradables. No lleva arma, ¿verdad?

—¿Está de guasa? Ni siquiera he pegado a nadie desde que tenía doce años.

—No estoy de guasa. En fin, tenga cuidado. La verdad es que no sé... quiero decir que quizá no hay razón para preocuparse y que lo que ha encontrado no sea más que basura circunstancial, pero aun así, no baje la guardia, como solemos decir a la gente. Mantenga los ojos bien abiertos y no deambule por ahí a menos que sea estrictamente necesario. ¿Qué cerradura tiene?

—Yale, doble cerrojo con... ¿Cómo se llama? Ah, sí, cerradura Schlager.

—Vale, la Yale es buena. El hecho de que alguien haya conseguido abrir el portal no significa que pueda entrar en su casa. Use el doble cerrojo, ¿vale? Y recuerde que si alguien le ha enviado un mensaje y quiere... ¿cómo expresarlo?... darle otro más personal, tenga en cuenta que ellos tienen experiencia y usted no. No cometa ninguna estupidez.

—Joder, agente...

—Detective, pero llámeme Joe.

—Joder, Joe. Estaba un poco nervioso antes de llamarle, pero ahora estoy cagado de miedo. ¿Qué es lo que pretende?

Joe lanzó una carcajada seca y amarga.

—No pretendo nada. Lo más probable es que no tenga por qué preocuparse. Son los que no envían notas los que suelen crear más problemas. Pero para ir sobre seguro, mantenga los ojos bien abiertos y no le pasará nada. Si esta noche sucede algo más o percibe aunque sea el más leve indicio de problemas, llámeme a casa. El número es el 555-7077. Iré con toda la caballería. Pero en cualquier caso, nos vemos el lunes. Entro a las cuatro, pero venga a primera hora de la tarde; estaré ahí. Cuídese.

Joe colgó, y yo me serví tres dedos de Beam Black con dos cubitos antes de llamar a Hannah.

—¿Diga?

—Hola, Hannah, soy Paul.

—Lo sé —repuso, alzando la voz en la segunda palabra; la felicidad y el reconocimiento que denotaba aquel matiz, en combinación con el whisky, me caldeó el corazón como un brasero—. Has llegado muy tarde. No sabía cuándo llegarías, así que acabo de cenar. Pero queda un poco de sopa si no te importa comer solo... quiero decir solo, pero acompañado. ¿Vendrás? —preguntó en un tono a caballo entre petición y orden.

—Por supuesto.

Aparqué fuera del campo de visión de la casa de Hannah y cerré la puerta del coche con todo el sigilo posible. No quería sostener otra conversación con la señora DeSouza, máxime teniendo en cuenta que me presentaba de noche. Llamé a la puerta de Hannah y la oí correr (¡correr!) para abrirme.

—¡Qué rapidez! —exclamó.

Llevaba el cabello recogido con un pasador, y en cuanto crucé el umbral, se inclinó hacia delante para besarme. Aun los románticos de más éxito ven más besos de los que experimentan, gracias a la televisión y al cine, de modo que ese primer beso, ver el rostro de la otra persona tan cerca del tuyo, siempre sorprende. Hannah tenía una cicatriz en forma de C, enroscada como una diminuta gamba subcutánea dormida, entre el párpado inferior y el margen superior del pómulo. En sus ojos grises danzaban motas verdes y castañas, y deliciosas patas de gallo empezaban a formarse en torno a los rabillos.

—Quería sacarme esto de encima cuanto antes —explicó, bajando la cabeza y mirándome por entre las pestañas.

Alargué los brazos hacia ella, pero se apresuró a apoyarme las manos sobre el pecho.

—Despacio, despacio. Al menos quítate el abrigo primero.

Pero cuando me lo quité, se fue a la cocina.

—¿Tienes hambre? No me ofenderé si no quieres comer.

—La verdad es que no.

Era cierto; el efecto de la comida aún me duraba y el nerviosismo había acabado con el escaso apetito que hubiera podido tener.

—¿Te apetece tomar algo?

—Sí, ¿qué tienes?

—Solo whisky, me temo —apareció en el umbral que separaba la cocina del salón con una botella de Jameson—. Ya lo sé, es irlandés, el favorito de los borrachos y también el mío. ¿Quieres?

Asentí, y al poco volvió con dos vasos llenos de whisky con hielo y se sentó junto a mí en el sofá antes de encender el equipo de música con el mando a distancia. Un coro de bajos llenó la estancia como vapor, seguido de una voz de mujer inusualmente profunda que se filtraba en los espacios que le proporcionaba el coro.

—Alabado sea el Señor —suspiró Hannah—. Las *Vísperas* de Rachmaninoff. Siempre paso el primer corte; este es el segundo. Es de un servicio llamado la Vigilia Nocturna que empieza en vísperas y acaba en maitines. Cantan y esparcen incienso por la iglesia describiendo círculos por toda la nave. Tienes que pasarte toda noche cantando de pie.

—¿Lo has hecho?

—Tres veces. Había una iglesia ortodoxa rusa a pocas manzanas de mi casa en Boston. Estás ahí de pie, y la música y el oficio religioso te empapan. Me sentí como si me hubieran sumergido en la esencia de Dios. ¿Sabes lo que quiero decir?

—Suena precioso —comenté, evasivo.

—Lo es. Al salir ya es de día, y tienes la sensación de que eres tú quien ha creado la luz, de que el día ha amanecido solo para ti. Es... No sé cómo describirlo, hay que verlo. ¿Me acompañarás a un servicio algún día?

—Claro. ¿Cuándo y dónde?

—No sé, en otro momento y en otro lugar.

—Ahí estaré.

Hannah rió y nos sirvió más whisky.

—¿Qué tal va el artículo?

—Bastante raro. Hoy he comido con mi antiguo profesor, el que trabajaba con Jaan. Dice que a Jaan lo detuvieron dos veces por disparar un arma.

Hannah tragó un sorbo de whisky y asintió despacio antes de exclamar:

—Vaya, es increíble. Sabía que coleccionaba armas, porque tenía algunas escopetas viejas en un armario, pero no que las disparaba. Las llamaba sus «esculturas mortíferas». Creía que solo las coleccionaba.

Al igual que la noche anterior en el Trout, detecté algo extraño en su respuesta, en su silencio antes de manifestar sorpresa, pero de nuevo callé.

—De hecho, no disparó una escopeta, sino una pistola —especifiqué—. ¿No te sorprende? —pregunté al observar que su expresión no cambiaba.

—Claro que sí —replicó ella, un poco a la defensiva—. ¿Por qué no iba a sorprenderme?

—No, por nada, bueno... no sé, no debería pensarlo, pero es que...

—No puedes dejar de pensar como periodista. ¿Es que nunca estás fuera de servicio?

—Sí, a partir de este preciso instante.

Hannah se apoyó en mí, con la cabeza perfectamente encajada en el hueco entre mi cuello y mi hombro.

—¿Qué más ha dicho tu profesor?

—No gran cosa.

Decidí no hablarle aún de la policía. Algo en su tono me indicaba que consideraba a Pühapäev su proyecto personal, un ejemplo patente de su talante generoso, su Buena Obra, y no quise contarle nada más acerca de sus problemas con la ley.

—Pero hoy al llegar a casa me he encontrado con algo muy raro.

—¿Qué?

—Una nota clavada en la puerta.

Hannah se puso rígida junto a mí, no de forma exagerada, pero sí lo suficiente para percibirlo.

—Llevaba un caduceo dibujado. ¿Lo ves? Hoy he aprendido una palabra nueva. Un caduceo es...

—Ya sé lo que es.

Estuvo a punto de apartarse, pero por fin volvió a acomodarse y se rodeó el pecho con mis brazos.

—¿Qué más decía la nota?

—Nada, solo mi nombre, y había un diente dentro del sobre. Un diente humano.

Hannah se irguió y me miró de hito en hito.

—¿Es una broma?

—No, va en serio, y parecía recién arrancado.

Se llevó la mano a la boca.

—¿Se lo has contado a alguien?

—¿Aparte de ti?

—Sí, listillo —me regañó, pellizcándome juguetona la oreja—. Me refiero a la policía, a tu editor o alguna otra persona.

—Todavía no se lo he contado a Art, aunque supongo que debería. La policía de aquí... Bueno, probablemente los habrás visto. ¿Qué iban a hacer?

Quería dejar a Joe al margen. No sabía por qué, aunque en retrospectiva, fue la decisión acertada.

—¿Qué crees que debería hacer?

—¿Sinceramente? Creo que deberías dejarlo correr y limitarte a escribir la necrológica como estaba previsto en un principio. ¿No has averiguado suficientes cosas para escribirla? En cuanto a lo demás, algunas personas son misteriosas, al igual que algunas cosas son misteriosas y ya está. Conocía a Jaan mejor que nadie en este pueblo, ¿verdad? Y también mejor que cualquiera de sus compañeros de trabajo, y aun así no sabía nada de sus detenciones, su infancia ni nada parecido. Si te están enviando notas extrañas...

—Recibir notas extrañas me da ganas de seguir adelante. No me gusta la idea de que intenten asustarme.

—Qué valiente —bromeó, asestándome un suave puñetazo en el vientre—. ¿Por qué no escribes la necrológica y dejas correr el asunto por un tiempo, a ver si vuelves a encontrarte alguna nota clavada en la puerta? En tal caso, sabrás que guardaba relación con Jaan y podrás seguir indagando.

Era una buena idea, y viniendo de ella, casi convincente, pero de todos modos habría equivalido a tirar la toalla.

—Un periódico de Boston está interesado en el artículo —insistí—. No puedo dejarlo.

—Vaya, no creía que fueras tan ambicioso.

—No lo soy —repliqué, algo dolido—. Solo digo que estoy trabajando en un artículo y que no quiero dejarlo solo porque alguien no quiera que siga adelante. En cualquier caso, ¿cómo sé que la nota no me la manda un dentista al que ofendí en algún artículo?

—No puedes saberlo, es cierto. Pero ten cuidado, ¿de acuerdo? Quiero verte mucho. Es que no veo motivo alguno para correr riesgos por el *Lincoln Carrier* ni por un empleo en Boston que seguramente te darán de todos modos. Tienes veintitrés años, eres listo y tienes talento. Ya llegarán otras oportunidades.

Qué fácil resulta captar el verdadero significado de aquella conversación en retrospectiva, plasmada sobre papel, pero en aquel momento me sentí halagado porque quería sentirme halagado.

—Puede —admití—. Puede que tengas razón.

Aquella frase fue la predilecta de mi madre durante los últimos años previos al divorcio de mis padres. Yo también la empleaba a todas horas. Lo que en realidad significaba era «no estoy de acuerdo, pero no tengo ningunas ganas de discutirlo ahora mismo».

En mitad del tercer vaso de whisky (habíamos apurado la botella), advertí que la temperatura había bajado de forma espectacular. Me levanté para acercarme al radiador; estaba helado, y la corriente de aire se filtraba por debajo de las ventanas. En el silencio entre dos canciones, oí los quejidos y crujidos de la vieja casa, el aullido del viento contra las fachadas. Cada vez hacía más frío. Escondí las manos dentro de las mangas del jersey y cerré los puños.

—Pareces un niño pequeño cuando haces eso.

Bajé la mirada hacia mis mangas, abrí los puños y saqué las manos.

—No, no, no quería... Sé que hace frío. La temperatura baja de golpe cuando la señora DeSouza apaga la calefacción. Por suerte, tengo la solución.

Del armario sacó una enorme manta de lana, a todas luces tejida a mano. Los cuadrados de colores ribeteados de azul le conferían un aspecto muy cálido y acogedor, como si del tablero de un juego infantil se tratara.

—La hizo mi abuela —explicó al tiempo que la desplegaba y la sacudía—. Ven aquí.

Nos abrazamos con fuerza bajo la manta. Hannah olía a whisky, a agua de rosas y a ella misma. Besé el lado de su cuello más próximo a mí, y ella me aferró las manos.

—Estás temblando —constató.

—Tengo frío.

—¿Es solo por el frío?

Por supuesto que no.

Desperté a las 3.36 de la madrugada, confuso y con una potente resaca antes de recordar dónde estaba. Hannah dormía junto a mí con la cabeza atravesada sobre su almohada. Engullí tres vasos de agua de pie junto al lavabo y volví de puntillas a la cama capeando el frío glacial. Cuando me acosté, Hannah me rodeó el pecho con los brazos, acurrucó las rodillas contra la parte posterior de las mías y me besó en la oreja. Encajábamos como mano y guante.

El domingo fue un día pletórico y sin contratiempos. Todo el mundo tiene derecho a vivir uno, quizá dos días así en la vida, un día que transcurre como la mañana después de una tormenta de nieve o de unas fiebres muy altas. Nuestras actividades fueron bastante prosaicas. Nos levantamos tarde, yo preparé tostadas y huevos fritos, volvimos a la cama, fuimos hasta la frontera de Nueva York para dar un largo paseo por la orilla de un río, y paramos en un enorme y desierto bar de carretera cuyo memorable eslogan rezaba «Dardos colorados y pollos estofados», donde comimos alitas de pollo y jugamos a dardos hasta las diez y media, hora a la que volvimos a casa. Hannah bajaba el hombro del modo más encantador antes de arrojar el dardo, como si intentara quitarse una camiseta brazos abajo. Dejó de cubrirse la boca con la mano cuando reía; yo dejé de bajar la mirada cuando contaba un chiste. Para cuando llegamos a su casa, ya nos tratábamos con algo más de fluidez, aunque se puso algo mustia cuando entramos en Lincoln y, alegando desouzafobia, insistió en que aparcara en una calle lateral y en que diéramos un rodeo para evitar Orchard Street y las ventanas delanteras de la señora DeSouza. No me pareció extraño. En aquellos momentos era absolutamente incapaz de todo pensamiento crítico.

Me parecía no haber dormido, pero por lo visto sí dormimos, porque me despertó su despertador. Hannah emitió un gruñido.

—Mira que beber alcohol un domingo por la noche. ¿Por qué me obligaste a hacerlo? Venga, compénsame trayéndome tres aspirinas del armario del baño y un enorme zumo de naranja de la cocina.

Me propinó un juguetón puntapié en la pierna mientras yo me restregaba los ojos.

Cuando regresé al dormitorio, Hannah se había puesto el albornoz y preparado la ducha.

—Tengo que estar en la escuela dentro de una hora. ¿Qué horario haces hoy?

—Tengo una reunión a eso de las dos, pero hasta entonces nada. ¿Por qué?

—Por curiosidad. —Se apretó contra mí y me sonrió mientras le desabrochaba el cinturón—. No tenemos mucho tiempo.

—¿Estarás en casa esta noche?

—Sí, señor. ¿Quién lo pregunta?

—Traeré la cena, algo especial.

—Me muero de impaciencia. ¿A qué hora?

—¿A las siete? ¿Las siete y media?

—Cuando quieras, me muero de ganas. —Me apartó la mano y se abrochó de nuevo el cinturón—. Pero ahora mismo tienes que irte para que pueda transformarme de nuevo en una pulcra profesora. Nos vemos esta noche.

Me puse el abrigo y la besé durante largo rato en la puerta. Ella me acarició el rostro con la mano, y sentí sus dedos aun cuando dejó de tocarme. Me dedicó una última sonrisa, bajó la cabeza, me saludó levantando la mano y agitando los dedos, y cerró a mi espalda.

Me sentía en las nubes, tan bien que arrojé las llaves del coche al aire, di dos palmadas como en los entrenamientos de béisbol, me situé debajo de ellas y fallé estrepitosamente. Al agacharme para recogerlas, reparé en un pequeño dibujo hecho con tiza sobre la pizarra en la parte inferior del marco de la puerta. Era un bastón con dos serpientes enroscadas a su alrededor.

EL SHENG (AIRE)

—¿Oyes el viento acercarse?
—Se acerca raudo, violento, y no sé de dónde procede.
—Tampoco yo. Cierra los postigos. Conviene mantener el calor.

ARDAL GOGARTY, *Have I lived too long, too long?*

Abulfaz Ajundov, cuya capacidad para aplanar y alargar las vocales, redondear las erres y distinguir entre la v y la w en todo momento le había granjeado el sobrenombre temporal de Chester «Chet» Muncie, se anudó la barata corbata roja de Kmart primero en un nudo cuádruple y luego en un Windsor hasta decantarse por fin, como sabía que debía, por un torpe medio Windsor deliberadamente ladeado tres centímetros hacia abajo y hacia la izquierda respecto al primer botón de la camisa. No había visto ningún otro tipo de nudo desde su llegada.

El torpe medio Windsor de Abulfaz era el nudo de alguien que acepta técnicamente llevar corbata, pero que nunca disfruta con ello, que considera que prestar excesiva atención a un nudo es de dandis o afeminados, que cree que prestar manifiestamente poca atención al nudo de la corbata demuestra el desprecio tácito que profesa a la prenda. De hecho, observó Abulfaz mientras contemplaba con una mueca su reflejo y pensaba en el desgraciado de su padre, lo único que demostraba era que era un dejado. La idea de que un hombre hiciera algo mal o a medias porque se oponía a ello era un rasgo muy común entre los adolescentes, los oficinistas americanos y los militares rusos. Agarró el nudo entre el pulgar y el dedo medio, y apretó al tiempo que tiraba en direcciones opuestas hasta que el nudo se tornó oblongo y se alejó aún más de su cuello. La viva imagen de un hombre al final de un largo día transcurrido bajo la luz de los fluorescentes. Se manchó con bolígrafo la base del dedo medio de la mano derecha y se practicó dos pequeños cortes en el índice y el anular de la mano izquierda. Luego se alisó el bigote rubio (teñido), se ajustó la enorme montura dorada de sus gafas estilo aviador, se puso la arrugada chaqueta del traje, apagó la luz de la habitación del motel y salió a la brumosa y tórrida tarde de verano.

Se alojaba en un motel anónimo y aséptico que portaba el maravilloso nombre de «U.S. 30», situado cerca de un centro comercial con supermercado (que, por supuesto, nunca frecuentaba). En su tierra, los hoteles se bautizaban en honor de héroes de guerra, líderes políticos y míticas figuras histórico-literarias que presuntamente encarnaban algún rasgo nacional. Los hoteles de las provincias soviéticas solían ensalzar ideales potemkianos con una ironía exenta de toda intención. El hotel Amistad entre todos los Pueblos de Baku, por ejemplo, dotado del servicio más hosco de Azerbaiyán. O la Casa de Huéspedes Obreros por la Industrialización de las Masas a favor de la Paz Revolucionaria, de Yereván, con sus retretes estropeados, sin teléfono y con apuñalamientos constantes en el bar. El hecho de que un hotelero pusiera a su establecimiento un número se le antojaba absurdo, delicioso y tranquilizador a un tiempo.

El U.S. 30 se hallaba junto a la carretera 30, a la altura de LaGrange Park. Abulfaz había elegido aquel hotel en aquella población casi por casualidad, aunque poseía tres atributos importantes. En primer lugar, poca gente se alojaba en él. Cuando llegó, el aparcamiento estaba desierto, y a excepción de una familia de miembros rollizos y con aspecto de ameba que subían y bajaban de una furgoneta con matrícula de Ohio, nadie se había quedado más de dos noches. En segundo lugar, a diferencia de los hoteles de su tierra, donde había que mostrar papeles y presentar solicitudes formales a tres o cuatro viejas gordas con dientes de oro, en diversas fases de descomposición y mala leche, solo para obtener la llave de la habitación, aquí Abulfaz podía aparcar delante de la puerta y entrar sin hablar con nadie cuando y como le viniera en gana. En tercer lugar, trabajaba en Skokie, a cuarenta y cinco minutos en coche de LaGrange Park. Era un trayecto largo, por lo que nunca veía a las mismas personas en un lugar y en otro. Los residentes de LaGrange Park y de Skokie iban a Chicago, no a la otra población, y Abulfaz (que en las dos décadas anteriores se había hecho llamar Fiodor, Istvan, Cinar, Chester, Paul, Sudat, Jean-Pierre, José, João, Wim, Klaus, Yahya, Bradley, Niall, Hamid, Shmuel y, brevemente y solo por teléfono, Katia) podía vivir y trabajar en completa tranquilidad, anonimato y, por tanto y según sus propios cánones temporales, felicidad durante los veintiocho días que le llevaría completar su misión.

DÍA UNO: Entró en el aparcamiento del restaurante a las 12.12, en el primer segmento de la hora de comer típica del Medio Oeste. El restaurante era un establecimiento anodino y típicamente chinoamericano. Un rótulo luminoso rosa y verde anunciaba el nombre del restaurante («Pino y Bambú») en el escaparate. Había una pequeña marquesina roja y dorada sobre la puerta, y sendos leones dorados muy horteras rugiendo o bostezando a cada lado del vestíbulo que unía la entrada principal con el restaurante. Oficinistas de la zona y grupos de madres suburbanas acudían en busca de un exotismo previsible, y si bien a Abulfaz se le hizo la boca agua al ver el estofado de anguila y raíces de loto que un cocinero comía solo al final de la larga barra, se limitó a pedir sopa de huevo y pollo *lo mein* sentado a su mesa solitaria.

DÍAS DOS A CUATRO: Réplicas exactas del primer día, salvo el tercer día, cuando un accidente en Dempster Street retrasó su llegada hasta las 12.18. Pidió la misma comida, saludó con el mismo gesto cauto e inexpresivo al maître desaliñado y crepuscular, y leyó el *Sunday Times* sentado a la misma mesa, en la misma silla, cada día.

DÍAS CINCO Y SEIS: Sábado y domingo. No comió en el restaurante, pero el domingo aparcó en la acera de enfrente y observó que He-Li Yaofan parecía más canoso, delgado y encorvado que en la fotografía en blanco y negro que le habían proporcionado. La tarjeta del restaurante, que guardaba en la guantera, indicaba que el propietario se llamaba Harry Yaofan. Abulfaz sonrió y pensó en Chester.

DÍAS SIETE A ONCE: Empezó a retrasar su hora de llegada, de modo que para el jueves ya aparecía entre la una menos cuarto y la una. El lunes comenzó a pedir consejo a la camarera sobre qué platos pedir. El primer día, la mujer se limitó a encogerse de hombros; el segundo, esbozó una sonrisa tímida sin apartar la vista del cuaderno y dijo que no lo sabía; el tercero, le recomendó que no pidiera la sopa de huevo («no fresca, de sobre»); el cuarto, le preguntó qué le gustaba, a lo que él respondió que bueno, que cualquier cosa mientras estuviera bueno. La camarera asintió y el quinto día sustituyó el pollo *lo mein* por sepia y navajas.

DÍAS DOCE Y TRECE: El sábado por la noche, Abulfaz hizo un recado corto, lucrativo y excepcionalmente sucio en Waukeshaw, Wisconsin. El domingo siguió a las masas hasta Clark y Addison para ver perder a los Cubs contra los Phillies pese a las dos carreras completas de Jody Davis y una aguerrida actuación de Scott Sanderson en la octava entrada.

DÍA CATORCE: Al entrar en el restaurante a la 1.07, el maître lo saludó con un gesto, le sonrió y le preguntó:

—¿Ha tenido un buen fin de semana, señor?

—Sí, genial, gracias. Fui a ver un partido de los Cubs y me visitaron unos parientes de Mankato —repuso.

El maître sonrió de nuevo y bamboleó la cabeza sin decir nada antes de extender el brazo como un mago presentando a su ayudante cuando apareció la camarera de Chet.

DÍA QUINCE: —¿Le gusta nuestra comida, señor? —preguntó el maître a Chet.

—Sí, me encanta.

—Sí. Viene mucho por aquí. ¡Comida china muy sana!

—Es lo que siempre me dice mi mujer. Pero una cosa. Me gustaría ser un poco más... ya sabe, aventurero. Pedir cosas más exóticas. ¿Qué cree que debería comer? Porque tengo la impresión de que siempre me sirven lo mismo.

—¿Le gusta la comida picante, señor?

—Sí.

—Tengo un menú especial para usted, señor. Un momento, por favor. Quizá un poco más caro que el menú diario, pero solo un poco, ¿de acuerdo?

—Bueno, si solo es un poco, no hay problema.

DÍA DIECISÉIS: —Eh, amigo, ¿puedo hacerle una pregunta?

—Por supuesto, señor. Sí, por favor —asintió el maître.

—¿Aquí tienen servicio de catering? Es que mi empresa, hacemos cajas de embalaje y cinta adhesiva, por cierto, tengo una pequeña empresa en Deaborn con una oficina aquí en Skokie... Cuestión, que hemos invitado a una gente de fuera, peces gordos de Omaha que tienen intención de hacer un pedido de los buenos, y lo que me gustaría saber es, como la comida aquí es buena, si podrían preparar una comida especial para unas dieciocho o veinte personas.

—Sí, señor, por supuesto. ¿Para cuándo?

—Esto... dentro de dos semanas, creo. Todavía no está del todo confirmado.

—De acuerdo, pues cuando confirma me lo dice. ¿O quiere hablar de la comida ahora?

—Podemos comentarlo más adelante. Solo quería asegurarme de que pueden hacerlo.

—Sí, señor.

—¿Lo comento con usted o con el dueño?

—Con cualquiera de los dos.

—Genial. Por cierto, ¿cómo se llama el dueño? ¿Y usted?

—Yo me llamo Wang, y todo el mundo llama Harry al propietario.

—Bueno, pues encantado de conocerlo, Wang. Soy Chet.

—Muy bien, señor Chet. Hoy le haré una sopa de Shanghai con cerdo y granos de mostaza encurtidos. No está en la carta. Solo para chinos, pero le gustará mucho, ya verá.

DÍA DIECISIETE: No fue al restaurante para comprobar si reparaban en su ausencia. Por supuesto, salió de la habitación vestido de forma apropiada (camisa blanca de rayas, corbata a rayas azules y verdes, pantalones Sansabelt azul celeste y zapatos Dexter de dos colores) y a la hora de siempre. Asimismo, ocupó el tiempo del modo habitual, conduciendo, observando, empapándose de las breves conversaciones basadas en tópicos tan cruciales en la comunicación estadounidense. La semana pasada se centró en las expresiones «Lo que yo te diga» y «Hablando del rey de Roma», mientras que esta semana estudia «Lo que chuta, chuta» y «Esto es lo que hay». Dos expresiones de resignación, una de ellas de satisfacción respecto al presente que implicaba cierta esperanza de mejora, y la otra empleada para desviar la conversación del interlocutor hacia uno mismo. Abulfaz se juró no utilizar jamás la segunda.

DÍA DIECIOCHO: —Lo echamos de menos ayer, señor Chet —dijo Wang.

—Sí, es que tuve que trabajar durante la hora de la comida y no me pude ni levantar de la mesa.

—¿Tiene carta de platos para llevar? Puede llamar y le llevamos la comida.

—¿Ah, sí? Sería genial.

—¡No, genial para nosotros! Genial para nosotros tener un cliente que viene tanto. ¿Hoy come algo especial?

—Claro, claro, lo que quiera, ya sabe. Por cierto, me encanta la música que ponen aquí, llevo tiempo fijándome.

—Ah, sí, música muy buena. Música china. Canciones diferentes, instrumentos diferentes.

DÍA DIECINUEVE: Desde la acera de enfrente, Abulfaz vio a Harry Yaofan y a una mujer que suponía era su esposa, de figura rolliza, tez marcada y forma de lychee, entrar en el restaurante a las 6.08. Cuando se sentaron a una mesa unos siete minutos más tarde, eran los únicos comensales, y por lo que Abulfaz alcanzó a distinguir desde donde se encontraba, comieron en absoluto silencio. Wang les sirvió una sucesión de platos sin que ellos le pidieran nada y los iba colocando en el centro de la mesa con la gracia felina de un bailarín. Harry y su mujer comían pequeños bocados de cada plato. Ella bebía té, mientras que él tomaba lo que parecía brandy en un vasito lacado.

Veintiocho minutos después de su llegada, dos hombres entraron en el restaurante, hablaron con Wang en la recepción, se sentaron en sendas sillas junto a la entrada, tomaron unas cervezas, recibieron una bolsa de comida y se marcharon al cabo de once minutos. No se presentó ningún otro cliente. A las 7.15, Wang colgó el cartel de «Cerrado» en el escaparate. Harry y su esposa salieron al cabo de treinta y dos minutos, y después de retirar sus platos, Wang también se marchó tras cerrar con llave. Una hora y cincuenta y siete minutos más tarde, Abulfaz vio que la luz de la cocina se apagaba, y al cabo de otros dos minutos, un Datsun rojo con manchas de óxido y el tubo de escape a punto de desprenderse se alejó por la parte trasera del restaurante.

DÍA VEINTE: Abulfaz puso un galón de gasolina en once gasolineras distintas entre LaGrange Park y Skokie. En cada ocasión charlaba, o mejor dicho, Chet charlaba con el empleado que le comprobaba el motor y el aceite. Quería practicar su acento, tomarse el tiempo necesario para afianzarlo, cerciorarse de que las erres rodaban como debían y que las vocales largas brotaban planas con el típico deje del Medio Oeste. No advirtió error alguno en su habla, y por lo visto, tampoco notaron nada los empleados, aunque siete de ellos eran extranjeros y los otros cuatro, tan jóvenes, inexpertos e indiferentes que, con toda probabilidad, tampoco se habrían fijado de haber sido Abulfaz un hombrecillo verde con antenas en la frente. Como en todo potencial último día de una misión, defecó con frecuencia, en cada gasolinera, de hecho, hasta que por fin pidió a un cajero paquistaní «algo para mantener a raya a los caballos» mientras se palmeaba el vientre con una mueca.

A las 5.59 entró en el aparcamiento del Pino y Bambú, abrió una lata de cerveza Old Style y se enjuagó la boca con un trago antes de escupir el líquido en un vaso. Se frotó el cuello con más cerveza y se derramó un poco en la camiseta de los St. Paul Saints. Cuando acabó olía como un tipo que llevaba toda la tarde bebiendo, y al poco de ver a Harry Yaofan y su mujer entrar en el restaurante, aparcó junto al coche de Yaofan, se pellizcó las mejillas y la nariz hasta para enrojecerlas, se restregó los ojos para inyectarlos en sangre y entró para cenar y sostener una conversación.

Wang le dirigió una mirada algo perpleja al verlo cruzar el umbral, pero sonrió de oreja a oreja en cuanto lo reconoció.

—¡Señor Chet! Qué sorpresa verlo por aquí sábado. Lleva ropa muy informal... al principio no he reconocido.

Chet sonrió como un energúmeno, lanzó una carcajada estridente y por último soltó un largo y profundo eructo que hizo reír a Wang y dar un respingo a la mujer de Yaofan.

—Bueno, es que estaba tomándome unas copas con unos colegas por aquí cerca y he decidido pasar a ver si tenían abierto. Es que tengo un poco de hambre, ¿sabe?

Wang miró por encima del hombro a Yaofan, que asintió de un modo casi imperceptible sin apartar la vista de Chet. Wang cogió una carta, dedicó a Chet una sonrisa de alivio y lo acompañó con ademán vigoroso hasta su habitual mesa del rincón, lo que dejaba una sola mesa desocupada entre él y los Yaofan, los únicos comensales del restaurante aparte de él. Se ajustó las gafas, que de hecho no necesitaba para nada, ojeó la carta, la cerró y alzó la mirada con la expresión más atontada posible.

—Sí, señor —dijo Wang, apareciendo solícito junto a él—. ¿Qué come esta noche?

—¿Qué están comiendo ellos? —preguntó Chet en voz alta.

Yaofan se volvió para mirarlo.

—Estofado de intestinos de cerdo con gambas secas y frijoles negros fermentados. No creo que le gustara —repuso.

Hablaba con voz neutra, escurridiza, fría y dura como el cañón de un arma, y poseía el musical deje británico propio de los chinos cultos de Hong Kong.

Wang, cuya untuosidad encajaba a la perfección con su papel de compañero pesado pero entrañable, se apresuró a intervenir.

—No, no. El señor Chet tiene estómago chino. Cara de goulin y estómago de chino.

Rió hasta que Yaofan le lanzó una mirada gélida que lo hizo callar de golpe como si le hubieran asestado un puñetazo. El propietario se volvió de nuevo hacia Chet, se encogió de hombros y se puso a hablar en chino con su esposa. Chet señaló el plato de Yaofan y levantó el pulgar en un gesto de aprobación que Wang le devolvió con una sonrisa.

—Sí, vengo casi cada día —explicó Chet con la mirada clavada en la nuca de Yaofan—. Me queda cerca del trabajo, lo que es muy práctico, y la comida también es buena. Además, las camareras son muy guapas —añadió con la esperanza de que aquel comentario provocara alguna reacción, lo cual no sucedió—. ¿Son sus hijas o algo?

Al oír aquellas palabras, Yaofan se giró en la silla, el rostro plácido e inexpresivo como una talla de madera.

—No —replicó.

—Ah, bueno, es que se parecen un poco. Lo otro que me gusta de este sitio es la música. No es que yo sepa gran cosa de música, bueno, un poco, porque tocaba el acordeón y la armónica en la banda municipal de Walleye Creek, y todavía toco un poco en los cumpleaños de mis sobrinas y tal, pero como le iba diciendo, no sé mucho de música en comparación con la gente que sabe de verdad, pero le aseguro que la que ponen aquí me encanta. ¿La tienen en venta o algo?

—Me temo que no. Y ahora, si me disculpa, creo que se me está enfriando la cena.

—Claro, claro, usted a lo suyo. Pero es que el otro día leí una cosa... Mi amigo, con el que empecé a tomar clases de acordeón, todavía toca mucho... Tiene un grupo de esos de música criolla en St. Paul, y les va muy bien, al menos en las Ciudades Gemelas, pero cuestión, que lee mucho, así que me envió un artículo que decía que el acordeón y la armónica proceden de un instrumento chino que se llama sheng. Me parece que se llamaba así, sheng, y también lo llamaba órgano de la boca. Y es curioso, porque mi tata... así llamaba yo a mi abuela, que era de Dinamarca, siempre llamaba órgano de la boca a la armónica. Curioso, ¿no? En fin, ¿sabe usted algo? No sé, algo que pueda contarle a mi amigo para ganar una apuesta de bar, ya sabe.

Yaofan lanzó un bufido, pero sin volverse. En aquel momento, Wang llegó con la cena de Chet, los mismos platos que había servido a Yaofan, y al acercarse vio a Chet sentado en su silla callado y con una sonrisa afectada en el rostro, mientras que Yaofan permanecía también callado y muy erguido, de espaldas al charlatán americano. La escena le recordó las ocasiones en que mantenía a sus hermanas en un rincón de la cabaña en Lengshuitan cuando sus padres se peleaban, recordó el ambiente enrarecido, los silencios tan densos que se podían cortar, y a punto estuvo de dejar caer los platos de la cena en el regazo de Chet, de tanta prisa que tenía por poner pies en polvorosa. Yaofan se volvió en cuanto oyó el sonido del plato sobre la mesa.

—¿Algo sobre qué?

—Sobre si el acordeón viene del sheng —repuso Chet, procurando que la voz no le temblara y conservando toda la serenidad posible.

—Ah... no. Por desgracia, no sé nada de eso.

—Vaya, qué pena, porque estaba pensando que, como mi amigo está a punto de cumplir los cuarenta y cinco, me gustaría regalarle un sheng. No tengo esposa ni hijos, y es mi mejor amigo, así que estaría dispuesto a gastarme una pasta.

Yaofan le lanzó una mirada fría antes de sonreír y bajar los ojos.

—O sea, ¿que no sabe nada? —insistió Chet cuando el chino estaba a punto de volver a concentrarse en la cena descuidada y su mujer aún más descuidada.

—¿Sobre qué?

—Sobre dónde podría encontrar un sheng. Como le decía, el dinero no es problema.

—Señor...

—Mi apellido es Muncie, pero la gente me llama Chet.

—Chet, eso es. Mire, Chet, por desgracia no tengo ni la menor idea de dónde podría adquirir un instrumento chino. En el mundo hay más de mil millones de chinos, y solo en esta ciudad deben de vivir varias decenas de miles de ellos. Como comprenderá, no nos conocemos todos.

—No, ya, pero es que estaba seguro de que sabría usted dónde encontrar uno. La verdad, ahora que lo pienso, estaba bastante seguro de que tenía uno aquí mismo, en el restaurante.

Yaofan dejó caer el tenedor, y cuando su mujer se inclinó para recogerlo, le espetó algo con voz apenas audible. La mujer se levantó, lanzó a Chet una mirada furiosa, chasqueó la lengua y se dirigió con paso inseguro hacia la cocina. Yaofan se enjugó los labios con la servilleta y se sentó frente a Chet.

—Lo que obra o no en mi poder no es más que una hipótesis. No soporto a los entrometidos. Ya le he dicho que ni poseo ni sé nada de ningún instrumento, ni chino ni de ningún otro país. Si ha acabado de cenar, lo que parece ser el caso, creo que lo mejor será que se vaya.

Chet se quitó las gafas y se inclinó hacia delante. Sin ellas cobraba aspecto de halcón y su expresión se agudizaba. De repente se parecía mucho más a Abulfaz que cinco segundos antes. El bigote que confería una apariencia tan desaliñada al americano rollizo de mediana edad ataviado con una camiseta deportiva se había convertido ahora en un atributo salvaje, casi bestial, en el rostro de aquel desconocido que de repente ocupaba el cuerpo de Chet.

—Señor Yaofan, estamos en posición de ofrecerle lo que quiera a cambio del sheng que posee. Sabemos que está aquí porque ya hemos registrado su casa; sabemos que podemos tratar con usted como lo hacemos por la ejemplar e ingeniosa forma en que se deshizo de las Serpientes Fantasma en Macao y ahora controla sus operaciones a miles de kilómetros de distancia. Asimismo, estamos dispuestos a violar y desollar a su mujer, prender fuego a los hogares de sus hermanos y hermanas, y cerciorarnos de que sus sobrinos y sobrinas jamás puedan volver a caminar ni hablar sin ayuda. No somos personas proclives a la violencia innecesaria y siempre preferimos la generosidad a la tortura, pero la elección entre ambas cosas está en sus manos.

Yaofan palideció y empezó a sudar.

—Dice «nosotros», pero solo lo veo a usted.

Abulfaz sacó tres fideos del cuenco de sopa y los dispuso sobre el plato, uno recto y los otros dos enroscados a su alrededor. Yaofan se enjugó la frente.

—Ah... siempre había creído que eran un mito. Cuentos de fantasmas, ya sabe, historias de monstruos.

Abulfaz sacudió la cabeza y sonrió.

—¿Qué es lo que más desea en el mundo, señor Yaofan?

—Mi sobrino...

—¿Cuál? ¿El oftalmólogo de Fénix, el corredor de Bolsa de Winnipeg, el restaurador de Bourg-en-Bresse, el estudiante de Hong Kong o uno de los cinco campesinos que siguen viviendo en China?

—Ah, ¿ha estado en el restaurante de Francia? También se llama Pino y Bambú. David trabajó aquí, ¿sabe?

—Lo sabemos.

—Ah —repitió Yaofan mientras se removía en la silla y se secaba los regueros de sudor que le descendían por las sienes—. Soy un hombre viejo, Chet, y deseo pocas cosas...

—Podemos darle cualquier cosa a cualquier persona, como sin duda ya sabe.

—Déjeme terminar. Decía que deseo pocas cosas, pero mi mujer tiene un deseo estrafalario. Nunca se lo revelaría a nadie más que usted.

Abulfaz enarcó las cejas y ladeó la cabeza hacia arriba.

—Ella también es vieja, tanto como yo. Llevamos casados cuarenta y tres años, desde que los dos teníamos diecisiete. Abandonamos Lengshuitan juntos y desde entonces hemos viajado mucho. Pero hay dos cosas que nunca hemos hecho. Nunca hemos pasado una noche separados... —Yaofan se interrumpió y bajó la mirada hacia la moqueta roja—, y lo otro... la razón por la que nos fuimos de Lengshuitan... se considera una vergüenza...

—Lo sabemos —aseguró Abulfaz.

—Ah —suspiró Yaofan, aliviado—. Ah... ¿Y puede hacerlo?

—Sí.

—¿Qué garantías tendría?

—Solo nuestra promesa, nada más.

—Ah, entonces, le ruego me siga a la cocina, donde podremos conversar con más tranquilidad.

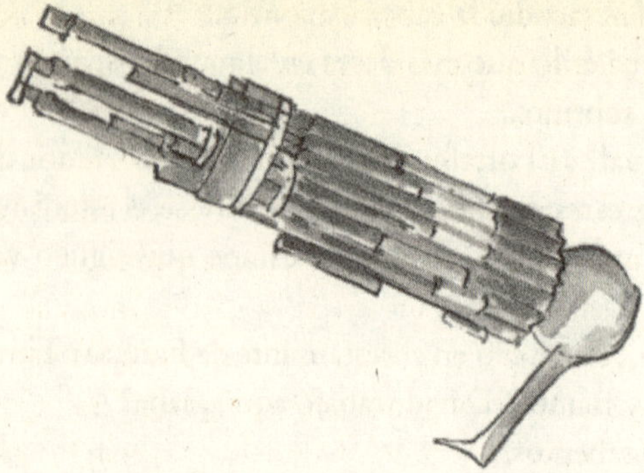

Objeto 8: Un sheng, también llamado «órgano chino de la boca». Por lo general, consta de entre 13 y 17 tubos de distintas longitudes montados sobre una base en forma de calabaza y tambor (si bien Yu-Tsai Fong, excéntrico aristócrata de Guangzhuou, diseñó un proyecto de sheng de 75.346 tubos del tamaño de árboles para montarlo alrededor de su ciudad natal). Cada tubo tiene una lengüeta libre, y el sonido se emite soplando por una única boquilla y cubriendo los orificios circulares practicados en cada tubo (en el caso del instrumento gigantesco de Fong, el propio viento habría producido el sonido, y los lugareños menos afortunados habrían llenado los orificios).

Este sheng en particular tenía 16 tubos de bambú y una calabaza hueca revestida de hoja de oro. El sheng mide 36 centímetros desde el extremo inferior hasta el superior, con un diámetro de 12 centímetros en la base.

De nuevo nos topamos con la afinidad entre alquimia y música, y no es de extrañar que guarde relación con el aire, el más liviano y etéreo de los elementos. Se dice que el dominio del aire genera unidad y armonía entre sustancias incompatibles o en conflicto, al igual que la música aplaca a las bestias. Con frecuencia, los alquimistas tenían instrumentos de viento para recordarse que la maestría requiere más precisión que fuerza.

Fecha de fabricación: Principios de la dinastía Song, lo que se corresponde de forma aproximada con el período situado entre los siglos X y XII, ambos inclusive.

Fabricante: El nombre Ping Yu-tsun está grabado en la base de la calabaza con una caligrafía elegante y diminuta. Se desconoce si ello significa que Ping creó el instrumento o que se fabricó en honor a él. Ping era médico e historiador de la corte del señor Menchou, conocido por su excéntrica, por no decir bárbara, costumbre de recibir a invitados extranjeros, lo cual era inaudito durante la primera época de la dinastía Song. Un pergamino de la dinastía Song descubierto durante la construcción de una presa en 1978 hace referencia a Ping como «venerable, dos veces venerable y venerable en grado supremo... que ha otorgado a nuestro señor el don de una larga vida». Dicho rollo muestra una figura que, según se cree, representa al propio Ping transformándose en cinco fases de hombre en dragón.

Lugar de origen: La corte de Menchou se encontraba entre las actuales Xian y Lanzhou. Sin embargo, la madera y el estilo del sheng no son específicos de ninguna región china en particular.

Último propietario conocido: Yaofan He-Li (Harry Yaofan), antaño cabecilla de los Tiburones de Macao y en la actualidad restaurador y amante padre de un bebé en Skokie, Illinois. Yaofan cedió el control del sheng a un hombre a quien su primo, Yaofan Wang, conocía tan solo por el nombre de «señor Chet». Unos nueve meses después de la última visita de Chet, Harry anunció a sus empleados que él y la señora Yaofan habían tenido un varón; puesto que ambos pasaban de los sesenta años y que su hija menor contaba treinta y dos, el anuncio provocó incredulidad y levantó las sospechas de cuantos lo escucharon. Los empleados señalaron que la señora Yaofan cenó cada domingo en el restaurante con Harry durante varios meses después de que el «señor Chet» dejara de frecuentarlo, y que nunca la habían visto embarazada, aunque lo cierto es que teniendo en cuenta su edad, lo más probable es que nadie considerara siquiera tal posibilidad. Sin embargo, no existen documentos de adopción, y ninguno de los parientes con los que se estableció contacto admitió haber entregado un niño a los Yaofan. En la época en que los Yaofan hicieron pública su paternidad no se informó del secuestro de ningún niño asiático en la zona de Chicago. La señora Yaofan calificaba el nacimiento de «milagro», mientras que Harry lo denominaba «regalo» o «resultado».

Valor aproximado: Un bebé varón.

Asciende de la tierra al cielo.

Al ver el caduceo en la parte inferior del marco de la puerta, experimenté la misma oleada de adrenalina en la garganta que había sentido dos noches antes delante de mi puerta, solo que en este caso no iba acompañada de excitación, sino de miedo por Hannah. Llamé a la puerta con fuerza. Nada. Abrí la pestaña de la ranura para el correo y agucé el oído. El sonido de la ducha dominado por voces estentóreas que cantaban a un volumen suficiente para ahogar mis golpes. A mi espalda oí el crujido de hojas secas sobre la hierba, pero no presté atención hasta que una mano reseca me agarró el cuello de la camisa y unas uñas afiladas me arañaron la nuca.

—Vaya, vaya, pero si es mi nuevo inquilino —espetó la señora DeSouza cuando me incorporé y me giré.

Llevaba zapatillas, la sempiterna bata y un rictus entre despectivo, satisfecho y codicioso.

—He oído la puerta de Hannah cerrarse más temprano de lo habitual. Por lo general no sale hasta las ocho y cuarto, así que he pensado que quizá era alguien que salía, y mira a quién me encuentro... No un pretendiente cualquiera, sino encima un mirón.

—Estoy seguro de que la señora Rowe debe de estar contentísima de que alguien vigile tan de cerca a su hija.

—Solo quería recordarle nuestra conversación de la otra noche. Como sabe, considero que...

—Señora DeSouza, no se lo tome a mal, pero váyase a tomar viento. Hannah tiene más de treinta años y no es su hija.

Su rostro se tensó y luego enrojeció como si acabara de abofetearla. Al cabo de unos instantes, los ojos se le llenaron de lágrimas.

Escarbé la tierra con la puntera del zapato, mascullé una disculpa breve y casi sincera, y me dirigí a toda prisa hacia mi coche. Al mirar por encima del hombro vi a la señora DeSouza inmóvil en el mismo sitio, los hombros temblorosos y los ojos cubiertos con una mano. No eran ni las ocho de la mañana y ya había conseguido hacer llorar a una anciana.

Antes de salir rumbo a Wickenden, pasé por mi casa para ducharme, cambiarme y guardarme el diente en el bolsillo. No tenía mensajes en el contestador, cartas en el buzón ni notas clavadas en mi puerta. Llevaba dos días sin aparecer por el piso y nadie había intentado ponerse en contacto conmigo, lo cual no era inusual, pero por primera vez desde que me trasladara a Lincoln, tenía la sensación de haberme ausentado de mi vida, como si mi vida hubiera avanzado y los detalles todavía no le hubieran dado alcance.

Resulta difícil aparcar en el centro de Wickenden, y de todos modos llegué temprano, de modo que dejé el coche en Gano Street, frente a una casa de madera pintada de azul celeste y con una enorme bandera portuguesa ondeando sobre el garaje. Al nivel de la calle había una puerta violeta abierta de par en par, y por ella se veía una estancia estrecha y profunda con suelo de linóleo a cuadros, una barra con algunos taburetes, una mesa de billar, sofás y un televisor en el que pasaban una carrera de galgos. Encima de la barra pendía un reloj de Budweiser Light. Junto a él había una pizarra plástica de esas para anunciar los platos del día y que en este caso decía SANNICH, NO HAMS FRA TUE. Había vivido a dos manzanas de allí, pero nunca había reparado en aquel local, y como me gustaba su aspecto, asomé la cabeza.

—Tarjeta de socio —mascullό un hombre gordo desde detrás de la barra.

Llevaba una camisa de franela a cuadros verdes y amarillos sobre unos vaqueros deformados, y servía chupitos a un par de tipos flacos y de aspecto soñoliento sentados en la barra.

—¿Perdón?

—Tarjeta de socio. Esto es un club privado. Solo socio.

La última vez que había oído esas palabras, un albano con dientes de oro había amenazado con matarme. ¿Desde cuándo se habían vuelto tan exclusivos los garitos de la Nueva Inglaterra semirrural?

—Nunca me había fijado en este sitio. Antes vivía a pocas manzanas de aquí y...

—Esto no es un bar de estudiantes. No es para usted. Es el Club de Hombres Portugueses. ¿Es hombre portugués?

—No.

—Pues eso. Vaya a otro bar. Este es mi bar.

Asentí con un ademán breve que él imitó. Luego, uno de los tipos flacos se acercó a la puerta y me la cerró en las narices.

Atravesé el centro en una media hora y llegué a la comisaría hacia las dos. Dos corpulentos agentes arrastraban a un tipo esposado escalera arriba. El detenido caminaba ladeado sin dejar de mascullar entre dientes mientras los policías sostenían una conversación normal sobre sus respectivas esposas. Parecían un signo de porcentaje subiendo despacio por la escalera.

Pregunté al sargento de guardia por el sargento Jadid.

—Entra a las cuatro. ¿Quiere dejarle un recado?

—Me pidió que viniera antes. ¿Es posible que ya haya llegado?

El sargento soltó un bufido, se levantó y se inclinó sobre el mostrador hacia mí. Retrocedí un paso y percibí un leve olor a whisky en su aliento. El sargento señaló una puerta de vidrio situada al final del pasillo.

—¿Ve esa puerta? Sala de interrogarios 1. A Jadid le gusta sentarse allí a leer los periódicos cuando no hay nadie. Si no está allí, suba una planta y pregunte por el detective Gomes; él le ayudará.

—Gracias.

El hombre hizo un gesto de asentimiento y volvió a sentarse con otro bufido mientras su vientre se asentaba tembloroso sobre sus muslos.

Llamé con discreción a la puerta de la sala de interrogatorios. Una voz profunda me indicó que pasara, y así lo hice. Sentado en un extremo de una larga mesa metálica había un hombre fornido, de tez olivácea, rizos cortos y ojos negro azabache. Llevaba un traje holgado y arrugado, y estaba leyendo la sección de noticias internacionales del *New York Times*.

—¿Sargento Jadid?

—El mismo.

—Soy Paul Tomm.

Dejó el periódico, se levantó y se acercó a mí. Me pasaba unos treinta centímetros y con toda probabilidad pesaba treinta kilos más que yo. Poseía la clase de constitución corpulenta de un jugador de fútbol en baja forma, de esos que si los encierras en una cabina telefónica con un oso cabreado salen llevando un abrigo de pieles. En su rostro se pintaba la misma media sonrisa irónica típica de su tío, y poseían la misma tez color té flojo, pero mientras que Anton era pulcro y felino, Joe parecía rebosar de la ropa, y sus facciones poseían la dureza propia de un luchador callejero.

Dobló el periódico en cuatro, de forma que le cabía perfectamente en la enorme mano, y con la otra me dio una palmada en el hombro que estuvo a punto de derribarme.

—Soy Joe. Me alegro de conocerte en persona por fin, y también de que hayas llegado tan temprano. Me muero de hambre. ¿Has comido ya o quieres ir a comer algo?

—Aún no he comido.

—Genial. La cantina de aquí acaba contigo, y el Aluminum Room abre más tarde, pero en la esquina hay una cafetería que no está mal. ¿Qué te parece?

—Bien.

—Vale, hacen unas albóndigas pasables. Si ahora me dices que eres uno de esos universitarios vegetarianos, tiro a la basura todo lo que he encontrado hasta ahora y te mando de vuelta a tu pueblo de una patada en el culo.

—No, como de todo.

—¿En serio? Pues no lo parece. Yo sí que como de todo, sobre todo ahora, que me paso la vida aquí sentado sin salir ni hacer ejercicio —se quejó al tiempo que se agarraba la panza y la agitaba de arriba abajo—. Debo de haber engordado un huevo. Pero por otra parte, estás de suerte, porque lo que más tengo ahora mismo es tiempo y un montón de energía inútil.

Era evidente. Una parte de él parecía hallarse en perpetuo movimiento. Cuando cruzamos Patchett Street y enfilamos Bishop, habló sin parar mientras abría y cerraba los puños, pasándose la mano por la cabeza una y otra vez.

—¿Sabes qué más pasa cuando te tiras todo el día sentado? —prosiguió sin apenas abrir la boca en un alarde de exagerada familiaridad—. Las almorranas. Se te saltan las lágrimas, te lo juro. Tengo que levantarme y caminar, porque si me quedo sentado demasiado rato, el culo se me pone a parir.

—Ya...

—Bueno, al tío Abe le caes bien. Eso está bien, porque es mi tío favorito.

—Él dice lo mismo de ti. Que eres su sobrino favorito, quiero decir, no su tío favorito.

—Siempre nos hemos llevado bien. La verdad es que somos una familia grande y unida en términos generales. Los tres hermanos que viven en Wickenden, o sea, el tío Abe, mi padre, Daniel, y el tío Sammy... Luego dos hermanas en Boston, Amira y Claudia, y también un montón de primos y sobrinos, sobre todo ahora que la peña está empezando a procrear. La verdad es que me cuesta recordar todos los nombres. Una familia unida, ya te digo, pero por la razón que sea, el tío Abe y yo siempre nos hemos llevado especialmente bien.

—¿Tienes hijos?

—¿Yo? Qué va; no estoy casado. Este trabajo no es compatible con las relaciones estables, a menos que te cases con alguien que trabaje en lo mismo o con tu primer amor o algo por el estilo. Muchos polis se casan y dejan el cuerpo para trabajar en empresas de seguridad privadas o montar una empresa propia. El compañero que tenía antes lo dejó para abrir un bar con su cuñado en Olneyton. Yo siempre le digo que me marcharé de aquí con los pies por delante.

—¿Te gusta lo que haces? —pregunté.

—Me encanta. Bueno, hay algunas cosas que no me molan, pero en líneas generales no se me ocurre nada que pudiera gustarme más.

Después de subir jadeantes la cuesta durante unos cuantos minutos más, los suficientes para que Joe empezara a sudar y enrojeciera peligrosamente, llegamos a un antro de comida para llevar que ofrecía colesterol puro en cinco idiomas.

—Si quieres un consejo, no pidas nada raro —sugirió Joe, sujetando la puerta para que entrara—. Lo mejor son los bocadillos de albóndigas y los vegetales. Fíjate en el nombre de ese plato: «Carne *lo mein*» sin especificar de qué carne se trata. Pues ya te haces una idea.

Seguí su consejo, y el bocadillo estaba perfecto. Nada grasiento, con pan italiano fresco, salsa de tomate picante que sabía a tomate, no a ketchup caliente, y mozzarella fundida que sabía a queso, no a pasta de papel. Acompañado de limonada y pepinillos dulces, constituía el almuerzo ideal de Wickenden. Comimos de pie en la barra con vistas panorámicas al aparcamiento.

—Bueno, háblame de la nota —pidió, rociándome el jersey de salsa de tomate al hablar.

—La tengo aquí —repuso mientras sacaba del bolsillo el sobre con el diente y se lo alargaba—. ¿Qué hacemos con esto?

—Se lo daremos al laboratorio para que hagan pruebas de ADN y ver si encuentran alguna coincidencia. Es improbable, pero... —Abrió el sobre, olisqueó y se apartó al instante—. Joder, para quitarle el hambre a cualquiera. Al menos sabemos que procede de alguien que no tenía cepillo de dientes. —Se guardó el sobre en el bolsillo de la camisa azul—. ¿Ha pasado algo más desde que hablé contigo?

—Puede.

Joe abrió más los ojos y arqueó las cejas... bueno, la única ceja, en realidad, que mostraba un pequeño surco sobre la nariz torcida de boxeador.

—Resulta que estoy saliendo con una chica...

—Ya me lo imaginaba. Por eso te conviene comerte la carne. Esta noche cenas un poco de marisco con verdura, y ya estarás preparado para la vida moderna... Perdona, no quería ponerte nervioso. Sigue...

—Vale. ¿Sabes el símbolo del sobre?

—El caduceo.

—Exacto, el caduceo. Pues esta mañana he visto uno en su puerta.

—¿Qué quieres decir? ¿En una nota como esta?

—No, un dibujo en tiza, y no en la puerta en sí, sino junto a ella, en el resquicio donde la puerta se junta con el marco.

—Yaaa. ¿Quién es esa chica?

—Se llama Hannah Rowe y parece ser la única persona de

Lincoln que conocía a Jaan. Da clases de música en la escuela privada del pueblo.

—¿Y qué piensas de ella?

La pregunta del millón. ¿Qué pensaba de ella?

—Me gusta, por eso estoy preocupado.

—¿En qué sentido?

—La verdad es que no lo sé —reconocí, encogiéndome de hombros mientras arrugaba el papel encerado del bocadillo—. Eso de encontrar el mismo símbolo en el sobre y en su puerta... Me pone nervioso.

Joe lanzó un suspiro pensativo y se deslizó una mano grasienta por el cabello ya grasiento—. Es una manera de verlo, supongo. Pero ¿hasta qué punto la conoces?

—No sé, la verdad es que no mucho. Solo hemos salido juntos un par de veces, pero me da buena espina.

Me miró con expresión compasiva, las cejas enarcadas y los labios apretados.

—Yaaa..., así que ni te planteas la posibilidad de que ella te enviara la nota, ¿no? ¿O de que conozca a quien te la envió? ¿O de que el caduceo de su puerta signifique otra cosa que el de tu sobre? ¿No crees que fuera ella quien te dejó la nota?

—¿Quién, Hannah? ¿Acaso crees que se dedica a arrancar dientes en sus ratos libres? Por supuesto que no. Además, ¿de dónde iba a sacar un diente como ese? Ella los tenía todos cuando la vi, y no es dentista.

—Ya, pero... Me voy a quedar esto. Tú hazme un favor y ten cuidado con lo que le cuentas. Es algo que he heredado de mi madre judía, ¿sabes?

Me propinó un codazo en las costillas que me hizo sonreír a mi pesar. ¿Qué otra cosa puedes hacer cuando un poli tamaño armario ropero te habla de su madre judía?

—Sé que te gusta, pero como te dije anoche, creo que quizá te estés enfrentando a unos tipos muy, muy malos. Gomes y yo te enseñaremos lo que tenemos, pero lo mires como lo mires, no creo que ese tipo fuera solo un anciano entrañable y despistado. Aquí pasa algo más, y si solo has salido con ella un par de veces, en mi opinión no la conoces lo suficiente. A ver, seguro que es guapa, ¿no?

—Pues sí.

—Y dulce, inteligente, y le gustan los tipos sensibles como tú, ¿eh?

Asentí sin decir nada y con las orejas ardiendo.

Joe apuró su limonada, arrugó el vaso de papel y lo lanzó en tiro libre a la espigada papelera del rincón.

—Solo te digo que vayas con cuidado. No me gustaría que le pasara nada a un amigo de Abe mientras estoy de servicio.

Jadid arrojó el bocadillo en un lanzamiento bajo a un hombre de aspecto atildado, traje bien cortado y tan planchado como arrugado estaba el de Joe, cabeza rapada, gafas de montura redonda dorada y piel color caoba que estaba sentado al escritorio contiguo al suyo.

—¿Qué me has traído? —preguntó, mirando a Joe por encima de las gafas.

Yo no sabía si se refería a mí o al bocadillo.

—Panecillo de pavo con mostaza y sin mayonesa, una de esas cosas bajas en calorías que siempre pides. Les dije que te pusieran extra de tofu y muesli. Va acompañado de germen de trigo y zumo de hierbas.

El hombre sonrió y cogió una botella de agua que tenía sobre la mesa.

—Ríete de mí si quieres, Gordo, pero cuando tengamos cincuenta años iré a verte al hospital cuando vuelva a casa de jugar al fútbol.

Joe arrastró una silla desde otro escritorio vacío.

—No le hagas caso —aconsejó mientras me indicaba que tomara asiento—. Es que todavía no se ha tomado la jalea real.

El detective bien vestido sonrió y levantó el dedo medio en un gesto obsceno.

—Soy Sal Gomes —se presentó, pronunciando el apellido en una sola sílaba antes de levantarse con la mano extendida—. Joe suele ser mi compañero, menos cuando se dedica a hacer de Mike Tyson con algún amigo del alcalde. Le he estado ayudando con lo del estonio muerto.

—Paul Tomm. Les agradezco su ayuda.

—Es un placer. Haría lo que fuera con tal de quitarme de encima al pelmazo de Jadid.

—Paulie es licenciado por tu universidad favorita —explicó Joe, mirándome.

Sal lanzó una risita tímida y agitó la mano en su dirección.

—¿No le gusta Wickenden? —pregunté.

—No tengo nada contra la gente de Wickenden, siempre y cuando se comporten como Dios manda —repuso antes de clavarme una mirada penetrante—. ¿Dónde vivía cuando iba a la universidad?

—En Cork Hill. Sheldon Street.

—Vaya, vaya, pues puede que tengamos un problema. ¿Montaba muchas juergas?

—Ni una.

—Vale. ¿Sacaba la basura?

—Sí, dos veces por semana.

—¿Y la tira en esos extraños objetos metálicos que algunos estudiantes llaman cubos de basura o se limitaba a dejarla en la calle?

—Cubos.

—Buena señal. Este chico promete. ¿Quién le alquilaba la casa?

—Steve Terzidian.

—Ah, conozco a Steve —exclamó Gomes con una sonrisa irónica—. Sí, me he topado un par de veces con él. Se dedica a comprar las casas del barrio a los ancianos, los convierte en alojamientos para estudiantes y a veces para... digamos... actividades menos recomendables. Dígame, ¿nunca le robaron nada?

—No.

—¿Y sus vecinos u otras personas a las que conocía allí tuvieron alguna vez problemas de ese tipo?

—Pues la verdad es que sí. Alguien entró en casa de mi novia un par de veces. Le robaron un televisor y un equipo de música; y a otro tío que conozco le robaron el coche delante de su casa.

—¿Y alguno de los dos era inquilino de Steve?

—No lo sé, pero no lo creo.

—Yo tampoco lo creo. Es curiosa la suerte que tiene Steve con eso de los robos. ¿Qué le cobraba? Es pura curiosidad.

—Éramos tres y pagábamos trescientos dólares cada uno.

Sal lanzó un potente bufido.

—Vale. No era usted uno de los malos, ¿eh?

No sabía a qué se refería, pero supuse que lo más inteligente sería asentir.

—No.

—Muy bien, muy bien. Mire, no tengo nada contra usted y probablemente tampoco contra sus amigos; pero es que nací y me crié en Cork Hill, y los pisos de estudiantes no respetan el barrio y hacen que suban los precios. No es nada personal.

—No me ofendo con facilidad. Además, me encantaba vivir en aquel barrio.

—Es difícil no enamorarse de él, ¿verdad? Las casas pintadas de rosa y lila, el agua ahí mismo, el parque, los campos de béisbol y de fútbol... Ahora hay gente de todo tipo allí. Acabo de comprarme mi primera casa justo en la orilla, en la misma calle que mis padres y mis tíos.

—Residencial Gomes, lo llama.

—No, Residencial Gomes lo llamas tú. En fin, lo siento si te he incomodado, Paul. No era mi intención.

—Como ya le he dicho, no me ofendo con facilidad.

—Estupendo. Bueno... —prosiguió antes de limpiarse delicadamente los labios con una servilleta—, quizá deberíamos hablar del profesor muerto.

—Los dos nos hemos pateado varios sitios —explicó Joe mientras sacaba una carpeta de papel manila de un cajón—. Como te decía antes, últimamente lo que me sobra es tiempo, y respeto mucho las recomendaciones del tío Abe. Y significa mucho... No te dejes engañar por sus buenos modales; la verdad es que no le cae bien mucha gente, pero no le cuentes que te lo he dicho. Cuestión, que Gomes... ¿cómo se dice? Ha retrocedido... ¿no lo decía así ese médium de pacotilla al que trincamos en Fulham Hill? Pues eso, que ha retrocedido a una vida anterior.

—Y fue doloroso, no te creas —terció Gomes—. Todos esos recuerdos reprimidos y puñetas semejantes. En mi «vida anterior», yo era un alto funcionario del gobierno federal de Estados Unidos e hice unas cuantas llamadas a antiguos colegas para informarme sobre su amigo. Te lo contaré cuando Joe termine con lo suyo.

Joe abrió la carpeta, luego abrió una lata de mosto, lo apuró en dos tragos, aplastó la lata entre las zarpas y la arrojó en otro tiro libre a una papelera situada a unos cinco metros de distancia. Acto seguido abrió otra lata y se bebió la mitad de golpe.

—En fin, mi pregunta —empezó tras eructar con suma satisfacción—, después de echar un vistazo a la ficha de ese tipo, es por qué la universidad le permitió quedarse.

—Tu tío me lo contó.

—Ya, yo también he hablado con él y seguramente me contó lo mismo que a ti.

Del cajón superior del escritorio sacó un cuaderno de espiral idéntico al que usaba yo y que me hizo sentir como un tipo duro por la mera proximidad, y lo hojeó.

—Veamos. La primera vez fue Crowley quien consiguió que se quedara, y la segunda vez tomó la decisión tío Abe.

—Exacto.

—Pues no es verdad, al menos no del todo. Lo que Abe nos contó es por qué el departamento de historia le permitió quedarse, pero lo que yo quiero saber es por qué la universidad le permitió quedarse.

—Pero me contó que nadie sabía nada a excepción de unos cuantos profesores de historia.

—Ya sé que dijo eso y sé que es lo que cree, pero en este caso se equivoca.

—No es solo que Wickenden es una ciudad pequeña, sino sobre todo que es una ciudad cónica, con el vértice en la parte superior —terció Gomes desde su silla—, y que lo que nos ocupa, un delito relacionado con la institución más poderosa de Wickenden, se encuentra en ese vértice. Sé por experiencia que una cosa así no pasa sin que alguien de la universidad se entere. Puede que el vigilante nocturno se lo cuente a su mujer, que a su vez se lo cuenta a su hermana profesora, quien se lo menciona a otra profesora que está casada con un periodista que se lo cuenta a un editor que se lo cuenta a un viejo amigo que se lo cuenta a un vecino, y así sucesivamente, como el juego del teléfono.

—Pero para cuando la cosa sale a la superficie, el tipo se puede haber convertido en la reencarnación del Hijo de Sam —comentó Jadid.

—Sí, y las noticias como esta suelen distorsionarse, sobre todo viniendo de un grupo de personas que probablemente odian las armas y no tienen mucho contacto con el crimen violento.

Gomes había acercado su silla a la mesa donde estábamos sentados Jadid y yo. Algo en el hecho de estar con ellos me hacía sentir bien, seguro pero emocionado a un tiempo. Parecían almas gemelas desde el punto de vista intelectual. Se terminaban las frases mutuamente, redondeaban los pensamientos del otro, se perfeccionaban el uno al otro... y eso, en mi experiencia, es poco frecuente.

—Los de Wickenden son de los que tienden a convertir en hombre de Neandertal a cualquiera que lleve arma.

—Exacto —convino Jadid—. Así que lo primero que hice fue llamar al tío Abe y preguntarle si podía devolverme un favor, es decir, echar un vistazo a las nóminas del departamento para ver qué les costaba conservar a Pühapäev. ¿Sabe lo que ganaba al año?

—Jadid se inclinó sobre la mesa con los ojos negros clavados en mí y las manos entrelazadas como un mago sujetando una paloma—. Un dólar.

Y separó las manos.

—¿Un dólar?

—Sí, un dólar. Pero no es algo tan inusual como cabría imaginar. Hay profesores de familias con dinero o casados con médicos o abogados que dan clases por la cara, no necesitan el sueldo. Sin embargo, la universidad tiene que pagarles algo por motivos fiscales, así que les pagan un dólar simbólico y se quedan el resto. Pero en el caso de Pühapäev, eso no era todo. Además de donar el resto de su salario, también regalaba entre cinco y diez mil dólares al año a la universidad.

—¿Cómo lo habéis descubierto?

Joe sostuvo en alto una copia del balance financiero anual de Wickenden. En la cubierta se veía la imagen habitual, un grupo multiétnico de estudiantes (a ninguno de los cuales nadie ha visto jamás) sentado bajo un árbol en medio del prado, riendo como locos, rodeados de libros y buen humor, pletóricos de felicidad y buena suerte.

—Aquí está, bajo «Patrocinador», lo cual significa que donaba entre cinco y diez mil dólares. Tenemos los balances de varios años, y él aparece en todos cada año desde el noventa y dos.

—Pero ¿qué prueba eso?

—¿Lo estás oyendo? —exclamó Gomes—. ¡Pero si se conoce la jerga judicial y todo! Deberías haberte hecho abogado. De hecho, aún estás a tiempo, jovencito.

—¿Ha estado hablando con mi padre?

Gomes se echó a reír y sacudió la cabeza.

—No prueba nada... de momento. Pero como dice Joey, tenemos que suponer que al menos alguien de administración oyó rumores sobre su detención, y que si es así, la administración habría pasado del departamento después del incidente, porque ¿qué universidad quiere tener en sus filas a un profesor propenso a disparar a la primera de cambio? Seguro que Crowley tenía cierta influencia, pero no tanta, seguro. ¿Un solo tipo? Imposible. (Y por cierto, es un escritor bastante mediocre, si te interesa mi opinión.) Cuestión, lo que sí nos da es una hipótesis válida sobre las razones por las que la universidad no echó a su amigo Pühapäev. Les estaba donando... ¿cuánto? Incluyendo el salario, unos cincuenta, sesenta o incluso setenta mil dólares al año... Es mucha pasta. Lo único que tenían que hacer era acallar el asunto, y Crowley y el tío de Joey lo hicieron muy bien. Pues eso. Pero yo lo he descubierto, como siempre.

—¡Que te den por el culo, Gomes! —espetó Joe antes de volverse hacia mí—. El tío se pasa un par de años en el desierto persiguiendo a ladrones de tabaco y ya se cree que es Elliot Ness. Y luego, cuando se mete en la policía de verdad, no deja de recordarnos sus días de gloria.

—No me hables del desierto, que se me ponen los pelos de punta. Te diré una cosa, jovencito: si alguna vez te entran ganas de incorporarte a las fuerzas del orden, te aconsejo que te mantengas alejado del FBI a menos que tengas muchas paciencia o mucha suerte. Yo acabé destinado en Bisbee y Douglas.

—¿Dónde está eso y dónde está eso?

—Ni idea y ni idea, ¿eh? Pues que me pasé un montón de tiempo persiguiendo a contrabandistas de tabaco de México entre Bisbee, Arizona, y Douglas, Nuevo México. Detesto el calor, y te aseguro que allí el sol te fríe, así que bebes seis litros de agua al día y no meas ni una sola vez. En cuanto te acabas la primera cerveza ya tienes resaca. ¿Qué clase de vida es esa? Pero aún tengo amigos en el FBI, y me han echado una mano.

—¿Con qué?

—Bueno, resulta que tu amigo fue testigo material en el caso de un robo de joyas en 1995 —explicó Gomes mientras movía el ratón para despertar la pantalla—. Los federales siguen creyendo que él fue el perista, pero nunca reunieron pruebas suficientes para acusarlo. ¿Estás tomando notas?

—Siempre lo hago.

—Bien. ¿Por dónde íbamos?... Ah, sí, enero de 1995. El Museo de Arte de Wickenden albergaba una exposición itinerante de joyas iraníes. Objetos muy valiosos, algunos de la colección del sha y otras cosas que habían entrado en el país no se sabe cómo.

—Eh, yo fui —intervino Joe—. El tío Abe ayudó a montarla.

—¿A qué te refieres? —inquirió Gomes.

—Todos los persas finos de Wickenden, es decir, mis tíos y primos, en su mayoría, aportaron un poco de dinero para redondear los fondos del museo. Además, casi todos los objetos forman parte de colecciones privadas de expatriados, así que los persas tuvieron que mostrarse muy persuasivos. Abe también presentó una propuesta hace unos años para traer la exposición aquí. Era preciosa, la verdad.

—Pues sí, pero estuvo a punto de no abrir —señaló Gomes—. Resulta que la exposición llegó aquí desde Manchester... Manchester, Inglaterra, no New Hampshire. Las joyas aterrizaron en el aeropuerto de Logan, y uno de los trabajadores a los que contrataron para trasladar las cosas de Logan a Wickenden intentó birlar unos rubíes.

—¿Qué pasó? ¿Cómo lo pillaron?

—¿Que cómo lo pillaron? Pues ya me gustaría saberlo, pero aquí no lo dice. No, espera, sí que lo dice. Aquí... «Sobre la base de la información proporcionada por un informador confidencial en Boston, los agentes detuvieron a Josef Jlopikov, empleado de una conocida empresa de mensajería cuya responsabilidad consistía en transportar de forma segura el contenido de la exposición desde la terminal privada del aeropuerto de Logan hasta el Museo de Arte de Wickenden. Los agentes siguieron a Jlopikov desde su piso de Dorchester hasta la terminal, donde lo observaron abrir la caja número veintisiete y sacar el paquete número noventa y uno, que se guardó furtivamente en el bolsillo del mono. De inmediato, los agentes Williams, Szalai y Tadaki detuvieron al sospechoso y lo trasladaron al centro federal de detención de

Springfield, Massachusetts.» Y ahora es cuando se pone interesante. Parece que Jlopikov intentó salirse por la tangente. ¿Adivinas qué dijo?

Gomes me miró, pero me encogí de hombros. Luego se volvió hacia Jadid, que le indicó por señas que continuara.

—La paciencia es una virtud, ¿sabes? El señor Jlopikov adujo que el robo se lo había encargado un tal Jaan Pühapäev, profesor de historia y estudios de Europa del Este en la Universidad de Wickenden. El señor Jlopikov dijo que el profesor le había prometido un millón de dólares en bonos. El señor Jlopikov añadió que el profesor le había contado que aquellos rubíes encerraban cierto poder mágico, pero que solo él sabía utilizarlos. Qué casualidad. Por supuesto, suena a gilipollez total para cualquier caballero culto y bienpensante, pero aquí dice que Jlopikov estaba aterrado, que no desistió hasta que lo amenazaron con deportarlos a él, a sus padres, a su hermana y a sus sobrinas. En fin, Williams y Szalai visitaron al profesor Pühapäev en su casa de Lincoln, Connecticut, y por supuesto, el profesor despistado negó tener cualquier conocimiento de la exposición itinerante de joyas iraníes, Josef Jlopikov y planes para robar un puñado de rubíes. Desde Washington le advirtieron que tal vez lo convocaran a la oficina de Boston para declarar. Tres días más tarde, el FBI recibió una carta de un abogado, en la que se afirmaba que Pühapäev era la víctima inocente de una trampa, que la mafia rusa había organizado el robo y escogido a Pühapäev como chivo expiatorio. Mi cliente es un inmigrante, decía la carta, un profesor ajeno a las cuestiones mundanas, sin familia ni amigos cercanos, y por tanto un blanco fácil para estos sofisticados delincuentes...

—Ese abogado —interrumpí— ¿se llamaba Vernum Sickle?

—Sí, Sickle, sí —repuso Gomes—. Si quieres mi opinión, si Sickle defiende a alguien, eso significa dos cosas, que es culpable y es rico. La cuestión es que Sickle también amenazaba con poner demandas millonarias por difamación si aquel asunto se filtraba a la prensa. Supongo que cualquier día de estos me llegará una citación. Los federales revisaron las llamadas telefónicas de Pühapäev, registraron su casa, su despacho... Sickle les dio permiso para hacerlo una noche entre semana. Sin embargo, lo único que lo relacionaba con Jlopikov era la declaración de este. No había caso, fin de la historia.

—Quiero hablar con ese ladrón —dijo Joe.

—¿Ah, sí? No sabía que también fueras médium.

—¿Está muerto?

—Le rebanaron el pescuezo durante una pelea en la cárcel dos días después de que lo encerraran. Agresor o agresores desconocidos.

Joe suspiró y se rascó la cabeza.

—Así que lo que tenemos aquí es un tipo sin fuente de ingresos aparente, sin amigos ni parientes conocidos salvo esa profesora de música con la que sale Paulie, y algún vínculo con ladrones rusos de rubíes, probablemente relacionados con la mafia.

—¿Por qué relacionados con la mafia? —tercié.

—Apuesto lo que sea a que ese ladrón era un miembro de poca monta de la mafia rusa. Tienen presencia en Boston.

—Otra pregunta —dije—. El robo tuvo lugar en enero de 1995, y por entonces Pühapäev fue detenido por disparar por la ventana. ¿Crees que ambas cosas están relacionadas?

—En las investigaciones criminales no existe la casualidad, hijo mío —sentenció Gomes—. A menos que seas abogado defensor.

—¿Ese profesor salía de casa para algo además de dar clase? —quiso saber Joe.

—Solo para ir de copas a un bar de Clougham —repuse.

—¿El Clougham que hay entre aquí y Hartford?

—El mismo. El bar se llama el Lobo Solitario.

—Así que el Lobo Solitario. ¿Has estado?

—Sí, es un antro sin nada especial. La verdad es que al dueño no le caí nada bien.

—¿Qué quieres decir?

Le hablé de Eddie el Albanés y su cálida despedida.

—Eddie el Albanés, ¿eh? ¿Vale la pena acercarse hasta allí, Sally?

—¿A Connecticut? Debes de estar de coña, chupatintas. Está fuera de nuestra jurisdicción, y ya tienes bastantes problemas para rato —le recordó Gomes.

—Estamos investigando el posible asesinato de un profesor de la Universidad de Wickenden, no vamos a arrestar a nadie. Solo quiero echar un vistazo, ya sabes, mover el culo de una puta vez. Nadie me echará de menos aunque no vuelva del todo puntual.

—Se supone que no puedes investigar nada, tío. Y si lo haces, desde luego yo no debería ayudarte.

—Bueno, ¿te vienes o no?

—Solo para asegurarme de que el Gordo no se mete en líos, gordo.

POLVO DE ARCO IRIS Y COLA DE PAVO REAL

La cola del pavo real, el arco iris: Hombres más inteligentes que yo creían a pies juntillas que simbolizan la resurrección y la inconstancia inherente a lo nuevo, que al sustituir lo que ha perecido aún ignora lo que es. Sin embargo, no puedo por menos que observar que los arcos iris son más a menudo prismáticos, efímeros que las bandas arqueadas que vemos representadas; y por su parte, los pavos reales son aves excepcionalmente malhumoradas.

BOUDEWIJN TEN HOUTEN,
El arco de san Inocencio o la locura de Flamel

18 de noviembre de 1986
Aubrey College
Oxford

Para Virju Saarju, comandante de la marina soviética, Flota del Báltico, Haapsalu, Estonia:

Confío en que sepa perdonar el largo silencio entre mi recepción desde sus instrucciones y esta misiva, el orgulloso anuncio de que por fin he alcanzado el éxito, aunque solo sea en parte. Lo que me solicitó no era tarea sencilla; requería paciencia y determinación, así como grandes dosis de investigación y viajes. Como bien sabe, me pongo sumamente nervioso y físicamente enfermo cuando viajo más allá del sudeste de Londres o del noroeste de Gales. Por ello temía, tal vez de un modo irracional, el reciente viaje que realicé a Gyunri y alrededores. No obstante, la oportunidad de ver la tierra de la que proceden mis hijos constituía un incentivo más que suficiente para sobreponerme a dichos temores, si bien no sé qué habría sido de mí si no hubiera observado mis dosis diarias de benzadrina, berenburg, seconal y una pipa de mis propias hierbas siempre dispuesta. El general Petrosian se reveló como anfitrión cortés y culto; tengo entendido que en parte debo agradecérselo a usted.

Sin ánimo de ofender, me siento impelido a contarle que gran parte de mis dificultades se debió a la torpe inelocuencia y la innecesaria competitividad de su socio (y mío, supongo, aunque a regañadientes) Voskresenyov. De hecho, su ansia por terminar el trabajo y trasladar nuestro Centro a Occidente me impulsa a escribirle antes de completar mi tarea. Debo manifestar mis objeciones lo antes posible y quiero dejar constancia de que dejar el Centro en sus manos y permitirle trasladarlo en el momento que sugiere constituye un error de una magnitud que no hemos visto desde hace siglos.

Por descontado, usted sabe que jamás osaría poner en cuestión su juicio ni tengo el menor interés en asumir sus obligaciones. Considero un gran desafío organizar cualquier cosa más allá de los límites de mi invernadero, por no mencionar una organización de la envergadura de la nuestra. Por tanto, debo aceptar que tendrá usted buenas razones para encomendar a Voskresenyov la reconstrucción de la Biblioteca, pero confieso que me inspiró bien poca confianza, sobre todo en lo referente al objeto u objetos en concreto que me han ocupado. Creía que sobre la base de nuestras investigaciones textuales, de memoria e inducción habíamos acordado que el Arco Iris era puramente metafórico, la metáfora de una metáfora de un encubrimiento, y procedí a generar para usted diez metáforas vivas sobre dicha base. Por lo visto, Voskresenyov considera que mi labor es una medida temporal y provisional para aplacar el problema;

cree que puede encontrarse y se encontrará un auténtico Arco Iris o Cola de Pavo Real de alguna clase. En su opinión, se trata de alguna suerte de joya, según me dijo, con toda probabilidad en forma de colgante o broche. ¿Dónde? ¿Cuándo? ¿Cómo? ¿Quién la tiene? ¿Qué fuentes dignas de confianza han escrito sobre ella? Por supuesto, carece de respuestas para estas preguntas. No obstante, insiste en que busca usted mi trabajo solo porque muere y por tanto puede sustituirse sin gran inconveniente cualquier mañana de invierno cuando él cruce el umbral proverbial con su premio. Pero estoy convencido de que usted sabe la verdad, por fortuna. Si me permite un consejo, no pierda de vista a este hombre. Posee cierto aire incompleto, y al sentarse se inclina en exceso hacia delante.

Si yo fuera hombre ansioso de fama mundana, el contenido de este paquete me la garantizaría. Ahora obran en su poder diez bellezas únicas (rojo, anaranjado, verde, azul, índigo, violeta, negro, blanco y traslúcido) cruzadas y fertilizadas mediante técnicas que yo mismo inventé. Algunas son frágiles y por ello deberé enviar recambios cada año, mientras que otras deberían sobrevivirnos, al menos a Voskresenyov, esperemos, tras una única siembra fructífera. Todas las flores descienden de un jardín de tulipanes que los patriarcas Petrosian han cuidado durante casi mil quinientos años. El mismo jardín, si me permite agregarlo, del que los Petrosian, a la sazón mercenarios persas, enviaron su tributo al rey Rogelio II. Un hombre corriente verá en ellas unas flores de gran hermosura; usted verá una línea ininterrumpida hecha de pétalos, viva y radiante.

Espero recibir en el tiempo y la forma acordados la cantidad que ya establecimos en su momento. Si alguna vez tiene ocasión de cruzar patinando el mar del Norte y el Báltico, doblar hacia el sur en el canal de la Mancha, seguir la niebla que surge del Támesis y barre los Meadows, enfilar las calles adoquinadas que conducen al Bear, atravesar High Street y subir por Calx Street hasta la Porter's Lodge, será recibido con la más calurosa de las bienvenidas, y en mi invernadero le mostraré cosas con las que jamás ha soñado siquiera.

D.D.

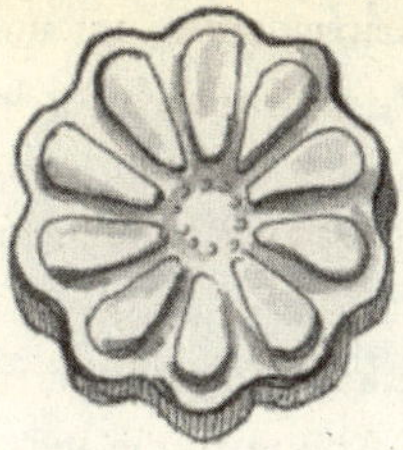

Objeto 9a: Una bolsa de pergamino que contiene diez pétalos secos de tulipán, cada uno de un color distinto.

Objeto 9b: Las Alas del Pavo Real, un broche que Valkuvas, antiguo señor de la guerra lituano, había hecho para su esposa, quien a su vez lo regaló a su amante, a quien nunca nombra pero a quien se refería en su diario como «el hombre oscuro de acertijos e indicaciones». Diez pequeños fragmentos de ámbar báltico de entre 3 y 6 centímetros de longitud, cada uno de un color distinto (sangre, lava tibia, atardecer de agosto, Karelia, labios de difunto, mediodía de enero, vino, todo, nada, Dios); cada uno encierra un ala de mosca engastada en forma de gota sobre fondo de plata.

La alquimia suplanta y acelera la naturaleza. La jardinería y la agricultura se limitan a seguirla, así que no debería extrañar que relativamente pocos alquimistas tuvieran bestiarios o jardines ornamentales. Muchos eran herbalistas o también criaban animales para alimentarse, pero en general su curiosidad por la flora y la fauna carecía de pasión, por lo que no se les daba bien la tarea de velar por ellas. No obstante, las plumas de pavo real (que en la leyenda son más coloridas que en la realidad) y los ramos de flores multicolores siempre han sido obsequios de bienvenida. Metafóricamente, se refieren al momento del proceso tras la degradación de la sustancia original y la purificación de su esencia anterior, y justo antes de que empiece a adquirir su nueva forma. Es entonces cuando cobra distintos colores y formas, según sea su naturaleza, así como la habilidad y el sentido de la teatralidad del alquimista.

Fecha de fabricación (9a): Los tulipanes florecieron en mayo de 1983.

Fecha de fabricación (9b): Valvukas contrajo matrimonio durante el solsticio de verano de 1152. Ahogó a su esposa en una ciénaga durante el deshielo primaveral de 1155.

Fabricante (9a): Darius Dimbledon, profesor universitario de botánica y titular del Aubrey College, Oxford.

Fabricante (9b): Al-Idrisi, geógrafo náufrago de Bagdad y Palermo, así como tutor de Valvukas.

Lugar de origen (9a): Oxford, Inglaterra.

Lugar de origen (9b): La costa de Estonia.

Último propietario conocido (9a): El profesor Dimbledon envió las flores junto con la carta adjunta a Virju Saarju, un comandante de la Marina Soviética con fama de excéntrico y erudito. De allí fueron a parar a manos de Ivan Voskresenyov, cuya búsqueda de las Alas del Pavo Real continuó pese al desdén de Dimbledon.

Último propietario conocido (9b): A la muerte de Dimbledon (súbita y violenta), el broche se encontró en su mesilla de noche. Era una de las dos joyas que no debería haber conservado; por fortuna, ninguna de las dos la encontró la policía.

Valor aproximado (9a): Insignificante. Unos 7 centavos por la bolsa y menos aún por su contenido.

Valor aproximado (9b): Las pocas personas que conocen su existencia, no tan pocas como Dimbledon señalaba en la carta, pero tampoco muchas, la verdad, no dudarían en pagar 250.000 dólares por los fragmentos. El ámbar de semejante transparencia y riqueza de color, diseñado en una sola pieza por un artesano de tanto renombre, puede alcanzar un precio exorbitante.

Y de nuevo desciende a la tierra, y recibe la fuerza de las cosas superiores y de las inferiores.

Jadid y Gomes discutieron como un viejo matrimonio mientras se ponían los abrigos y bajaban la escalera de la comisaría. Sal se metía con Joe por su ropa, calificando su estilo de «neoindigente». Joe le arrebató las llaves del coche y me dijo que Gomes conducía como si en todo momento tuviera miedo de que lo multaran por exceso de velocidad. Jadid volvió a advertirme que tuviera cuidado; Gomes le replicó que yo sabía cuidarme solito y acto seguido me advirtió que tuviera cuidado. De nuevo les di las gracias por su ayuda, y Gomes se encogió de hombros.

—Las cosas guays se ven por la tele. Los casos interesantes escasean en la vida real, y cuando aparece uno, no nos gusta perdérnoslo.

Me dirigí a Allen Avenue en busca de la cena para Hannah y para mí. Quería sorprenderla, deslumbrarla con mi buen hacer culinario, que por regla general se limita a hervir agua y verter salsa sobre la pasta. Una noche en la universidad, acuciado por el alcohol y el hambre, inventé el Bocadillo de Tostada, consistente en una rebanada de pan tostado entre dos rebanadas de pan sin tostar, todo ello coronado con mantequilla y ketchup. Por fortuna, en Allen Avenue hay de todo para sibaritas de mi calado.

No hay acuerdo sobre cuándo y si el tramo de Allen Avenue situado en Carroll Hill ha dejado de ser un barrio italoamericano auténtico para convertirse meramente en un conjunto de supermercados, vinaterías y restaurantes italianos destinados sobre todo a los turistas y consumidores de otros distritos de la ciudad. Si preguntamos a un residente de la zona, uno de los cada vez más escasos moradores de segunda o tercera generación de Carroll Hill, tenemos tantas probabilidades de escuchar un lamento como una defensa encarnizada. Si preguntamos a un habitante de cualquier otro barrio de Wickenden, lo más probable es que nos responda que cuando era pequeño aquello era genial, pero que ahora es solo para los adictos a la salsa de tomate y los pijos quiero y no puedo.

Yo me consideraba más bien un adicto a la salsa de tomate, razón por la cual acabé en la tienda de comestibles Ciavetti, donde compré salsa arrabiata fresca, longaniza dulce, ravioli rellenos de mozzarella fresca salada, dos puñados de albahaca y dos botellas de Montepulciano.

—¿Es para una chica? —preguntó la anciana que me atendió con los ojos chispeantes y una sonrisa de belleza desvaída en el rostro.

—Pues sí —asentí, orgulloso.

—Ya, es que siempre lo adivino. Camina usted ligero como el viento y tiene los ojos brillantes. Si le prepara esta comida con todo el cariño del mundo, ella lo amará para siempre.

—¿Paul? —me llamó una voz conocida desde una ventana situada sobre mi cabeza—. ¿Qué haces aquí?

Alcé la mirada y vi a Mia asomada a una ventana panorámica que sobresalía del tejado de la casa azul celeste. Llevaba el cabello apartado de la cara y sujeto con un lápiz, como siempre hacía cuando trabajaba, una sudadera de Wickenden y las gafas, que nunca se ponía para salir de casa.

—Hola —la saludé—. ¿Desde cuándo vives aquí?

—Desde que compraron el piso donde vivía antes. El nuevo propietario pintó la fachada y duplicó el alquiler, así que nos mudamos aquí. Un momento, ahora bajo.

—No, es que no tengo mucho...

Pero Mia ya había cerrado la ventana. Intenté adoptar una actitud relajada e indiferente apoyándome con indolencia contra el coche, pero al mirarme en el retrovisor comprobé que lo único que había conseguido era parecer soñoliento o miope.

Mia abrió la puerta principal y salió en un solo movimiento felino, el mismo con que lo hacía todo. Se miró la sudadera con un encogimiento de hombros.

—Ropa de trabajo. Llevo cinco horas escribiendo... Es curioso que la primera vez que miro por la ventana vea a Paul Tomm a punto de subir a su coche delante de mi casa. O es casualidad o me estás espiando.

Hablaba con la pronunciación extremadamente precisa y modulada tan propia de los hijos de inmigrantes, y me observaba con la misma expresión atenta, medio coqueta y medio beligerante que tan bien recordaba.

—No te hagas ilusiones —repliqué con una carcajada al tiempo que avanzaba hacia ella para abrazarla—. Estás muy guapa.

—Paul, estoy leyendo periódicos alemanes desde las seis de la mañana, llevo gafas y un jersey tamaño tienda de campaña, he engordado seis kilos desde la última vez que nos vimos y hace semanas que apenos salgo... Estoy de pena. En cambio, tú sí que estás bien. ¿Qué haces por aquí?

—He venido a investigar para un artículo, lo creas o no.

—Lo creo, lo creo. ¿De qué va?

—Del profesor Pühapäev. Ha muerto.

—Es verdad, vivía en el mismo pueblo que tú. Corre el rumor de que lo asesinaron.

—¿En serio? ¿Y cómo empezó ese rumor?

—¿Cómo empiezan los rumores? Me lo dijo un tío en mi seminario sobre Lubeck, que a su vez se lo oyó decir a otro que a su vez se lo oyó decir a otro, bla, bla, bla.

Se quitó el lápiz del pelo y sacudió la melena, tal vez con intención de coquetear, o quizá solo para airearse el cuero cabelludo.

—Pues puede que no sea del todo falso.

—¿De verdad? —Se sentó en la escalinata de su casa y me tironeó de la manga para que me sentara junto a ella—. Siéntate de una vez, que me estás poniendo nerviosa. Así que lo mataron...

—Bueno, no estamos seguros —repuse y al instante habría podido abofetearme por el pomposo plural que había empleado—. Acabo de hablar con la policía de aquí sobre él. ¿Sabes quién es el poli que me está ayudando? Adivina.

—No tengo ni idea, Paulie.

—Venga, intenta adivinarlo, venga, venga —insistí, clavándole el dedo en el brazo y contento de verla.

—No sé. ¿El inspector Lestrade?

—No.

—¿Auguste Dupin?

—Pues no, aunque el nombre me suena. Estoy casi seguro de que debería saber quién es Auguste Dupin.

—Deberías, pero ¿quieres hacer el favor de soltarlo de una vez?

—Siempre consigues transmitirme la sensación de que no presto suficiente atención. Es agradable en cierto sentido masoquista.

Mia meneó la cabeza y desvió deliberadamente la mirada con una expresión tan seria que en sí misma implicaba una sonrisa.

—Vale, da igual, no me lo digas.

—Joe Jadid, el sobrino del gran hombre.

Mia se cubrió la boca con una mano y rió.

—No me lo puedo creer... o bueno, sí que puedo. A fin de cuentas, es un fascista, de modo que tiene sentido.

—No es un fascista.

—Sí que lo es, y tú también, fascista, más que fascista —canturreó antes de sacarme la lengua.

Me encogí de hombros y extendí las manos con las palmas hacia arriba. Aun cuando empezaran de una forma tan infantil, las discusiones de Mia tenían la virtud de subir de tono rápida e imprevisiblemente. Empezábamos intentando decidir si cenar antes o después del cine, y al minuto siguiente ella me echaba la culpa por el aumento de la población penitenciaria. Más valía capitular en voz alta y resistir en silencio.

—¿Qué tal la tesis? —pregunté.

—Genial. Lenta, pero genial. Mi vida entera se reducirá a esas cuatro paredes durante los próximos cinco meses. Ni siquiera pasaré las Navidades en casa.

—¿Y después?

—¿Después de Navidad?

—No, cuando acabes la tesis. La gran pregunta: ¿Qué pasa después?

—Pues ya veremos. He solicitado todas esas becas pijas para Inglaterra, así que si me dan alguna, me iré allí, y si no, a la facultad de derecho.

—¿Y luego a dominar el mundo?

—Y luego a dominar el mundo. Por cierto, necesitaré un ministro de propaganda. ¿Te interesa el puesto?

—Puede.

—¿Y tú qué estás haciendo?

—Es posible que después de acabar este artículo vaya a trabajar a Boston. En el *Reader*.

—Uau. Me alegro por ti. Estoy impresionada, pero no sorprendida. Esa clase de trabajo es ideal para una persona como tú.

—¿Qué quieres decir con eso de una persona como yo?

—No sé... Una persona curiosa, pero sin demasiada personalidad. Políticamente moderado, personalmente moderado, moderadamente moderado. A veces me parecías una esponja, ¿sabes? Siempre ahí sentado, escuchándome hablar o desahogarme sin aportar nada. Supongo que esa cualidad te convierte en un buen periodista. Un novio de pena, pero un buen periodista.

Creía que ya habíamos dejado atrás esa clase de conversación. En fin... Mia me miró por el rabillo del ojo para comprobar si me había ofendido, pero no era así.

—Vaya, muchas gracias. ¿Y qué, sales con alguien? Quiero decir alguien que no sea una esponja.

—Sí, con mi ordenador —replicó mirándome con fijeza hasta que comprendió que no conseguiría hacerme apartar la vista—. La verdad es que ahora mismo no tengo tiempo con todo el lío de la tesis. Además, ¿quién sabe dónde estaré dentro de seis meses? ¿Y tú?

—Sí, más o menos.

—Sí, más o menos... ¿Quién es?

—Es profesora de música y se llama Hannah.

Mia asintió con una leve sonrisa. Esperaba que quisiera saber aun menos de Hannah de lo que yo quería contar.

—¿Lo que llevas en esa bolsa es para ella? —preguntó al tiempo que inspeccionaba mis compras—. Huele bien.

—Es de Allen Avenue. Voy a cocinar.

—Pero si no sabes cocinar; sé perfectamente que no sabes cocinar. —Sacó el paquete de pasta y me lanzó una mirada burlona—. ¿Has aprendido a cocinar?

—Puede. Oye, me tengo que ir. Tengo dos horas de coche hasta Lincoln, y no quiero que me pille la hora punta en Wickenden.

—Oh, sí, son dos manzanas horribles. Quién te ha visto y quién te ve, un neoyorquino quejándose de la hora punta de este poblacho. Bueno, me ha alegrado verte —dijo al tiempo que dejaba caer la pasta en la bolsa, se levantaba y se limpiaba fragmentos de pintura seca y ramitas del trasero del pantalón—. ¿Volverás algún día?

—La verdad es que no lo sé. ¿Por qué?

—Si vienes algún día deberías pasarte por casa.

—Vale.

Era una promesa hueca al setenta por ciento, pero sin duda bienintencionada, si es que eso tiene algún valor, lo cual es improbable.

—Pasaré los próximos cinco meses sentada a mi escritorio junto a esa ventana. Puedes tirar piedrecitas o algo. —Se inclinó y me besó en la mejilla—. Me alegro mucho de haberte visto, Paul, y siento haberte llamado «novio de pena».

—No tienes por qué disculparte, pero te aseguro que estoy intentando mejorar.

—Lo sé, siempre lo has intentado. Es una de tus mejores cualidades, pero que no se te suban los humos, ¿eh?

—Yo también me alegro de haberte visto, Mia. Suerte con los alemanes.

Mia hizo un remedo de saludo nazi, lanzó una risita y entró en su casa. Había sido la conversación ideal con una ex, con el coqueteo justo para provocar cierta emoción residual, pero lo bastante superficial para evitar problemas; lo bastante larga para tener un final abierto, pero no lo suficiente para darnos ideas peligrosas; insustancial, pero con un giro cálido y serio, aunque no lo bastante serio para que ninguno de los dos desenfundara las espadas. Sentía un ligero cosquilleo en la boca del estómago y emprendí el regreso casi echándola de menos.

Al subir al coche vi que alguien había prendido una bandera portuguesa en la antena. En la mitad roja escribí «Gracias» y la deslicé por la ranura del correo del Club de Hombres Portugueses.

Aquella noche aparqué justo delante de casa de Hannah, deduciendo que la señora DeSouza tendría tan pocas ganas de verme como yo de verla a ella. Me dejé embargar por una oleada de culpabilidad, decidí que a lo hecho pecho y seguí sintiéndome tan culpable como solo puede sentirse un judío-católico-calvinista. Acabé diciéndome que la anciana me debía una disculpa tanto como yo a ella mientras me deslizaba sigiloso hasta la puerta de Hannah.

Por la ventana delantera la vi sentada en la banqueta del piano, pero de cara al sofá, las manos en el regazo y la cabeza algo inclinada hacia delante, como si escuchara a alguien que hablara en voz muy baja. Su expresión por lo general plácida y satisfecha se había agudizado hasta mostrar un anhelo casi beatífico, con los ojos grises algo entornados y relucientes, la boca entreabierta, al borde de una sonrisa, como si quisiera transmitir a su interlocutor cuánto disfrutaba de sus palabras y con qué convicción creía en ellas. No hay comida suficiente para tres, pensé sin caridad alguna mientras llamaba a la puerta.

Hannah me abrió con cautela y con una sonrisa tensa pintada en el rostro. Me incliné hacia ella para besarla, pero ella me apoyó las manos en el pecho, ladeó la cabeza y emitió un doble sonido de negación sin despegar los labios. Retrocedí, perplejo, y ella abrió la puerta del todo para franquearme la entrada. Sentado en el sofá, con un tazón de té sobre el regazo y una expresión afable en el rostro curtido y barbudo, vi al hombre del Trout.

—Paul, te presento al hermano de Jaan, Tonu.

El hombre se levantó despacio, con dificultad y entre jadeos, pero la presión que ejerció su mano huesuda y callosa cuando estrechó la mía fue sorprendentemente fuerte. Parecía una combinación de león y pájaro con aquellos cautelosos e intensos ojos azules situados a cada lado de una nariz aquilina, que a su vez se cernía sobre una barba mal cortada que se fundía con la melena blanca y descuidada.

—¿Es usted Paul? —preguntó con voz estentórea y fuerte acento.

Despedía un intenso olor a vejez y tabaco de pipa.

—Me llamo Tonu Pühapäev. Su amiga y yo estábamos celebrando una especie de velatorio en memoria de mi pobre hermano menor.

—Encantado de conocerlo; no sabía que Jaan tenía familia.

—Oh, sí, oh, sí. No mucha, claro, ahora solo quedo yo. Un viejo y otro viejo.

Lanzó una risita despistada, se palmeó los bolsillos de los deformados pantalones de pana y sacó una gruesa pipa marrón, así como un paquete de tabaco Shipman y una caja de cerillas de madera.

—¿También conoce a mi hermano?

La zona de la barba y el bigote más próxima a la boca aparecía amarillenta, y Tonu no logró prender la cerilla hasta el tercer intento. Cuando por fin encendió la pipa, se sentó con la misma dificultad con que se había levantado. A su lado, sobre el sofá, yacía un grueso bastón de caoba con empuñadora esférica de plata y ancha punta de goma negra.

—No, por desgracia no llegué a conocerlo.

—Paul es el periodista del que le he hablado —explicó Hannah—. El que está preparando la necrológica de Jaan para el periódico local.

Sus palabras me hicieron pensar en el valor moral del engaño por omisión. A buen seguro, Hannah sabía que el artículo ya no era tan solo una necrológica... ¿verdad? Tal vez la habría corregido (o tal vez no) de no ser porque Tonu empezó a hablar de inmediato.

—Ach, sí, ahora me acuerdo. Esta memoria... ya no tan buena. Es una tradición maravillosa y estoy contento que usted hace. ¿Cuándo publica el periódico su necrológica?

—Espero que dentro de mucho tiempo.

El chiste tuvo el mismo éxito que un pedo en la iglesia. Supongo que burlarse de un anciano estonio por su ambiguo empleo de los pronombres no tiene demasiada gracia. Hannah hizo una mueca de desaprobación, y Tonu se limitó a mirarme con aire desconcertado y expectante.

—Era un chiste, lo siento. La verdad es que aún no sé la fecha de publicación.

Ya que el hombre estaba allí, decidí aprovechar la ocasión.

—Si no le importa, ¿podría hacerle algunas preguntas sobre su hermano?

—Sí, claro, pero he perdido mucho aquí, ¿sabe? —advirtió Tonu al tiempo que se llevaba un dedo a la sien con una sonrisa de disculpa—, y Jaanja había vivido tanto tiempo en América, así que quizá algunas cosas no sé bien. Pero pregunte lo que quiere, por favor.

—Gracias.

Me senté en el sillón habitual, junto a la mesilla que había volcado durante mi primera visita, saqué el cuaderno y esbocé una sonrisa inocua.

—¿Podría decirme cuándo nació Jaan?

—Bueno, no teníamos estos calendarios como ahora en la granja donde nacimos. Mi madre decía que yo era seis años mayor que Jaanja, y creo que él nació en invierno, pero ¿cuándo? Nadie puede saberlo.

—Pero cuando Estonia formaba parte de la Unión Soviética, sin duda todo el mundo tenía algún tipo de documento oficial, ¿no es así? Y además, Jaan necesitaría un pasaporte para entrar en Estados Unidos...

—Oh, claro, claro, esa basura, ya, por supuesto, pero inventamos lo que parecía bien para los papeles. Tengo un pasaporte viejo de Jaanja en casa, puede que dos. Hay un dicho ruso... «Sin un trozo de papel, ¿qué eres? Con un trozo de papel, eres un hombre.»

Lanzó una risita quebrada, se removió en el asiento y chupó la pipa hasta que el azul de sus ojos se tiñó de naranja, como si los alumbrara un fuego interior.

—¿Cuándo nació usted?

—¿Yo? Ah, periodista listo. Yo escogí el 7 de noviembre de 1917.

—¿Por qué?

—¡Ja! A lo mejor no tan listo. Era un día soviético muy patriótico y te ayudaba a parecer un patriota soviético. Claro que ningún estonio era patriota soviético, pero como he dicho, solo había que parecer, no ser. ¿Sabe la Revolución Socialista de Octubre? Pues en realidad pasó en noviembre. ¡Ja! El nuevo calendario de Lenin... lo introdujo justo después de la Revolución. Treinta días cada mes, doce meses en un año, cinco días más de fiestas nacionales fuera del calendario... Muy racional, muy antirreligioso, antiburgués, anticontrarrevolucionario y ridículo, porque solo confundía a todo el mundo. Cuando Lenin hace ese calendario para nuestro nuevo paraíso socialista obrero, la Revolución pasó al 7 de noviembre.

—Pero ¿la gente no sigue refiriéndose al Octubre Rojo?

—¡Sí, sí! —exclamó Tonu al tiempo que se inclinaba hacia adelante, echándose ceniza de tabaco sobre el jersey azul—. Claro, completamente soviético. Cambiaron la semana de siete días por una semana de cinco días, porque los fines de semana eran para los holgazanes capitalistas, claro... y cada día era día de descanso para una quinta parte de la población. Daban tiras de papel de colores a cada ciudadano... otra vez la pasión rusa por el papel, así que un marido y su mujer, por ejemplo, tenían días libres diferentes si él era fontanero y ella maestra. Todo para incrementar la producción constante y además impedir que la gente celebrara las fiestas de antes, que claro está, eran las fiestas religiosas. Pero lo que pasó fue el caos, claro. Nadie sabía cuándo tenía que trabajar. Nadie podía pasar tiempo con familia. Así que intentaron hacer una semana de seis días, pero tampoco funcionaba, y al final, durante la guerra, volvieron al calendario como normal. Dijeron que para subir la moral, como regalo del Gran Líder a su pueblo. Tonterías...

Su pasión amainó, y durante unos instantes fumó en actitud plácida, despidiendo periódicas nubecillas de humo como una fábrica moribunda.

—Así que ya tiene mi fecha de nacimiento, y para Jaan puede poner 1923, ¿sí?

—Por desgracia, creo que no puedo. Para ello debería conocer la fecha oficial o bien limitarme a decir que se desconoce.

—Eso, sí, como quiera —murmuró él con un encogimiento de hombros mientras bamboleaba la cabeza—. ¿Qué más quiere saber?

—¿Dónde nació?

—Ah, eso puedo decir seguro, nació en la granja de nuestra familia, cerca de la ciudad estonia de Paide. ¿Sabe cómo escribe?

—Ya lo averiguaré. —De hecho, no tenía ni idea de dónde se encontraba aquel lugar, pero no estaba de más fingir cierta integridad periodística—. ¿Es usted su único pariente vivo?

—Sí, el único. Nadie más —asintió antes de rascarse la cabeza con una carcajada—. Nunca se casó, y yo tampoco, así que estamos solos.

Hannah todavía no se había sentado; seguía de pie en la misma postura expectante, observando nuestra conversación como si deseara que acabara cuanto antes, riendo cuando Tonu reía y llenando su taza de té en cuanto la vaciaba, como cuando yo había llegado a la casa. Por primera vez desde que la conocía, parecía incómoda. Cierta tensión en torno a las sienes y la mandíbula, así como su expresión de impaciencia contenida, conferían a su rostro un aire preocupado y nervioso.

—Si no le importa —dije a Tonu—, ¿podría decirme cómo se ganaba la vida su hermano?

—Paul, esa pregunta es una grosería. Era profesor, ¿no? —intervino Hannah con sequedad.

—No, no —exclamó Tonu—, es periodista y tiene que hacer preguntas groseras.

Me miró, enarcó las cejas con ademán burlón, como para subrayar que había ganado aquel punto, y se colocó el bastón atravesado sobre el regazo, haciendo girar la cabeza de plata sobre el muslo.

—Nuestra granja familiar era granja colectiva, pero el pueblo era tan pequeño que todos los trabajadores eran primos, viejos amigos, nietos y bisnietos de la gente que había trabajado en la granja durante siglos. Así que cuando los rusos se fueron, la familia recupera la granja. Y yo soy el hijo mayor, así que me la quedo yo. Y fue muy bien; es la granja de productos lácteos más importante de los países bálticos. Llevo vida sencilla, solo hago mi trabajo, paseo y leo. A Jaanja siempre ha gustado viajar, siempre quiso enseñar en América, así que cuando podía le daba lo que necesitaba.

—Qué afortunado era al tener un hermano tan generoso. ¿Así que usted le pagaba los gastos y también le permitía donar dinero a la Universidad de Wickenden cada año?

Tonu respiró hondo antes de responder.

—Sí, para mí no es problema. Jaanja quería regalar algo a una universidad tan maravillosa.

—Sí que es maravillosa. Yo me licencié allí.

—¡Ah, sí! ¿Lo ve? Una universidad que convierte a sus alumnos en buenos periodistas... Por eso Jaanja quería darles dinero.

Vacilé un instante antes de formular la siguiente pregunta. La expresión de Hannah había pasado de la incomodidad a la suspicacia, y cuando alcé la mirada hacia ella, abrió los ojos con disimulo y me hizo un gesto subrepticio con la cabeza para pedirme que pusiera fin al interrogatorio. A la entrevista. A lo que fuera aquello. Solo que me quedaba una pregunta.

—Además de pagarle los gastos de manutención, ¿alguna vez costeó los honorarios de un abogado para su hermano?

Por un breve instante, la expresión de anciano afable se trocó en una penetrante mirada de odio. De repente recordé dónde lo había visto por primera vez, en el Lobo Solitario. Era el viejo sentado solo al final de la barra, el único que no había abierto la boca. Ahora él sabía que yo sabía que su hermano era otra cosa, algo más de lo que aparentaba, y por la furia contenida de su rostro supe que él sabía que yo lo sabía. Al poco entornó los ojos, volvió a abrirlos, entreabrió la boca en la sonrisa vacua de antes y se rascó el muslo con gesto ausente mientras me observaba.

—¿Abogado? Nunca sabía lo que Jaanja hacía con su dinero, pero ¿por qué pregunta?

—Bueno, según alguien del departamento de historia de Wickenden, tuvo algunos problemas con la ley.

—¡Paul! —espetó Hannah con tal sequedad que di un respingo—. Tonu ha venido desde Estonia para hacerse cargo de los restos mortales de su hermano, no para oír hablar de los problemas que pudo haber tenido. ¿Acaso todo eso tiene importancia a estas alturas?

—Mi trabajo consiste en averiguar esta clase de cosas. Y sí, puede que tenga mucha importancia, porque...

—Pues no veo por qué —me atajó Tonu al tiempo que se levantaba despacio y con ayuda del bastón—. Ya le he dicho lo que necesita saber, ¿sí? Ahora este anciano tiene que volver a la comodidad de su habitación.

Hannah le ayudó a ponerse el abrigo y el sombrero.

—¿Tiene suficiente comida? ¿Qué comerá?

—Creo que hay una pequeña taberna cerca del hostal. Comeré hamburguesas americanas y escucharé a Elvis Presley en una de esas máquinas de discos y luego dormiré en mi enorme cama americana.

—No sabía que el Lobo Solitario sirviera comidas —me arriesgué.

Tonu dejó de ajustarse el abrigo y exhaló un suspiro de impaciencia.

—No, en el sitio donde me vio la primera vez no sirven comidas —replicó, mirándome de hito en hito—. Estaba allí, ya que no lo pregunta aunque tiene ganas, porque Jaanja había escrito sobre el bar en sus cartas. Quería saber cómo era la vida americana de mi hermano, así que fui a tomar un brandy. Pero no entiendo por qué todo eso tiene que salir en la necrológica de mi hermano y le pido que si quiere escribirla, lo haga deprisa para que me pueda llevar un ejemplar cuando vuelva a casa. También le pido que respete la santidad de los muertos y no hable mal de él.

Besó a Hannah tres veces en las mejillas y le deseó buenas noches con una cortés reverencia. A mí me dedicó un murmullo huraño antes de salir de la casa y rodearla con paso dificultoso. Hice acopio de valor para soportar el torrente de reproches por haber ofendido al invitado de Hannah, por mi curiosidad impía y por docenas de cosas más que pudiera haber hecho u omitido sin siquiera darme cuenta.

Por el contrario, Hannah cerró la puerta, cerró los ojos y apoyó la cabeza contra el quicio. Creí que estaba llorando. Presencié cómo se desmoronaba su coraza de reserva y compostura, y cuando por fin levantó el rostro, observé que intentaba recomponerla a toda costa. Finalmente me miró con una sonrisa, pero era una sonrisa frágil, quebradiza.

—Oh, Paul, qué desastre.

—¿A qué te refieres?

—Nada, solo que... No sé, Paul. Has leído *Hamlet*, ¿verdad?

—Claro.

—Hice el papel de Ofelia en un montaje de la universidad. Viví un año empapada en esa obra. ¿La recuerdas bien?

—No, por desgracia. ¿Por qué?

—¿El discurso del rey cuando se aparece?

Me tomó la mano, entrelazó los dedos con los míos y al poco me soltó. Asentí vacilante. En su rostro se pintaba una expresión solemne, cansada y preocupada que la hacía parecer mayor; sus ojos parpadeaban en lugar de brillar, su tez había palidecido, y sus rasgos habían cobrado una agudeza que le conferían un aspecto enfermizo.

—¿Recuerdas cómo acaba?

—No.

—Cita final de *Hamlet*.

—Pues no... ¿Qué pasa, Hannah? ¿Quieres sentarte? He traído comida y vino por si te apetece tomar algo. ¿Qué pasa?

—¿Cómo sabemos cuándo hacemos las cosas bien y cuándo tan solo tenemos buenas intenciones?

Apretó los puños y los labios al tiempo que bajaba la cabeza. Cuando volvió a levantarla, su aspecto se había normalizado, y sugirió que fuéramos a mi casa para que le preparara la cena allí.

—Vale, pero ¿estás segura de que te encuentras bien?

—Sí, de verdad, creo que solo tengo hambre. Y hablar con Tonu me ha hecho comprender de golpe que Jaan ya no está y que lo echo de menos.

—¿Y nada más? Hannah, estoy preocupado por ti. Esta mañana he encontrado...

Se inclinó hacia adelante y me besó, deslizándome una mano por la mejilla y el cuello.

—No tienes por qué preocuparte —aseguró, sosteniéndome el rostro entre las manos y mirándome de hito en hito—. No lo olvides; nunca debes preocuparte por mí. —Con la presión de sus manos me hizo asentir antes de soltarme y colgarse de mi brazo—. ¿Nos vamos? Nunca he estado en tu casa y tengo hambre. No sabía que se te daba bien la cocina.

—No sé si se me da bien. Los ingredientes los pongo yo, pero del resultado no me responsabilizo.

LAS JAULAS DEL KAGHAN (FUEGO)

> El Fuego Interior es amor divino. Lo descubrí tras quemarme la mano con una manifestación del fuego exterior mientras intentaba encender mi pipa colgado boca abajo de una viga del techo.
>
> C. Mortmain, *Not Alone the Dragon*

«De la palabra árabe *ashk*, que significa amor. Esta es la ciudad del amor.» El guía sonrió e inclinó levemente la cabeza al volverse hacia su jefe, que miraba hacia abajo, en dirección al balcón de piedra, en lugar de contemplar el panorama que se extendía más allá. Un escorpión negro del tamaño de una granada correteaba a los pies de los hombres. El guía lo importunó con el bastón, propinándole cinco golpecitos rápidos pero inocuos antes de lanzarlo por los aires con un experto golpe de muñeca.

—Jugador de hockey en la academia. Equipo de oficiales.

El guía blandió el bastón sin dejar de mirar a su jefe de soslayo para comprobar si estaba complacido. En su rostro se dibujaba una sonrisita servil y falsa, y jugueteaba sin cesar con un hilillo que pendía de su túnica, haciéndolo girar entre los dedos, tirando de él y alargándolo al tiempo que la manga se acortaba. Las montañas de Kopet Dag se alzaban a lo lejos como montículos de papel violeta arrugado. La ciudad aparecía perpetuamente cubierta por una capa de polvo, siempre algo desenfocada, de líneas danzantes a causa del viento. Las calles y las casas discurrían en una parrilla precisa al más puro estilo soviético, sin rastro alguno de imaginación ni inventiva urbanística.

—Ciudad nueva, señor. Todo nuevo. Un terremoto destruyó la auténtica Ashgabat hace casi cuarenta años.

—Eso he leído, pero no recuerdo haber oído hablar de ello en su momento.

—No, en aquellos tiempos no... nunca...

—En los países socialistas no había terremotos —atajó el jefe con una sonrisita astuta.

—Por supuesto que no. El Águila de Hierro nos guiaba hacia un futuro glorioso, y estábamos construyendo el estado ideal de relaciones en la tierra, trabajando en armonía con la naturaleza, dominándola. ¿Cómo iba la naturaleza a volverse en contra de nosotros? ¿Lo recuerda?

—Por supuesto.

—Y si me permite preguntárselo, ¿dónde estaba usted entonces?

—De hecho, todavía no había nacido, pero doy clases en el departamento de conceptos dialécticos e históricos marxistas-leninistas en Rostov del Don, y he leído mucho sobre aquella época. Tiempos difíciles, sobre todo en estas repúblicas.

Más por costumbre que por necesidad, el guía miró por encima del hombro antes de concentrarse de nuevo en su jefe. Chasqueó la lengua con nerviosismo por el hueco donde le faltaban los tres dientes superiores delanteros. La gente nunca hablaba abiertamente de aquellos asuntos. La nueva franqueza que, según se rumoreaba, había aparecido en los círculos oficiales de Moscú y Leningrado todavía no se había abierto paso hasta la desolada capital de aquella región meridional dejada de la mano de quien fuera.

—En tal caso, ¿debo dirigirme a usted como «profesor», «camarada» u algún otro tratamiento?

—Como quiera. Profesor Ostrov me parece bien.

De hecho, no estaba nada bien; era la primera vez que trabajaba como ruso, y si bien hablaba la lengua con fluidez, su acento caucásico no cesaba de colarse en su habla. Esperaba que la gente lo confundiera con un deje meridional, razón por la que afirmaba proceder de Rostov del Don.

Por descontado, respaldaba tal afirmación, al igual que todas las demás que pronunciaba el profesor Ostrov, con los imprescindibles documentos firmados, sellados, computados y reconfirmados. Al eliminar la religión, la Unión Soviética había sustituido los iconos, aquellas figuras de ojos hundidos, expresión compungida y difuminada a causa del incienso que colgaban de las paredes de las iglesias por toda suerte de papeles y tampones de goma. Al registrarse en el hotel Turist había entregado a la *dejurnaya* una carta sellada del Instituto Técnico de Rostov del Don que lo identificaba como un historiador de visita en Ashgabat para contemplar las obras de los heroicos turkmenos expuestas en el bazar de Tolkuchka. La encargada lo había mirado con la superioridad cansina del funcionario provincial ejerciendo su mezquina parcela de poder, y por fin, arrastrando los pies por el pasillo como una tortuga en busca de su caparazón, lo había acompañado a su habitación mientras le anunciaba cuándo dispondría de agua caliente y le recordaba que debía dejarle la llave cada vez que saliera del hotel.

El Instituto Técnico de Liderazgo Popular de Ashgabat deseaba hacer los honores al distinguido visitante procedente de Rusia, de modo que le proporcionó un guía. Ostrov rehusó la primera visita hasta que le enviaron al hombre con el que debía reunirse, Murat, que en aquel momento abría pistachos con las muelas y escupía las cáscaras balcón abajo por el hueco abierto entre sus colmillos. El hecho de que Murat no supiera que su jefe había viajado a Ashgabat para verlo a él facilitaba mucho las cosas. Ostrov observó que el guía apuntaba a un transeúnte.

Para convertirse en Ostrov, Abulfaz se había afeitado el bigote, la barba y la cabeza entera. Llevaba una americana azul mal cortada con un pin de Lenin en la solapa, camisa blanca barata y una corbata roja raída y manchada. Arqueaba las cejas y bajaba las comisuras de los labios, rictus que le confería una expresión permanentemente desaprobadora y pedante. En aquel momento se volvió hacia Murat, quien se guardó los pistachos en el bolsillo y se apartó de la baranda.

—¿Nos vamos? —sugirió Ostrov.

—Por supuesto, camarada profesor. ¿Adónde quiere ir?

—Bueno, como sabe, he venido para conocer la artesanía tradicional de los turkmenos, en especial sus alfombras, de modo que...

—Por supuesto. ¿Desea ir a Tolkuchka? En tal caso dispondré el transporte.

—Por supuesto. Lo esperaré delante del hotel dentro de una hora. Supongo que tendré que pagar el transporte privado. Prefiero un coche, y a ser posible un coche que no se averíe hoy.

—Sí, señor, dentro de una hora.

Al cabo de sesenta minutos y treinta dos segundos, Abulfaz/Ostrov y Murat se embutieron en el asiento trasero de un Lada color violeta. El primo de Murat, un hombre de dimensiones descomunales y barba tan espesa y ancha que parecía envolver la mitad inferior de su rostro como una esfera, conducía el coche a juego con su convicción de que el destino no estaba en absoluto en manos de los seres humanos. La fuerza de voluntad, la cola industrial birlada en alguna base aérea soviética y alguna que otra goma elástica mantenían a raya los avatares automovilísticos. Abulfaz, que había ido en coche en lugares peores con conductores peores, no tenía miedo, pero Ostrov sí debía tenerlo, de modo que tensó los músculos hasta lograr que la calva le sudara y le aparecieran medias lunas oscuras en los sobacos de la camisa. Murat y su primo charlaban animadamente en una mezcla de turkmeno y ruso. El mastodonte se giraba a menudo en el asiento y gesticulaba con ambas manos mientras controlaba el volante con las rodillas.

Al doblar una curva a la velocidad máxima que alcanzaba el coche, estuvieron a punto de empotrarse en la parte trasera de un mugriento camión gris cuya caja abierta estaba llena de capas de color, múltiples colores de gran viveza y estampados complejos de esos que se ven cuando cierras los ojos con fuerza para protegerte del sol del mediodía. El primo tocó el claxon mientras mascullaba un juramento. Eran alfombras, centenares de alfombras sacadas de cuentos de hadas y canciones olvidadas para acabar cargadas en un traqueteante vehículo en aquel confín polvoriento y también olvidado de un país moribundo. Ostrov se restregó los ojos; Murat se echó a reír.

—Hermoso, profesor, ¿sí? Alfombras turkmenas, las mejores del mundo. ¿Esto es lo que ha venido a ver?

—Hermoso —convino Ostrov.

A la luz desértica de la tarde, el mercado relucía pintoresco, pero una vez dentro, Tolkuchka no tardaba en desprenderse de sus pretensiones de bazar oriental para convertirse en un mercado soviético, abarrotado de piezas de recambio, cigarrillos liados a mano y ropa informe de color beige. La reiteración y un exceso de artículos inútiles creaban una falsa ilusión de abundancia.

Al instante, Murat se convirtió en guía, protector, rastreador e intérprete de Ostrov, que tan solo necesitaba que Murat se sintiera a sus anchas y así bajara la guardia. Por tanto, Ostrov se dejó conducir asido por el codo, permitiendo que le ofrecieran pollos vivos, dientes de oro extraídos a cadáveres (o al menos eso esperaba), birretes cuadrados con bordados dorados, cepillos de pelo, hijas menores, radios de onda corta ilegales, ladrillos de hachís, rollos de tela grasienta, rollos de tela brillante y animales de ojos compungidos, todo ello sin abandonar en ningún momento su expresión de superioridad intelectual y étnica.

—¿Cómo se compra aquí? —preguntó a Murat.

—De muchas maneras, camarada profesor. A veces con moneda extranjera, sobre todo los turistas, pero sobre todo a base de trueques. ¿Lo pregunta porque...?

—Porque creía que casi todos los artículos de calidad se enviaban a Moscú, como ese montón de alfombras o esas piezas de seda granate.

—Sí, muchos se envían allí, pero la gente se guarda cosas para ellos mismos o para vender o cambiar aquí. Y no olvide que aquí la gente viene de todas partes, de todas partes, de todas partes. Y hoy parece lleno, pero mañana vendrán muchos miles más cuando los miles que están aquí hayan vendido lo que tienen para vender.

—¿De todas partes?

—Pues sí... Bueno, no literalmente de todas partes, pero sí de toda la región, de toda Asia Central.

—¿Y rusos de Asia Central?

—Ah, sí, sí —dijo Murat con una risita mientras se frotaba los dedos de una mano contra los de la otra con ademán nervioso—. No hay rusos, solo usted. Usted es el ruso del día —añadió el guía con una carcajada forzada.

—Ah —murmuró Ostrov mirando en derredor y procurando que su expresión de turista inquieto no denotara la curiosidad que sentía—. ¿Y qué pasaría si usted se alejara de mí? ¿Si me dejara solo en medio del mercado, vestido como voy y con el aspecto que tengo?

—No vale la pena pensarlo. No pienso dejarlo solo.

—Ya lo sé, pero lo pregunto por curiosidad.

—Ah... Bueno, mire detrás de usted. Despacio.

Ostrov se dio la vuelta. Tras él, un hombre de torso ancho, bigote espeso y una sola ceja apalizaba a otro con un amortiguador de coche. Una mujer tocada con un pañuelo color arena a la luz de la luna permanecía impasible ante varias hileras de sacos de arpillera llenos de especias que se asaban lentamente al sol. Al percibir el aroma del clavo, Ostrov recordó los dedos manchados de su abuela. En un momento dado, la brisa cambió de dirección, y el profesor olió sumac y tomillo, *za'atar*, lo que le recordó a su tío, panadero medio árabe, y el pan caliente y especiado que partía con las manos. Los cuentacuentos y los vendedores de especias, se dijo, ejercían un poder antinatural sobre la memoria, por lo que convenía eludirlos.

En aquel instante percibió que una gota de líquido caliente le salpicaba la mano. Oyó un chillido espeluznante y vio una lluvia de sangre brotar de un cordero recién sacrificado. Con una serie de cortes y tirones, el matarife le arrancó el pelaje como si de un guante se tratara. Murat le dio una palmadita en la espalda y señaló con un gesto casi imperceptible a un grupo de tres hombres, todos ellos altos, delgados, de porte casi majestuoso, nariz larga, ojos verdes y piel curtida, que estaban de pie entre el matarife y el vendedor de especias, observando a Ostrov en silencio.

—¿Lo ve? Sus amigos. Sus nuevos amigos —rió Murat—. Estamos en la Unión Soviética, así que todos somos hermanos en el socialismo, pero por supuesto, usted, camarada profesor, es el hermano mayor, el favorito de los padres.

—¿Y?

—Pues eso, que a lo mejor los hermanos pequeños queremos un poco de espacio. No podemos tener alejados a los rusos, la verdad, pero lo intentamos si quieren venir aquí. Tienen que venir escoltados por uno de nosotros, porque si no tendrían que traer un batallón de soldados, y aun así quizá la cosa acabaría mal para ellos.

—¿Esos hombres van armados?

—¿Armados? ¡Esto es Asia Central, todo el mundo va armado! Mire —indicó Murat al tiempo que se abría la túnica y dejaba al descubierto una Walther sujeta al costado—. Pero usted no se preocupe. Iremos donde quiere ir y no le pasará nada.

Mientras Murat se ataba de nuevo la túnica, Ostrov se acercó a los tres hombres y empezó a hablar. Murat se quedó boquiabierto, pero al cabo de un momento vio que los cuatro hombres se estrechaban las manos con sonrisas algo reservadas y gestos de asentimiento. Ostrov se situó ante los otros tres. Murat lo vio meter la mano en el bolsillo de la chaqueta y estrechar las manos de los desconocidos con cautela y firmeza antes de llevarse la mano al corazón y hacer una ligera reverencia. Cuando se volvió, Murat lo vio por un instante como una persona distinta, con la cabeza más erguida y una expresión mucho más dura que el desdén habitual en el rostro, pero cuando se reunió con él, volvía a ser el Ostrov de antes.

—¿Qué ha hecho? —farfulló el guía, trastornado; Abulfaz no sabía si Murat estaba furioso o aterrado—. ¿Los ha provocado? Le he dicho, camarada profesor, que por su propia seguridad debe tener cuidado con ellos y no llamar su atención. ¿Qué ha hecho?

—Ahmot, Ilham y Mundir son ahora mis protectores.

—Mi primo y yo somos sus protectores —espetó Murat—, y usted nos ha insultado, ha insultado nuestra casa.

—Nada más lejos de mi intención, pero necesito un seguro por si decidiera usted abandonarme a mi suerte.

—¿Por qué? ¿No le he mostrado mi arma? ¿No ha visto a mi primo a diez pasos de nosotros, vigilando, vigilando? ¿Por qué también ellos?

—Murat, quiero que me lleve con su primo.

—¿Qué? Está aquí mismo, puede...

—No, su otro primo. Quiero que me lleve hasta la Vendedora de Leyendas.

Tras pasar ante el cuarto puesto de especias, todos ellos regentados por mujeres de idéntica expresión neutra e idénticas bufandas incoloras envueltas dos veces y media en torno a sus cabezas de mediana edad, Abulfaz empezó a creer que el mercado era un laberinto de espejos. Había un cordero y un matarife, un vendedor tuerto de halcones, y Murat lo conducía en círculos concéntricos cada vez más alejados del centro de actividad del mercado. Por fortuna, sus tres protectores los seguían; no tenía más que arrojar las gafas al suelo para que rebanaran el pescuezo a Murat y lo llevaran a un sitio seguro para cobrar la cuantiosa recompensa que les había prometido. A lo largo de su carrera, Abulfaz había comprobado una y otra vez los milagros que podían obrarse conociendo aunque tan solo fueran los rudimentos de la lengua local, desplegando un poco de encanto y disponiendo de una provisión inagotable de retratos de Benjamin Franklin en verde y negro.

Murat tomó aliento, volvió la cabeza y escupió. Luego soltó el brazo de Ostrov para enjugarse la boca con la manga, pero en cuanto lo hizo, Ahmot lo empujó con rudeza y le ordenó por gestos que volviera a asir el brazo de Ostrov.

—¿En qué idioma habla con ellos? —inquirió Murat.

—Tayiko. No lo hablo bien, pero por lo visto mis conocimientos bastan.

—¿Entiende algo cuando mi primo y yo hablamos en turkmeno?

—Un poco, aunque no tanto como debería. Quizá después de ver a su primo podría usted darme clases.

—Quizá, por el precio adecuado. Si puede convertir a esos hombres en sus guardaespaldas, quizá pueda conseguir cosas más difíciles que aprender un idioma. ¿Cuántos habla?

—Más de los que podría llegar a imaginarse.

—No me extraña. Aquí casi todos los hombres hablan dos idiomas, el turkmeno y el dialecto turkmeno de su clan. Los más cultos, como yo, también hablan ruso. Vemos que los uzbekos que vienen aquí hablan cuatro o cinco. Todo el mundo en este país sabe algo más aparte de turkmeno. Todo el mundo tiene más, gana más, todo el mundo siempre, siempre y para siempre.

—¿Quiere que le cuente un chiste sobre idiomas? —propuso Ostrov.

—Un chiste. Sí, vale.

—¿Cómo se le llama a un ruso que habla cuatro idiomas?

—No lo sé.

—Sionista. ¿Y un ruso que habla tres?

—No lo sé.

—Espía. ¿Y dos? ¿No lo sabe? Nacionalista. ¿Y solo uno? Internacionalista.

—No me parece muy gracioso —refunfuñó Murat.

—Creía que una persona de las provincias internacionalistas de la Madre Rusia sabría apreciar el humor.

—¿Intenta causarme problemas por hablar mal de la Unión Soviética? Porque le digo claramente que amo la patria y creo que estamos construyendo el camino hacia un futuro hermoso, unidos bajo la bandera roja del socialismo.

—Sí, por supuesto, y yo creo que cada invierno Papá Noel y la Reina de las Nieves salen del bosque para repartir regalos entre todos los niños buenos.

Murat se pasó la lengua por los labios resecos y observó al hombre al que guiaba. Era más alto que Murat, y también de formas más redondeadas, con un rostro tan falto de carácter y detalles, de defectos y atractivo, que se antojaba incompleto. Se burlaba de los principios soviéticos con temeridad, pero llevaba una acreditación soviética que le daba derecho a inspeccionar un mercado que por lo visto le interesaba bien poco. Procedía de una ciudad de provincias situada en el sur de Rusia, pero acababa de trabar amistad con tres tayiko que, a la más mínima provocación, lo habrían matado. Y por si fuera poco, estaba al corriente de algo que había permanecido oculto no ya en el clan de Murat, sino dentro del círculo más restringido de su familia, durante muchos siglos.

Delante de un puesto vacío, Murat besó a una anciana que alrededor del cuello llevaba seis pequeñas jaulas, cada una con un escarabajo negro enorme, de antenas largas y aspecto amenazador.

—Traen suerte —explicó Murat—. Estos *jorens* se sueltan en el umbral de la casa. Si salen, la casa estará bendecida por siete cosechas y siete inviernos. Si entran, hay que seguirlos mientras recogen los espíritus que acechan dentro, y después de que hayan recorrido toda la casa, hay que quemarlos. Mi tía es la única de nuestro clan que tiene permiso para cazarlos en el desierto.

La mujer hizo un brusco gesto de asentimiento a un muchacho de expresión mezquina que intentaba desplumar a un pollo vivo encerrado en una jaula; el muchacho cogió el collar que la mujer le entregó antes de acompañar a los hombres a una pequeña yurta improvisada detrás del puesto.

La anciana invitó a los hombres a sentarse sobre una alfombra estampada en vermellón, verde musgo y triángulos de oro bruñido. Se sentó frente a ellos, sacó una alfombra circular con flecos de un baúl colocado a su espalda y la extendió en el suelo ante sí. Luego observó a los hombres con expresión expectante y cauta.

—¿Sabe quién soy? —preguntó Ostrov en ruso.

—Sabía que hoy vendría un forastero —repuso ella.

Su voz poseía el timbre apaciguador de una flauta de madera, como si apenas la usara y por ello fuera más joven que el resto de su cuerpo.

—Aparte de eso no es asunto mío, pero hace muchas generaciones que nadie de mi linaje comerciaba con un forastero. No sabía que ninguno de ustedes supiera que existimos, pero suponía que conocía usted mi ignorancia y yo a mi vez sospechaba que usted suponía mi falta de conocimiento. Se trata de una cadena, y como la mayoría de las cadenas de información, es infinita e inane a un tiempo. Pero también es prometedora en tanto que responsable del tema de nuestra primera conversación, y me induce a ofrecerle esta cadena.

Sacó del baúl un grueso cinturón negro que parecía hallarse en constante y turbulento movimiento. Eran tres serpientes, cada una de ellas unida a la boca de la siguiente por la cola mediante toscos anzuelos dobles.

—El Aro de Munatir, Rey Serpiente selyúcida y antepasado lejano mío. Ayuda a presentar muchos semblantes al enemigo. Pero tal vez un extranjero como usted no necesite un amuleto como este.

—Así es —repuso Ostrov, apartándose instintivamente de las serpientes.

La anciana volvió a guardar las inquietas serpientes en el baúl y se encaró con Ostrov, las manos entrelazadas sobre el regazo en un ademán solemne y desconcertantemente coqueto a un tiempo.

—¿Por qué ha venido? —preguntó en un tono a caballo entre la burla y la curiosidad sincera.

—Las Jaulas del Kaghan.

Al oír aquellas palabras, la anciana lanzó una risita y se cubrió la boca con una mano, un gesto que le quitó muchos años de encima cual brisa que barre hojas muertas.

—Es un gran honor. Incluso la mayor parte de nuestro pueblo las ha olvidado. Debería preguntarle cómo es que conoce su existencia, pero me da miedo que me conteste. En cualquier caso, no soy más que una pobre tendera. ¿Qué me dará por ellas?

—¿Las tiene?

La anciana suspiró y alargó el brazo, que desapareció hasta el hombro en el interior del baúl. Revolvió el contenido sin mirar, como si fuera ciega. Al poco arqueó las cejas y sacó una vasija de arcilla. Era ancha como la palma de una mano adulta y el doble de alta. La gruesa tapa estaba rematada por un pomo de factura tosca. Parecía hecha por un niño y secada al sol, sin esmalte, acabado ni ornamento alguno. Ostrov se preguntó cuántas personas habrían visto aquella vasija junto a la carretera y pasado de largo. Se preguntó cuántas veces habrían robado al clan sin llevarse aquel objeto en particular porque parecía insignificante. Se preguntó cuán distinto sería el mundo si alguno de los saqueadores hubiera conocido su valor.

—Enséñemela —ordenó a la mujer.

La anciana sostuvo la vasija en alto como si la inspeccionara y acto seguido se la acercó a Ostrov para que hiciera lo propio. A un gesto de asentimiento de Ostrov, la mujer levantó la tapa, encendió una cerilla y la dejó caer en la vasija. Las paredes del recipiente se calentaron y empezaron a brillar como un farol. La luz se reflejaba en las gafas de Ostrov y coloreaba las mejillas de la anciana como si derramara lágrimas relucientes. Ostrov alargó la mano, pero la anciana apartó la vasija.

—¿Ha venido por esto? —inquirió.

Ostrov asintió, y la mujer esbozó una sonrisa astuta antes de levantar de nuevo la tapa y apagar la luz.

—Esta luz es un sol diminuto. Una sola chispa arderá hasta que alguien la extinga adrede. Se puede transportar a cualquier parte y con cualquier tiempo.

—¿Cómo funciona? —quiso saber Ostrov, los ojos brillantes de algo parecido a la lujuria.

—Aquí es donde terminan las historias. No lo sé y no creo que lo sepa nadie. Puede que mi antepasada, visir y sanadora del último Kaghan, lo supiera, pero nadie más. ¿Qué más da?

Ostrov inclinó la cabeza con gesto galante.

—¿Dónde está la hermana?

—¿La hermana?

—Le he pedido las Jaulas del Kaghan, no la Jaula del Kaghan. Hay dos y quiero comprarlas ambas.

—Ah. —La anciana volvió a entrelazar las manos ante ella y bajó la cabeza antes de seguir hablando—. Debo confesarle que es usted el segundo extranjero que visita a una Vendedora de Leyendas, no el primero. De hecho, es el segundo extranjero que me visita esta luna. Vino otro, al que Murat también acompañó hasta aquí con su primo, aunque ese no llegó vigilado por esos tres leones con cuerpo de hombre. Apenas hablaba ruso y conocía la existencia de las Jaulas, aunque creía que solo había una. Solo compró una. La Jaula de la Luna.

—¿Y usted se la vendió? ¿Separó a las hermanas?

—Pues sí. Es que tenía una deuda, una deuda muy importante que me legó la bisabuela de mi bisabuela. Él se avino a considerarla saldada a cambio de la Jaula.

Por primera vez en muchos años, Abulfaz estaba asombrado.

—¿Quién era? ¿Adónde se la llevó?

—No llegó a decirme su nombre. Dijo que era inglés y que cultivaba plantas. Algunas de ellas eran muy especiales y solo crecían a la luz de la luna, y según me dijo, los días de verano son muy, muy largos en Inglaterra.

Objeto 10: Una vasija redonda de barro, de 10 centímetros de diámetro y 20 centímetros de altura. No está esmaltada ni pintada, tan solo hecha de arcilla basta y con las huellas dactilares del fabricante aún visibles en la cara exterior. Es una de las dos Jaulas del Kaghan y emite una brillante luz amarilla, por lo que recibe el nombre de Jaula del Sol. Su hermana, hecha de arcilla negra, emite una fría luz plateada y recibe el nombre de Jaula de la Luna.

Fecha de fabricación: Apenas ningún detalle de la factura de la Jaula deja traslucir nada acerca de la fecha de fabricación. El ceramista era primitivo o bien torpe, ya fuera por naturaleza o por elección. O bien no sabía nada acerca de esmaltado o bien decidió no utilizar dicha técnica; la ornamentación constituía un concepto desconocido para él o bien no resultaba apropiada para esta creación; o no conocía la cocción al horno o por el contrario, se decantó por el secado al sol. La capacidad de la vasija de captar, emitir, intensificar y conservar la luz es, por supuesto, del todo sui generis.

Fabricante: La leyenda sitúa las Jaulas en la corte de los kaghanes jázaros. El título «kaghan» procede del vocablo hebreo *cohen*, que significa «sacerdote», o bien de término tártaro *jan*, que significa «dirigente». La etimología elegida dependerá de si se cree que los jázaros abrazaron el judaísmo o el islam (o bien el cristianismo, la alternativa más probable desde el punto de vista histórico, aunque también la menos interesante desde la perspectiva lingüística). El estado jázaro desapareció en torno al siglo x (una vez más, el proceso exacto de su desaparición y los destinos de sus habitantes varían en función de la fe abrahámica), pero al-Idrisi situaba su corazón entre el Volga y el Don, cerca de la actual ciudad rusa de Rostov del Don.

Representantes de las tres religiones mencionan las Jaulas en sus escritos acerca de los jázaros. Salomón Benjamín ben Benjamín, un rabino andaluz, también compositor, teólogo y teórico del color, narró que «el kaghan al que llamaríais Yusuf y yo, José, me preguntó si podía hallarse sobre la tierra una cualidad de luz más duradera que la del sol o la luna, que se extinguen cada noche, y más fiel que el fuego, que puede rugir y morir como un anciano cuya única hija se casa con un infiel. Le repliqué que el sol es eterno y la noche no constituye más que la ceguera de la tierra, pero rehusó mi argumento y me mostró dos recipientes de barro, uno claro y otro oscuro, ambos demasiado toscos para ser dignos de un califa, e introdujo en cada uno de ellos un junco encendido. La vasija clara empezó a brillar como la mejilla de una doncella enamorada para luego adquirir el destello que se observa en los ojos de un hombre que ha hallado la solución a un problema complejo y por fin cobrar el fulgor de un sol niño en pleno aprendizaje. La otra emanaba un brillo duro, cual mujer orgullosa perseguida por un erudito ardiente, pero pobre, plateado como un lago en plena noche, como la hija de la luna».

Un clérigo de Trípoli conocido tan solo por el nombre de Sa'ad fue enviado con mil soldados, doscientas cincuenta mujeres y doscientos cincuenta muchachos a la tierra de los kaghanes. Por desgracia, el más prometedor y bien nacido de sus soldados murió en la corte del kaghan, «pues al ver aquellas lámparas que emulaban las esferas celestes, mi amado Ibrahim se ofendió, recordando la prohibición coránica contra toda imitación de las creaciones divinas, e intentó destruir las vasijas con la parte plana de su espada. En cuanto se abalanzó sobre ellas al tiempo que alargaba la mano para desenvainar el arma, veinte flechas disparadas por arqueros invisibles y ocultos en los infinitos recovecos de la sala del kaghan lo derribaron. Expliqué al kaghan por qué razón había muerto Ibrahim de aquella forma, y el rey infiel quedó impresionado en grado sumo por una fe que libera a sus adeptos de todo temor a la muerte. Su visir sostenía que los seguidores de nuestra fe satisfacen la necesidad humana de vivir aterrorizados sustituyendo el miedo a la muerte por el miedo a la transgresión, pero que la muerte solo llega una vez, mientras el hombre, al ser mortal y repulsivo, transgrede a cada paso».

Los obispos Dulcinio y Sandromes también visitaron al kaghan en algún momento del siglo IX de nuestra era, cuando los jázaros se hallaban enzarzados en una gran guerra con los ejércitos árabes que avanzaban desde el sur del Cáucaso. Dulcinio, martirizado en Tiro y convertido en santo patrón de los hombres díscolos y lacónicos que caminan mirando al suelo, así como de los editores de manuscritos, refirió enigmáticamente al emperador Tiberio que «el kaghan puede sostener en sus manos la luz del sol y la luz de la luna, pero no alberga aún en su corazón la luz de Jesucristo Nuestro Señor, y tal es la luz que yo le llevaré, tornándolo tres veces bendito sobre la tierra».

Se desconoce el fabricante.

Lugar de origen: El estado jázaro se encontraba en las regiones del Cáucauso y el Volga. Sus fronteras precisas se desconocen, aunque a buen seguro comprendía algunas partes de Rusia y quizá también zonas de las actuales Georgia, Armenia, Azerbaiyán, Nagorno-Karabaj y el este de Turquía.

Último propietario conocido: Tras la absorción casi completa de los jázaros por el judaísmo, el cristianismo, el islam o simplemente la historia, el paradero de las Jaulas desapareció de los escritos. La gente todavía hablaba de ellas, pero su tamaño y su poder aumentaba y se hacía más vago con cada relato oral. En la corte selyúcida, la Jaula del Sol se convirtió en el nombre de una constelación, mientras que las nubes finas que envolvían la luna de otoño por tres costados empezaron a recibir el nombre de Jaula de la Luna. Tras la dispersión de los selyúcidas, solo quedaron ecos incorpóreos de las Jaulas, historias acerca de historias acerca de un referente original sepultado en algún lugar del desierto y engullido por la inmensidad de la estepa. Cada clan de cultivadores de trigo con recuerdos ancestrales de conquistas, cada clan de pastores y nómadas que alguna vez había gobernado a sus vecinos se recordaba como dueño original de las Jaulas y consideraba su desaparición como símbolo de su preponderancia perdida. Después de que los británicos y los rusos partieran Asia Central como si de un palillo se tratara, y sobre todo después de que los rusos transformaran a aquellos guerreros y exploradores en *homo sovieticus* en el fuego putativo de la historia (los fuegos metafóricos siempre parecen funcionar mejor cuando tienen cerca fuegos reales para calentar los atizadores), las Jaulas se convirtieron en el monstruo del lago Ness de la investigación histórica sobre Asia Central, un relato de fantasmas urdido en torno a los Pitt-Rivers y el pub Eagle and Child de Oxford.

Si bien el mundo les perdió la pista, las Jaulas cayeron en manos de un solo clan, cuyo nombre es impronunciable en cualquier lengua, pero cuyo linaje se remonta más allá de toda duda hasta

Oghuz Jan, el conquistador turco que gobernó un imperio que se extendía desde el mar de Arabia hasta el río Irtysh, y que según la leyenda planificaba las batallas con ayuda de un lobo solitario gris. Las mujeres de dicho clan eran curanderas, «hombres astutos», como las habría denominado Robert Burton, psiquiatras y charlatanas que conocían un sinfín de historias míticas y folclóricas, así como remedios de nombres grandilocuentes cuyo único poder curativo residía en la sugestión. La última de aquellas Vendedoras de Leyendas era titular de documentos soviéticos que la identificaban como Yomtuz Muramasov. Ella y sus sobrinos Murat y Mahmut, junto con tres ciudadanos tayikos no identificados, fueron hallados muertos en una yurta a las afueras del bazar de Tolkuchka en agosto de 1985.

Valor aproximado: Imposible de determinar. Cabe la posibilidad de que Yomtuz las cambiara por un Lada moribundo o que pidiera por ellas el Kremlin entero. Para determinar un precio es necesario examinar objetos comparables, pero en este caso no existen.

Así lograrás la gloria del mundo entero.
Entonces toda oscuridad huirá de ti.

Durante el trayecto de casa de Hannah a la mía hice varios intentos fallidos de conversar con ella. Hannah respondía con monosílabos y sin dejar de mirar por la ventanilla. Intenté mostrarme despreocupado, pero lo cierto era que sentía una curiosidad inquieta tanto por Hannah como por la posibilidad de encontrar otra parte del cuerpo clavada a mi puerta. Me planteé insistir en que nos quedáramos en su casa, pero no sabía cómo abordar el asunto con cortesía. También pensé en hablarle del diente y el símbolo que había visto en el marco de su puerta, pero no parecía estar de humor para hablar. Concluí que si hacía falta alguna explicación, me limitaría a improvisar, y que si algo o alguien nos amenazaba... en fin, intentaría no salir corriendo. Esos columnistas para menores de treinta años, la cosecha más reciente de representantes de la cultura popular en las secciones sobre estilo de vida de los periódicos, te dicen cómo presentarte a tus suegros, cómo reconciliar las diferencias religiosas con tu pareja y cómo enfrentarte a tu novia paranoica cuando hurga en tu correo electrónico. Que yo sepa, ninguno de ellos ha escrito sobre lo que debes hacer cuando te encuentras un diente humano y un símbolo extraño en tu puerta, y no sabes si tu novia está de tu parte o de parte del dentista.

—¿Cuál es tu piso? —me preguntó Hannah cuando aparcamos detrás del edificio.

Señalé la tercera planta, donde se veía una luz encendida tras las cortinas siempre corridas.

—Veo que eres de los que malgastan electricidad —comentó con una leve sonrisa; parecía más cansada que enfadada.

—Es mi cocina; supongo que esta mañana estaba un poco despistado. Como recordarás, anoche no dormí mucho.

Hannah volvió a sonreír, esta vez con más convicción. Me besó la comisura de los labios mientras me acariciaba el rostro con los dedos, y cuando bajamos del coche insistió en llevar la bolsa de la compra pese a mis protestas.

En la acera de enfrente, dos tipos barrigudos y con bigote que llevaban chaquetas con el emblema del instituto de Lincoln acababan de salir asidos del brazo y con paso tambaleante de la taberna Colonial. Ambos reían con demasiada fuerza para estar serenos. De repente, uno de ellos se giró como si le hubieran disparado y vomitó en la caja abierta de una camioneta que llevaba un rifle de caza sobre un soporte en la luna trasera.

—Mierda, es la camioneta de un cazador. Larguémonos de aquí —masculló el tipo con lengua pastosa mientras se acomodaba a duras penas en el asiento del acompañante del coche de su amigo.

—Hogar dulce hogar —canturreé.

—Esos tipos parecen un poco demasiado mayores para llevar esas chaquetas, ¿no crees?

—O eso o todavía van a la escuela.

Sostuve la puerta para que Hannah pasara. Al subir la escalera advertí que una línea de luz barría el rellano justo debajo de mi planta. La luz procedía de mi puerta, que estaba entreabierta. El corazón me dio un vuelco, y empecé a sudar.

—Mierda —murmuré.

—¿Qué?

—Déjame subir a mí primero —farfullé con voz temblorosa.

No conseguí convencerme a mí mismo de mi valentía y mucho menos a Hannah, que me miró con los ojos abiertos de par en par y sin decir nada.

—A veces olvido apagar las luces, pero nunca me olvido de cerrar la puerta. ¿Te importa esperar aquí?

Hannah asintió y se situó de forma que pudiera ver la puerta.

La abrí con sigilo.

—¿Hola? ¿Hola? —llamé mientras entraba.

Por toda respuesta, una voz profunda empezó a cantar en la cocina. La canción me resultaba familiar, una melodía en latín de aire eclesiástico que no me tranquilizó en absoluto.

Cogí el único objeto remotamente parecido a un arma que había en mi casa, un bate azul en miniatura, de esos que te regalan en las promociones cuando vas a ver un partido y que llevaba las firmas de los jugadores de los Mets de 1985. Con la esperanza de no manchar de sangre a Hubie Brooks, avancé hacia la cocina, aferrando el bate en la mano sudorosa.

Allí, de pie sobre una de mis destartaladas sillas de cocina y cantando en latín, estaba Sal Gomes, la cabeza convertida en una bola disco por efecto de la bombilla. Joe Jadid estaba sentado en la silla contigua, temblando de risa. Sobre la mesa se veían dos botellas abiertas de Heineken.

—Pero ¿cómo...? —balbucí.

Jadid dio una palmada en la pantorrilla a Gomes, señaló el bate y lanzó una carcajada tan estruendosa y violenta que la cabeza le cayó hacia atrás. Se precipitó al suelo, rompiendo la silla con un fuerte chasquido mientras se derramaba cerveza sobre la camisa arrugada y manchada de mostaza. Gomes dejó de cantar y ayudó a su compañero a incorporarse.

—Ha sido idea suya, tío —explicó, pugnando por levantar a Jadid, que seguía retorciéndose de risa—. Te pagaremos la silla.

—Joder, Paulie, realmente matarías del susto a cualquier ladrón enano, miope y muerto de hambre con esa cosa. Pásamelo —jadeó Jadid mientras se ponía a gatas como si escalara una cuesta escarpada; en su mano, el bate parecía más bien un rotulador—. Este equipo de los Mets era la hostia. Mookie Wilson, Bob Ojeda, Ray Knight, joder... —Salió de su ensimismamiento beisbolístico, dejó caer el bate al suelo y me miró—. Por cierto, ¿recuerdas lo que te dije antes sobre tu cerradura?

—Sí.

—Pues estaba equivocado. Es una puta mierda. La he forzado en unos diez segundos.

—Debes tener en cuenta —intervino Gomes al tiempo que limpiaba la cerveza derramada sobre la mesa con mi raída esponja de cocina— que aquí el Gordo es un as de las cerraduras. Claro que con esos dedos modelo plátano que tiene nunca lo imaginarías, pero es cierto.

Jadid se miró los dedos con un encogimiento de hombros.

—Ni siquiera he tenido que romperla, así que todavía funciona. Pero más vale que inviertas en una mejor y que lo hagas ya.

—¿Cómo habéis conseguido mi dirección?

—Nos la han dado tus queridos agentes de la ley y el orden, Mutt y Jeff —repuso Gomes, arrojando la esponja al fregadero con expresión desdeñosa.

—Bert y Allen.

—Pues eso. El de los bigotes de león marino es un encanto. Los polis de pueblo son una raza aparte. Cuando era pequeño, en Cork Hill también teníamos tipos así. A ese no le hacen demasiada gracia los polis de ciudad.

—No le hace gracia nadie. Y qué, ¿os ha dado mi dirección sin más?

—Bueno, hemos improvisado un poco —reconoció Gomes.

Miró de soslayo a Joe, que se secaba la cerveza de la camisa con la corbata mientras mi otra silla crujía peligrosamente cada vez que desplazaba su peso sobre ella. Al cabo de unos segundos, Joe reparó en que nadie hablaba y alzó la vista.

—Sí, nos ha dado tu dirección enseguida —aseguró con una sonrisa traviesa—. Lo único que hemos hecho ha sido contarle lo de la queja que tienes pendiente en Wickenden. A punto ha estado de acompañarnos hasta aquí.

—¿Qué? ¿Qué queja? ¿Qué he hecho?

—Exhibicionismo ante una menor —replicó Joe antes de sufrir otro ataque de risa.

—¿Qué? ¿Qué? Pero si yo nunca... No es verdad. Dime que es una broma, que no le has dado a Olafsson más motivos para detestarme de los que ya tiene.

Esta vez, Gomes no pudo contener la risa, que brotó de su nariz en forma de bufido antes de extenderse hacia su garganta en una cascada de tonos descendentes.

—Claro que no, aunque Joey quería hacerlo. Solo le hemos dicho que queríamos hablar contigo en relación a una investigación abierta en Wickenden. El tipo parecía dispuesto a preparar la caballería, derribar tu puerta y arrastrarte hasta la comisaría para interrogarte. Mira, si quieres, le enviaremos una carta para decirle que hemos hablado contigo y que...

De pronto se irguió, dejó de reír y esbozó una sonrisa despierta y afable al tiempo que arqueaba las cejas con expresión inquisitiva. Joe se levantó y se enjugó las manos húmedas de cerveza en el trasero de los pantalones.

—¿Va todo bien? —preguntó Hannah a mi espalda.

Giré en redondo. Hannah tenía los ojos abiertos como platos, los labios apretados y algo curvados hacia arriba en un rictus de perplejidad. Realmente poseía un rostro maravilloso, un espacio límpido de pómulos altos, cambios vertiginosos de expresión y serenidad casi etérea.

—Lo siento mucho, Paul, no sabía que tenías compañía —se disculpó Gomes.

—Desde luego, mira que tener a una mujer hermosa esperando en el rellano y entrar aquí para cargarte los muebles de la cocina —se mofó Jadid.

—Todo va bien —aseguré a Hannah—. Estos son dos amigos míos expertos en forzar cerraduras, Joe Jadid y Sal Gomes. Os presento a Hannah Rowe.

—Encantado de conocerla, señorita Rowe. Por cierto, debe saber que es el Gordo quien ha roto la silla, no Paul —explicó Gomes.

—Valeee —murmuró Hannah, vacilante antes de volverse hacia mí y preguntarme con intención—: ¿Dónde quieres que deje la compra, Paul? ¿Quieres que salga a comprar algo más si vamos a ser cuatro para cenar?

La pregunta surtió el efecto esperado, pues Gomes se levantó al instante.

—Gracias, pero tenemos que irnos. Ha sido una grosería por nuestra parte irrumpir así en casa de Paul.

Besó la mano de Hannah, quien le correspondió con una reverencia burlona.

Joe se conformó con estrecharle torpemente la mano, que desapareció por completo en su enorme zarpa.

—Era el «Libera me domine» del *Réquiem* de Fauré, ¿verdad? —preguntó Hannah.

—En efecto —repuso Gomes antes de volverse e inclinarse ante ella—. Una de las ventajas duraderas de recibir una educación católica.

—Me encanta esa pieza.

—«Libérame, Señor, de la muerte eterna.» A mí también.

Gomes nos saludó agitando la mano, y Jadid me propinó una palmada en el hombro al tiempo que me pedía que los acompañara al coche. Dije a Hannah que cerrara con llave. Ella accedió, pero en su rostro se pintó una expresión suspicaz.

—Así que habéis decidido no volver a Wickenden después de meter las narices fuera de vuestra jurisdicción y en cambio ir a casa de un periodista, forzar su cerradura y seguramente tirar por la borda cualquier posibilidad de que pasara una velada agradable con una mujer hermosa —comenté.

—Realmente es preciosa —convino Gomes—. Te lo has montado bien. Pero ¿eso de liarse con una fuente no quebranta la ética periodística o algo así?

—Eso —terció Joe—. El otro día el sargento de guardia me dio un panfleto sobre eso. Nada de relaciones sexuales con las novias de los sospechosos. A partir de ahora, solo mamadas.

—Joder, ¿lo estás oyendo? —exclamó Gomes, coreando mi risita—. Yo soy padre de familia, y tú seguramente demasiado joven para escuchar semejantes groserías.

Jadid me rodeó los hombros con su enorme brazo y se inclinó hacia mí.

—Paulie, ¿tu chica te...?

—Deja en paz al chico —lo atajó Gomes.

No sé si la oscuridad le permitió ver que me ruborizaba. La expresión de Jadid bailaba entre la vergüenza y la malicia. No pude contener una sonrisa.

—Hemos ido a ver el bar de tu muerto, por eso estamos aquí. Pensamos que ya que estábamos de excursión, bien podíamos ir a echar un vistazo.

—Es un sitio muy raro —comentó Jadid—. Todos los pueblos tienen uno o dos bares de esos, pero nunca había visto uno tan cutre como ese. Es que lo tiene todo; el suelo de linóleo cascado, los sofás de trapero, el televisor en blanco y negro que se ve fatal detrás de la barra... Un auténtico antro de desgraciados.

Llegamos a su coche, un Crown Victoria azul camuflado que pese a ello cantaba como una almeja.

—Sí, y el tal Eddie el Albanés es un encanto —prosiguió Jadid—. Pero una cosa: no creo que sea albanés.

—¿Ah, no? ¿Cómo lo sabes?

—Bueno, tío Abe habla no sé cuántos idiomas, diez o doce, creo, aparte de chapurrear otros diez. Cuestión, que cuando mis primos y nosotros éramos pequeños, nos enseñó dos frases en cada idioma europeo. Bueno, no en todos, claro, pero lo que decía era «Todas las lenguas merecen la pena, incluso el albanés». Esa era su frase, «incluso el albanés».

—¿Qué dos frases?

—«Este país es hermoso» e «Invita él».

—¿Y?

—Pues que se me han quedado grabadas y las uso de vez en cuando para romper el hielo, así que lo primero que le he dicho a Eddie el Albanés es «Este país es hermoso» en albanés. No tenía ni puta idea de lo que le estaba diciendo.

—Puede que fuera por el acento —observé.

—Claro, todo es culpa mía —exclamó Joe antes de emitir un sonoro eructo—. He supuesto que quizá lo estaba diciendo mal, pero lo he intentado cuatro o cinco veces, hasta que por fin me ha dicho que pidiera una copa o me largara. Así que hemos pedido cervezas y chupitos, y luego le he preguntado si se llamaba Eddie. Se sorprendió y preguntó que cómo lo sabíamos. Le dije que éramos amigos de Jaan Pühapäev, y se puso muy nervioso, diciendo que Jaan siempre había sido un bocazas, que ahora está muerto y lo lamenta, pero que por qué todo el mundo quería hablar de Jaan y que de todas formas no importaba y bla, bla, bla.

—¿Y entonces?

—Entonces Gomes y yo hemos sacado las placas, pero solo un momento, para que no viera que éramos de Wickenden, y se ha puesto como las cabras, diciendo que él paga a la poli cada mes. ¿Te lo puedes creer? Luego me llama cerdo americano codicioso y dice que va a llamar al jefe. Le digo que adelante, que está en su derecho. Luego empieza a dar golpes a la barra y nos grita una y otra vez que nos larguemos. Así que nos acabamos las cervezas, él nos quita los vasos y los mete en el fregadero. Cuando nos da la espalda, yo voy y me guardo uno de los vasos de chupito en el bolsillo. Y ahí sigue... Menos mal que no lo he roto al caerme —dijo al tiempo que introducía el dedo medio en el bolsillo de la pechera, produciendo un tintineo—. Así que ahora volvemos a la comisaría, y Sally comparará las huellas con todas las personas que podamos, a ver si sale algo. No es muy probable, pero nunca se sabe.

—¿De dónde creéis que es? —inquirí—. ¿Y por qué iba a decirle a todo el mundo que es albanés? ¿Y a quién vais a enviar las huellas?

—No para de preguntar el capullo, ¿eh? —espetó Jadid a Gomes—. Mira, no sé de dónde es. No he conseguido situar el acento, y eso que por lo general se me dan bien. ¿Que por qué le dice a la gente que es albanés? Pues tampoco lo sé, pero parece una buena tapadera si no quiere que la gente sepa de dónde es en realidad. Al fin y al cabo, ¿con cuántos inmigrantes albaneses va a tropezarse por aquí? ¿Quién coño sabe qué acento tienen los albaneses? ¿Cuánta gente es capaz siquiera de encontrar Albania en el mapa? ¿Podrías tú?

—Seguramente no —admití, avergonzado—. ¿Y tú?

—Claro que sí, joder —exclamó, orgulloso.

—Joey el Gordo es un fanático de los mapas —explicó Gomes—. Nunca había conocido a nadie que se sentara a leer mapas. Mapas de carreteras, planos de ciudad, mapas del mundo... De todo. Además tiene una memoria de elefante. Ya sé que es un poquitín dejado y que se viste como un indigente, pero tiene la cabeza muy bien amueblada.

—Me encanta este traje —protestó Joe.

Gomes bajó la mirada, sonrió y sacudió la cabeza.

—En fin, respecto a tu última pregunta —dijo Jadid—. ¿Quién verificará las huellas? Pues con la policía estatal y la local no hay problema. Sally seguramente podrá recurrir también al FBI, incluso a la Interpol. Se llenan la boca con que su base de datos vincula a cientos de países y tal, pero sus archivos suelen ser una mierda. Un burócrata perezoso de Lisboa es igual que un burócrata perezoso de Wickenden. En fin, veremos si sale algo. Sería más fácil si supiéramos de dónde es... joder, si supiéramos su apellido, pero en cualquier caso, lo intentaremos.

—¿Sabéis una cosa? —dijo Gomes, soplándose las yemas de los dedos para entrar en calor—. Quizá convendría verificar las huellas de Pühapäev en las mismas bases. Cuanto más indagamos, más raro parece. Tenemos sus huellas, así que no cuesta nada.

—Buena idea —convino Joe—. También podríamos enviar su nombre y sus huellas a Estonia, a ver si tienen algo sobre él. No tendremos en el cuerpo a nadie que hable estonio, ¿verdad?

—No creo —repuso Gomes—. Pero ¿qué me dices de ese tío joven que siempre parece asustado? Trabaja en crimen organizado. ¿Sabes a quién me refiero?

—Creo que sí. Un tipo muy flaco que parece comprarse la ropa en las mismas tiendas que tú, ¿no?

—Si con eso quieres decir que se preocupa por su imagen —dijo Gomes, mirando a Joe por encima del borde de las gafas—, entonces sí, creo que nos referimos a la misma persona. ¿De dónde es?

—De Priyenko. Se ocupa de las mafias rusas. Siempre he creído que era ruso, pero no sé. Sí, quizá pueda echarnos un cable con Estonia; probablemente aún hay gente allí que habla ruso. Pero la verdad es que nunca he hablado con él. Lo mejor sería que lo abordaras tú, Sally. Podríais comparar corbatas, *aftershaves* y esas cosas.

—Muy gracioso. Y tú, jovencito —me dijo Gomes—, será mejor que vuelvas arriba a rescatar a esa preciosa dama de sí misma. Como ha dicho el Gordo, la cerradura tendría que funcionar bien, y por otro lado, Joe se disponía a pagarte la silla rota, ¿verdad, Joe?

Jadid lanzó un suspiro, puso los ojos en blanco y sacó una abultada billetera llena de papeles y recibos del bolsillo trasero. Con expresión lúgubre me alargó un billete de cincuenta y me preguntó si bastaría. Le dije que sí, a lo que él asintió.

—Por cierto, hoy he conocido a un tipo que afirma ser el hermano de Pühapäev —comenté—, aunque no creo que sea verdad.

—¿Ah, sí? —exclamó Gomes—. ¿Y dónde lo has conocido?

—En casa de Hannah. Dice que ha venido a buscar el cadáver.

—Pero eso no significa que sea su hermano.

—Ni tampoco que no lo sea. Incluso los malos tienen hermanos —recitó Jadid, haciendo aletear las pestañas como una princesa Disney—. Bueno, Sally, será mejor que nos larguemos. Estos puebluchos me ponen los pelos de punta. Y no olvides comprarte una cerradura nueva mañana mismo. ¿Por aquí tenéis cerrajeros?

—Qué va, por lo general nos limitamos a clavar un tronco en la puerta antes de acostarnos, aunque es un poco jodido si tienes que salir a la letrina en plena noche.

Cuando entré en el piso encontré a Hannah de pie en el umbral entre el salón y la cocina, los brazos cruzados, la bolsa de la compra a sus pies y una expresión entre perpleja y enojada pintada en el rostro.

—¿Quiénes eran esos tipos? —preguntó en cuanto hube cerrado la puerta.

Jadid tenía razón; la cerradura funcionaba a la perfección, y el único indicio de que la habían tocado eran unos arañazos junto al ojo. Corrí los cerrojos y puse la cadena de seguridad.

—Unos amigos de Wickenden que me están ayudando con el artículo sobre Jaan.

Hannah levantó los brazos y los dejó caer contra los muslos.

—¿A cuántas personas vas a hablarles de este asunto? Creía que eras periodista. ¿Vas a escribir un artículo o lo único que quieres es ir por ahí poniendo verde a mi amigo delante de desconocidos?

—¿Quién ha dicho que lo estoy poniendo verde?

Hannah soltó un bufido, bajó la cabeza y me miró por entre las pestañas como un toro furioso.

—¿Quiénes... eran... esos... tipos? —repitió despacio y con la intensidad de un taladro.

Por un instante sostuve una discusión semicoherente conmigo mismo sobre la conveniencia de mentir o decir la verdad. Me decantaba por mentir, pero no se me ocurrió un embuste lo bastante bueno con suficiente rapidez. ¿Cuál podía ser mi relación con dos hombres que fuerzan cerraduras, cantan en latín, conducen un Crown Vic y llevan americanas sospechosamente abultadas bajo la axila? ¿Quiénes podían ser?

—Son dos detectives de la policía de Wickenden —acabé confesando, más que un poco avergonzado.

—¡Policías! —estalló Hannah—. ¿Has estado hablando con la policía? ¿Desde cuándo? ¿Por qué? ¿Qué están haciendo? ¿Qué te han dicho?

Avanzó hacia mí, luego se paró en seco, volvió sobre sus pasos y por fin se acercó tanto que habría podido besarla. Le apoyé una mano en el hombro, pero ella la apartó de un manotazo mientras me miraba con expresión enfurecida.

—He hablado con ellos esta tarde, por eso sé lo de Jaan y el abogado. Me han contado que lo detuvieron un par de veces.

—¿Y?

—Y nada. El grandullón es sobrino de mi antiguo profesor. Está suspendido y tiene tiempo para ayudarme.

—¿Suspendido por qué?

—Por pegar a alguien a quien no debería haber pegado en un control.

—Ah, genial. Es fabuloso, la clase de poli que conviene tener de tu lado.

—No es como piensas, y además, ni él ni yo estamos de ningún lado.

Callé y esperé a que dijera algo más, pero se limitó a mirarme con fijeza. Mi escasa capacidad de interpretar su expresión se esfumó como por ensalmo; no tenía ni idea de lo que le pasaba por la cabeza. Tenía la sensación de haber hecho algo malo; cualquier cosa que la trastornara era mala por naturaleza. Si hubiera podido pedir a Joe y Sal que lo dejaran correr, lo habría hecho, pero de repente se me ocurrió una pregunta.

—¿No quieres saber lo que le pasó a Jaan? ¿Cómo murió?

Hannah suspiró y se pasó la mano ahuecada por la frente antes de abrirla y mesarse el cabello.

—Claro que sí, por supuesto. Era amigo mío, no tuyo; no era un medio para conseguir un trabajo nuevo como lo es para ti.

—Para mí tampoco lo es, y lo que dices no es justo. Lo siento, pero no entiendo por qué te pones así. Estamos intentando averiguar qué le sucedió a Jaan, a tu amigo. ¿Qué tiene de malo?

—Paul... Mira, no quiero seguir hablando de esto. Me voy a casa.

Se puso el abrigo y descorrió los cerrojos.

—No, espera. ¿Por qué te vas?

Hannah se limitó a sacudir la cabeza.

—Luego te llamo —prometí sin demasiado entusiasmo.

¿Quién narices se habría inventado aquella frase presuntamente tranquilizadora?

—Haz lo que quieras —murmuró, casi sonriendo.

Cerró la puerta con cuidado; oí sus pasos alejarse, y al cabo de unos instantes, el portal se cerró.

Lo que habría querido era cenar y pasar una larga noche con Hannah. Contemplé la posibilidad de seguirla, pero aunque parezca mentira a estas alturas de la historia, tengo mi punto de orgullo. Había comprado los ingredientes para una cena de sibaritas, planeado la cena mientras volvía de Wickenden y saboreado mentalmente mil permutaciones del período postágape. Por supuesto, mi velada no coincidió con ninguna de ellas, sino que consistió en mojar ravioli crudos en el recipiente de plástico lleno de salsa arrabiata y acompañar tan patética comida con Montepulciano bebido a morro mientras miraba reposiciones de culebrones que no habían sido divertidos en su día y aún lo eran mucho menos ahora. En algún momento de la cadena interminable de familias dulzonas pero resistentes, eternos adolescentes disfuncionales que compartían piso y comentaban sus relaciones fallidas con otros eternos adolescentes, y manhattanitas quejumbrosas que se expresaban en clichés narcisistas, me quedé dormido en el sofá y desperté al son de la carta de ajuste (maravilla de las cadenas de poca audiencia) mientras el vino tinto me teñía la pechera de rosa.

LA MEDIKO BLANCA

El blanco es el color de las medianías: de los esposos no cornudos, no de los jóvenes enamorados; de los escritores desilusionados, no de los poetas adolescentes; de los castillos medio *acabados*, no de las casas *medio* acabadas.

GEORG NAGY, *La tragedia de Sorrati*

18 de marzo de 1987

Amigo mío:

Le adjunto una de las monedas que nos envió a Abulłaz y a mí para su recuperación. Aceptaré su agradecimiento, pero por desgracia no puedo corresponderle; mis viajes con ese detestable cero a la izquierda a ese repulsivo país le han restado a usted muchos puntos a mis ojos. Es la tercera vez en tres años que me he visto obligado a abandonar mi hogar en misión de vanidad inspirada por el proyecto de Voskresenyov. Armenia y Turkmenistán constituyeron auténticas pruebas, pero siempre me había enorgullecido de no haber puesto los pies en suelo americano. El hecho de haber tenido que hacerlo y además con un hombre en cuya compañía jamás he pasado un instante fácil me resulta casi insoportable. De no ser porque yo soy yo y usted es usted, sin duda estaría furioso. Pero en cualquier caso, no importa. Mi antiguo compañero de viaje insistió en que esta división del tesoro fue idea suya, y esa fue la única razón por la que accedí. No puedo sino suponer que la solicitó por el mismo motivo por el que organizó tan desastroso viaje: la Cuestión Americana. Conoce usted bien mis opiniones al respecto, y este viaje no ha hecho más que confirmarlas.

En cuanto a la veracidad de mi relato, estoy convencido de no haber sido jamás deshonesto, mientras que el engaño es una de las múltiples prácticas desagradables con que mi compañero de viaje se gana la vida.

Nos reunimos, tal como estaba dispuesto, en uno de los numerosos y repulsivos bares que abundan en el aeropuerto de Bruselas. Yo estaba preguntándome, como hago siempre que tengo ocasión de visitar Bélgica, por qué la nación más aburrida del mundo se dedica a producir una variedad tan notable de cervezas. ¿Acaso los belgas creen que con ello pueden mitigar su esencia gris? No es así. ¿Acaso consideran que con ello prestan un servicio valioso al planeta? No es así. Si el orgullo de una nación puede tragarse a vasos, y más concretamente, vasos específicos para cada cerveza, entonces esa nación no merece mención. Le ruego que no saque a relucir al rey Balduino, al que nadie recuerda, ni a Tintín, que a fin de cuentas es un personaje de cómic creado por un hombre demasiado estúpido (aunque sus seguidores sustituyen la palabra «estúpido» por «bonachón» o «confiado») para comprender que los nazis se aprovechaban de él. El mundo no perdería nada si Bélgica quedara engullida por Francia, Alemania o (qué hermoso sueño) el mar del Norte.

En fin, que ahí estaba yo, saboreando plácidamente una Leffe, cuando un hombre vestido como un desgraciado del East End que por fin ha apostado al caballo correcto se sentó frente a mí. Tardé unos instantes en comprender que se trataba de Abulfaz. Se había blanqueado el pelo, lucía un ridículo bigotillo y llevaba unas patéticas gafas de montura dorada con lentes en forma de televisores. En cuanto lo saludé me informó de que ni aun a solas debíamos emplear nuestros verdaderos nombres. Yo debía llamarlo Riley, y él a su vez me llamaría Parker. Por supuesto, no se daba cuenta de que yo salía mejor parado del trato (a fin de cuentas, ¿quién querría hacerse pasar voluntariamente por irlandés?), aunque su acento era más propio de la BBC que de la vieja Irlanda (o siquiera de Kilburn). Mantener aquella farsa estrafalaria delante de una camarera con dientes de conejo y un par de continentales gordinflones me parecía excesivo, pero él insistió en que debíamos «representar nuestros papeles en todo momento», en aras de la continuidad y porque «nunca se sabe quién puede estar escuchando». Sí, dijo eso textualmente, como en una de esas películas de espías horteras que pasan los domingos por la tarde. Me pareció más sencillo desistir que protestar, de modo que desistí.

Durante el interminable vuelo, Riley también insistió en que leyera el dossier (dijo «dossier», no «material» ni «los papeles», sino «dossier») que había preparado sobre las monedas de Mediko, creyendo que yo era tan inculto, ignorante y burdo como él. Le revelé que uno de los artículos (una birria poco original publicada en una de esas revistas especializadas que nadie lee, obra de una estudiante de posgrado griega a la que su padre contratista había costeado la carrera) se había redactado bajo mi supervisión y que mi nombre aparecía cuatro veces en el apartado de bibliografía. Esta vez fue él quien desistió.

En pocas palabras, la historia de las monedas es la siguiente: Medea, como sin duda mi compañero desconocía antes de empezar a prepararse para esta misión, está considerada como una de las matriarcas de ciertas ramas arcanas de la botánica, y numerosas plantas de propiedades medicinales, terapéuticas o recreativas con origen en el Cáucaso le deben su nombre. Según la leyenda, a menudo la fuente más fiable en mi campo, estas dos monedas fueron responsables de los florecientes jardines del rey David el Constructor, que gobernó Georgia a finales del primer milenio. Fueron entregadas como obsequio a cierto geógrafo árabe a quien todos conocemos y que prestó un servicio innombrable pero valioso en relación con la poco agraciada hija del rey, un muñón de árbol hueco y lleno de pintura color bermellón, un asno macho en fase de excitación incipiente y cuatro pañuelos. Cuando el geógrafo anunció su intención de llevar las monedas a Bagdad, la única condición que le puso David fue que el geógrafo las devolviera a Katusi pasadas trescientas lunas. Podemos conjeturar sin temor a equivocarnos que David no auguraba las glorias que seguirían en Bagdad y Sicilia; de hecho, nadie las vaticinó. Habría sido imposible, y desde entonces, ninguna proeza imaginativa en jardinería, salvedad hecha quizá de los diseños de Capability Brown, ha logrado igualarlas. El hecho de que el geógrafo cumpliera su parte del trato sin ser consciente de ello constituye una de las coincidencias (o pruebas) más extrañas de la historia botánica, árabe, numismática o caucásica.

Después de dejar de intentar aleccionarme, Riley dedicó el resto del vuelo a embellecerse. Por lo visto, los académicos vuelan en clase turista, pero gastan cientos... no, miles de libras en trajes elegantes. Y el suyo era de lo más refinado; de tres piezas, por descontado, de fina seda verde oscuro, con una aguja de zafiro y un pañuelo rojo asomado al bolsillo de la pechera. El efecto resultaba absurdo, a caballo entre dandi victoriano y lugarteniente de Al Capone (solo le faltaba el bastón), pero lo cierto es que parecía muy orgulloso de sí mismo.

Cuando iniciamos el descenso, una horda de colegialas estridentes y sus acneicos compañeros se apiñaron en una hilera de asientos junto a la ventanilla. Nunca he entendido la ternura sentimentaloide que los niños parecen inspirar en algunas personas. Los niños, y para mí ello incluye a cualquier persona menor de cuarenta años, son criaturas espantosas, brutales, tozudas y ruidosas que exudan feromonas y fluidos en todas direcciones. En cualquier caso, imagino que aquellos mocosos esperaban divisar la Estatua de la Libertad o tal vez a algún superhéroe saltando de un edificio. Quizá intentaban captar el destello del oro que pavimenta las calles. Pero lo único que se veía era calle tras calle de cajas de cerillas, cosas destartaladas y deprimentes (aun desde aquella altitud) que no habrían alegrado Luton ni Slough.

Por fin escapamos de aquel inmenso ataúd plateado y nos abrimos camino hasta la aduana, donde nos franquearon el paso sin apenas echarnos un vistazo. ¿Se lo imagina? En Armenia y Turkmenistán, me acribillaron a preguntas. De dónde venía, qué hacía, qué papeles llevaba... y como consecuencia de ello estuve a salvo durante todo el viaje. Imagino que aquí se limitan a fiarse de la intuición para saber si eres de los buenos o de los malos. Pase, pase, y no olvide ingerir su ración de ocho hamburguesas diarias, y se acabó. En lugar de inspeccionar nuestros documentos, o sea, en lugar de hacer su trabajo, los agentes de aduanas se deshacían en atenciones hacia un Adonis de tres al cuarto, todo dientes, uñas perfectas y cabellera peinada al estilo nido de pájaro ladeado. Riley me explicó que se trataba de un actor de la televisión norteamericana. Incluso sabía el nombre de la serie en la que salía, dato que por supuesto me apresuré a olvidar.

Tras pasar la aduana, recogimos nuestro escaso equipaje y subimos a un taxi con rumbo a la «casa de huéspedes» en la que Riley, según afirmó orgulloso, nos había reservado habitación. Entre bocados de una porquería maloliente que comía directamente de una bolsa metalizada con dedos grasientos, el taxista insistió en charlar con nosotros durante todo el trayecto. Después de soportar la cola en la parada de taxis y unas auténticas Naciones Unidas de tipos sucios e indeseables al volante de aquellas espeluznantes bestias amarillas, lo único que quería era cerrar los ojos para que el viaje acabara lo antes posible. Pero no cayó esa breva, no. El conductor tenía que contarle a Riley (quien a su vez no dejaba de hacerle preguntas) todos los detalles sobre su puñetera familia, todos sus hijos y su pueblo natal en Wogistán o como se llamara el agujero del que había salido, hasta que por fin propiné a Riley un codazo en las costillas para hacerlo callar.

Había esperado una habitación cómoda con una buena cama, lavabo y tal vez incluso una botella de agua caliente, un nidito donde poder tumbarme en paz, pero al poco entramos en un repugnante restaurante con el rótulo de neón más estridente que había visto en mi vida; no recuerdo qué decía ni sé cómo alguien podía leer unas palabras que no cesaban de parpadear. El restaurante en sí... bueno, el suelo salpicado de cáscaras de cacahuete y almendras, hedor de ajo, un montón de judíos gordos y con dientes de oro parloteando a toda velocidad como siempre hacen. Todos los hombres llevaban esos ridículos casquetes, y las mujeres tenían los labios gruesos y llevaban collares enormes, por supuesto. Ya puede imaginarse el resto. Si bien el propietario apenas hablaba inglés, se presentó como «Sam» sin el menor empacho. Riley, mostrando para variar cierta firmeza en lugar de inclinarse y lamerle los zapatos a todo extranjero que se le pusiera por delante, le preguntó si Sam era su verdadero nombre, y el hombre confesó que no, que su nombre era el típico galimatías impronunciable y que por eso se lo había cambiado, como hacen todos. Por supuesto, da igual, porque a los judíos se los reconoce en cualquier parte (tiene que ver con la forma de la frente, la curva de la nariz y las orejas de soplillo), y en Nueva York abundan como los mosquitos.

Las habitaciones eran poco mejores que celdas. Tan solo una cama demasiado ancha y demasiado corta, y un escritorio en cada habitación. Nada de lavabo, por no hablar de ducha ni de retrete privado. De la planta inferior nos llegaban los ecos de una música estridente y vulgar, que nuestro anfitrión se habría apresurado a apagar de no ser porque Riley insistió en que «no modificara sus costumbres por nosotros». Cuando el valeroso Sam se despidió por fin de nosotros, se limitó a darnos las llaves y retirarse sin siquiera recordarnos la forma de pago (lo cual me extrañó, francamente, teniendo en cuenta la estrella de David que llevaba colgada del cuello fláccido y salpicado de manchas de vejez), ni mencionar a qué hora debíamos regresar por la noche ni cuándo se servía el desayuno ni a quién debíamos llamar si queríamos agua caliente. Parecía conformarse con dejar que nos las apañáramos solos, como si ya fuéramos miembros o amigos íntimos de la familia. (¿Se lo imagina?) Por supuesto, quería que Riley se quejara o al menos se cerciorara de que comprendíamos las normas de la casa en que nos alojábamos, pero por toda respuesta esbozó una sonrisa pomposa, respiró hondo y me dijo que estaba convencido de que no tendríamos ningún problema, ya que no teníamos intención de salir aquella noche. Pero no era esa la cuestión, ¿no le parece? Hay que mantener cierta compostura... salvo en Queens, por lo visto.

A primera hora de la mañana siguiente fuimos a la tienda, lo cual me alegró en su momento, porque significaba que tal vez aquella misma noche abandonaríamos Estados Unidos. Según me explicó Riley, «Sam» era primo del «propietario» de las Mediko, y se había carteado durante meses con el dueño antes de obtener la seguridad de que las monedas se hallaban donde él creía y antes de convenir en un precio. Eso solo demuestra que siempre hay un tendero o comerciante entre ellos, y que siempre hay que negociar el precio. No pueden limitarse a darte una respuesta directa, honesta y firme. Pero supongo que Riley, que en el fondo no es más que un comerciante de alfombras con ropa elegante y un poco de educación, disfrutó del regateo.

La tienda era todo lo repugnante que cabía esperar. Espantosamente polvorienta, la moqueta verdosa manchada de ceniza y Dios sabe qué más, alacenas y más alacenas llenas de monedas, dinero, dinero y más dinero... Una especie de paraíso judío. El propietario se presentó como «Hank», nombre tan falso como el de su primo «Sam». Por supuesto, él y Riley se llevaron a las mil maravillas.

Realmente, no sé cómo puede depositar tanta confianza en alguien como Riley/Abulfaz/cualquiera que sea el nombre que usa en cada momento. Carece de identidad y personalidad, es un palimpsesto humano que se sostiene a base de su flujo incesante de preguntas y la adquisición constante de información inútil. No me extraña que alguien como él, alguien que siempre huye de sí mismo, que juega a disfrazarse en el armario de mamá, en este caso lleno de acentos y pasaportes, se sienta a gusto en esta miserable, cacofónica e impura nación.

Mientras escribo esta carta tengo junto a mí la tarjeta del propietario de la tienda. «FOREST HILL COIN SHOP, Hank Tonchailov, experto en numismática y coleccionista especializado en la Unión Soviética, abierto de domingo a viernes en horario habitual y los demás días solo a horas convenidas.» Por supuesto, hace que suene mucho más grandioso de lo que es. En realidad, Hank no es más que un vulgar trapero que se agencia hasta la última chuchería que sus compatriotas se traen consigo de su patria. En otras palabras, un americanizador. Incluso empecé a preguntarle cómo podía comerciar con los recuerdos de «su gente» (y empleo aquí el término «su gente» con cierta holgura), pero malinterpretó mi tono y se puso bastante agresivo. Riley intentó suavizar la tensión reinante entre nosotros. Por fortuna para el diminuto Tonchailov, Riley me impidió físicamente darle al vociferante judío la lección que tanto necesitaba.

Sin embargo, dicha lección habría sido del todo innecesaria, pues resulta que fuimos los últimos clientes de Tonchailov. Riley le compró las monedas por 7.300 dólares, que contó meticulosamente mientras los ojos del comerciante se agrandaban con cada billete de cien colocado ante él. Una vez completada la transacción, Hank tendió la mano a Riley (yo había sido confinado a una silla en un rincón de la tienda, donde los niños díscolos esperan a que sus padres terminen sus asuntos de adultos), quien se la estrechó mientras con la otra mano sacaba una porra y le asestaba un tremendo golpe en la nuca. Tonchailov se desplomó como si le hubieran arrancado la columna vertebral. Riley fue a la trastienda, localizó el conducto del gas, lo perforó y colocó una pequeña bomba preparada para explotar al cabo de cuarenta minutos. Acto seguido y con ese exasperante entusiasmo que lo caracteriza, limpió cuanto habíamos tocado y me alargó unos guantes de piel. Regresamos al establecimiento del primo, recogimos las maletas, pagamos la habitación y tomamos el siguiente vuelo con destino a Bruselas.

Objeto 11: La Mediko blanca. Una moneda grande (5,3 centímetros de diámetro), imperfectamente circular y de cantos irregulares. Una cara es de cobre sin pulir, mientras que la otra aparece esmaltada de blanco. Sobre el esmalte vemos pintada la figura de una mujer con un brazo extendido como si llamara a alguien. En la otra mano sostiene una botella verde.

Los alquimistas valoran la moneda no solo por el retrato de Medea, sino también por su blancura, color que sigue a la demencial indecisión del arco iris y por tanto simboliza la calma y el nacimiento deliberado de la forma venidera.

Fecha de fabricación: Desconocida. Probablemente poscristiana (véase más adelante), pero Georgia abrazó el cristianismo en el siglo I de nuestra era.

Fabricante: Casi todas las piezas esmaltadas se creaban en los monasterios, y al igual que no conocemos los rostros y las vidas de aquellos celtas anónimos que consagraban sus vidas a iluminar las bes preñadas y lograr que las curvas de las eses fueran tan voluptuosas como las de las mujeres a las que nunca verían, también ignoramos el nombre del monje o de los monjes que pintaron a Medea llamando a sus hijos. La leyenda en sí misma, aunque famosa sobre todo gracias a la tragedia de Eurípides, pertenece tanto a la mitografía georgiana como a la griega.

Medea era la hija de Aetes, rey de la Cólquida, hoy situada a orillas del mar Negro, en territorio de Georgia. El príncipe de Tesalia Jasón, a quien su tío Pelias desafió a encontrar el Vellocino de Oro, remontó el río Fasis hasta la capital de Aetes, con toda probabilidad Kutaísi o Vani. Aetes prometió a Jasón el vellocino si era capaz de uncir dos toros que escupían fuego a un arado y sembrar los dientes de un dragón, de los que brotaría un ejército de hombres. Medea, avezada creadora de pócimas y hechizos (la palabra «medicina» deriva de su nombre, y Mediko es el sobrenombre georgiano de Medea), hechizó a Jasón para que fuera capaz de sobrevivir a los toros, vencer al dragón y obtener el vellocino.

A partir de aquí existen distintas versiones de la historia. Según la versión de Eurípides, Jasón se lleva a Medea a su hogar para luego rechazarla a fin de contraer ventajoso matrimonio con la hija de Creonte, Glauca. Como consecuencia de ello, Medea pierde el juicio y se convierte en infanticida. La tragedia de Eurípides acaba cuando ella se aleja en un carro tirado por el dios Sol, su abuelo. Por el contrario, la tradición georgiana sostiene que Egeo, rey de Atenas, ansioso por obtener el favor de tan sabia erudita y de su famoso padre el rey guerrero, sacó a Medea y sus hijas de Tesalónica para llevarlas a Atenas y de ahí a su hogar. La pócima que administró a sus hijos les cortó la respiración de forma temporal. Medea sacrificó un cordero sobre sus cuerpos y se los mostró, inanes y ensangrentados, a su esposo para que enloqueciera. Cuando la treta hubo surtido el efecto deseado, revivió a sus hijos, huyó y vivió un siglo entero como sanadora, madre y consejera (aunque nunca compañera de lecho) del rey de Atenas.

Lugar de origen: El diseño geométrico color esmeralda, azafrán y azul ultramarino que bordea los cantos de la moneda indica cierta influencia persa, como sucede en el caso de buena parte del arte medieval georgiano. La tez color vino de Medea, su rostro atenuado de expresión y rasgos excepcionalmente detallados (preocupación, expectación, cejas arqueadas, mejillas hundidas y labios entreabiertos), los pliegues de la túnica y la postura estilizada de su esbelta mano son típicos de la iconografía esmaltada georgiana, mientras que el tema es clásico de la Cólquida.

Último propietario conocido: Lavrenti Mashenabili, descendiente de sacerdotes, padre de monstruos, esposo de una vieja bruja (en realidad, esposo de la dirigente del partido en Batumi), restaurador y reparador de dientes rotos que se pasó la vida con las manos empapadas de saliva y descomposición ajenas, maestro del arte soviético de ser siempre el tercero o cuarto de la lista, lo bastante bueno para infundir confianza, pero no lo suficiente para suscitar sospechas. Lavrenti logró dos proezas en su vida, estadística que lo avergonzaba sobremanera; el hecho de que eso significara dos proezas más que la mayoría de la gente no constituía consuelo alguno para él.

El padre de Lavrenti eludió la muerte durante la insurrección de 1924 escondiéndose bajo un montón de cadáveres a los que un recluta inspirado o demente del Ejército Rojo de Voronezh había matado con 564 balas de revólver. Dieciocho meses más tarde fue deportado a Siberia y murió durante el viaje, dejando esposa, tres hijos varones y otro en camino.

Los dirigentes locales del partido vigilaban de cerca a David, el hijo mayor, pues era hijo de un deportado. Cuando le llegó el turno de servir en el ejército, lo enviaron a una lejana avanzada en pleno desierto de Karakum. Cierto día interminable, acuciado por el aburrimiento y el vodka casero, aceptó el desafío de su comandante y engulló seis escorpiones vivos, lo cual le provocó una muerte tan espeluznante que los nietos del comandante aún sueñan con ella.

Zviad, el segundo hijo, se ahogó durante un entrenamiento submarino en Vilnius.

León, el tercero, a fin de no servir en el ejército que había acabado con la vida de su padre y de sus dos hermanos, escapó por Turquía y se estableció en las laderas de las montañas de Talis, donde se convirtió al islam, cortó toda relación con su familia, abrió un pequeño café en un rincón sombreado y sigue viviendo allí, rico, anónimo y atormentado.

Lavrenti se casó con una muchacha de dientes conejiles, pantorrillas generosas e inteligencia mediana, y se convirtió en un dentista respetado, aunque algo indolente y soñador, en Batumi. En 1983, cuando todo el mundo, incluyendo a su mujer, suponían que ya era demasiado viejo para desertar, fue elegido representante de la república soviética de Georgia en un congreso internacional de odontología que se celebraba en Filadelfia, ocasión que aprovechó para desertar.

Cuatro meses antes de que se marchara, su primo Boris, hijo del hombre que había traicionado al padre de Lavrenti, según se rumoreaba, regresó a Batumi desde Leningrado. No para quedarse, por supuesto, pues había alcanzado fama y gordura como instructor de maniobras marítimas marxistas-leninistas en el Instituto de Instrucción de Oficiales Navales Soviéticos, sino para investigar el paradero de «esas dos monedas tan curiosas que el abuelo siempre juraba enterrar en la iglesia antes de permitir que los rusos se hicieran con ellas». Enterradas no le servían de nada a nadie, razonó, y se convertirían en motivo de orgullo para Batumi si se exponían en el Museo de la Hermandad Socialista de Pueblos Indígenas, situado en Moscú. Por supuesto, no pediría recompensa alguna para sí, tan solo otra escuela en su población natal, y si las autoridades creían conveniente bautizar el centro con el nombre de su ilustre hijo, pues bueno, él no se opondría. Lavrenti era mayor que Boris y tal vez recordaba mejor las historias del abuelo. ¿Recordaba por casualidad en qué parte de la iglesia había enterrado las monedas, o tendría Boris que enviar excavadoras rusas para desmantelar la iglesia piedra a piedra a fin de examinar los escombros?

Valor aproximado: Lavrenti desenterró las monedas en plena noche con sus propias manos, al igual que las habían enterrado su abuelo y él, y las ocultó en el forro de su maleta. Durante su primer viaje a Nueva York vio un anuncio en el *Novoe Ruskoye Slovo*. Vendió las monedas por una cantidad suficiente para pagarse un billete de ida a California, fundar una consulta dental en Bakersfield y cambiarse el nombre por el de Larry Mack.

Aquí está la fuerza fuerte de toda fortaleza porque vencerá a todo lo sutil y en todo lo sólido penetrará.

Estaba en el fondo del mar, con anguilas eléctricas provocándome descargas en los oídos y gritando. Estaba tumbado en el desierto, abandonado para convertirme en festín de una jauría de hienas en celo. Un hombre gordo estaba sentado sobre mi cabeza, emitiendo la nota más aguda posible con un clarinete. Alguien me había llenado la boca con carne de caballo podrida mezclada con chicle recogido del suelo en una estación de metro, y luego me la había sellado. El tren empezó a emitir repetidamente la señal de cierre de puertas.

Me había bebido casi dos botellas de vino, y el teléfono estaba sonando.

Me incorporé a duras penas del sofá (todavía llevaba toda la ropa, incluso los zapatos) y levanté el auricular con la pinza de langosta que tenía por mano.

—Grrmpf —mascullé.

—¿Paul?

—Sí.

—¿Todavía trabajas para mí?

—Art, joder...

Tambaleándome, tropecé con el recipiente abierto de salsa y caí como un saco de patatas sobre el sofá, que se había teñido de granate y apestaba a vino.

—¿Estás enfermo? Si lo estás, Donna dice que te diga que te llevará un poco de sopa.

Me restregué el rostro seco y apergaminado, y cerré los ojos. Aun así, la habitación me daba vueltas. Todavía no tenía resaca; seguía borracho.

—Enfermo no, es que ayer tuve una noche durilla.

—Ah, comprendo —exclamó Art como si en verdad lo comprendiera—. Bueno, acaba de llamarme Eileen Coughlin. Quiere saber qué tal va el artículo, y no he tenido más remedio que decirle que no lo sé. —Se detuvo, y aunque yo sabía que tenía que decir algo, no supe qué decir—. ¿Y bien? ¿Qué tal va el artículo?

—Bien —repuse.

No estaba en condiciones ni de humor de resumirle los acontecimientos de los últimos días. En mi estado apenas era consciente de que tenía brazos.

—Vale, bien. Si va bien, pues bien. Pero deberías llamar a Leenie antes del fin de semana. Está muy interesada en el artículo y en ti. No dejes pasar esta oportunidad, Paul, te lo aconsejo.

Tampoco estaba de humor para escuchar consejos ni los merecía.

—Vale —me limité a farfullar.

—Bien, vale, vale, bien. Esto es como hablar con mi hija cuando tenía trece años. Oye, descansa y bebe mucha agua. Si puedes pasarte por aquí esta tarde, te daré algo nuevo, ¿vale? Austell dice que te echa de menos.

—Sí, ya me lo imagino —grazné—. Hasta dentro de unas horas, Art.

—Hazme caso: bebe agua, duerme, date un baño caliente y aféitate, por este orden. Repite el procedimiento si es necesario. Eso es lo que te enseñan en la facultad de periodismo.

—¿Ah, sí? Creía que solo enseñaban lo que significa «TK».

—Eso también, y otra cosa que te enseñan es que no conviene que un periodista se líe con su fuente.

—Art, yo...

—Solo te estaba tomando el pelo. Esto es un pueblo y todo se sabe. Tu vida personal no es de mi incumbencia y no pretendo entrometerme. Imagino que no lo vas a convertir en una costumbre, pero en cualquier caso, no te conviene granjearte ese tipo de reputación.

—Tomo nota.

—Me alegro. Venga, ánimo y hasta luego.

Después de varios vasos de agua y otros tantos de ginger ale, un largo baño con siesta incluida en mi bañera revestida de liquen y un afeitado excepcionalmente meticuloso con espuma mentolada, conseguí pasar de un estado de pura pesadilla a otro de mero horror. Al cabo de otros tres cuartos de hora, ya no tenía la boca pastosa ni el estómago lleno de cristales rotos y cargas de profundidad. De nuevo era casi un ser humano, y tal condición me pareció idónea para ir a la oficina.

De camino al periódico tenía que pasar por la escuela Talcott, y hasta que tuve la verja principal a la vista fingí que no iba a entrar para ver a Hannah, al igual que fingí que era mera casualidad que pasara por allí a la hora del almuerzo, cuando sabía que estaría libre. Sin embargo, un experto en el autoengaño sabe cuándo desistir, de modo que entré en el recinto de la academia.

La recepción era un hervidero de inactividad. Tres anodinas secretarias de edad indeterminada se sentaban ante tres mesas de madera idéntica equidistantes entre sí. La de la izquierda contemplaba su escritorio con mirada compungida; la de la derecha hablaba por teléfono en voz baja; la del centro me miró con ojos totalmente desprovistos de expresión. Tenían aspecto de dormir envueltas en bolas de naftalina y de sobrevivir a base de tila floja, como manifestaciones platónicas de la perfecta secretaria de escuela privada de Nueva Inglaterra. Saludé con gesto amable (o al menos eso creo) a la del centro, que se recogió un mechón invisible tras una oreja arrugada pero escrupulosamente limpia sin quitarme los ojos de encima. Le pregunté dónde podía encontrar a Hannah Rowe. La mujer carraspeó, cogió una mota de polvo invisible de su mesa y la depositó con toda pulcritud en el cajón superior.

—Siga al señor Heatherington —indicó, señalando a un hombre que estaba de pie ante una hilera de buzones.

Al oír su nombre, el hombre se irguió de repente y nos miró con expresión inquisitiva antes de avanzar hacia mí con la mano extendida. Estrechársela fue como tocar una bolsa mojada llena de ramitas. Di las gracias a la secretaria, pero la mujer estaba concentrada en borrar algo de una ficha y no me hizo ni caso. Seguí las coderas del señor Heatherington por varios pasillos y una escalera. Al llegar a la planta superior señaló una puerta de doble hoja al final de otro pasillo. No había abierto la boca, y si hubiera creído en fantasmas, aquel hombre habría reafirmado mi fe, pero como no creía en ellos, me limité a quedar desconcertado, y lo cierto es que el señor Heatherington todavía se me aparece a veces en sueños, siempre como una figura enigmática en extremo.

Desde el otro lado de la puerta indicada me llegaron risas, la de Hannah y la de un hombre. Dentro vi a Hannah en compañía de un tipo repulsivamente guapo, de esos que no estarían fuera de lugar en una pasarela ataviados con gruesos jerseys de lana, presentándose a algún cargo público o trabajando unos años como profesor de ciencias enrollado pero inofensivo antes de ingresar en la facultad de medicina. Me miró con un aire condescendiente que todo el mundo, salvo los más listos y los más paranoicos, habrían tomado por una expresión afable.

—Paul, ¿qué haces por aquí? —exclamó Hannah con voz neutra.

—Iba de camino al trabajo y he decidido entrar para hablar un momento contigo.

Me sonrió un instante antes de dedicar otra sonrisa cómplice a la dentadura blanca sentada junto a ella.

—Lo siento —se disculpó sin sentirlo en absoluto—. Paul, este es Chip Gregson, uno de nuestros profesores de ciencias. Chip, este es mi amigo Paul. Chip y yo estábamos planificando el calendario.

Chip arqueó las cejas a modo de saludo, pero no se levantó ni me tendió la mano.

—Lo siento, no era mi intención interrumpiros a ti y a Chip, pero querría hablar contigo un momento...

—De acuerdo —suspiró—. Chip, ¿podemos quedar después de la octava? ¿Todavía estarás? —preguntó a su compañero con una sonrisa.

—Sí. Si no estoy aquí, estaré en el primer campo entrenando con los defensas. Ven a buscarme.

Me pregunté qué probabilidades había de que se rompiera una pierna «entrenando con los defensas». Chip apuró su taza de té, avanzó hacia mí con paso atlético y me dio una palmada en la espalda al pasar.

—Encantado, colega —dijo.

—Igualmente.

En cuanto salió, me senté junto a Hannah.

—Bonitos hombros —comenté.

Hannah no dijo nada ni me miró siquiera. Quizá había elegido el momento menos propicio para mostrarme sarcástico. Le acaricié la barbilla, y ella permitió que le levantara el rostro hasta que nuestras miradas se encontraron.

—No entiendo nada —murmuré—. ¿Podrías ponerme al corriente, por favor? Dime qué he hecho mal o qué te ronda por la cabeza.

Siguió en silencio.

—¿Sigues trastornada por lo de Jaan?

Una expresión afligida le surcó el rostro y se asentó en él. Daba la impresión de que estaba intentando por todos los medios llorar o bien contener el llanto.

—¿Puedo hacerte una pregunta, Paul?

—Claro.

—¿Por qué te importa?

—¿El qué?

—Todo este asunto. Jaan, lo que le ha ocurrido, yo...

—Bueno, lo primero es fácil. Jaan es un personaje interesante. Mira...

Me giré hacia ella e intenté poner orden en mis ideas mientras contemplaba las anillas olímpicas que las tazas de té habían dejado sobre su mesa.

—Era un profesor que apenas daba clase; tenía contactos con ladrones de joyas; cuesta imaginar una vida más enclaustrada que la de dar clase de historia báltica en la Universidad de Wickenden y vivir aquí en Lincoln, pero Jaan no solo llevaba un arma encima, sino que la disparó en dos ocasiones, librándose ambas veces de las consecuencias gracias a la protección del departamento de historia y de la universidad, a la que por cierto donaba todo su sueldo y más. ¿Cómo vivía? ¿Cómo es que conocía a alguien como Vernum Sickle? ¿De qué tenía miedo? Quiero saber quién era.

Hannah no parecía impresionada. En momentos como ese desearía contar con un guionista mejor que me escribiera las frases, porque la verdad era que necesitaba ayuda.

—Además —añadí más despacio—, alguien dejó una amenaza, un diente humano ensangrentado, clavado en mi puerta, y eso me cabrea. Mira, nunca he sido valiente, nunca me ha hecho falta, pero me cabrea que alguien me amenace en lugar de respetarme lo suficiente para explicarme por qué no debería publicar el artículo y cuáles serían las consecuencias si lo publicara, a fin de que yo pudiera tomar mi propia decisión con conocimiento de causa. La segunda pregunta también es fácil de responder.

—No digas ninguna estupidez —me advirtió con los ojos brillantes.

—Es que es una pregunta muy fácil —insistí.

De repente apretó el pecho y los hombros contra mí, me apoyó las manos en la espalda desnuda, bajo la camisa, y me besó como un animal hambriento antes de empujarme al suelo y colocarse a horcajadas sobre mí. Luego me giró el cuerpo hasta que estuvimos encarados, yo sobre el costado derecho y ella sobre el izquierdo, tendidos en el suelo de linóleo que olía a décadas de desinfectante y tiza.

—No entiendo nada —admití en voz baja—. ¿Qué estás haciendo?

—No me lo preguntes, por favor. ¿Harías algo por mí?

—Claro.

—Deja que Jaan descanse en paz durante un par de días.

—¿A qué te refieres?

Hannah se incorporó. La melena se le había llenado de polvo, de modo que la sacudió.

—Prométeme —insistió, apretándose de nuevo contra mí— que dejarás a Jaan en paz durante un par de días. Después puedes hacer lo que quieras.

—¿Por qué?

—¿Lo harás? Por favor, si no por Jaan, por mí. Por favor.

Suspiré, me levanté y me senté en una silla junto a su mesa.

—¿Solo un par de días?

—Dos. Dale un respiro a Jaan y luego haz lo que tengas que hacer, todas las preguntas que quieras.

La ausencia de pronombres personales en aquella frase debería haberme sorprendido.

—Vale.

—¿De verdad?

—De verdad. Puedo tomarme un par de días libres. De todas formas, tengo otros artículos que escribir.

Se sentó en mi regazo y me sostuvo la cabeza entre sus manos.

—Sé que te debo una explicación, pero te ruego que me creas cuando te digo que lo que te pido es lo mejor por el momento. Lo mejor para Jaan, lo mejor para todos los que lo apreciaban, lo mejor para mí...

—No lo haría por nadie más —puntualicé.

—Gracias, Paul. Paul...

Dejó mi nombre suspendido entre nosotros como una burbuja de jabón que no se rompió hasta que Hannah se levantó de mi regazo.

—Tengo que ir al periódico.

—Y yo tengo clase dentro de cuatro minutos. ¿Por qué será que la única pieza de música clásica que les gusta a los adolescentes es el *Bolero*?

—¿Qué es el *Bolero*?

—No tienes remedio. Prométeme que aprenderás algo de música —pidió con expresión inusualmente seria.

—¿Me enseñarás?

—Me gustaría. Sí, quiero hacerlo.

—¿Qué está pasando?

Hannah me besó dos veces y dejó la mano apoyada sobre mi mejilla durante un instante.

—Tengo que ir a clase. ¿Me llamas luego?

—Cuenta con ello.

—Eres tan digno de confianza... Gracias. Por todo.

Realmente tenía intención de dejar el asunto, lo juro por Dios. Contravenía todos mis instintos, pero lo habría hecho porque podía saborear a Hannah en lo más profundo de mi garganta cada vez que la veía. Si ello significaba ocuparme de otros artículos, lo que de todos modos debía hacer, y dejar correr el asunto de Jaan durante un par de días (a fin de cuentas, nos encontrábamos en el período relajado entre publicación y publicación), pues de acuerdo. Podía aceptarlo, y Art también, claro que él no se enteraría.

Pero lo que ocurrió fue que al entrar en la redacción del *Carrier*, apenas tuve tiempo de saludar a Austell con la mano antes de contestar al teléfono, que estaba sonando.

—Sí, quisiera hablar con Paul Tomm, por favor.

—Soy yo.

—Ah, magnífico, ya me lo parecía. Soy Anton Jadid.

—Profesor, me alegro de tener noticias suyas. Gracias de nuevo por la comida del sábado.

—Fue un placer, un auténtico placer. La verdad es que llamo porque me gustaría volver a invitarte a comer.

—Por supuesto. ¿Cuándo?

—Esta noche.

—¿Esta noche?

—Sí. Lamento avisarte con tan poca antelación, pero he descubierto algo que creo que te interesaría mucho.

—¿Relacionado con el profesor Pühapäev?

—Relacionado muy estrechamente con Jaan, sí, señor. Preferiría no hablar de ello por teléfono. ¿Podemos quedar esta tarde en la facultad, hacia las cinco y media? Me disculpo de nuevo por avisarte con tan poco tiempo y por convocarte tan temprano, pero sería lo mejor.

¿Podía quedar con él? Supongo que la promesa que le había hecho a Hannah era falsa, y no me engañaba (al menos, no más allá de un engaño superficial y autoimpuesto) respecto a los motivos que me habían inducido a hacérsela. Creo que en su momento tenía intención de cumplirla, pero no era una intención demasiado sólida. En primer lugar, todas las razones que le había dado para querer seguir trabajando en el artículo eran ciertas. En segundo lugar, Jadid y su sobrino se habían tomado molestias extraordinarias para ayudarme; no podía decirles sin más que lo dejaba correr todo. Y en tercer lugar, sé que no queda bien parecer ambicioso, pero ese detalle deontológico es mucho más fácil de cumplir cuando no tienes carrera alguna, mientras que yo ansiaba el empleo de Boston.

—Sí, por supuesto —accedí—. ¿Quiere que lleve algo?

—No, por supuesto, aparte de grandes dosis de curiosidad y apetito. A mi mujer le habría encantado conocerte, pero por desgracia se ha ido esta mañana para participar en una conferencia en Cincinnati, de modo que la responsabilidad culinaria recae en mí. Ven a la facultad a las cinco y media. Lo más probable es que esté cerrada con llave, pero estaré atento a la puerta. Procura golpearla con fuerza. Hasta entonces.

—Hasta entonces.

Miré el reloj. Eran las tres y cuarto. Para llegar a Wickenden a tiempo, tendría que haber salido a las tres, teniendo en cuenta el tráfico de la hora punta. A través de la puerta cerrada de Art oí el chirrido que emitía la silla cada vez que su ocupante se levantaba. El cajón de su escritorio se cerró, y sus pasos se acercaron a la puerta. No había razón para quedarme a explicar al jefe por qué pasaba tan solo tres minutos en el despacho un día laborable, ¿verdad? Por supuesto que no. Para cuando se me ocurrieron los primeros contraargumentos, ya estaba a las afueras de Hartford, conduciendo hacia el este a ciento diez kilómetros por hora.

Entré en el aparcamiento de la facultad de historia cuando los últimos rayos de sol se ahogaban en el río Wickenden a mi espalda. No había ningún otro coche estacionado, lo cual me inquietó, pues había esperado ver al menos el de Jadid. Me protegí los ojos para mirar por las ventanas delanteras y vi que los fluorescentes del vestíbulo estaban encendidos, aunque supuse que siempre lo estaban. No había ninguna puerta abierta. La raída moqueta gris, la vieja escalera de madera, la pintura desconchada de la barandilla de hierro forjado y el silbido del viento contra el revestimiento de la fachada confería al edificio el aspecto de un anciano adormilado que roncaba. Llamé a la puerta, primero suavemente, luego con firmeza, insistente, con mucha fuerza y por fin ayudándome con la puntera del zapato. El profesor Jadid acudió a abrir ataviado con una camisa azul de cuello abierto y vaqueros bien planchados; era la primera vez que lo veía sin la sempiterna americana con corbata. Las gafas se bamboleaban colgadas sobre su pecho mientras bajaba la escalera. Tenía aspecto de abuelo joven y afable sin su armadura académica.

—Paul, me alegro mucho de volver a verte. Lamento haberte hecho esperar. ¿Hace mucho que has llegado?

—No mucho, la verdad. —Lo suficiente para romperme un par de dedos del pie, nada más—. Yo también me alegro de verlo.

—Estupendo. —Se hizo a un lado para dejarme entrar en el oscuro vestíbulo—. Mi despacho da al patio trasero. Es un rincón magnífico, tranquilo, totalmente desierto cuando cierra la facultad. Lo elegí precisamente por ese motivo, pero esta tarde, por desgracia, ha hecho que tardara mucho en oírte llamar. Me alegro de haberte oído por fin. Pasa, pasa.

Me rodeó los hombros con ademán paternal, me condujo al interior del edificio polvoriento y silencioso, y cerró con llave.

—Te diré por qué te he llamado —dijo, frotándose las manos, no sé si de satisfacción o por el frío—. No, a decir verdad, creo que será mejor que te lo enseñe. Supongo que no violaremos ninguna intimidad a estas alturas, ¿verdad?

—¿La intimidad de quién?

—Ah, buena pregunta. ¿La intimidad de quién? Pues la de Jaan, por supuesto. Es que él... Bueno, la verdad es que nunca se me ha dado bien hacer regalos. Subamos. Nuestro departamento, como casi todo en Humanidades, tiene una falta de espacio tremenda —explicó el profesor mientras subíamos la escalera—. Los profesores Ryerson y Zinoman, a los que contratamos a principios de este curso, comparten despacho, y aunque lo cierto es que se lo toman con filosofía, dudo mucho que les parezca una situación ideal, así que hoy he decidido empezar a vaciar el despacho de Jaan para que cada uno de ellos tenga su propio espacio el semestre que viene. Pero tropecé con un problema.

Me hizo parar delante de la puerta de Jaan. Advertí que Crowley había pegado la cubierta de su libro y tres críticas favorables en la puerta de su propio despacho.

—¿Te llama la atención alguna cosa en esta puerta?

Tenía cuatro lados, picaporte metálico, cerradura y una chapucera capa de pintura blanca, como todas las demás puertas del departamento.

—No.

—Ah, ya me lo figuraba. Mira hacia abajo, si no te importa.

Al obedecer vi dos ojos de cerradura de acero situados en las dos esquinas inferiores. Eran romboides y tan grandes que una llave de dimensiones corrientes habría quedado engullida en sus fauces. Jadid esbozaba la sonrisa satisfecha de un científico que acabara de completar un experimento excepcionalmente difícil y espectacular.

—Interesante, ¿verdad? Desde luego, yo no autoricé la instalación de esas cerraduras ni sé cuándo las hizo poner Jaan.

—¿Tiene las llaves?

—Por supuesto que no. Creo que no quería que nadie más que él entrara en este despacho.

—¿Por qué? ¿Y cómo vamos a entrar?

—Bueno, responderé en primer lugar a la segunda pregunta... Ya he entrado. Tengo entendido que ayer Joseph te hizo una demostración de su habilidad para forzar cerraduras, y por lo visto no te hizo demasiado gracia.

—Se lo ha contado, ¿eh? No, la verdad es que no estuvo tan mal, al menos en teoría. Quiero decir que me alegré de verlo, pero luego quizá... en fin, da igual.

—Hum —mascculló Jadid, mirándome por encima de las gafas—. Joseph tuvo la impresión de que tu acompañante reaccionó con mucha menos ecuanimidad que tú.

—No creía que hubieran estado suficiente rato en mi casa para darse cuenta —repliqué, a la defensiva.

—Claro, claro. Joseph puede llegar a ser muy observador en los pequeños detalles, sobre todo de índole personal, una facultad valiosísima en su profesión. Quizá en este caso se equivocara —intentó contemporizar—. Sea como fuere, Joseph ha conseguido abrir estas cerraduras, pero le ha llevado casi una hora, lo cual, según su listón olímpico, significa que son casi infalibles. Y mira —añadió al tiempo que empujaba la puerta y me hacía entrar en el despacho, inusualmente frío y mohoso.

Seis largos cilindros de acero, cada uno de entre tres y cinco centímetros de diámetro, atravesaban el reverso de la puerta del despacho, tres de ellos unidos por una barra situada a la izquierda, y tres por otra barra a la derecha. Los seis cilindros encajaban en otros tantos cilindros de acero, tres en cada lado del marco.

—Cada cerradura controla tres de estas resistentes barras —explicó el profesor, deslizando la mano a lo largo de una de ellas—. Joseph dice que estas cerraduras son las que suelen instalarse en las cámaras acorazadas de los bancos, aunque por lo general van montadas en una puerta de acero. Supongo que una puerta así habría resultado demasiado llamativa para una facultad de historia. Pero en cualquier caso, es la primera vez que Joseph veía un sistema así instalado en un despacho privado. ¿Por qué crees que lo tenía?

—No tengo ni idea. ¿Para hacer gasto?

—Sin duda guarda relación con eso. De hecho, pocas empresas de esta zona instalan esta clase de cerraduras. Joseph dice que llamará a las que hay en Wickenden y alrededores para comprobar si alguna ha acudido a esta dirección. Imagina que los coleccionistas de arte muy ricos, por ejemplo, podrían tener cerraduras similares en sus casas, pero la razón por la que supone que no ha visto ninguna hasta ahora es que funcionan lo bastante bien para que la policía no tenga ocasión de investigar delitos relacionados con los objetos que protegen. Por supuesto, Joseph es Joseph, y a veces exagera un tanto para quedar bien, pero creo que en lo fundamental tiene razón. Toda persona que puede permitirse una cerradura tan compleja e inexpugnable como esta no solo tiene intención de proteger, sino que por lo general consigue proteger los objetos guardados tras ella.

—¿Y qué objetos guardaba Jaan?

—Ah, esa es una pregunta no solo fascinante, sino en mi opinión, también crucial y mucho más trascendente que la muerte de un profesor. De hecho, puede parecer... en fin...

Se volvió hacia el interior del despacho, y yo seguí su ejemplo. Ojalá pudiera decir que vi un cadáver colgado del techo, una puerta secreta al fondo o enormes sacos de cocaína con sus correspondientes básculas, pero lo cierto era que parecía un despacho de profesor cualquiera, con sus estanterías atestadas de libros y papeles, una enorme mesa desordenada con más montañas de papeles, un ordenador y una máquina de escribir eléctrica sobre una mesita auxiliar. El único detalle peculiar era que solo había una silla en todo el despacho y estaba colocada tras la mesa, lo cual parecía indicar que Pühapäev había prescindido de las horas de visita.

—¿Qué va a hacer con sus cosas? —pregunté.

—Supongo que el departamento se las quedará, a menos que alguien venga a reclamarlas. No tiene familia, ¿verdad?

—De hecho, he conocido a su hermano.

Jadid se volvió hacia mí con ojos brillantes y una expresión menos sorprendida de lo que habría esperado.

—¿Su hermano? ¿En serio? ¿Se parecen?

—La verdad es que no, si no me falla la memoria. Los dos eran ancianos, blancos y llevaban barba, pero ahí acaba la semejanza.

—Ah —suspiró el profesor con una sonrisa distraída mientras golpeteaba la jamba con la puntera del zapato—. Pero eso no demuestra nada. ¿Te forjaste una impresión de él?

—No especialmente, aunque la verdad es que no le gustó que le hiciera preguntas.

—Por supuesto que no, por supuesto que no. Bueno, bueno... Echa un vistazo a los libros y dime si ves algo extraño.

Los libros estaban escritos en tantas lenguas que no tenía modo de averiguar si había algo extraño en ellos o no. Encontré algunos en inglés, *Poly-Olbion*, de Michael Drayton; *Brief Lives*, de John Aubrey; *The Patterne of All Wisdome*, de Geoffrey LeMetier; *Collectea Chymica*, de sir George Ripley; *Arabs of the North Sea*, de Herve Tiima; *Pálido fuego*, de Vladimir Nabokov.

—No estoy seguro. Por desgracia, no sé nada más que inglés y una pizca de holandés.

—Yo leo sin problemas en ocho lenguas y en seis más con ayuda del diccionario, pero entre estos libros he contado más de treinta lenguas, tales como el árabe, el chino, el ruso, el urdu... Hay varios escritos que parecen árabes, pero que emplean diacríticos distintos. Hay obras en coreano, húngaro, finlandés... ¿Conoces a alguien que sepa hablar o leer tantas lenguas?

—No.

—Yo tampoco. Aprender tantos idiomas llevaría décadas, y una persona tardaría quizá siglos en leer todos los libros que contiene este despacho. No obstante, eso no demuestra nada. Pero la cuestión es que de los que sí puedo leer, ni uno solo, a excepción del volumen sobre los árabes del mar del Norte, quienes, al menos que yo sepa, no existen, ni uno solo de ellos, repito, guarda relación alguna con la historia báltica, su presunta especialidad. Y mira esto —agregó, acercándose a la estantería más alta y ancha del despacho—. ¿Sabes qué hay detrás de estos libros? ¿No? Pues una ventana.

—¿Y?

—La política de la facultad gira en torno a las ventanas. Un sociólogo podría escribir un magnífico ensayo sobre las ventanas como símbolo de categoría en el universo académico. Cada despacho tiene dos ventanas. Los profesores tardan años en poder instalarse en una habitación con vistas, mientras que Jaan ocultó deliberadamente la suya. Por supuesto, no tiene demasiada importancia, ya que esta ventana da a un callejón y tiene magníficas vistas a los contenedores del restaurante mexicano La Tortilla. Examiné la ventana desde el callejón y vi que la cortina estaba corrida. Una cortina corrida (y como puedes comprobar, una cortina robusta que parece encolada a la pared alrededor de la ventana) y una estantería inmensa que protege la ventana. Otra precaución inusual, ¿no te parece? Quizá prefería trabajar en penumbra, pero no lo creo probable, ya que dejó la otra ventana, la que hay detrás de su mesa, al descubierto.

—¿Disparó desde esa?

—Sí, pero por lo visto más tarde introdujo ciertas modificaciones. Coge este libro, por favor. —Sacó de la librería un voluminoso libro en hebreo encuadernado en cuero rojo con letras doradas y me lo alargó—. Coge este libro y arrójalo por la ventana.

Me quedé inmóvil con el libro en la mano, sin saber qué hacer. El rostro de Jadid resplandecía de energía, y su perpetua sonrisa felina se había ensanchado bajo los ojos relucientes y las mejillas tersas.

—Venga, dame el libro. No pretendía presionarte, pero lo cierto es que no tenías por qué preocuparte.

Avanzó hacia la ventana y arrojó el libro contra ella. El lomo del volumen quedó algo hendido, pero la ventana permaneció intacta. El profesor golpeó el vidrio con los nudillos, provocando un sonido sordo, como si golpeara una piedra.

—Plexiglás. A prueba de balas, diría yo, de unos diez centímetros de grosor. No creo que un arma de calibre normal pudiera atravesar esta ventana. Y mira —indicó al tiempo que se inclinaba hacia el marco y deslizaba un dedo por él—. Está sellado, no solo pintado. Este despacho es una auténtica fortaleza.

De los tejanos de Jadid brotó una melodía electrónica, «Sueño con Jeanie la de Melena Castaña». El profesor se sacó del bolsillo un teléfono móvil, lo cual me asombró tanto como si hubiera sacado un vial de crack. Echó un vistazo a la pantalla para averiguar quién llamaba y asintió satisfecho.

—¿Joseph? Sí, muy bien, gracias. ¿Y tú? Estupendo, estupendo. ¿Qué? ¿En serio? Vaya, ¿qué...? De acuerdo. No, no, está aquí conmigo, en el despacho de Jaan. Creo que he encontrado... ¿Tú también? Estupendo, estupendo. Iba a enseñarle lo mío a Paul esta noche durante la cena. ¿Te apetece acompañarnos? Claro que sí.

En mi casa, sí, ahora mismo nos vamos. Pues hasta ahora. De acuerdo, adiós.

Cerró la pestaña del teléfono y se volvió hacia mí.

—Era mi sobrino: detective, sibarita, memoria andante y ladrón de truenos.

—¿A qué se refiere?

—Yo creía saber en qué andaba metido Jaan, pero no quién era en realidad. Tenía muchas ganas de exponerte mi teoría esta noche, pero ahora Joseph cree haber averiguado algo similar. Mi descubrimiento guarda relación con esta caja fuerte —explicó, señalando una pequeña caja negra y cúbica situada bajo el escritorio de Jaan; tenía la puerta abierta y estaba vacía—. Joseph ha tenido la amabilidad de abrirme. Ven a echar un vistazo.

Me agaché y escudriñé el interior de la caja. Jadid señaló dos pequeñas protuberancias cilíndricas en los rincones superiores del fondo.

—¿Sabes qué son? —preguntó.

—No tengo ni idea.

—Salidas de gas. Por lo visto, la caja está preparada para quemar el contenido si alguien intenta forzarla. ¿No te parece maravilloso? Es como una película de espías.

—¿Y cómo se las ha arreglado Joe para abrirla?

—Bueno, primero ha arrancado el panel inferior y luego los dos costados. Ha sacado los depósitos de gas y luego ha hecho algo espectacular con un estetoscopio y dos piezas largas de metal flexible, y la puerta se ha abierto.

—Genial.

—Tú lo has dicho. ¿Sabes? Su madre siempre quería que se hiciera médico. Y debo decir que la imagen de Joseph con bata blanca despotricando contra los peligros de la sobrealimentación con una hamburguesa en una mano y una cerveza en la otra me resulta encantadora. Mira, aquí tengo el contenido de la caja —anunció al tiempo que sostenía en alto una caja negra para guardar causas judiciales—. No ves nada más, ¿verdad?

Examiné el interior; parecía vacía. Estaba a punto de incorporarme y cerrar la puerta cuando distinguí algo brillante en el suelo de la caja.

—Un momento, aquí hay algo. ¿Podría pasarme un papel? Gracias. Vamos allá.

Empujé lo que parecían fragmentos de vidrio sobre el papel, aunque no me corté con ninguno de ellos. Era más bien arenilla que relucía verdosa a la luz del despacho. Alargué el papel a Jadid, cuyo rostro se iluminó a juego con el polvo verde.

—¿Qué es? —inquirí.

—Creo que es lo que mi sobrino llamaría una «pistola humeante». Vamos —instó, ayudándome a ponerme en pie—. Es hora de cenar.

EL *KAMAL* DE AL-IDRISI (AGUA)

> Un hombre nunca puede decir «Es», tan solo «Creo que fue» y «Espero que sea». La transformación es la única constante. De la tierra venimos y a la tierra volveremos, pero sobre ella seremos informes y móviles, como el agua.
>
> TANDU ARMAH CISSÉ, *So far, so far from home*

Durante los Juegos Olímpicos de 1980, las regatas se disputaron en Pirita, un muelle situado en la bahía de Tallinn, concretamente en el extremo nororiental de la ciudad. Aun ocho años más tarde, al contemplar las zonas verdes que mediaban entre las murallas de la ciudad y la estación de ferrocarril, Voskresenyov todavía advertía las consecuencias del dinero que Moscú había enviado para embellecer la ciudad. Incluso los *aparatchiki* habían levantado por un instante la cabeza del comedero y permitido que parte de los recursos que manejaban fluyera hacia el noroeste a fin de presentar la mejor fachada posible a los invitados internacionales. Por supuesto, el invitado a quien más habían querido impresionar se quedó en casa, pero Voskresenyov recordaba con claridad las sonrisas radiantes de sus compañeros, sonrisas radiantes al estilo militar ruso, claro, mentón firme y sonrisa lánguida de trucha que nunca llega a alcanzar la superficie, voces roncas por el alcohol que espetan «¡Correcto!» al escuchar Radio Free Europe y el BBC World Service cantar las alabanzas de «la joya del Báltico».

Sin embargo, el proyecto de embellecimiento tuvo una consecuencia inintencionada, y es que los estonios se tornaron salvajemente orgullosos de su capital estonia, no soviética. Voskresenyov lo reconocía con claridad mientras atravesaba el barrio viejo de camino a la reunión. Después de tantos años, de tantas revoluciones y de tan pocos cambios, había desarrollado un sexto sentido para detectar la inestabilidad social.

Empiezan a suceder cosas. Una pintada cagándose en el gobierno de turno adorna un importante puente de la ciudad. Una piedra destroza una ventana de la residencia del gobernador en plena noche, aunque la calle está desierta. Antes de acatar la orden de un policía o de dar un soborno, un ciudadano vacila y se queda mirando el uniforme, porque eso es lo que ve, el uniforme, no al hombre, durante dos segundos más de lo habitual. Los documentos se traspapelan en lugar de llegar a su destino; las multas quedan impagadas; el gobernador despierta en plena noche por el olor a humo: su bandera, aún en lo alto de la asta, está ardiendo. Los presos políticos dejan de ser delincuentes para convertirse en símbolos, héroes en lugar de proscritos. Hombres grises, obesos, calvos y entrajados caminan apresurados, mientras que otros delgados y ataviados con cazadoras de cuero se toman la vida con calma. El tiempo se dobla por la mitad; un lado sigue avanzando, mientras que el otro intenta detenerlo, luego frenarlo, más tarde ocultarse tras él para al fin apartarse de su camino.

Voskresenyov percibía los inicios de aquel proceso en la mirada escéptica que un joven lanzó a sus medallas en Pühavaimu, en el arañazo de una llave que vio en el costado de un coche patrulla en Müürivahe, en el rasgueo de una guitarra procedente de una ventana en la segunda planta de un edificio de Pärnu maantee.

El barrio viejo parecía la visión americana de un amasijo de calles adoquinadas europeas serpenteando alrededor de edificios de tejado inclinado pintados en colores pastel, altos muros coronados de hierba y musgo, un castillo en lo alto de una colina. La influencia hanseática confería a la ciudad aspecto de fortaleza altoalemana, como Brujas o Danzig, de enclave civilizado, marítimo y a aquellas alturas del siglo XX, plácidamente irrelevante. Resultaba imposible amar Moscú y al mismo tiempo amar Tallinn. Uno podía hallar la energía grotesca de Moscú irresistible o inhumana, y considerar que la coquetería teutónica de Tallinn era reconfortante o tremendamente aburrida. Voskresenyov había llegado a encontrarla aburrida, aunque en tiempos había amado la ciudad y cabía la posibilidad de que volviera a amarla después de que otra revolución la transfiriera a manos de otro poder. Pasó bajo el arco de Raepteek y oyó las campanas de Pühavaimu dar las once de la mañana mientras se preguntaba qué quedaría y qué desaparecería en los años siguientes, agradecido por el hecho de poder observar desde lejos aquella futura revolución estonia.

Tomó el trolebús para recorrer el margen oriental del parque Kadriorg hasta Pirita Tee, donde subió a un autobús que atravesó los inmensos y descuidados suburbios, donde la ciudad perdía todo lustre y se tornaba soviética antes de terminar a las afueras de Keila-Joa. En cuanto se apeó oyó la cascada situada en el centro de la población y divisó el tejado de madera de la casona que se alzaba tras la cortina de agua. Detrás de la residencia empezaba un típico bosque estonio de pinos oscuros salpicados de abedules blancos que se extendía hasta la orilla del mar. Vio a una pareja de jóvenes desaparecer en el bosque cogidos de la mano. Ambos eran rubios y esbeltos, tan semejantes y de aspecto tan asombrosamente saludable que habrían suscitado sospechas en cualquier gran ciudad rusa.

Junto al lugar por el que se adentraron en el bosque empezaba una hilera de casitas de madera, de apariencia atractiva y lo bastante inocua para eludir las garras de los urbanistas soviéticos. Voskresenyov llamó a la puerta de la última y en aquel momento se dio cuenta de que desde allí podía entrever el centelleo del mar por un claro que se abría detrás de la casa.

El hombre que acudió a abrir tenía aspecto de gaviota curtida. Sacaba más de una cabeza al comandante y lo miraba desde encima de una nariz larga y fina bajo la que se asomaba una descuidada barba blanca. Uno de sus ojos aparecía lechoso por la edad y deambulaba por la órbita como una brújula estropeada, mientras que el otro era negro azabache. Ambos estaban engastados en una red de arrugas y surcos cual lagos en un mapa topográfico. El anciano se subió las mangas del holgado jersey como si se dispusiera a asestar un puñetazo y esperó a que su visitante hablara.

—¿Camarada Tiima? —preguntó Voskresenyov.

El anciano asintió, y Voskresenyov le mostró su identificación militar.

—Camarada Tiima, he venido para investigar una queja que sus vecinos han presentado contra usted. Documentación.

Voskresenyov alargó la mano y miró inexpresivo al anciano, que sacó del bolsillo un pasaporte nacional guardado en una funda de cuero sin apartar la mirada de Voskresenyov. El comandante fingió examinarlo, aunque en realidad estaba pensando en cuánto rato debía detenerse en cada página para hacer creer a Tiima que la inspeccionaba con atención. Por fin cerró el documento y se lo devolvió al anciano después de que este cambiara de lado el peso de su cuerpo por quinta vez.

—¿Puedo pasar? —le pidió.

—Depende —replicó Tiima mientras el ojo ciego desaparecía en la cuenca y el bueno se clavaba en la boca de Voskresenyov.

—¿De qué?

—De quién sea usted, del contenido de la queja y de lo que pueda pasarme si no le dejo pasar.

—Soy Voskresenyov, comandante del ejército soviético y jefe de las fuerzas bálticas. Si se niega a dejarme entrar, será culpable de obstrucción a la justicia.

El anciano arqueó las cejas con expresión cansina.

—¿Van a venir soldados a por mí?

—Ya veremos, pero que yo no sea policía no significa que no pueda detenerlo.

—Entonces será mejor que pase.

La casita olía a humo de tabaco de pipa, humo de leña, humo de carbón y brisa marina que el viento transportaba por la ventana posterior. La mezcla irritó los ojos de Voskresenyov, y el anciano sonrió al verlo quitarse las gafas para enjugarse las lágrimas. Una pequeña victoria.

—¿Quiere volver a salir?

—No, tan solo necesito un momento para acostumbrarme. ¿Puedo sentarme?

—Como quiera, pero ¿no va a decírmelo antes?

—¿El qué?

—La queja.

—Sí, sus vecinos creen que celebra oficios religiosos aquí.

—Imposible —espetó el hombre—. Esto no es Moscú. Conozco a mis vecinos, y ellos me conocen a mí. No pueden haber dicho eso porque no es verdad.

—Aquí tengo una declaración firmada según la cual...

—Las declaraciones pueden decir cualquier cosa, pero eso no significa que sea verdad. Se puede conseguir que cualquiera confiese lo que sea.

Voskresenyov siguió hablando, la voz más alta y los labios fruncidos en lo que esperaba fuera un rictus de desprecio. Hablaba con la mirada clavada en el papel para que el anciano no viera el ansia y la codicia reflejadas en sus ojos.

—Según la cual celebra usted reuniones ilegales en su casa y que se han visto con claridad «símbolos icónicos y objetos eclesiásticos» a través de la ventana trasera. Por lo visto, el bosque que empieza detrás de su casa es un lugar muy frecuentado.

—Siempre lo ha sido. Yo mismo despejé esos senderos hace cincuenta o sesenta años. Llevan hasta el mar.

—¿Y obtuvo los permisos pertinentes para despejarlos?

El anciano hizo una mueca, sacudió la cabeza con incredulidad, aunque sin sorpresa, y guardó silencio.

—¿Podría ver la habitación del fondo, por favor? Será fácil verificar si la declaración es veraz o falsa.

—No es una iglesia —afirmó el anciano sin moverse.

Voskresenyov se levantó y miró en derredor. La casa podía tener más de doscientos años o tan solo veinte. Los detalles de madera eran demasiado refinados para ser de factura soviética, y los pocos objetos decorativos (el colorido tapiz, una pintura del sol naciente sobre el litoral báltico, una hilera de barcos tallados en madera colocados sobre la tosca repisa que remataba la estufa panzuda) eran sencillos y rústicos, más acordes con los siglos XIX y XX. Voskresenyov experimentaba un cosquilleo en los muslos y en las yemas de los dedos, como siempre que se encontraba cerca de algo que quería. Por supuesto, si se equivocaba siempre estaba a tiempo de disculparse y desaparecer, pero no se equivocaba. Incluso en la Unión Soviética, la combinación mágica de dinero y privilegios garantizaba una información precisa.

—De acuerdo con los principios nacionales y el bienestar del pueblo soviético, yo decidiré si es una iglesia o no, señor Tiima. Usted limítese a llevarme hasta esa habitación.

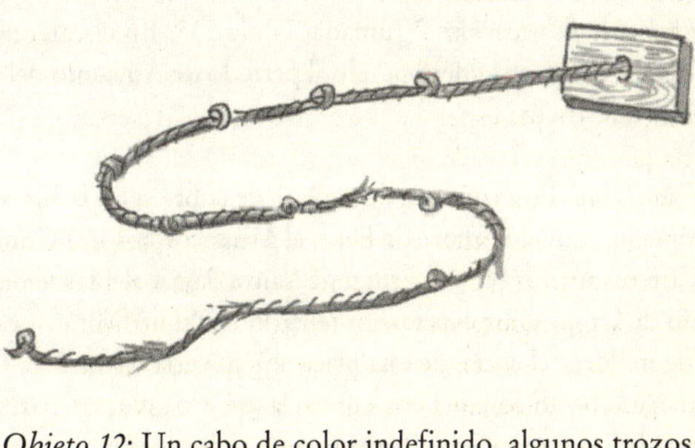

Objeto 12: Un cabo de color indefinido, algunos trozos podridos, 35 centímetros de longitud y ocho pequeños nudos. Uno

de los extremos termina en nudo, mientras que el otro estaba atado a una placa de cobre del tamaño de un naipe y verdosa por el paso del tiempo. Se trata de un utensilio de navegación árabe conocido por el nombre de *kamal*, que servía para mantener una latitud concreta en una travesía conocida.

La alquimia puede incrementar el número de años que vive una persona, pero no alargar una vida de forma indefinida. Por muchas precauciones que se tomen, las vidas son del dominio público, y la gente siempre empieza a hacerse preguntas cuando un vecino, un conocido, una persona a la que ven con frecuencia o incluso (en ocasiones) un amigo no envejece. Los alquimistas no veneran a Nabucodonosor ni a Titón, sino a Mercurio, por una sencilla razón: los alquimistas escapan. Ninguno de ellos se ha hecho ni se hace famoso por su extraordinaria longevidad. Cuando su edad o su aspecto físico se tornan demasiado llamativos, se limitan a desaparecer, a desprenderse de su vida como las serpientes mudan la piel, para reaparecer en otra parte con una nueva identidad. Una brújula, o en este caso un *kamal* que cuenta una historia, recuerda a su portador que a la larga deberá reconciliarse con su vida y abandonarla, aunque bien es cierto que ello es distinto y mucho menos doloroso y definitivo en su caso que en el de la mayoría de la gente.

Fecha de fabricación: 7 Jumada 'I-'ula 538. En el calendario occidental, esta fecha corresponde al período de Adviento del año 1150 de nuestra era.

Fabricante: En el margen de la placa de cobre se ve la siguiente inscripción: «En el nombre de Dios, el Misericordioso, el Compasivo. En tus manos obra el *kamal* de Yahva Rifaat al-Hashemi, artesano de Umm Qasr. Sus manos tejieron la última hebra y acabaron de moldear el cobre de esta placa el 7 Jumada 'I-'ula 538. Que ella traiga la bendición de Dios a quien la use y lo guíe por mares serenos y brisas suaves a dondequiera que a Dios le plazca llevarlo».

Lugar de origen: [Véase apartado anterior].

Último propietario conocido: Herve Tiima, hojalatero, sastre, soldado, marino, cocinero de galera, ermitaño, sacerdote y proveedor de extrañas y no corroboradas teorías históricas.

Tiima era hijo del alcalde de Paldiski, Jaan-Uus, que escribió pero no llegó a publicar un «hexadecálogo» de novelas que contaban la historia de Estonia desde la perspectiva de una serie de olas atrapadas entre el mar Báltico y la bahía de Matsalu, que sueñan con océanos pero llevan siglos zarandeadas entre Hiiumaa y la costa occidental de Rohukula. La única ola que escapó de ese purgatorio era la protagonista de la cuarta novela, que llevó un navío danés de la corte del rey Sven hasta Hiiuma, en el oeste de Estonia, durante una tempestad invernal.

Herve llegó a obsesionarse con las implicaciones metafóricas de la cuarta novela de la serie y acabó escribiendo un manuscrito sobre los pasajeros de aquel navío, que en su opinión no era ficticio. Su manuscrito, *Árabes del mar del Norte*, sostenía que la clave de la identidad estonia era un objeto de poder y valor incalculables que al-Idrisi había llevado desde el centro de la tierra, Bagdad, hasta la inmensidad helada y tenebrosa que se extendía entre el mar Báltico y el lago Peipsi, Peipus en ruso. En las postrimerías de la Unión Soviética, cuando sanadores, videntes, tirománcicos y pirománcicos se convirtieron en guías temporales de tantos ciudadanos perdidos y ávidos de creer, la teoría de Hiima experimentó un breve auge en diversos pueblos al oeste de Tallinn. Incluso se atrevió a organizar un grupo de lectura y debate en la habitación trasera de su casita, cuyas paredes decoró con recuerdos marineros que heredó de su padre: un astrolabio, un sextante y una placa de cobre prendida a un viejo cabo.

Numerosos residentes celebraron un velatorio ilegal en la plaza mayor de Keila-Joa cuando Hiima fue hallado asesinado de un disparo en la nuca en el bosque que empezaba detrás de su casa, disparo efectuado con la clase de pistola que llevaban los policías locales. El velatorio fue pacífico, pero los ciudadanos no se dispersaron pese a que se les ordenó. La noticia de aquella desobediencia civil se propagó como un reguero de pólvora por todo el país, y si bien no siguieron actos de violencia, disturbios ni tan siquiera manifestaciones de apoyo, todos los habitantes de Keila-Joa participaron en la cadena humana de protesta contra los soviéticos «Baltic Way» tres años más tarde.

Valor aproximado: Un cabo de novecientos años de antigüedad atado a un rectángulo de cobre verdoso puede costar 10 dólares en una quincallería o bien nada si se confunde con un trasto inútil. Sin embargo, también podría costar 30.000 dólares, como presuntamente sucedió en el caso de un *kamal* usado por el navegante en jefe de Vasco de Gama.

Así fue creado el mundo.

No reparé en lo asqueroso que estaba mi coche hasta que abrí la puerta para el profesor Jadid, que frunció el ceño y titubeó un instante antes de subir, como si se planteara la posibilidad de pedir un taxi. Recogí varios puñados de vasos de plástico, envoltorios de bocadillo y periódicos, así como dos paraguas rotos del asiento del acompañante y lo arrojé todo al asiento trasero. Luego empujé al suelo una lluvia de migas en todas las tonalidades posibles de beige. Por fin, el profesor se acomodó con cautela.

—Solo por curiosidad —dijo mientras salíamos del aparcamiento—, aunque en este caso no es curiosidad gratuita... ¿Te consideras una persona religiosa?

—¿A qué religión se refiere?

—Oh, la clase de fe en sí no importa. Supongo que la religión sería un punto de partida natural. Lo que quiero decir es si por naturaleza te consideras más inclinado a la creencia o al escepticismo. Claro que no son dos conceptos irreconciliables.

—Bueno, la verdad es que la religión nunca ha sido una parte esencial de mi vida. De niño iba a la iglesia de vez en cuando, pero nunca hice la confirmación ni nada. Nunca llegué a cogerle el tranquillo, y mis padres proceden de religiones distintas, así que nunca pertenecieron a una iglesia ni comunidad en particular. Tampoco a una familia en particular, aunque eso es otra historia.

—¿Y consideras que como consecuencia de ello te ha faltado algo?

—Supongo que estoy un poco celoso de la gente que siente algo, ya sabe, o incluso de la gente que integra los rituales en su vida.

—Comprendo. Imagino que aunque la religión no logre proporcionar consuelo ontológico, al menos sí puede aportar estructura. Estructura cronológica, si no espiritual.

Me eché a reír, y él me imitó. Le pregunté por qué había sacado a colación aquel tema.

—Por pura curiosidad, pura curiosidad. Debo confesar que últimamente casi nunca pongo los pies en la sinagoga. Quizá sepas que mi esposa es una cristiana ortodoxa nacida en California, en el seno de una familia siria. Educamos a nuestras hijas en la iglesia, lo cual trastornó de forma notable a mi familia. Sin embargo, a mi edad me siento cada vez menos atraído por la cosmogonía y la sustancia teológica del judaísmo, y cada vez más por sus rituales, como comentabas antes, hacia el hecho de formar parte de algo ancestral e ininterrumpido. Con cierta vergüenza tengo la sensación de ser el eslabón defectuoso de una cadena de creyentes, de un linaje de hijos, padres y abuelos que se remonta varios siglos. Si fuera más indiferente, tal vez sabría apreciar la ironía de que la prosperidad haya conseguido lo que la adversidad jamás ha podido lograr. Abandonados por fin a la asimilación, supongo que eso es precisamente lo que hemos hecho, y por supuesto, cuando hablo de nosotros me refiero a mí. En fin, menuda verborrea. Por favor, sigue recto por Grover Street y tuerce a la izquierda en Appleman. Mi casa está justo después de Torrance.

Guardamos silencio durante unos diez minutos, hasta que Jadid sintonizó una emisora de música clásica en mi radio.

—Ya hemos llegado —anunció Jadid—. Entra en el sendero o aparca en la calle, como prefieras.

Dejé el coche en la calle delante de su casa, un edificio pequeño e inmaculado típico de Wickenden, con fachada de madera, porches en las tres plantas con escaleras que bajaban (o subían) de un porche a otro y una plataforma, de esas que llaman *widow's walk*, en torno a la casa. No era tan distinto de mi antigua casa ni de la actual residencia de Mia. No sé por qué había esperado algo diferente, pero así era, un castillo, tal vez, una mansión, un convento o una granja en pleno campo. Ver al profesor Jadid ataviado con parka y botas, pasando ante un cortacésped y deteniéndose para recoger junto a la entrada un ejemplar del periódico local gratuito me resultaba incongruente. Lo que tenía que hacer era desaparecer en un café vienés de finales del XIX al final de cada día.

La cocina de Jadid era alargada, de techo bajo, iluminación cálida y numerosas superficies de madera, la clase de cocina donde a todos nos gustaría pasar nuestra infancia. El profesor picó con destreza dos tomates y dos cebollitas rojas que luego machacó con el dorso de una cuchara de madera antes de añadir algunos dientes de ajo, unas hojas de mejorana que sacó de un tarro colocado sobre el alféizar de la ventana, un chorro de aceite de oliva y otra de vino blanco. Acto seguido troceó una pieza de cordero que agregó a la sala, lo vertió todo en una fuente de cerámica y la introdujo en el horno. Nos sirvió sendas copas de vino blanco e insistió en que brindáramos por el voluminoso maletín rectangular que había en el rincón.

—¿Por qué? —quise saber.

—Todo a su debido tiempo —repuso con un teatral arqueo de cejas.

Lancé un suspiro de impaciencia. Nos sentamos a una mesa redonda de madera ante dos puertas correderas que daban al jardín trasero, pero a causa de la oscuridad de la noche y de la iluminación de la casa, lo único que veíamos en el vidrio era nuestro reflejo. De repente se oyeron unos golpes en la puerta, y la desaparición momentánea de nuestra imagen a causa de la vibración me hizo dar un respingo y derramar el vino.

El profesor Jadid me dedicó una mueca compasiva («Joe siempre aparca en la parte de atrás») y se levantó para abrir la puerta corredera. Con seis cervezas Newport Storm en una mano y una carpeta en la otra, Joe deslizó su corpulencia por el hueco de la puerta, abrazó a su tío, que desapareció casi por completo entre aquella inmensidad, y lo besó tres veces en las mejillas. Lo seguía un joven alto y flaco ataviado con un traje granate impecablemente planchado, camisa de mil rayas, corbata granate con aguja de granate y americana de cuero colgada del brazo; tenía aspecto de músico preocupado y medio muerto de hambre en el Greenwich Village de los años cincuenta.

—Este es Liosha Priyenko —presentó Joe.

Liosha cruzó el umbral con cautela, como si temiera ser visto, y nos tendió la huesuda mano al profesor y a mí.

—Liosha, te presento a mi tío Abe y a Paul, que empezó todo este asunto. Liosha trabaja en crimen organizado.

—Es un placer, Liosha. Entra —pidió el profesor—. ¿Qué te apetece beber?

Priyenko levantó la mano con la palma hacia fuera y la agitó adelante y atrás al tiempo que sacudía la cabeza. Los pómulos prominentes y en forma de hacha parecían dividir su rostro en un rectángulo colocado sobre un trapecio, y sus maneras algo tímidas conferían a ambas mitades una apariencia algo falta de sincronía.

—Esto... nada, señor, gracias. Todavía estoy de servicio.

Hablaba con leve acento extranjero, de vocales largas y pastosas, mientras que las consonantes chocaban entre sí de camino a la lengua desde la garganta, y se mantenía en la postura erguida y rígida de un recluta.

—Claro, claro. Por favor —invitó el profesor al tiempo que acercaba sendas sillas para Joe y Liosha, que se sentaron frente a nosotros. Joe abrió una botella de cerveza y rehusó el vaso que le ofreció su tío.

—¿Quién de nosotros empieza? —preguntó el profesor.

Joe se enjugó los labios con la manga.

—Liosha tiene que volver a su verdadero trabajo, así que empezaremos nosotros dos —propuso antes de rascarse el generoso abdomen y sorber por la nariz como si estuviera agraviado o pensativo—. Huele muy bien, Abe. ¿Cuándo cenaremos?

Anton chasqueó los dedos y se llevó uno a la sien.

—Gracias por recordármelo, Joseph. —Dispuso platos y cubiertos sobre la mesa, y luego abrió el horno para echar un vistazo al cordero—. La cena estará lista dentro de poco, pero hasta entonces, nada; ya conoces mis reglas —recordó a su sobrino mientras se acercaba a la encimera y empezaba a cortar hortalizas para la ensalada—. Os escucho —dijo por encima del hombro.

—Vale —suspiró Joe.

Abrió otra botella de cerveza y dejó la vacía en el suelo.

—¿Recuerdas que ayer fuimos al Lobo Solitario y te dije que nos llevamos un vaso para verificar las huellas?

—Sí.

—Bueno, pues Sally y Liosha lo han hecho. Por cierto, tío Abe, Sal dice que siente no haber podido pasar a verte un momento, pero es que uno de sus hijos actúa en una función esta noche.

Anton asintió y levantó el cuchillo para indicar que tomaba nota.

—Cuestión, que Liosha tiene un hermano... ¿hermano o primo?

—En realidad, dos hermanos —puntualizó Liosha, irguiéndose como si el profesor acabara de preguntarle la lección—. Uno trabaja como investigador en la oficina del fiscal de Moscú, y el otro es asistente del ministro del Interior.

—Eso. Bueno, parece que nos codeamos con la realeza rusa, ¿verdad? ¿Esos tipos son peces gordos?

Liosha se encogió de hombros y bajó la mirada.

—Sí, peces gordos, creo que sí. Es lo que consigues con un buen empleo, digo yo. Llevaré muchos regalos a mis sobrinos y sobrinas la próxima vez que vaya de visita, así que nos han ayudado.

—Bueno, pues la cuestión es —prosiguió Jadid, inclinándose peligrosamente hacia adelante en su silla— que les envié las huellas del tal Eddie y una copia de las huellas de Pühapäev a él y a Sally. Ya sabes que Pühapäev estaba fichado por la policía local y que había sido testigo material en un caso federal. No es que eso signifique que los federales lo tuvieran fichado, pero sí que lo conocían.

Asentí. El profesor Jadid trajo una enorme ensalada a la mesa con la misma mueca de desaprobación que helaba la sangre de los estudiantes y los hacía arder de vergüenza.

—Sí, ayer se lo conté a tío Abe, y no le hizo demasiada gracia enterarse de que Jaan intentó robar las joyas que él había ayudado a traer a Estados Unidos —explicó Joe—. Resulta que Eddie también estaba fichado por los federales. Figura en sus archivos como... vamos a ver... —murmuró, desdoblando un papel que Liosha le entregó—. Edouard Ivanov, condenado el 4 de febrero de 1992 en Kings County, Nueva York, por recepción de mercancía robada. Cumplió una condena de sesenta a noventa días en Ossining, veía con regularidad a su agente de la condicional, buena conducta, ninguna queja, bla, bla, bla. Nunca volvieron a tener noticias de él en el juzgado del Kings County ni en ningún tribunal federal.

—¿Qué clase de mercancía robada? —inquirí.

—Oro. Iconos de oro robados en una iglesia ortodoxa ucraniana a las afueras de Bridgeport, Connecticut. Lo detuvieron en otro estado, de ahí los cargos federales. Parece lo mismo que Pühapäev. El gilipollas de ladrón al que pagaron fue detenido con la mercancía encima y declaró que Ivanov había encargado el robo. Por lo visto, a Eddie lo defendió un espantapájaros de oficio con traje en lugar de nuestro querido Vernum Sickle. ¿Por qué coño recurrieron los dos a abogados de pena?

Joe alzó la mirada hacia nosotros como si esperara una respuesta, pero lo único que se oía era el chisporroteo del cordero en el horno.

—¿Por dinero? —aventuró Liosha—. Quizá eran los típicos soviéticos agarrados.

—Puede —convino Joe sin convicción—. ¿Así que nunca te has cruzado con ninguno de los dos? Es que Liosha trabaja en asuntos de la mafia rusa en la ciudad y alrededores —nos explicó a su tío y a mí.

—No, nunca había oído hablar de ellos. Pero también es cierto que ninguno de los dos vivía en Wickenden y que solo llevo nueve o diez meses aquí.

Se sacó un paquete de Parliament del bolsillo de la camisa con dedos largos y femeninos, y miró con expresión interrogante al profesor Jadid, que le puso delante un cenicero y un sobre de cerillas.

Joe asintió filosófico y se rascó la cara inferior del mentón. Todo hombre tiene una zona en el rostro condenada al olvido durante el afeitado, y en el caso de Joe era un parche oblongo de barba espesa que crecía como musgo en el pliegue entre la papada y el cuello.

—Pero cuéntale lo mejor —instó.

Nadie sabía a quién se dirigía. Su tío nos sirvió un plato de cordero a cada uno, y Jadid se abalanzó sobre la comida como un lobo hambriento. Al poco propinó a Liosha un codazo amigable que a punto estuvo de derribarlo de la silla.

—Venga —urgió mientras un hilillo de salsa rosada le resbalaba por el cuello de la camisa—. Cuéntaselo.

—Ah, te refieres a mí. Vale, vale. Bueno, pues resulta que Ivanov y ese tal Pühapäev están fichados en Rusia.

Ninguno de nosotros dijo nada. Priyenko agitó la mano con la que estaba fumando; aún no había probado bocado.

—Claro que no es de extrañar, porque cualquiera que haya servido en el ejército o estado en un komsomol o vivido en una gran ciudad tiene las huellas digitales controladas. Lo que sí es de extrañar es haberlo averiguado en un día —añadió con una risita—. Mi hermano, el que trabaja en la oficina del fiscal, me dijo que acababan de introducir los expedientes más recientes en el ordenador, pero que los más antiguos siguen enterrados en la misma sala inmensa de los sótanos de la Novokuznetskaya, donde siempre han estado. Por suerte ha estado liado con cuatro de las seis empleadas del archivo, y con tres de ellas acabó bien. Es el único hombre de todo Moscú capaz de averiguar lo que necesitamos saber.

Ninguno de nosotros reía, pero por lo visto a él le parecía muy gracioso.

—¿Qué tal si vas al grano? Y come algo, espantapájaros.

Una vez obtenido el permiso, Priyenko se puso a comer con entusiasmo.

—Gracias, está delicioso. ¿Turco?

—¿El plato? —preguntó Anton; Priyenko asintió—. Puede que en un principio fuera griego, pero ahora es una receta cien por cien propia. Pero has estado muy atinado, porque bien podría ser turco. Creo que la próxima vez le añadiré un poco de sumac, y puede que...

—Esto, siento interrumpir, pero Liosha se tiene que ir enseguida, así que, ¿os importaría intercambiar recetas en otro momento?

Anton frunció el ceño, pero al poco se encogió de hombros con aire afable.

—Lo siento. Por regla general, los ancianos se dedican a la jardinería o juegan al golf; en cambio a mí me gusta trastear en la cocina.

—Ya, bueno... El caso es que, según mi hermano, en Rusia las huellas de Ivanov corresponden a un hombre llamado Ibragim Ijmaiev, un ingush condenado en 1985 a cuarenta años de trabajos forzados por dirigir una red de contrabando.

—Qué curioso —exclamó Anton—. ¿En 1985? ¿Y no hubo proceso de revisión criminal después de la caída de la Unión Soviética?

Priyenko torció la boca, arqueó las cejas y se encogió de hombros.

—Por aquel entonces, los delincuentes no encabezaban la lista de prioridades. Supongo que una situación así las autoridades dirían que robar es robar, que no existe diferencia alguna entre robar en una sociedad comunista frente a otra de libre mercado. Pero no sé...

—¿No sabes qué? —inquirí al ver que se interrumpía.

—Un momento. —Sacó un cuaderno del bolsillo de la chaqueta—. Ijmaiev dirigía una red muy compleja de robo y reventa. Vendía iconos y artefactos religiosos e históricos rusos a turistas. Por supuesto, lo más probable es que casi todos fueran falsos... Los occidentales no se enteran —observó con una sonrisa afligida y la mirada baja—. Sin ánimo de ofender, claro. A los rusos les conseguía coches, ropa occidental, música pop y cigarrillos de marca que entraba de contrabando desde Escandinavia y Alemania Occidental.

—No parece gran cosa —comentó Joe, apartándose de la mesa y emitiendo un profundo y satisfecho eructo al tiempo que abría la tercera cerveza.

—Ya, pero aún no he terminado —advirtió Priyenko.

Esperó un instante para comprobar que todos le prestábamos atención y por fin hizo un gesto de satisfacción casi imperceptible.

—También pasaba de contrabando metales preciosos y joyas de Asia Central a Rusia.

—Y dale con las joyas —tercié.

—Desde luego —corroboró el profesor con una sonrisa enigmática.

Priyenko ensartó un trozo de cordero con el cuchillo y se lo paseó entre las muelas.

—Lo interesante —prosiguió con la boca llena— es que esa clase de delitos le habrían acarreado la muerte. El crimen organizado, la *mafiya*, por la que Rusia es famosa en la actualidad, no existía bajo el régimen soviético. Bueno, eso no es del todo cierto; sí que existía, pero solo como sistema de gobierno.

Todos nos echamos a reír, y él alzó la mirada con los ojos relucientes, pero sin sonreír siquiera.

—No es ningún chiste. O lo es y no lo es. Todos los mafiosos rusos que he conocido en mi vida se forjan, consciente o inconscientemente, a imagen y semejanza del Partido Comunista de la Unión Soviética. La única diferencia es que los mafiosos roban sin pronunciar antes grandilocuentes discursos ni distribuir a diestro y siniestro elevados ideales que nadie se traga. En fin, como iba diciendo, lo más normal es que Ijmaiev hubiera sido ejecutado por sus delitos, pero no fue así. Imagino que tendría ciertos contactos, seguramente en el ejército o en el servicio de inteligencia. ¿Cómo si no podría haber organizado algo así? Pero eso —agregó, el dedo levantado como la batuta de un director de orquesta a punto de iniciar la pieza— no es lo más raro de Ijmaiev.

—Por el amor de Dios, muchacho, que no estamos en el teatro —espetó Joe—. Suéltalo de una vez.

—Lo más curioso de todo es que según los datos policiales rusos, Ijmaiev sigue en Magadan.

—¿Dónde está Magadan? —pregunté.

—A miles de kilómetros al norte de Japón, a miles de kilómetros al sudoeste de Alaska y a unos cuantos millones de kilómetros del resto del mundo. Es una cárcel —explicó Joe.

Nos miramos, perplejos, y Priyenko se echó a reír.

—No puedo creer que un detective americano sepa dónde está Magadan. ¿Cómo es eso?

Jadid se encogió de hombros y sonrió con aire satisfecho y malicioso.

—Es curioso que los archivos estén tan equivocados —continuó Priyenko—. Le conté a mi hermano que el tal Ijmaiev estaba aquí, y enseguida se puso a decir palabrotas, porque claro, si alguien estaba escuchando nuestra conversación, sabría que mi hermano sabe que hay un problema en los archivos, y eso puede significar que lo envíen a Magadan a averiguar qué ocurre.

—¿Cómo puede alguien fugarse de una cárcel así? —inquirió Joe.

—Pues de muchas formas, la verdad. Si realmente tenía los contactos que por lo visto tenía, fugarse no habría representado ningún problema; bastaría con conseguir un expediente falso o sobornar a un par de guardias. Pero la pregunta más interesante es cómo consiguió cruzar aquel desierto helado. Creo que por ahí cerca viven algunos yakutos, pero todo el mundo sabe que los reclutaban para entregar a los presos fugados; la Patrulla Popular del Norte. Más interesante que la pregunta sobre cómo se fugó es la cuestión sobre cómo se las ingenió para salir de Yakutia. Pero supongo que eso es lo que hacen las redes de contrabando, transportar cosas de un lugar a otro sin que corran peligro.

El profesor Jadid retiró los platos y volvió a llenar las copas. Joe se sirvió la cuarta cerveza, y Anton también tomó una.

—Lo hago para salvarte de ti mismo, Joseph —señaló—, como tantas veces que tienes comida y bebida al alcance de la mano.

Anton cogió un cigarrillo del paquete de Liosha.

—Si no me equivoco, también tienes información sobre Jaan, ¿verdad?

—Sí, por supuesto —asintió Priyenko—. Puede que no sea nada, pero el detective quería que lo mencionara de todas formas.

—El detective soy yo, por cierto —intervino Joe—. Por eso logré convencerlo de que metiera las narices en un caso tan alejado de su jurisdicción. Ahora cree que le debo una. —Liosha irguió la cabeza como si lo hubieran mordido y miró a Joe con expresión sobresaltada y furiosa—. Y es cierto... Quiero decir, que le debo una, claro.

—Respondería por Joseph aun cuando no fuera mi sobrino —tranquilizó Anton al joven policía—. Los Jadid no olvidamos nuestras deudas ni las contraemos a la ligera.

Joe asintió y dio una palmada a Liosha en el hombro.

—Por supuesto, por supuesto, no estoy preocupado. ¿Continúo? Bien —dijo Liosha—. Envié las huellas de Pühapäev por fax a mi hermano, y me respondió que encajaban en un cuarenta por ciento con las de Ivan Voskresenyov, un comandante de la Marina destinado primero en Murmansk, luego en Riga y más tarde en la Dirección de Estrategia y Seguridad Naval de Moscú. —Priyenko hizo una pausa para consultar el cuaderno antes de proseguir—: Según parece, se retiró en 1991, y desde entonces no se tienen noticias de él. Ello significa que nunca ha acudido a un hospital naval ni a un funeral naval. Puede que siga en Rusia, pero en tal caso, lleva una vida extremadamente tranquila.

—¿Y el cuarenta por ciento es mucho? —quiso saber el profesor Jadid.

—Casi ningún tribunal lo aceptaría como prueba, de eso puedes estar seguro —afirmó Joe.

Priyenko inclinó la mano hacia la izquierda, luego hacia la derecha y después de nuevo hacia la izquierda.

—Es difícil de asegurar. Las huellas de Voskresenyov se tomaron en... vamos a ver... en 1957. En 1989 fueron escaneadas en microfilm y cargadas en una base de datos primitiva, donde permanecieron hasta que el año pasado fueron transferidas a un sistema más sofisticado de procesamiento de imágenes, pero mi hermano dice que la calidad de la imagen deja bastante que desear. Por lo general siguen basándose en la comparación humana cuando emplean huellas dactilares, lo que no sucede a menudo, y uno de los motivos es que la calidad de imagen de sus aparatos casi nunca permite una lectura exacta. ¿Cómo se llamaban esas máquinas?

—¿Qué coño importa eso? —espetó Joe.

—Joseph, por favor.

—Lo siento, Abe, lo siento. Es una costumbre espantosa.

—Bueno, la cuestión es que podría ser una coincidencia exacta o no, pero nunca lo sabremos —sentenció Priyenko—. Por cierto, otro detalle curioso. Voskresenye significa «domingo» en ruso. El sargento Jadid me dijo que Jaan Pühapäev significa «Juan Domingo» en estonio, e Ivan, por supuesto, es el equivalente ruso de Juan. Curioso, ¿no?

—¿Voskresenyev es un nombre corriente en rusia? —preguntó el profesor.

—Bueno, muy corriente no, pero como ya sabe, en ruso hay muchos, muchísimos apellidos. Solo tenemos quince o veinte nombres de pila, pero apellidos hay centenares.

—Ah, sí, por cierto —intervino Joe—, Sally dice que sus amigos dicen que no tienen constancia de que nadie llamado Jaan Pühapäev inmigrara desde Estonia. Sin embargo, existe un pasaporte americano emitido a ese nombre en la comisaría de Hartford.

Joe dio una palmadita en la mejilla de Priyenko.

—En fin, chico, buen trabajo. Y una cosa, no me hagas ni caso cuando me meta contigo, ¿vale?

—Estoy curado de espantos —replicó Priyenko al tiempo que se levantaba y se ponía la chaqueta, una americana de cuero color tabaco del tipo que se ponen los urbanitas con pretensiones de parecer informales, lo cual era cierto en el caso de Liosha.

—Estupendo. Hoy te mereces un diez. —Priyenko sonrió y rechazó el comentario de Joe con un gesto—. ¿No te lo crees? Venga, vete ya. Volveremos a colaborar.

Priyenko estrechó la mano a todos, dio las gracias a Anton por la cena y se fue.

—¿Y bien? —suspiré.

—¿Y bien? —repitió Joe.

Jadid no había apagado el horno, de modo que la cocina se iba caldeando e impregnando del olor a comida quemada, pero nadie se levantó para remediarlo.

—Extraordinario —comentó Anton tras un largo silencio—. Resulta que mi compañero no era quien decía ser.

—¿A qué se refiere? —quise saber.

—Que sirviera en el ejército soviético no me sorprende, y que su nombre fuera un alias no debería sorprender a nadie que se detenga a pensarlo. Pero intentó robar un juego de rubíes muy especial, rubíes engastados en anillos creados en secreto por un joyero sasánida que tenía reputación de «hombre astuto». Supuestamente, esos rubíes garantizan a su portador una larga vida y, si los trata e invoca de forma correcta, protección contra enemigos tanto visibles como invisibles. Lo creáis o no, la leyenda no hace más que incrementar su valor. Eso sí que me sorprende de él. Y si a ello añadimos que pasaba sus ratos de ocio tomando copas en el bar de otro expatriado soviético y, por lo visto, también ladrón de joyas, eso de que su alias se parezca tan sospechosamente al de un coronel de la Marina desaparecido, y la sospecha de Priyenko, que en mi opinión es fundada, de que los secuaces de Ijmaiev tenían contactos militares, entonces el cóctel se hace cada vez más extraño.

—¿Crees que Pühapäev era un ladrón de joyas? —inquirió Joe.

—No exactamente, o al menos no en el sentido que por lo general damos a esa ocupación.

—¿Qué quieres decir?

Anton suspiró y trajo la caja de cuero hasta la mesa. Sin decir palabra, la abrió y sacó un sobre amarillo de veinticinco por treinta y cinco.

—Sé que una caja tan grande resulta algo absurda, pero surte el efecto dramático esperado, y en cualquier caso, no tenía otra cosa a mano en mi despacho. Había llevado un montón de trabajos académicos a la facultad y me había quedado vacía. En fin, da igual. Paul, ya sabes, aunque Joe todavía no, que aquí tengo el contenido de la caja fuerte de Jaan. Objeto número uno...

Anton sacó del sobre un papel alargado y doblado. Era la clase de hoja que se empleaba en las impresoras de agujas, con ambos lados perforados. ¿Quién usaba todavía aquel tipo de papel?

—Es un itinerario de viaje —anunció; por supuesto, las agencias de viajes seguían utilizándolo—. Jaan estaba preparando unas vacaciones invernales bastante emocionantes y caras. Vuelo de Boston a Berlín, al cabo de tres días, de Berlín a Moscú, tres días más tarde a Teherán, de ahí a Riad, luego a Amán, Bagdad, más tarde a Jerusalén con algún otro medio de transporte, porque el siguiente vuelo es de Jerusalén a Bombay, una breve escala en Los Ángeles y por fin de vuelta a Boston.

—La vuelta al mundo —bromeó Joe.

—Más o menos. Una buena aventura para un profesor entrado en años, ¿no os parece?

—¿Cuál era el propósito del viaje? —pregunté.

—Objetos dos a seis: pasaportes. Estonio, ruso, holandés, británico e iraní respectivamente. Joseph, ¿sabes si Estados Unidos autoriza la doble nacionalidad con alguno de estos países, a excepción de Holanda y Gran Bretaña?

—No, que yo sepa.

—Cierto, no la autorizan. Por lo tanto, cabe suponer que estos pasaportes, que están en blanco, como podéis observar, sin siquiera nombre ni fotografía, tenían la finalidad de sustituir, no de complementar su ciudadanía estadounidense, que según hemos descubierto esta noche, parece haber sustituido su identidad estonia. Y así durante muchísimo tiempo.

—¿Durante muchísimo tiempo? —repetí—. Pero ¿cuántos años tenía? Quiero decir, ¿cuántas personas puede uno ser a lo largo de una sola vida?

—Es una pregunta fascinante. Joseph me ha contado que el forense que practicó la autopsia a Jaan observó una ausencia anómala de desgaste en sus órganos.

—Sí, pero ¿qué demuestra eso? Además, no olvide que el forense murió sin terminar la autopsia. Podría haberlo dicho sin pensar, ya sabe, un vistacito al final de un día muy largo. No he llamado a su sustituto. Puede que haya encontrado algo, pero esto... No entiendo qué significa.

—Puede que nada, pero esta observación en particular acerca del estado inusualmente bueno de sus órganos, parece encajar más con una observación detenida que con una actitud negligente, ¿no crees? Si el forense hubiera sido un holgazán o hubiera efectuado la autopsia con prisas o de forma incompetente, lo más probable es que hubiera asignado al cadáver de Pühapäev las características más previsibles, no las inusuales. ¿Por qué iba un forense veterano a hacer afirmaciones dudosas y fáciles de refutar?

Era una buena observación, y no se me ocurrió réplica alguna, ni tampoco a Joe.

—Objeto número siete —continuó el profesor—: Una hoja de papel con una lista manuscrita de quince objetos arcanos: un alambique, un castillo, un ney de oro, un ney de plata, un tríptico etíope, marfil de Xinjiang, las Lágrimas de la Reina de Hoxton, un sheng, polvo de arco iris, las Jaulas del Kaghan, las Medikos blanca y amarilla, el *kamal* de al-Idrisi, el Sol Amarillo y Naciente de Ardabil y la Sombra del Sol.

—¿Polvo de arco iris? —masculló Joe, recalcando cada sílaba para poner de manifiesto su desprecio.

—¿Qué es una *mediko*? —pregunté.

Anton sonrió y nos dirigió una mirada indulgente.

—A decir verdad, no sé a ciencia cierta qué es el polvo de arco iris, pero imagino que tiene algún otro sentido del que tu tono de voz le adjudica. Y deberías recordar, Joseph, a Mediko Tshvalianidze, aquella encantadora georgiana que cantaba en el coro de St. Cyril.

—Nunca iba a la iglesia, tío Abe, ¿no te acuerdas? Yo bateaba para el otro equipo.

—Claro, claro, lapsus de un viejo. En cualquier caso, supongo que se trata de antigüedades que habían ido a parar recientemente a manos de Jaan. Fijaos en las marcas que hay junto a cada objeto, hechas en distintos colores y utensilios de escritura, como si los hubiera adquirido en momentos muy diferentes.

—Madre mía, Abie, deberías haberte hecho poli.

—Me halagas, Joe. —Volvió a introducir la mano en la caja de cuero y esta vez sacó tres talonarios enfundados en piel—. Objetos ocho a trece: talonarios. De Citibank, Barclays, ABN AMRO, así como bancos de Suiza, de las islas Caimán y Liechtenstein. Cada uno de ellos contiene instrucciones de ingreso. En los últimos tres veréis que no hay talones. Probablemente esos bancos requieren que el titular se persone en la sucursal para retirar fondos, pero puede que me equivoque. En cualquier caso, los tres países son conocidos por sus bancos propicios a quienes desean ocultar o bien blanquear elevadas sumas de dinero. Y ahora llegamos a algo muy interesante. El objeto catorce, como podéis comprobar, es otro papel. Os leeré lo que Jaan escribió en él. Por cierto, estoy seguro de que la letra es de Jaan:

Verdadero, sin falsedad, cierto y muy verdadero:
lo que está abajo es como lo que está arriba,
y lo que está arriba es como lo que está abajo,
para realizar el milagro de la Cosa Única.

Y así como todas las cosas provinieron del Uno, por mediación del Uno,
así todas las cosas nacieron de esta Única Cosa, por adaptación.

Su padre es el Sol, su madre la Luna,
el viento lo llevó en su vientre,
la tierra fue su nodriza.

El Padre de toda la Perfección de todo el Mundo está aquí.
Su fuerza permanecerá íntegra aunque fuera vertida en la tierra.

Separarás la tierra del fuego,
lo sutil de lo grosero,
suavemente,
con mucho ingenio.

Asciende de la tierra al cielo,
y de nuevo desciende a la tierra,
y recibe la fuerza de las cosas superiores y de las inferiores.

Así lograrás la gloria del mundo entero.
Entonces toda oscuridad huirá de ti.

Aquí está la fuerza fuerte de toda fortaleza,
porque vencerá a todo lo sutil
y en todo lo sólido penetrará.

Así fue creado el mundo.
Habrán aquí admirables adaptaciones,
cuyo modo es el que se ha dicho.

Por esto fui llamado Hermes Tres Veces Grande,
poseedor de las tres partes de la filosofía de todo el mundo.

Se completa así lo que tenía que decir de la obra del sol.

—¿Qué cojones es esto? —exclamó Joe, expresando el sentir de ambos.

—La traducción de la Tabla Esmeralda, también llamada Tabula Smaragdina, uno de los textos fundamentales de la alquimia medieval. Grapadas a esta hoja se encuentran traducciones al alemán, al farsi y al hebreo, así como dieciséis líneas en caracteres cirílicos y dos en escrituras derivadas del sánscrito, ninguna de las cuales soy capaz de leer, pero que supongo también son traducciones de la Tabla. Son los objetos quince a veintiuno, por cierto, por si todavía lleváis la cuenta.

Anton permaneció sentado con las manos abiertas sobre la mesa, alternando la mirada entre Joe y yo. Tenía los ojos relucientes y sonreía. Por fin sacó de la caja un libro encuadernado en piel verde, con texto escrito en caligrafía gótica alemana tanto en el lomo como en la cubierta.

—Estoy seguro de que ambos reparasteis en la profusión de lenguas representadas en la biblioteca de Jaan, pero dudo de que os fijarais en la escasez de temas. Casi todos los libros giraban de un modo u otro en torno a la práctica y la historia de la alquimia. De entre ellos, muchos trataban de la Tabula Smaragdina en sí o de la tradición conocida por los nombres de hermetismo, hermeticismo o gnosticismo, de los que a todas luces surgió dicha tabla. Este libro, por ejemplo, es una rareza de la que he oído hablar a menudo pero que nunca había visto. ¿Sabéis por qué? ¿No? Porque es uno de los tres únicos ejemplares impresos. Se supone que uno de ellos está en algún lugar de Alemania, otro ardió con Hitler en su búnker... El hecho de que el tercero esté en un despacho del piso de arriba... Bueno, jamás me habría atrevido a imaginarlo siquiera.

—¿Qué es? —quiso saber Joe.

—A eso iba. Es el diario personal de Volker von Breitzlung, uno de los astrólogos de Hitler. No, no os riáis. Hitler creía más en el ocultismo que cualquier otro líder occidental, más incluso que Nancy Reagan —señaló, sonriendo antes de continuar—: O que su marido. En cualquier caso, los expertos no se ponen de acuerdo acerca de la existencia del libro, y si no estuviera convencido de la antigüedad, las marcas y los indicios de desgaste, tal vez creería que esto es una falsificación. De hecho, puede que lo sea, pero en tal caso es una falsificación tan magistral que sin duda posee un gran valor en sí misma. Mirad —indicó, abriendo el libro por una página señalada con un trozo de papel amarillo—. «El Führer ha vuelto a preguntarme si la Gran Piedra Verde es capaz de hacer lo que afirmé ayer. Le contesté que así era, que el hombre que adquiriera control sobre la Piedra y supiera cómo ejercerlo sin duda lograría superar triunfante cualquier obstáculo con que se topara. De nuevo le dije que desde hacía largo tiempo circulaba el rumor de que se hallaba en Estonia, y él aseveró que los soviéticos tenían puestas sus miras en los tres países bálticos, pero que aun cuando cediera el poder político a aquellos destestables ateos, conservaría una red clandestina de patriotas alemanes leales que se dedicara a buscar, buscar y buscar hasta localizar la Piedra.» Y por último —anunció Jadid al tiempo que cerraba el libro y sacaba un papel doblado— llegamos al objeto veintidós. —Desdobló el papel con cuidado, mostrando la arenilla verde que yo había descubierto en el fondo de la caja fuerte de Pühapäev—. Creo que Jaan o como quiera que se llamara había encontrado la Tabla Esmeralda y que estaba intentando venderla o al menos utilizar su influencia.

Tras unos minutos de silencio, Joe se inclinó sobre la mesa hacia su tío.

—¿Su influencia? Oye, Abe, ¿te has vuelto del todo majara o qué? ¿Qué influencia? Estás hablando de la volada de un astrólogo, por el amor de Dios. ¿Alquimia? ¿Qué se supone que iba a hacer, volar a Bagdad y convertir arena en oro o algo así?

—En primer lugar, jovencito, no pienso permitir semejante intolerancia en mi casa.

Joe se reclinó en la silla con la cabeza baja y expresión avergonzada.

—En segundo lugar, la alquimia es mucho más que convertir plomo, o arena, como tan inoportunamente lo has expresado, en oro. Es la ciencia de la transmutación, la comprensión de la naturaleza fundamental del universo y todos sus objetos. En teoría, un alquimista experto sería capaz de transformar cualquier cosa en cualquier cosa. Una suerte de física metafísica, por así decirlo. Y por último, ¿por qué rechazas de plano la posibilidad de que este objeto en particular pueda poseer propiedades fuera de lo común?

—¿Qué propiedades, Abe?

—No lo sé, para serte sincero, al menos no con exactitud. Pero no olvides el estado en que se encontraba el cadáver de Jaan. Algo debió de detener, ralentizar o tal vez incluso invertir el proceso normal de envejecimiento de sus órganos. ¿Cómo si no explicas su estado?

—Por la incompetencia del forense.

—Buf, qué cínico. Eres demasiado joven para ser tan cínico, Joseph. No estoy hablando de la clase de objeto que encontrarías en una tienda de cristales de Prescott Street. No me refiero a una moda new age ni a esas cosas que provocan conversaciones profundas acompañadas de una taza de... ¿Qué es esa porquería que tanto le gusta a tu prima Mira?

—¿Chai?

—Eso, chai. Reconozco que mi descripción de sus poderes es algo vaga e inespecífica, pero existen similitudes notables en la literatura acerca de la Tabla, similitudes aun en distintas culturas, distintos períodos, entre autores que no pudieron de ningún modo leer la obra de los demás... Además, en la literatura alquímica de numerosos países aparecen referencias a una tabla de gran tamaño hecha de piedra verde, descrita siempre como algo que separa y purifica, algo que deja atrás la materia muerta y rejuvenece la viva. ¿Cómo lo explicas?

—Bueno, en primer lugar, coincidencia...

—Tonterías. La literatura no permite la coincidencia.

—Puede que en un solo libro no pueda haber coincidencias —insistió Joseph—, pero seguro que los mitos se parecen mucho en todas partes. Si me das a elegir entre la coincidencia y una prueba circunstancial, y lo de «prueba» lo digo con enormes signos de interrogación, me quedo con la coincidencia.

—Pero ¿tiene importancia? —intervine.

Los dos dejaron de discutir y me miraron.

—A ver, digamos que Jaan tenía esa joya o la encontró. Estarán de acuerdo en que es posible, ¿no? Ya había intentado comerciar con objetos robados antes, y ese camarero, Eddie el Albanés, es una especie de contrabandista. Así que es posible que Jaan tuviera la joya. Tenga o no poderes inusuales, lo que estaba haciendo era intentar venderla, ¿no? El proceso de encontrar comprador, establecer contactos en otros países e ingresar dinero en algún paraíso fiscal es siempre el mismo. Entiendo que, por interés académico (sin ánimo de ofender, por supuesto), la posibilidad de que la piedra tenga poderes pueda ser de interés para usted, profesor, pero todo lo demás, es decir, los viajes, las ventas, todo lo que hizo Jaan, sería igual fuera la piedra una esmeralda enorme o una esmeralda enorme y encima mágica. Lo único que importaría sería si los compradores lo creían o no.

—El chico tiene razón —convino Joe—. Por cierto, ¿cómo de grande crees que es, Abe?

—No lo sé a ciencia cierta. Según la leyenda más conocida, Noé la llevaba consigo en el arca, y la esposa de Abraham, Sara, la encontró en brazos de un sacerdote que yacía muerto en una cueva. En el libro de Von Breitzlung recibe el nombre de «Gran Piedra Verde». Los términos «tabla» y «tablilla» no son precisamente muy reveladores, porque no indican el tamaño y ambos se emplean con más o menos la misma frecuencia, que yo sepa, para hacer referencia al mismo objeto. Pero si encontramos polvo de la Tabla en el fondo de la caja fuerte de Jaan, y si Jaan compró la caja con vistas a guardar la Tabla, a buen seguro se trataría de la esmeralda más grande conocida, más o menos del tamaño de un folio, diría yo. Tendría que serlo para que un hombre adulto, aun cuando fuera de constitución menuda, la sostuviera contra su pecho. ¿Os imagináis el valor que tendría una pieza así? ¿Millones? ¿Decenas, centenares, miles de millones? Incalculable... literalmente incalculable.

—¿Qué eran esos otros objetos de la lista? —exclamó Joe.

—¿Qué otros objetos?

—Las Lágrimas de la Reina, el alambique, el castillo y tal.

—Antigüedades, supongo. No veo ninguna relación entre estas piezas más bien dispares, ¿y tú?

—Sí, que todas son antigüedades.

—Claro, eso es evidente, pero yo me refería a una conexión real.

—A mí ya me parece lo bastante real. Si calificas un objeto de antigüedad en lugar de trasto viejo del desván, implicas que tiene valor. Puede que Jaan no fuera un simple ladrón de joyas, sino perista de una red de ladrones especializados. Apuesto algo a que se le daba muy bien.

—Muy interesante. Desde luego, parecía muy interesado en objetos de naturaleza oculta.

—Claro —dijo Joe—. Eso incrementa su valor para chiflados ricos que se pasan el día entero haciendo yoga y tai-chi, durmiendo en burbujas de oxígeno y buscando mil y una formas de vivir más.

—Hum —masculló Anton, quitándose las gafas y restregándose el puente de la nariz—. Sigo diciendo que hay otras cosas en el cielo y en la tierra, Joseph...

—Ya, ya, eso ya me lo conozco. Estamos de acuerdo en que sobre eso no podemos ponernos de acuerdo. Lo que ahora quiero es ir a echar un vistazo a la casa de ese tipo.

—La policía local no nos lo permitirá ni en pintura —advertí.

—¿Ni siquiera si no llevo a Sally y tú esperas en el coche?

—No.

—Bueno, pues no pediremos permiso. ¿Qué me dices de tu amiga, la profesora de música? ¿Tiene llave?

—La verdad, no me parece buena idea. Es que le prometí que dejaría correr el asunto durante un par de días.

—¿Te pidió que lo dejaras correr? ¿Por qué?

—Dice que quiere olvidarlo, dejar que Jaan descanse en paz.

—Gilipolleces.

—Puede que aún esté en estado de shock —aventuró Anton—. No me parece tan improbable.

—Vale, me parece perfecto que esté en estado de shock, pero de ahí a pedir a Paul que pase del tema...

—Se enfadó bastante al saber que había llamado a la policía —comenté.

—¿Ah, sí? Bueno, da igual, ya nos preocuparemos por ella más tarde. Apuesto lo que sea a que podemos entrar en casa del tío ese por nuestros propios medios.

Anton y yo guardamos silencio.

—Me tomaré vuestro silencio como un sí. Solo son las nueve; no quiero hacer nada hasta mucho más tarde. Lo que ahora me apetece es otra copa.

—Joseph, acabas de tomarte en una sola comida tanta cerveza como yo bebo en un mes —se quejó Anton.

—Ya lo sé, pero no quería decir aquí. Creo que deberíamos pasar a ver a Eddie de camino a Lincoln.

EL SOL AMARILLO

En la mar no hay amaneceres. Cuando desde la cofa el oteador vislumbra por primera vez filamentos amarillos en el cielo, ya le complazca o lo alarme, ante todo se siente aliviado. El amanecer amarillo indica la proximidad de tierra firme; a punto está de volver a pisarla.

SØREN ÅSTERGAARD, *Cuestiones en favor de la vida*

15 de diciembre de 1989
Aubrey College,
Oxford

Al director general:

Unidad Psiquiátrica, Hospital John Radcliffe

Esta carta acompaña al señor K. R. Prasad, vicedecano del Aubrey College, y al señor Benjamin Glantz, estudiante de posgrado de Aubrey aquejado de un profundo trastorno.

Como sin duda sabrá, el centro ha sufrido hoy una terrible pérdida. De forma inintencionada, el señor Glantz ha resultado la persona más afectada directamente, pues fue él quien encontró el cadáver del doctor Dimbledon. Esta mañana se encontraba en tal estado de nervios que me ha parecido lo más conveniente confiarlo a su cuidado por el momento. Sé que el señor Glantz es un joven extremadamente inteligente y capaz, si bien posee un talante tenso y más bien excitable, y espero que tras unos días de reposo en un entorno tranquilo se recupere por completo.

Debo pedirle un favor y espero que considere la larga relación que lo une con esta universidad y la honre como es debido. Sin duda habrá oído rumores acerca de lo sucedido aquí, y es posible que mañana lo lea en nuestros periódicos más sensacionalistas y menos prestigiosos. Le ruego no pregunte al señor Glantz al respecto ni hable de ello en su presencia. Es un joven muy sensible, y el pequeño papel que ha desempeñado en este suceso lo ha alterado sobremanera. Le ruego que refrene su curiosidad mientras él esté a su cargo. Por descontado, preferiría que también la refrenara en el futuro, pero sé que no se pueden emitir juicios morales sobre la publicidad y la fama, por efímeras que sean ambas.

En cualquier caso, le ruego lo trate bien. Reciba un cordial saludo,

Sir Peter Allham
Rector, Aubrey College

15 de diciembre de 1989

Al personal y el cuerpo docente del Aubrey College:

Con toda probabilidad ya sabrán que el doctor Darius Dimbledon, jefe de estudios y distinguido profesor titular de este centro durante casi cincuenta años, ha muerto esta tarde. El doctor Dimbledon llegó a Aubrey en la primera época de la guerra, y desde entonces ha sido una presencia constante aquí. Huelga decirles que todos lo echaremos de menos.

Estoy al corriente de los numerosos y macabros rumores que circulan acerca de la forma y las circunstancias de la muerte del doctor Dimbledon, y no tengo intención de hacer comentario alguno al respecto. Les ruego que sigan mi ejemplo, sobre todo en lo tocante a los periodistas apostados ante la verja del centro, ya que sin duda atraeremos mucha atención indeseable y obscena por parte de los medios de comunicación. No debemos olvidar que el doctor Dimbledon vivió en la facultad durante toda su carrera aquí, que aparte de nosotros carecía de familia y que en momentos como el presente debemos afrontar los asuntos del centro como si de asuntos familiares se tratara. La policía local y el cuerpo de seguridad de la universidad están llevando a cabo una investigación en extremo concienzuda, y en caso de descubrirse algo turbio, estoy convencido de que el responsable de tan vil delito será llevado ante la justicia con celeridad. No me cabe la menor duda de que todos ustedes prestarán a los investigadores plena cooperación.

Habrán observado también que hay un policía apostado en la portería además del portero. Se trata de una medida rutinaria para garantizar la seguridad de todo nuestro personal, profesorado e invitados (así como de nuestros alumnos, cuando regresen), y no debe interpretarse como motivo de pánico.

El doctor Dimbledon será enterrado mañana a las tres de la tarde en el cementerio de la universidad. Les rogamos se unan a mí y al reverendo Wethersby esta noche a las siete en la capilla de la facultad para participar en el oficio en memoria de Darius Dimbledon.

Hasta entonces, reciban un cordial saludo.

Sir Peter Allham
Rector, Aubrey College

The Times, 17 de diciembre de 1989

[Del Diario Social de M - D -]

Mi antiguo compañero de universidad «Hammy» (sir Peter para ustedes) Allham me llamó ayer para invitarme a alojarme en los aposentos del rector en Aubrey College si decidía asistir al oficio en memoria del doctor Darius Dimbledon, el último profesor que quedaba de mi idílica época en Aubrey. Dimby era un cabrón apolillado ya entonces, y de cualquier modo, la señora Pand y yo ya teníamos entradas para el estreno de *Rusalka* en el Covent Garden, de modo que me disculpé, y él prometió llamarme la próxima vez que se aventurara a salir del castillo para visitar la gran ciudad. Hammy aceptó con presteza mi propuesta de reunirnos, ya que, según sus palabras, la semana había sido «una auténtica prueba». ¿Qué significa exactamente «una auténtica prueba» para un profesor universitario, Hammy? ¿Que se te han acabado las provisiones de fino y tienes que conformarte con amontillado hasta que el administrador te dé la pasta para comprarte otra caja o unas cuantas?

17 de diciembre de 1989

Al rector Allham:

Le remito este escrito para poner en su conocimiento que la policía ha concluido el interrogatorio de todas las personas que asistieron a la conferencia y se alojaban en la residencia de la facultad en el momento de la desafortunada muerte del doctor Dimbledon. Me resulta desagradable tener que comunicarle que un hombre que se inscribió en la conferencia y a quien yo entregué la llave correspondiente parece haber desaparecido. Su nombre es Federico Soares, y recuerdo que era un hombre más bien bajo, de cabello oscuro, constitución mediana y tez de aspecto español o algo por el estilo. No he recuperado la llave, y nadie de la conferencia lo ha visto, o al menos eso me han dicho. Dejo toda decisión futura acerca de este asunto en sus competentes manos, pero me ha parecido necesario ponerlo al corriente. Aprovecho la ocasión para acompañarlo en el sentimiento, pues también yo conocía al doctor Dimbledon, pero no tan bien como usted.

Muchas gracias.

Barry Finch
Encargado de portería, Aubrey College

17 de diciembre de 1989

Al rector sir Peter Allham:

Le escribo esta breve nota para comunicarle que mañana por la mañana daremos de alta al señor Benjamin Glantz. Le hemos prescrito un curso de diazepam y recomendamos que siga en tratamiento todo el tiempo que considere necesario.

Tal como decía usted en su carta, el señor Glantz es un joven inteligente y con talento, pero su educación protegida, sin penurias económicas, la enorme importancia otorgada a los logros académicos y unos padres cuya preocupación por su bienestar adquiría a menudo un cariz abrumador y sofocante, lo han convertido en una persona poco preparada para la clase de golpe que ha sufrido. Le ruego me disculpe si generalizo, pero la tendencia general americana a hablar hasta la saciedad de los problemas con frecuencia provoca obsesiones; por supuesto, es imposible que el señor Glantz borre de su mente el horror que presenció, pero le resulta igual de difícil dejarlo atrás. Sin embargo, ahora parece tranquilo y racional, de modo que continuar ingresado sin duda le reportaría más problemas que beneficios.

Le doy las gracias por confiarlo a nuestro cuidado. Por descontado, tanto mi personal como yo seguiremos su consejo de no hablar del señor Glantz con la prensa.

Les deseo suerte para la resolución de este asunto. Entretanto, reciba un cordial saludo.

DOCTOR AMIT SINGH
Jefe de psiquiatría
Hospital James Hinchcliffe

19 de diciembre de 1989

A sir Peter Allham, rector de Aubrey College:

Le doy las gracias por comunicar a la Secretaría de Interior su preocupación acerca de uno de los asistentes a la Conferencia

Europea de Gestión que recientemente se celebró en su universidad. El secretario me transmitió el contenido de su conversación, y ha correspondido a mi departamento investigar la desaparición de Federico Soares.

En primer lugar, lamento informarle de que no sabemos nada acerca del señor Soares. La sección lusoibérica cree que su nombre es sin lugar a dudas de origen portugués, aunque desconocemos si el sujeto es o era de nacionalidad o extracción portuguesa o brasileña. A juzgar por la descripción del señor Finch, consideramos improbable que proceda de una nación africana lusófona (Angola, Mozambique, Guinea-Bissau, Cabo Verde, Santo Tomé y Príncipe), aunque por supuesto es posible.

Se inscribió en la conferencia como representante de Industrias PDL, y la documentación de inscripción se envió a un apartado de correos de Bremen. Ni en Bremen ni en ningún otro lugar de Alemania existe tal empresa, y el apartado de correos al que se envió la documentación tiene instrucciones de remitir toda la correspondencia a otro apartado de correos en Turquía. Esta circunstancia por sí sola no indica delito alguno, ya que la combinación de una empresa fantasma en Alemania y una dirección de reenvío en Turquía no es inusual.

Con todo, por regla general un hombre de negocios turco-alemán tendría un nombre turco, no portugués. En Alemania viven seis ciudadanos alemanes y extranjeros con permiso de residencia que se llaman Federico Soares. Cuatro de ellos tienen menos de dieciséis años, uno tiene setenta y cinco, y el único que encaja con la edad del sujeto es especialista en desarrollo de productos en BMW y no ha salido de Stuttgart en los últimos nueve meses.

Durante las seis semanas anteriores a la conferencia, tres hombres llamados Federico Soares entraron en Gran Bretaña. Dos de ellos abandonaron el país en el espacio de tres semanas, y el que se quedó lleva diez días de excursión organizada por los montes Peninos, siempre en compañía de guías y compañeros de viaje. En los tres días posteriores a la conferencia, ninguna persona llamada Federico Soares salió de Gran Bretaña. Ello significa que, o bien sigue en el país bajo un nombre distinto (en cuyo caso mi departamento lo localizará), o bien entró bajo un nombre falso, en cuyo caso, por desgracia, tenemos muy pocas probabilidades de localizarlo.

Convencer a un departamento de policía extranjero que preste su apoyo en un asunto de estas características, en el que el sujeto está relacionado con un delito de forma circunstancial en el mejor de los casos, resulta difícil en extremo.

Sin embargo, nuestra investigación prosigue. Nos pondremos en contacto con usted para informarle de cualquier progreso y confiamos en que usted haga lo mismo.

Entretanto, reciba un cordial saludo.

REGINALD DANVERS, jefe de servicios
Dirección de Inmigración y Ciudadanía
Ministerio del Interior

19 de diciembre de 1989
The National Herald

Cyril Brackett, corresponsal de noticias

La policía del valle del Támesis está sumida en la perplejidad a causa del supuesto asesinato de uno de los profesores más veteranos de Oxford.

Hace cuatro días, el doctor Darius Dimbledon, profesor titular del Aubrey College durante casi cincuenta años, fue hallado muerto en su habitación.

Descubrió su cadáver un estudiante que por lo visto entró en la habitación del doctor Dimbledon por equivocación, creyendo que se trataba de la suya. El estudiante, que se alojaba en el dormitorio contiguo, regresó a la facultad bastante tarde y en un estado algo lamentable.

El Aubrey College no ha dado a conocer su nombre, y el personal se ha negado una y otra vez a responder a toda pregunta relacionada con él.

En el más estricto anonimato, uno de los miembros del personal afirmó que se habían visto «cosas horribles» en el cadáver del doctor Dimbledon, pero no especificó a qué se refería.

Oficialmente, la policía se ha negado a tildar de asesinato la muerte del doctor Dimbledon. A la pregunta sobre cuál creía que era la causa de la muerte, el jefe de policía Henry Standage repuso que «a causa de unas heridas que pudo haberse infligido él mismo o quizá fueran consecuencia de un accidente, pero que no necesariamente indican la comisión de un delito».

No obstante, oficiosamente la policía actúa como si se hubiera cometido un delito.

Fuentes de la policía del valle del Támesis afirman que en un principio las sospechas habían recaído sobre Benjamin Glantz, el estudiante que descubriera el cadáver, pero no se halló relación alguna entre el alumno y el profesor, y otra fuente del mismo departamento asegura que el señor Glantz ya no centra la investigación.

El silencio de la policía del valle del Támesis ha suscitado toda suerte de rumores. Richard Frosk, corresponsal del *Incandescent* en Próximo Oriente, opinó desde su villa en Beirut que «los tenebrosos tentáculos del Mossad se ciernen sobre el asesinato cruel, sangriento y magistralmente planeado del doctor Wimbledon», señalando que «tanto el nombre de pila Benjamin como el apellido Glantz son aterradoramente corrientes en círculos sionistas extremistas de Estados Unidos e Israel... ¿Por qué la embajada israelí no ha confirmado que Glantz nunca ha viajado a Israel? ¿Qué figuras poderosas han obligado a la policía a desplazar con tanta rapidez el foco de la investigación?». Por el momento, ningún otro rotativo se ha hecho eco de las conjeturas del señor Frosk.

Entre los alumnos de Aubrey circula la teoría de que el profesor universitario, soltero y solitario, fue asesinado por una amante despechada.

La policía está buscando con ahínco algún elemento polémico en el trabajo del doctor Dimbledon, pero hasta la fecha no ha descubierto nada.

En el momento de la muerte del doctor Dimbledon, las facultades de Aubrey y Ripley celebraban de forma conjunta una conferencia europea sobre gestión. Uno de los asistentes a dicho acto ha desaparecido y sigue en paradero desconocido, si bien las fuerzas policiales de todo el país han sido movilizadas en secreto para una auténtica cacería humana.

La concejala de Oxford Sharon Viers declaró que era «una bendición que lo que ocurrió sucediera cuando casi todos los alumnos pasaban las vacaciones de Navidad en sus casas, y por supuesto nos alivia sobremanera comprobar que, por lo visto, se trata de un incidente aislado y no del acto de un loco cuyo objetivo sea también el municipio».

19 de diciembre de 1989

Apreciado señor Bowman:

Me llamo Benjamin Glantz y soy estudiante de segundo año de posgrado en el Aubrey College. La presente es para solicitar formalmente la suspensión de mi beca Rhodes para el resto del curso académico, tal como me ha recomendado usted hoy mismo durante nuestra conversación telefónica.

Como supongo sabrá, me he visto directamente implicado en los recientes acontecimientos acaecidos en Aubrey. Descubrí el cadáver del doctor Dimbledon y como consecuencia del trauma sufrido, pasé dos días en la unidad psiquiátrica del hospital James Hinchcliffe.

Permanecer en el Aubrey College sigue provocándome gran ansiedad, sobre todo porque me alojo en el dormitorio contiguo al del doctor Dimbledon, por lo que considero que lo mejor para mi salud sería tomarme un descanso de los estudios.

Si alberga cualquier duda sobre mi estado o considera que estoy fingiendo, le ruego se ponga en contacto con el doctor Amit Singh, del hospital John Radcliffe, o con el rector, sir Peter Allham, que se han mostrado en extremo amables conmigo durante los últimos días. Si tiene alguna duda sobre mi seriedad como estudiante, ruego se ponga en contacto con el profesor Trelawney, mi tutor, que dará fe de la calidad de mi trabajo. Y si requiere cualquier información adicional a fin de tramitar o acelerar esta solicitud, no dude en ponerse en contacto conmigo. Como puede imaginar, ardo en deseos de hallarme en el entorno conocido de mi hogar lo antes posible. Le doy las gracias de antemano por su consideración y espero recibir noticias suyas en breve. Entretanto, reciba un cordial saludo.

BENJAMIN GLANTZ

21 de diciembre de 1989

Ante todo, gracias por su misiva. De acuerdo con nuestra primera conversación telefónica, he comentado el asunto con los demás integrantes de la Junta Supervisora de Rhodes.

No vemos razón alguna para denegar su solicitud de suspensión de la beca Rhodes y comprendemos a la perfección su deseo de regresar junto a su familia a la mayor brevedad posible. Lo esperamos de regreso en Oxford en octubre del año que viene.

Rogamos acepte el pésame de la Junta Supervisora de Rhodes, así como mis mejores deseos para usted.

Atentamente,

SEÑOR WILLIAM BOWMAN
Presidente de la Junta Supervisora
de la Fundación Rhodes

22 de diciembre de 1989

A sir Peter Allham, rector del Aubrey College:

En atención a su solicitud, le hago llegar el informe de nuestra investigación una semana después de su inicio.

Por desgracia, el informe indica que no hemos avanzado gran cosa en los últimos siete días. No hemos encontrado huellas en los aposentos del doctor Dimbledon, o mejor dicho, sí encontramos cientos de ellas, pero casi todas eran suyas. Es importante tener en cuenta que, sin lugar a dudas, un gran número de alumnos, empleados de la limpieza e invitados habrán entrado en dichos aposentos, y que sin un objetivo concreto o unas huellas de referencia para comparar, las pesquisas suelen ser cuestión de pura suerte.

Merece la pena mencionar que los únicos lugares donde hemos localizado huellas del señor Glantz son el picaporte y el lugar de la moqueta donde cayó tras descubrir el cadáver. Ello confirma nuestra falta de sospechas hacia el joven, y si durante el interrogatorio mostramos hacia él menos amabilidad de la que acostumbra a recibir, estoy convencido de que se hará cargo. Si supiéramos más cosas acerca del hombre desaparecido, Soares, por descontado lo buscaríamos, pero puesto que parece tratarse de un fantasma, no tenemos nada que buscar.

Asimismo, carecemos de pistas de nuestras redes habituales de informadores y agentes de incógnito destinados en Oxford. Me atrevería a afirmar que el submundo de Oxford está tan desconcertado por la muerte del doctor Dimbledon como nosotros, lo cual nos consuela hasta cierto punto.

No debemos olvidar que casi todos los asesinatos dejan cuando menos algún rastro, y que los que carecen de pistas durante la primera semana a menudo quedan sin resolver. Le ruego no tome este comentario como una confesión de fracaso, tan solo como advertencia de lo que puede depararnos el futuro. En cualquier caso, la investigación continúa.

Atentamente,

Henry Standage

23 de diciembre de 1989

Apreciado Peter:

Bueno, espero que estés satisfecho. El revuelo ocasionado en tu facultad ha estropeado las vacaciones de Navidad de buena parte de tus colegas del MI5. Claro que a estas alturas son ex colegas, pero aun así no tienen derecho a descansar, por lo visto.

Hammy llamó a Bumster al Ministerio del Interior, Bumster llamó a Reg de Inmigración, y Reg se pasa el día arriba y abajo escupiendo órdenes como el pequeño tirano que es. No ha averiguado absolutamente nada, lo cual encaja a la perfección con su talento más bien limitado, pero en este caso, aunque me resulte doloroso admitirlo, no es culpa suya, porque lo cierto es que no hay nada que averiguar.

Inmigración no ha descubierto nada; nosotros no hemos descubierto nada; ni siquiera Standage, de la policía del valle del Támesis (es un buen detective, por cierto, de lo más decente y profesional que se encuentra hoy en día), ha descubierto nada. No hay rastro del tal Soares, ni en Oxford, ni en Londres, ni pista alguna de las comadrejas del MI6 de Armenia, Turkmenistán y Nueva York (la única ciudad extranjera a la que Dimbledon viajó en la última década)... Tan solo silencio sepulcral. Phipps incluso ha metido las narices en la mafia japonesa, la poca que hay en Londres (por lo visto, la amputación de un dedo es una forma tradicional de expiación autoinfligida entre los yakuza), pero no ha descubierto... ¿a que lo adivinas? Nada de nada.

Ese tal Dimbledon es un auténtico enigma. Profesor de Oxford durante cincuenta años, jardinero para ganarse la vida y de repente víctima del trabajo más profesional que se ha visto en Gran Bretaña en los últimos años. Hay algo que no cuadra, y el problema es que probablemente nunca sabremos qué es. Por mi parte, voy a procurar olvidar el asunto durante los próximos doce días, y te aconsejo que sigas mi ejemplo. Se ha ido, como todos tarde o temprano.

Infórmanos si descubres a algún estudiante de tercero prometedor, ¿de acuerdo? En los últimos años, Aubrey ha sido una buena cantera para nosotros y para el MI6, como bien sabes.

Saludos desde las trincheras,

CRUMMS

23 de marzo de 1997
The New York Times

Teresa Watkins & Benjamin Glantz

Teresa Althea Watkins, hija de Harold Watkins y Alice Watkins, de Brooklyn, Nueva York, contrajo ayer matrimonio con Benjamin Glantz, hijo de Herman Glantz y Leora Glantz, de Thousand Oaks, California. El honorable Edward T. Harris, magistrado asociado del Tribunal Supremo de Nueva York, ofició la ceremonia en el Museo de Arte de Brooklyn. El rabino Adam Maisels, del Templo de Beth Shalom de Los Ángeles, y el reverendo Hosea I. M. Jefferson, de la Iglesia Temperance African Metodist Episcopal Zion de Fort Greene, Brooklyn, también intervinieron en el acto.

La señora Watkins, de 27 años, conservará su apellido de soltera. Ayudante del fiscal del distrito en Manhattan, se licenció por la Universidad Johns Hopkins y por la facultad de derecho de Yale. Su padre es conservador en jefe de Antigüedades del Sur de Asia del Museo de Arte de Brooklyn. Asimismo, es miembro fundador y barítono del conjunto Musica Antigua de Brooklyn, un coro dedicado a la interpretación históricamente documentada de piezas renacentistas. La madre de la novia es cofundadora del conjunto vocal y primera soprano del mismo. Es profesora de artes visuales en la Universidad de Nueva York.

El señor Glantz, de 32 años, asociado del bufete de abogados Sanders, Clark, Monk, Brown & Garrett, se dedica ante todo a los contratos gubernamentales. Posee dos licenciaturas por la Universidad de Chicago, así como un máster por la Universidad de Oxford. Sus padres regentan el establecimiento Glantz's Delicatessen en Thousand Oaks, California.

Objeto 13: Un anillo de platino con un zafiro amarillo biselado de 9,04 quilates engastado en el centro. «Es el sol de la mañana y es el fin» son las palabras inscritas en árabe en el perímetro externo del anillo. En la cara interna se ve una hilera de hojas puntiagudas entrelazadas. Se cree que forma parte de un juego de tres anillos creados en secreto en Ardabil por Osman, orfebre de la corte del derrocado Faruz, último monarca del imperio sasánida, en conmemoración del reinado acabado de su señor. La joya recibe por lo general el nombre del «Sol Naciente de Ardabil».

Los otros dos anillos también son de zafiros; uno de ellos es rojo y recibe el nombre del «Sol Crepuscular de Ardabil», y el tercero es negro y se denomina el «Sol del Fin del Mundo». Tanto el Sol Crepuscular como el Sol del Fin del Mundo se encuentran en la Galería de Arte de la ciudad de Manchester, si bien a mediados de los noventa viajaron a cuatro ciudades estadounidenses en compañía de otras antigüedades persas.

Fecha de fabricación: El intrincado diseño del grabado y la combinación de elementos musulmanes (la escritura árabe) y premusulmanes (la representación de seres vivos, en este caso hojas) sitúa el Sol Naciente en el siglo siguiente al declive de la dinastía sasánida, es decir, a mediados del siglo VIII.

Fabricante: En los anales sasánidas, se le conoce tan solo como Osman el Orfebre, pero se desconoce si ello se debe a que no tenía otro nombre (lo cual indicaría su extracción humilde) o a que era tan famoso que no precisaba otro nombre.

Lugar de origen: Ardabil, ciudad construida en su mayor parte por el rey sasánida Faruz y antes avanzada aqueménida situada en la frontera septentrional del imperio persa. En la actualidad, la ciudad se halla en el noreste de Irán, cerca de la frontera con Azerbaiyán.

Último propietario conocido: Darius Dimbledon, maravilla atemporal de Aubrey College. En 1988, el doctor Dimbledon lo robó del equipaje de su compañero de viaje mientras se hacía pasar por conservador de museo en Nueva York. El robo no se descubrió hasta varios meses más tarde, tras lo cual el anterior propietario, con el consentimiento tácito de sus jefes, logró entrar en el Aubrey College a base de artimañas y una noche visitó al doctor Dimbledon en sus aposentos.

Obligó al profesor a desvestirse y sentarse en su silla predilecta ataviado tan solo con el anillo robado, y procedió a amputarle los dedos uno a uno con un cuchillo pequeño y afilado. Dispuso los dedos en forma de caduceo sobre la mesa del doctor Dimbledon (aunque también necesitó varios dedos de los pies y el pene para completar el dibujo), y acto seguido se marchó con el anillo del doctor Dimbledon, su cabeza y una serie de papeles que cogió del escritorio del profesor.

Valor aproximado: El zafiro es de claridad inusual y corte bellísimo, por lo que sin duda alcanzaría los 5.000 dólares por quilate. Si tenemos en cuenta la refinada orfebrería del aro de oro, así como el valor que añaden su antigüedad y linaje, el precio se situaría alrededor de los cien mil dólares.

Habrá aquí admirables adaptaciones, cuyo modo es el que se ha dicho.

Durante el trayecto de Wickenden a Clougham, Joe y yo no vimos a nadie en las calles ni delante de sus casas. No nos cruzamos con ningún coche en la carretera, ni tampoco había vehículos en el aparcamiento del Lobo Solitario. Conducir por Clougham fue como conducir dentro de un cuadro de Clougham. Aparcamos junto a la puerta del bar. El vacío sobrecogedor del pueblo acentuaba mi inquietud, e incluso Joe, que con toda probabilidad habría sido capaz de enzarzar al cadáver eviscerado de Pühapäev en una conversación, apenas abrió la boca durante el viaje. Por supuesto, yo pensaba en Hannah, debatiéndome entre el enfado, la tristeza, la preocupación y el desconcierto, todo ello aderezado con una pizca de lujuria y un chorrito de arrepentimiento. En otras palabras, la configuración habitual de mis emociones.

Todo aquel embrollo por lo que podría haber sido una necrológica en la última página de un periódico que escasos centenares de personas ojean antes de tirarlo a la basura, un artículo que podría haber escrito el día de su muerte («Fallece distinguido profesor extranjero», acompañándolo de un par de apuntes sobre su carrera, tal vez una cita elogiosa de algún colega, y aquella última frase tan triste: «No tenía parientes próximos»). Pero el asunto se había convertido en otra cosa, algo que me apasionaba a la vez que me asustaba, que me hacía sentir que por fin había atravesado el vidrio sucio, quebrado la superficie del mar. Por una vez no me sentía como un mero observador. No sabía si era por acompañar a Joe en aquel viaje hacia el densentrañamiento del misterio, por trabajar y pensar en algo que nadie más sabía y hacerlo cuando el resto del mundo dormía, o si tenía que ver con Hannah, por haber llegado a albergar sentimientos tan profundos pero inciertos hacia ella en un espacio de tiempo tan breve. Me adelanté en el asiento y tamborileé sobre la puerta con los dedos; estaba impaciente por saber cómo acababa todo.

La única iluminación en el interior del Lobo Solitario procedía de un partido de baloncesto en el televisor colocado tras la barra. De inmediato reconocí al tipo anodino que miraba la tele desde una fortaleza de botellas vacías de Rolling Rock; de nuevo llevaba la gorra de Piensos y Semillas Charlie Reed.

—¿Qué quieren? —masculló, volviendo la cabeza hacia nosotros como si le pesara una tonelada y no la tuviera muy bien sujeta sobre los hombros.

—Hola —saludó Joe, caminando con las manos en los bolsillos mientras paseaba la mirada por el local—. Somos amigos de Eddie. ¿Está aquí?

—No lo he visto en todo el día.

—¿Ha forzado la puerta? ¿O es que Eddie le ha dado la llave del Cliente del Mes?

Joe probó los interruptores para asegurarse de que las luces funcionaban (como así era) y volvió a apagarlas.

—La puerta estaba abierta. No tenía ganas de irme a casa, así que he cogido unas cuantas cervezas de la nevera. Eh, que le voy a dejar la pasta, si es eso lo que les preocupa.

—Pues no, pero está bien que le deje la pasta.

El tipo lanzó un bufido, meneó la cabeza y volvió a concentrarse en el partido.

—Déjela ahora —ordenó Joe, cerniéndose sobre él.

Piensos y Semillas dejó un billete de diez sobre la mesa.

—Un poco justo, pero por esta vez haremos la vista gorda. —Joe le agitó la placa delante de la cara y la guardó de inmediato para que el hombre no tuviera tiempo de comprobar lo lejos que Joe estaba de su jurisdicción—. ¿Cómo se llama, señor?

—Mike Venables.

—Háganos un favor, Mike; apague la tele y siéntese en ese sofá.

Cualquier adolescente de diecisiete años dará fe de la rapidez con que la orden de un policía es capaz de disipar la bruma alcohólica; con toda probabilidad, Mike llevaba muchos años sin moverse a aquella velocidad. Se quitó la gorra y se sentó en el sofá. Joe fue detrás de la barra y abrió la puerta.

—Muy bien, Mike, aquí veo una escalera. ¿Has estado alguna vez arriba?

—No, señor, nunca.

—¿Sabes lo que hay?

—Sé que ahí vive el albanés.

—Vale. ¿Has oído algo desde que estás aquí? ¿Pasos, agua, algo por el estilo?

—No, señor, agente... No he oído nada, solo el partido en la tele.

—Muy bien, Mike, quiero que te quedes sentado en el sofá. Mi compañero y yo queremos averiguar si Eddy está bien. Si oyes o ves algo, nos llamas, ¿vale? Pero no te muevas de aquí ni hagas nada hasta que te lo digamos, ¿entendido?

—Sí, señor, entendido. No haré nada de nada. —Mike se puso la gorra y volvió a quitársela enseguida—. ¿Señor? —balbució con la voz temblorosa de quien está a punto de hacer una confesión—. Señor, tengo unos antecedentes penales de nada, y no pretendía hacer nada malo esta noche, ¿sabe? Es que he entrado porque la puerta estaba abierta, y Eddie me conoce, ¿sabe? Sabe que pago lo que bebo y sabe dónde vivo, así que, bueno, en fin, si hay alguna manera de... bueno, de no remover el pasado y olvidar lo ocurrido, pues bueno... ya sabe...

—Joder, Mike, ¿quieres quedarte ahí sentado y cerrar el puto pico? Nadie va a detenerte, ¿vale? ¿Vale? —Mike suspiró, asintió y se reclinó en el respaldo del sofá—. Muy bien. Venga, compañero, vamos a ver a Eddie.

Intenté cruzar el bar con andares de policía, pero probablemente solo conseguí dar la impresión de que tenía las piernas quemadas por el sol.

—¿Crees que ese tipo sabe que estás fuera de tu jurisdicción? —pregunté a Joe en un susurro.

—Calla y no te pongas nervioso; claro que no lo sabe. Ha visto la placa y ha decidido hacerme caso, nada más. Quédate detrás de mí. Si pasa algo, que me pase a mí primero.

Las escaleras traseras estaban destartaladas y polvorientas; cada peldaño crujía y gemía bajo nuestros pies. En lo alto había una puerta de madera pintada de gris desconchado y cerrada con una cerradura que Joe forzó en unos diez segundos.

Joe accionó el interruptor, y al brillo mortecino de la bombilla desnuda nos vimos en una inmensa estancia con suelo de madera, altos techos de hojalata y una chimenea frente a la entrada. Tenía las dimensiones del bar de la planta baja, lo bastante grande para entender que comprendía la totalidad de la vivienda. Podría haber sido elegante, incluso lujoso, de no ser por los trozos podridos de tarima, las manchas del techo y la pintura abombada y desprendida de las paredes. Carecía de mobiliario; en el extremo más alejado, varias tuberías sobresalían tristes y fútiles de la pared. Por lo visto, alguien había arrancado algo de la pared, un horno, una estufa o algo por el estilo. Sin embargo, no olía a gas, y hacía mucho más frío que en el bar. Junto a la estufa ausente había una puerta. Joe la abrió y se asomó a un pequeño cuarto de baño pintado de blanco.

—Al menos algo está limpio —comentó en un susurro.

—¿Por qué hablamos en susurros? —susurré.

Se volvió hacia mí con las cejas arqueadas y una sonrisa prudente, la misma expresión que su tío dedicaba a los alumnos que hacían bromas inoportunas o daban respuestas bienintencionadas pero estúpidas a sus preguntas. El baño estaba tan vacío como el resto de la vivienda, desprovisto por completo de pistas, como si no se hubieran limitado a limpiarlo, sino que lo hubieran desvalijado por completo. Paseé la mirada por toda la estancia desde el umbral en el momento en que un coche pasaba por la calle a toda velocidad y con música rock a pleno volumen.

Algo en el aullido descendente de las guitarras me recordó un pasaje de la pieza de violoncelo que Hannah me había puesto la primera noche, un pasaje que ni siquiera sabía que recordaba, y la imagen de Hannah me asaltó la memoria con tal fuerza e inmediatez que experimenté un dolor físico. La celeridad con que la coincidencia de un par de notas me dejó estupefacto, y me sentía a punto de comprender algo importante, pero de pronto Joe me tiró de la manga y me sacó de mi ensimismamiento.

—Aquí no hay nada. A ver si los de las huellas encuentran algo, pero a simple vista, parece todo muy limpio. Échale un vistazo a la bañera —indicó, señalándola con la cabeza.

Me agaché y la examiné tanto rato como me pareció apropiado antes de incorporarme.

—No veo nada —confesé.

—Exacto. ¿Cuándo has visto una bañera sin pelos, charquitos de agua o manchas alrededor de los grifos? Solo se da en las casas nuevas... o en las que han limpiado tan a conciencia que parecen nuevas.

Al volver abajo encontramos a Mike Venables durmiendo a pierna suelta, roncando con la cabeza echada hacia atrás y la boca abierta de par en par («Cazando moscas», como lo expresó Joe). Joe se llevó un dedo a los labios mientras avanzábamos hacia la puerta abierta.

—¿Llamamos a la policía? —pregunté.

—¿Es que yo no soy policía o qué?

—Sí, pero es que...

—Ya sé lo que quieres decir. ¿Qué les contamos, que hemos descubierto una bañera impecable?

—¿Que tenemos una persona desaparecida?

Joe lanzó un suspiro por entre los labios fruncidos, seguido de una especie de relincho.

—Bueno, puede que sí. Pero deberíamos hacer una llamada anónima, porque este tipo de asunto podría costarme el empleo. Por otro lado, ¿cómo damos parte de una cosa así sin revelar quiénes somos?

—¿Y si llamamos desde una cabina?

—Buena idea. Pero sin prisas, ¿vale?

—¿Qué quieres decir?

—Que antes vamos a casa de Pühapäev, ¿no?

—Puede.

—Pues vamos... ¿Qué pasa?

Joe subió al coche, dio unos golpes rítmicos en el salpicadero y eructó dos veces a intervalos perfectos.

—Allen todavía patrulla su calle de vez en cuando, así que...

—¿A qué hora, a las once y cuarto? ¿Un poli de pueblo? Venga ya.

—Dice que le cuesta dormir.

—Que les den por el culo. Iremos por detrás. Si pasa algo, nos escondemos y nos largamos.

—¿Lo has hecho alguna vez?

—Claro que sí, joder —exclamó, poniendo la marcha—. Yo no malgasté mi juventud yendo a la Universidad de Wickenden.

Al igual que Clougham, Lincoln dormía tan profundamente como un pueblo de cuento. Aminoramos la velocidad al atravesar los distritos de la estación y el parque, y cuando bajé la ventanilla, lo único que oí fueron los neumáticos, mientras que el único olor era el del humo que salía de alguna que otra chimenea.

—A juzgar por el olor, parece que al menos alguien sigue despierto a estas horas —observó Joe—. Este sitio me pone de los nervios. ¿Dónde están los banjos y los hermanos ejerciendo el incesto a tiempo completo?

—Esas cosas no suelen pasar en el norte. Lincoln es un pueblo tranquilo y sano.

—Si esto fuera un pueblo tranquilo y sano, yo no estaría aquí, lo cual no me importaría, por cierto.

—No te creo —me metí con él.

Joe encendió un cigarrillo, sonrió de oreja a oreja y tiró la cerilla por la ventanilla.

—¿Dónde está la casa, listillo?

Lo guié hasta una calle paralela a la de Pühapäev (y Hannah), y Joe aparcó justo después de las casas adormiladas, en un bosquecillo que separaba ambas calles y desde el que podíamos ver la fachada posterior de la casa de Jaan. Cruzamos el bosquecillo con el mayor sigilo posible, que no era mucho en el caso de Joe, hasta llegar a la decrépita puerta trasera de Jaan.

—Un ladrón de joyas ya podría contratar a un pintor —masculló Joe, recogiendo virutas de pintura marrón de los resquicios de la puerta compuesta de cuatro paneles de vidrio.

Golpeó con los nudillos la parte superior, la inferior y los costados del marco antes de agarrar el pomo y tirar de él con los labios apretados y blancos por el esfuerzo.

—Más resistente de lo que imaginaba —comentó antes de sacar la linterna tipo lápiz que le hacía las veces de llavero y alumbraba con ello la casa a través del cristal.

—Ya me lo figuraba. Ven a echar un vistazo.

Me acerqué adonde estaba apoyado contra el marco para mirar hacia abajo por la ventana. Varios cilindros metálicos, como en el despacho de Pühapäev, atravesaban la cara interior de la puerta. Joe golpeteó el vidrio, y fue como si golpeara hormigón.

—Mierda. En fin, no tenemos prisa —suspiró al tiempo que me arrojaba la linterna, que no cacé—. E intenta que no se te caiga. Alumbra el picaporte.

—¿Qué haces?

—¿A ti qué te parece? Forzar la cerradura.

Con una mano introdujo una llave maestra en la cerradura y con la otra se sacó del bolsillo de la chaqueta una tira metálica con la que empezó a manipular las bisagras interiores.

—¿Por qué? ¿Te da vergüenza? ¿Miedo, acaso?

—No, es que...

—Tranquilo, que soy policía. Si alguien te pregunta, dices que te he secuestrado. ¿Hueles eso?

Husmeé el aire y percibí un olor acre.

—Alguna chimenea.

—¿Tú crees? A mí no me huele a fuego acogedor de chimenea, más bien a que alguien está quemando algo que no debe.

—¿Qué hacemos?

—Lo que tienes que hacer tú es no mover la puta mano y quedarte quieto. Casi lo tengo; esta no es tan difícil como la del despacho.

Apoyó su considerable peso contra la puerta, que cedió. Las luces se encendieron. Nos encontrábamos en una cocina repugnante.

—Detectores de movimiento —dijo mientras se incorporaba y se limpiaba las manos en los pantalones—. Es raro que no se haya activado ninguna alarma.

Sobre los fogones se veían dos sartenes con sendas capas gruesas de grasa solidificada («beicon», dictaminó Joe tras olisquearlas), y en el fregadero se apilaban otras tres, cuyo contenido empezaba a pudrirse. Una cucaracha asomó la cabeza al borde de la pica, avanzó un par de pasos vacilantes, se lo pensó mejor y volvió a esconderse en el fregadero.

—Alguien debería rociar este sitio con gasolina y prenderle fuego —declaró Joe—. Apesta y está lleno de grasa. ¿Tú cocinarías en alguna de estas sartenes asquerosas? Odio las cocinas sucias.

Una cocina sucia indica no solo soledad, sino también la expectativa de que dicha soledad se perpetúe. O eso o la expectativa de que quien la visite se muestre indulgente, de que quien vea que tienes una cocina tan repugnante esté dispuesto a aceptarlo como algo encantador o cuando menos irrelevante. En mi caso, creo que esperaba soledad, pero ya no me gustaba tanto la idea.

—¿A qué esperas, a hacerte amigo de las cucarachas o qué? Ven aquí —ordenó Joe desde la habitación contigua.

Por lo visto, el dormitorio había quedado atrapado en una tempestad de ropa de anciano, variaciones sobre el tema de monotonía y deformidad que alfombraban tanto la cama como el suelo. Habían sacado y volcado los cajones de la cómoda, el colchón aparecía apoyado contra la pared, y alguien había utilizado una hoja de afeitar para rasgar la estructura forrada de la cama, de la que sobresalían tiras de tela en todas direcciones, como cabellos de la cabeza de un ahogado. Joe apartó algunas prendas con el pie. Yo recogí un jersey marrón manchado de ceniza, pero Joe me ordenó que lo soltara.

—No hagas eso. Joder, debería haberlo pensado...

Se interrumpió con un suspiro exasperado.

—¿Qué? ¿Qué pasa? ¿Qué he hecho?

Joe levantó las manos y separó los dedos como si acabara de contar hasta diez. Se había puesto guantes de látex.

—Estás contaminando el escenario de un crimen. Debería haberte dado guantes.

Dejé el jersey como si quemara.

—¿Y ahora qué hacemos?

Por alguna razón me asaltaron chistes sobre lo de tener cuidado al recoger la pastilla de jabón en la ducha, pero en aquel momento no me hicieron ninguna gracia.

Joe esbozó una sonrisa torva y arqueó las cejas.

—No perder la esperanza, supongo. Mira, no te preocupes, ¿vale? Lo hecho, hecho está. Echemos un vistazo y larguémonos.

Me quedé petrificado; no podía ir a la cárcel.

—¡Eh! —espetó Joe—. ¿Me has oído o qué? Es tarde, quiero irme a casa, ni siquiera debería estar aquí, así que mueve el culo. Si no quieres ayudarme, pues vale. Te sientas en esa banqueta y me dejas trabajar.

Caminé hasta la banqueta del piano y me senté mientras Joe recorría despacio el salón, que ofrecía el mismo aspecto que la primera vez que lo viera. Levantó un par de platos y examinó la cara inferior, deslizó el dedo a lo largo de varios estantes, sacando de vez en cuando algún libro para hojearlo, lo cual levantaba nubes de polvo que se perdían en el aire enrarecido de la casa. Examinó unos papeles tirados sobre la mesilla baja y declaró que eran «cosas de esas históricas; Abe las entendería mucho mejor que yo».

Por fin se dejó caer pesadamente en el sofá, hinchó los carrillos y exhaló una bocanada de aire, relajando los músculos de la cara de tal modo que parecía algo derretido. Se quedó del todo inmóvil; era la primera vez que lo veía quieto, sin hacer algo con las manos, carraspear, fumar o comer. Me pregunté a qué dedicaría el tiempo libre, qué tipo de música y de mujeres le gustarían, si prefería caminar sobre asfalto o hierba, ir de vacaciones a la ciudad, la montaña o la playa. Aparte de Art y el profesor, era el primer adulto (sin contar a mis parientes) con el que pasaba algún tiempo, y sin embargo no sabía nada de él que no fuera evidente. Para bien o para mal (concluí que para mal), podía decir lo mismo de casi todas las personas a las que conocía salvo una, e incluso en su caso solo a toro pasado, después de que se pusiera de manifiesto que nunca le importaría a nadie más que a mí cuánto me caldeaba, emocionaba y conmovía.

Joe apoyó la cabeza entre las manos, se frotó los ojos y tosió dos veces con potencia de león marino. El estruendo me sobresaltó de tal modo que di un respingo y tiré al suelo un lápiz colocado sobre la tapa del piano. Al agacharme para recogerlo, reparé en cuatro pedazos de barro justo detrás de los pedales del piano, bajo la parte más ancha del cuerpo del instrumento. Los dos más próximos a los pedales tenían forma de gofre y a todas luces se habían desprendido de las suelas de un par de botas; más cerca de la pared se veían dos manchas de forma más indefinida, pero más hundidas en la moqueta blancuzca y teñida de ceniza.

—Joe.

—Qué —masculló, aún con la cabeza entre las manos y sin moverse un ápice.

—¿Eso es algo? Debajo de la banqueta.

Abrió un ojo con expresión escéptica, respiró hondo y se levantó.

—¿Qué es? ¿Qué has encontrado?

Miró por encima de mi hombro, y advertí la fatiga que exudaba su cuerpo.

—Mira eso. ¿Sabes por qué tienen ese aspecto estas huellas?

—¿Qué quieres decir?

—Como un entramado aquí y más marcadas allá.

—Ni idea.

—Porque alguien se agachó bajo el piano, descansando el peso sobre los dedos de los pies —explicó, señalando el barro con un bolígrafo—. Por eso están más hundidas aquí. Cuando te agachas llevando botas, al doblar las suelas el barro se desprende. Por eso estas tienen forma de gofre.

—No está mal —alabé al tiempo que me volvía hacia él.

Agitó la mano para desechar el cumplido.

—Pero mira esto —añadió, aún inclinado sobre el suelo—. Acércame la linterna. Aquí, ¿lo ves?

Alumbró el suelo desde el piano hasta la puerta; aparecía salpicado de huellas de barro recientes, pero a diferencia de las del piano, eran lo bastante borrosas para pasar inadvertidas a menos que las buscaras ex profeso.

—Mierda, debería haber traído una cámara —masculló antes de incorporarse con una mueca—. Siempre llevo los bolsillos llenos de cosas y me olvido de lo único que nos habría resultado útil. En fin...

Estiró un brazo, se desperezó, bostezó y me empujó a un lado con el otro brazo, con suavidad y firmeza al mismo tiempo.

—Bueno, ya que estamos aquí, déjame echar un vistazo ahí abajo.

Se embutió en el espacio que quedaba entre el suelo, los pedales, la banqueta y la carcasa del piano de tal forma que parecía haber cambiado de forma para caber. Por un instante temí que se quedara encallado.

—Deja de mirarme el culo y ponte aquí. ¿Qué te parece esto?

Me acerqué a gatas desde el otro lado del piano, intentando avanzar con los puños cerrados para no dejar huellas. Joe alumbró con la linterna una zona de moqueta que me pareció idéntida a cualquier otra zona de moqueta y luego se volvió hacia mí. Me encogí de hombros y sacudí la cabeza.

Joe suspiró, me miró como si fuera a evaporarme de pura estupidez y trazó una línea con el dedo sobre la moqueta.

—Aquí. ¿Qué es esto?

Distinguí una línea apenas visible que discurría paralela al teclado, desde mis manos hasta las de Joe. Introdujo una mano en la línea y levantó la moqueta, dejando al descubierto el parquet.

—¿Qué te parece? —exclamó.

Intuí que existía una respuesta correcta a esa pregunta y también que la desconocía.

—No lo sé. Puede que dejara este trozo de moqueta sin encolar al colocarla.

—¿Tú crees? Hum, un trozo así, de este tamaño y justo aquí... A ver, dime, ¿qué es lo que une? ¿Para qué sirve? —Volví a encogerme de hombros—. Vamos a probar una cosa.

Joe golpeó el suelo enmoquetado tras él y luego el suelo desnudo delante de él; este último sonaba hueco.

—¿Lo ves? Sujeta la linterna y alumbra este trozo de suelo. Bien. ¿Ves las vetas de la madera? Todas van de izquierda a derecha y todas son cortas. Ahora mira ese surco largo que va en dirección contraria. Apuesto algo a que... —Se interrumpió, metió los dedos en el surco y retiró un cuadrado perfecto de madera—. ¿Todavía crees que dejó este trozo de moqueta sin encolar por la cara?

Joe sostenía el cuadrado de suelo sobre lo que parecía un cuadrado idéntico de negrura. Creo que fue por la combinación del cansancio, la postura incómoda en que me encontraba y el surrealismo puro del día que tocaba a su fin, pero cuando escudriñé el agujero que se abría bajo el suelo de Pühapäev, mi visión periférica se tornó negra. Me incliné demasiado hacia adelante, y por primera y espero que última vez en mi vida, perdí el conocimiento. Lo recobré cuando mi frente chocó contra algo muy frío y muy duro, que contrastaba sobremanera con el agujero que Joe acababa de abrir en el suelo. Joe me asió por el cuello del jersey y me levantó la cabeza hasta situarme frente a él. Por un momento, antes de que recuperara la visión y pudiera decirle que me encontraba bien, en su rostro se pintó una expresión aterrorizada. Sentí un cosquilleo en el rostro, y al rascarme comprobé que los dedos se me habían manchado de rojo.

—Sí, nada sangra como una buena herida en la cabeza —comentó Joe en voz más alta y jocosa de lo habitual—. Vamos a hacer una cosa; tú te sientas allí, y dentro de un momento nos vamos. Solo quiero ver qué hay aquí abajo. ¿Estás seguro de que te encuentras bien? —Asentí—. Vale, pues dame dos minutos.

—Si no te importa, prefiero quedarme contigo.

—Vale, pero no me tapes la luz. Mira, siéntate al otro lado, así podrás estirarte un poco.

Me trasladé al otro lado, desde donde veía mejor lo que había en el agujero. Era una superficie de unos treinta centímetros cuadrados de piedra o metal, con una cerradura en el centro.

—Vaya, vaya —musitó Joe con ojos relucientes mientras se sacaba del bolsillo la ganzúa.

Al cabo de diez minutos se había quitado la chaqueta, aflojado la corbata y sacado la camisa de la cintura del pantalón. Trabajaba entre gruñidos mientras las medias lunas de sudor que le manchaban los sobacos se convertían en lunas llenas y más tarde en nubes que convergieron en su espalda.

—¡Joder! —masculló, arrojando la herramienta al suelo junto al agujero—. A prueba de cacos —Se levantó para desperezarse—. O eso o estoy perdiendo facultades. Prefiero pensar lo primero. Parece una cerradura anular con llave especial, combinación o las dos cosas. Lo único que se puede hacer es volarla.

—¿Crees que es una caja fuerte para guardar joyas?

—Joyas o cualquier otra cosa, pero sobre todo joyas, supongo. Venga, vámonos a casa. ¿Qué hora es, por cierto?

Me restregué los ojos y miré el reloj.

—Las cuatro menos diez.

De repente me sentía abrumado por el cansancio.

—Espera, que recojo esto —dijo, agachándose de nuevo bajo el piano para recoger la herramienta—. Uau... Joder. Eh, ven aquí, y cuidado con la cabeza.

Alumbró con la linterna los costados del orificio entre el suelo y la caja de seguridad. Allí, brillantes sobre las paredes negras como mica en la arena, se veían motas verdes más pequeñas que fragmentos de cristal y también menos relucientes. Joe barrió algunas sobre un trozo de papel, lo dobló y se lo guardó en el bolsillo.

—¿Sabes una cosa...? No, da igual. Bueno, una cosa más —murmuró mientras se levantaba y se dirigía hacia la puerta principal—. La cerradura está intacta. Hace falta una llave para abrirla, pero el marco alrededor está liso, no parece que hayan intentado forzarla. Tampoco hay ninguna ventana rota ni tocada, por lo que parece. Claro que haría falta un forense para examinarlo todo con lupa, pero apuesto algo a que no encontraría ningún indicio de allanamiento.

—A excepción del nuestro, querrás decir —puntualicé desde el sofá.

Ahora era yo quien tenía la cabeza apoyada entre las manos y la sensación de que empezaba a ponerme de mala baba.

—Claro, a excepción del nuestro. Venga, larguémonos de aquí, que te llevo a casa. De todos modos, solo nos quedan un par de horas de oscuridad.

Salimos por donde habíamos entrado, cerramos la puerta, y Joe consiguió devolver la cerradura a su posición original, aunque se veía a la legua que el marco de la puerta estaba manipulado. Mis huellas estaban por toda la casa, y aunque Joe se había puesto guantes, había caminado y gateado lo suficiente para que también su presencia fuera evidente a cualquiera que se molestara en mirar. Y lo único que habíamos encontrado era más polvo verde. Joe dijo que pondría al corriente a Sal a la mañana siguiente y llamaría a los federales para que fueran a echar un vistazo para ver si podían relacionar alguna cosa de la casa de Pühapäev con algún robo de joyas conocido en la zona. Sin embargo, parecía una posibilidad bastante remota, o quizá tan solo estaba cansado y resuelto a caer en el pesimismo. Joe me dejó delante de mi casa. Creo que me dio las buenas noches, pero el corto trayecto desde casa de Pühapäev me había sumido en el más profundo sueño.

Abrí la puerta del piso y entré, sin molestarme siquiera en encender la luz, lavarme los dientes ni quitarme los zapatos. A medio camino de mi dormitorio, la lámpara de lectura del salón se encendió.

—Trabaja hasta mucho más tarde de lo que habría esperado —comentó una voz que me resultaba familiar.

LA MEDIKO ROJA

Al ver su sangre en el campo de batalla, algunos hombres muestran toda suerte de conductas femeninas, tales como desmayarse, dar alaridos, vomitar o taparse los ojos. Otros encuentran de repente un valor del que antes carecían. Los samuráis de Toyama, por ejemplo, eran famosos por escribir el nombre de su señor con su propia sangre justo antes de morir. Los hombres se enfrentan a la muerte tal como han vivido, pero tanto para cobardes como para valientes, la sangre anuncia el fin.

YAMAZAKI HIDEO, *Batallas famosas*

Objeto 14: La Mediko roja. Una moneda grande (de 5,3 centímetros de diámetro) más o menos circular. Una cara es de cobre vulgar, mientras que la otra aparece revestida con una capa de esmalte rojo sobre la que se ve la figura de una mujer con dos niños bajo un brazo. En la otra mano sostiene una botella verde ligeramente inclinada hacia los niños.

Fecha de fabricación: Véase «La Mediko blanca».

Fabricante: Véase «La Mediko blanca».

Lugar de origen: Véase «La Mediko blanca».

Último propietario conocido: Véase «La Mediko blanca».

Valor aproximado: Véase «La Mediko blanca».

Por esto fui llamado Hermes Tres Veces Grande, poseedor de las tres partes de la filosofía de todo el mundo.

Debe de estar muy cansado. ¿Está cansado?

Tonu estaba sentado en mi butaca de lectura, fumando su pipa, el blanco de su barba reluciente como filamentos de oro al doble fulgor de lámpara y pipa.

—¿Cómo ha entrado? —pregunté, de pie en el umbral entre el salón y el resto del piso—. ¿Cómo ha entrado?

—Bah —masculló, cerrando los ojos y agitando la mano como si desechara un cumplido—. Esa cerradura —continuó mientras señalaba la puerta con el bastón— es una auténtica porquería. Tendrá que ponerse una nueva.

—Sí, todo el mundo me lo dice.

—Claro que no parece poseer nada de valor —observó y me miró como si esperara una respuesta que no le di—. ¿Posee algo de valor?

Me encogí de hombros.

—¿Qué hace en mi casa?

—¿No quiere sentarse? —propuso, ofreciéndome la silla menos cómoda.

—No, lo que quiero es acostarme y que se vaya.

—Sí, sí, sí, sí —exclamó en tono imperioso—. Y a mí me gustaría dejarlo dormir, pero primero debo reconvenirlo.

De nuevo me indicó que me sentara. Yo sentía las piernas rígidas y gelatinosas a la vez por la fatiga, pero seguí de pie.

—Reconvenirlo por no hacer caso del buen consejo de su amiga —prosiguió con voz clara y aterciopelada—. Lo único que tenía que hacer era escuchar. Escuchar a una chica guapa. ¿Tan difícil era? —Extendió una mano con gesto inquisitivo y sacudió la cabeza con falsa compasión—. Podría haber tenido una vida larga y feliz.

—Pero ¿qué...? —balbuceé.

Me restregué los ojos y sentí que los intestinos se me licuaban en cuanto puso mi vida en pasado condicional. Tonu se levantó, e involuntariamente, retrocedí un paso sobre piernas temblorosas. Al hacerlo, tropecé con la pelota de béisbol, que por alguna razón, la guardara donde la guardara, siempre aparecía en los lugares más inoportunos del piso. Caí hacia atrás como un personaje de dibujos animados, aterrizando de culo y con las piernas levantadas. Con una risita pomposa, Tonu avanzó hacia el umbral que separaba la cocina del salón, donde yo yacía cuan largo era.

—Espero que no se haya roto nada.

Doblé las muñecas y moví los pies para comprobarlo. No me había roto nada excepto el orgullo. Negué con la cabeza y me dispuse a incorporarme, pero Tonu me oprimió el hombro con la punta del bastón.

—Despacio, si no le importa —advirtió, haciendo girar la empuñadura del bastón.

De repente apareció un gatillo de aspecto ominoso, y reparé en que la punta del bastón era hueca. El anciano me estaba encañonando con un arma de fuego.

—Pero ¿qué es esto?

—Una pieza magnífica —comentó, apartándola un segundo de mi cuerpo para admirarla—. La compré cuando servía en la Guardia de Honor Otomana.

—¿La qué?

—Levántese despacio y camine hasta la silla que está frente a la butaca, tal como le he dicho. Sostendremos una última conversación como personas civilizadas.

—¿Va a matarme?

Me gustaría poder decir que formulé aquella pregunta con valentía.

—No nos preocupemos ahora del futuro. Siéntese.

De hecho, me preocupaba bastante el futuro, sobre todo el hecho de que el mío se estuviera acortando a marchas forzadas.

Me levanté, cogiendo la pelota para tener algo en que ocupar las manos y me senté donde me había ordenado. Las tendencias autoritarias suelen evaporarse ante el poder de convicción de un arma.

Tonu se dirigió hacia la puerta y me apuntó con el bastón sin poner el dedo en el gatillo, como si tan solo verificara la alineación del cañón. Luego se puso unos guantes de cuero negro y el abrigo oscuro. Se disponía a irse, e imaginaba que yo también.

—Bueno, bueno —dijo, mirándome con una expresión entre divertida y compasiva—. ¿Hay algo que desee saber? ¿Algún mensaje que quiera transmitirle a su amiga, por ejemplo?

Sentía la boca como un almohadón, y la sangre me palpitaba en los oídos como una catarata furiosa. Me temblaban las manos, y un hilillo de sudor frío me bajó desde la sien hasta la clavícula, pasando por la cara interior de la mandíbula. Las películas en las que la víctima pronuncia una última frase ingeniosa son una patraña. No creo que pudiera haber hablado por mucho que lo hubiera intentado.

—La verdad es que nadie lo hace, ¿sabe? —observó Tonu con un encogimiento de hombros.

En aquel momento, movido más por la rabia que por la desesperación, me enjugué la mano empapada en los vaqueros, así la pelota y se la arrojé con todas mis fuerzas. A decir verdad, no sé qué esperaba conseguir. Supongo que solo quería dejar constancia de mi protesta, aunque fuera de un modo tan débil, romper una ventana, golpear la pared, llamar la atención de alguien. Pero lo que sucedió fue que efectué el lanzamiento más impresionante de mi inexistente carrera de jugador de béisbol y lo alcancé en plena nariz. Su cabeza cayó hacia atrás como tirada por una polea, y se llevó ambas manos a la nariz, que de inmediato empezó a sangrar. El arma cayó al suelo, y aunque en retrospectiva sé que debería haberla cogido, lo que hice fue apartarla de un puntapié, y entonces la adrenalina se apoderó de mí.

Hay que comprender que la última persona a la que había pegado era mi hermano cuando yo tenía doce años y él, diecisiete. Pero si me había licenciado en una universidad liberal, por el amor de Dios. Prefería el béisbol al fútbol americano, detestaba el boxeo, y cuando me cabreaba tendía a sumirme en un huraño silencio. Sirvan estos antecedentes para explicar que sin apenas darme cuenta de lo que hacía, tenía el brazo izquierdo en torno al cuello de Tonu, apretando con todas mis fuerzas, mientras con el puño derecho lo golpeaba una y otra vez en el rostro. Sentía un extraño cosquilleo en la cabeza, como si estuviera electrificado, y veía toda la escena desde el final de un túnel largo y silencioso. Fue la sensación más satisfactoria de mi vida, y estoy seguro de que habría continuado hasta matarlo de no ser porque mi casera se puso a aporrear el techo de su piso en la planta inferior.

—¡Deja de hacer ruido de una puta vez! ¿Sabes qué hora es?

—Lo siento —me disculpé, el puño aún alzado a nivel del ojo para golpear de nuevo a Tonu.

Había pasado muchas noches en vela por culpa de la espantosa música de mi vecino, pero por alguna razón no me parecía el momento apropiado para recordárselo a la casera. Cuando me detuve comprobé que ambos respirábamos al compás. Yo jadeaba, impresionado por mí mismo, por esa capacidad de hacer daño que desconocía, mientras que él respiraba entre siseos y bufidos cargados de mucosidad. Volví el rostro hacia él, y Tonu se apartó instintivamente, lo cual me hizo sentir genial.

Por el rabillo del ojo vi que tenía el puño hecho una porquería, sobre todo alrededor de los nudillos, que suponía habían chocado contra sus dientes. Me alegra decir que él estaba mucho peor. Tenía la barba aplastada, empapada y negruzca por la sangre, la nariz deformada como la de un cerdo, y cada vez que respiraba, de las fosas nasales brotaba más sangre y mucosidad. Amagué otro puñetazo, y cuando él se encogió, acobardado, le escupí.

Por fin le solté el cuello y cogí el arma. A través de la puerta del baño vi una toalla de lavabo y de repente recordé que soy la clase de tipo que ofrece una toalla de lavabo a un anciano desconocido, que soy la clase de tipo que se la ofrece aunque sea su propia toalla, que incluso soy la clase de tipo que primero moja la toalla con agua sin tener en cuenta lo que le haya hecho el ensangrentado desconocido ni pensar que luego tendrá que tirar la susodicha toalla a la basura.

Al cabo de un rato, no sé cuánto, tal vez treinta segundos o media hora, estábamos sentados frente a frente, pasado ya el subidón de adrenalina, y Tonu dijo algo que no alcancé a comprender. Le pedí que me lo repitiera y para divertirme lo apunté con el arma. Y realmente fue divertido.

—*Durak* —farfulló con voz pastosa, casi ininteligible, a pesar de lo cual sus ojos seguían brillando astutos—. *Durak*. En ruso significa idiota o estúpido. Pero también se dice cuando presencias un acto de buena suerte pura y dura, como colar una bola de billar con los ojos cerrados, por ejemplo, o ser el único superviviente de un choque de trenes. —Se llevó la toalla a la nariz con una mueca de dolor—. O lo que acaba de hacer. Su puntería. *Durak*.

—¿Y cómo lo sabe? A lo mejor siempre tengo esta puntería —repliqué, cerciorándome de que lo estaba apuntando con el extremo correcto del arma.

Lanzó una risita débil, más bien una serie de graznidos.

—¿Ah, sí? Entonces ¿cómo es que todavía le tiemblan las manos? ¿Cómo es que parece más asustado que yo?

Levanté el arma para apuntarle a la cabeza.

—¿Cree que tengo miedo?

—¿De usar eso? —Hizo una pausa como si en verdad lo estuviera meditando—. No. Para serle sincero, no lo creo, al menos de momento. Pero sé que no es usted un luchador ni un asesino.

—¿Y cómo lo sabe?

—Porque yo sí lo soy. Un asesino, quiero decir, y muy bueno, por cierto. —Escupió otro gargajo rojo y amarillo en mi toalla—. Lo que acaba de hacer ha sido la consecuencia directa de mi exceso de seguridad en mí mismo.

—¿Ha venido a matarme?

—Bueno, sí. ¿Me da otra toalla, por favor?

—No. ¿Ha venido a matarme?

—Por favor —gimoteó en tono casi conciliador—. Esta toalla está empapada. Y un poco de brandy, si tiene.

—Nada de brandy. Y si quiere limpiarse, use el abrigo. Así que ha venido a matarme.

—Sí, y si me da un poco de brandy, le prometo que me iré sin matarlo y no volveré jamás. Se lo prometo.

—Se irá sin matarme le dé el brandy o no. Yo tengo el arma.

—Cierto, tiene el arma y me iré sin matarlo. Tiene razón, bravo. Veo que empieza a acostumbrarse a esto de la violencia. Pero si no me mata, lo más probable es que vuelva aunque solo sea por vengarme de sus pésimos modales. ¿Dónde se ha visto negarle una copa a un anciano?

Me miraba casi sonriendo y con las manos levantadas en ademán de derrota.

—Mi negocio depende de la confianza, como el suyo —señaló—. Si habla con una persona en nombre del periódico, por pequeño e insignificante que sea, y le promete no citar su nombre, ¿cumple su promesa? Sí, porque tiene que pensar en su reputación. Pues a mí me pasa lo mismo. Si prometo no volver jamás, no vuelvo. Además, me he replanteado la necesidad de su muerte inmediata y creo que su muerte futura servirá. Si me sirve una generosa ración de brandy, le explicaré por qué.

Señalé con el arma el estante inferior de la librería, donde guardaba el whisky, media botella de Beam Black.

—No tengo brandy, solo eso. Pero sírvase; iré a buscarle otra toalla.

Desenroscó el tapón con dedos torpes y bebió a morro. Yo me levanté y entré en el baño sin dejar de apuntarlo, pero Tonu parecía más interesado en pulirse mi whisky que en perseguirme. Saqué otra toalla del armario y abrí el grifo, pero en lugar de mojar la toalla allí, la sumergí en el retrete antes de dársela. Al verlo restregarse con ella la masa sanguinolenta en que se había convertido su rostro, le deseé una buena infección.

—¿Quién es usted y quién lo ha enviado a matarme? —pregunté.

Tonu bebió otro trago de la botella.

—En cuanto a la primera pregunta, mi nombre no significaría nada para usted, aunque puedo asegurarle que no me llamo Tonu. Me dedico a encontrar cosas, a devolver cosas a su lugar y a deshacerme de las personas que se las han llevado. Con respecto a usted... bueno, por lo general me gustan los finales limpios, pero como le decía, creo que podemos alcanzar ese objetivo sin recurrir a más violencia. En cuanto a quién me envía, creo que deberíamos empezar por el principio.

Volvió a encender la pipa y me miró como un profesor a punto de regañar a un alumno que le resulta divertido aunque sabe que no debería ser así.

—Es usted mucho más valiente y tenaz de lo que había... bueno, de lo que todos habíamos esperado. Imagino que también usted está sorprendido —comentó antes de llevarse la toalla a los labios ennegrecidos por la sangre coagulada.

—Puede, pero no sé si debo sentirme ofendido o complacido.

El anciano lanzó una carcajada.

—Ni lo uno ni lo otro, la verdad. Es una mera constatación.

—¿Basada en qué?

—Joven estadounidense, privilegiado, culto, blandengue, quizá, ¿y esforzándose tanto para un periódico con apenas unos centenares de lectores? Al principio creímos que acabaría aburriéndose de la investigación y llegando a la misma conclusión que cualquier otra persona normal, es decir, que un anciano había muerto solo. Luego consideramos que clavarle un diente podrido en la puerta lo asustaría, y más tarde, que...

—Así que fueron ustedes. Pero ¿quiénes son ustedes? ¿Y de quién era el diente?

Tonu se detuvo con la botella a medio camino de su boca, volvió la mirada al techo como si esperara una respuesta y por fin se encogió de hombros.

—El diente pertenecía a un conocido nuestro bastante entrometido y codicioso. En cuanto a quienes somos, le diré que he escuchado la expresión «hacer la obra de Dios» en varias ocasiones desde mi llegada a América. ¿Le resulta familiar?

—Claro.

—Bueno, pues eso es lo que hacemos, la obra de Dios.

—¿Y eso qué significa?

—¿Qué cree que significa?

—Lo que creo es que estoy harto —repliqué, apuntándole a la cabeza— y que no he descartado aún la idea de dispararle.

—Lo cierto es que la ha descartado hace rato —rió Tonu—. Pero en fin, hacer la obra de Dios, tal como yo lo entiendo, significa hacer cosas que merezcan la aprobación de Dios, ¿verdad?

—Sí.

—Obras de caridad, ministerio. A veces se emplea la expresión con cierta ironía, pero en términos generales es lo que significa, ¿no?

—Acabo de decirle que sí.

—Hacer la obra de Dios significa trabajar para Dios, trabajar junto a Dios.

—Sí, ¿y?

—Pues eso es lo que hacemos, solo que en lugar de trabajar para Dios, hacemos la obra *de* Dios —puntualizó antes de tomar otro trago de whisky.

Calculé que quedarían tres tragos en la botella.

—Ah, claro —exclamé con una carcajada—, eso lo explica todo, gracias. —El hombre no esbozó siquiera una sonrisa comprensiva—. Imposible —continué—. Eso es una blasfemia. Además, ¿por qué iba...?

—¿Una blasfemia? Sin lugar a dudas. ¿Imposible? Imposible, imposible... ¿Sabe una cosa? Ya no sé qué significa esa palabra —bromeó—. No, imposible no.

Cogió la pelota que le había arrojado y que ahora estaba en el suelo junto a él. Había una mancha de sangre entre las costuras, probablemente el punto que se había estrellado contra su nariz. Pensé que iba a guardársela o a lanzármela.

—Deje la pelota —ordené.

—¿Qué? Un poco paranoico, ¿no le parece? Ya le he dicho que no tiene nada que temer. Solamente quería comprobar...

—¿Quiere hacer el favor de dejarla? Pásemela rodando.

Esperó unos segundos, se encogió de hombros, sonrió y me la pasó.

—¿Sabe lo que es la alquimia? —inquirió, volviendo el cuerpo hacia mí.

Me volví hacia él. Tal vez habría dado un respingo de sorpresa de no estar tan agotado. Habría dado mis colmillos, que se encontraban y aún se hallan, por cierto, en excelente estado, por ver a Anton Jadid entrar en aquel momento por la puerta. Necesitaba ayuda.

—No... Quiero decir, he oído hablar de ella, claro. Algo que ver con la Edad Media.

Contemplé la posibilidad de hablarle de lo que habían encontrado los Jadid, pero decidí que prefería oírlo de sus labios.

—Pues yo diría que sabe algo más que eso.

—La verdad es que no.

—¿No? ¿Nada? ¿No encontraron usted, su amigo el policía y el erudito profesor nada en el despacho de Jaan que les diera alguna pista?

Guardé silencio con la esperanza de que mi expresión no revelera nada, pero siempre he sido un jugador de póquer mediocre.

—¿En serio? Vaya, vaya. No puedo obligarlo a decir nada que no quiera decir, al menos de momento. Explicar en qué consiste la alquimia es tan difícil, exactamente tan difícil, de hecho, como explicar en qué consiste el mundo. —Se acarició la cabeza con aire pensativo, pero las manos le quedaron manchadas de sangre, por lo que se las limpió en mi sofá con cara de asco—. La explicación concisa es que la alquimia es el estudio, la ciencia y el proceso de la transmutación. La transmutación deliberada de cualquier cosa en cualquier otra cosa.

Se reclinó en la butaca como si eso lo explicara todo y bebió otros dos tragos de whisky.

—¿Como plomo en oro, por ejemplo? —inquirí con el rostro lo más inexpresivo posible.

Rió con cierta condescendencia.

—Bueno, sí, por ejemplo. Nadie esperaba que ese logro en particular hiciera tanto furor. Pero durante siglos, todo farsante ambicioso y codicioso que sabía leer montaba un chiringuito de «alquimista». Jóvenes dilapidaban fortunas familiares, reyes y príncipes mancillaban su reputación, dramaturgos y poetas se reían de nosotros, pero cuando usted...

—Perdón, pero ¿«nosotros»?

—Sí, nosotros, lo cual me incluye a mí y a su difunto vecino. Los alquimistas, como se denominan a sí mismos, pero nosotros no, y me refiero ahora a las figuras de la historia popular y los idiotas que existen aún ahora en tiendas cochambrosas, rodeados de cristales y amuletos cubiertos de símbolos inescrutables... Pues bien, los alquimistas siempre han creído que podían avanzar trastabillando mediante el método de ensayo y error para alcanzar al fin su objetivo. El objetivo en sí cambia según la época. Por ejemplo, en la actualidad nadie se dedica al estudio de la alquimia para hacerse rico, mientras que antaño esa era la única razón para emprender tan ardua empresa. Los objetivos de hoy son la «iluminación», el «conocimiento cósmico», la «armonía» u otras tonterías por el estilo. Pero también estos acabarán dando lugar a otros. Sea cual sea el curso que sigan, supongo que en teoría existe la posibilidad de que uno de estos idiotas avance algún pasito a ciegas, pero dicha posibilidad es mucho más remota que, por ejemplo, lo típico del mono que se sienta ante el ordenador y tecleando, tecleando acaba escribiendo *Hamlet*. Nadie tiene tiempo ni paciencia ilimitados, y siempre albergan la gran esperanza de que están a un pasito, de que el éxito los aguarda a la vuelta de la esquina si reafirman su fe y hacen un pequeño esfuerzo adicional. Y ahora —dijo Tonu o como quiera que se llamara—, ¿por qué no me habla de lo que encontraron en el despacho y la casa de Jaan?

—Encontramos muchas cosas en ambos lugares. Libros, papeles, moquetas, polvo, mucho polvo, cerraduras sofisticadas...

—Sí, cerraduras. Y también cajas fuertes, ¿verdad?

—Sí, también cajas fuertes, pero no...

—Y en ambas encontraron un polvo verde brillante, ¿verdad?

Guardé silencio.

—Y su amigo el erudito profesor sabía de dónde procedía ese polvo.

Pronunció aquella frase con una leve elevación final, de modo que quedó a caballo entre la afirmación y la pregunta.

—Lo que encontraron —prosiguió— es polvo de un libro de instrucciones para la vida, un manual que nos explica cómo ser nuestros propios dioses en miniatura. Explica...

—Lo que encontramos —atajé— fueron vestigios de una enorme y valiosísima gema. También descubrimos que Jaan tenía contactos más que circunstanciales con ladrones de joyas.

—El robo no tiene nada que ver con lo que nos ocupa. Lo que encontraron es mucho más valioso de lo que puede alcanzar a imaginar. ¿Sabe dónde se descubrió la Tabula Smaragdina, por ejemplo?

—No.

—Contra el pecho de Abraham, que yacía muerto en su cueva. La encontró Sara. Sin duda sabrá lo que dice la Tabla.

—El profesor Jadid me leyó una traducción, pero la verdad es que no recuerdo muy bien el texto; no tenía sentido para mí —confesé, concluyendo que era absurdo seguir haciéndome el tonto.

—No me extraña; es lo que suele suceder con las malas traducciones. Asimismo, lo que le leyó, lo que afirman explicar todas las traducciones oficiales y los millones de interpretaciones estúpidas de la Tabla no es más que el preámbulo.

—¿De qué lengua está traducido?

—¿El preámbulo? Del arameo. Pero el contenido de la Tabla está escrito en una lengua en desuso desde hace muchísimo tiempo, desaparecida incluso de la memoria humana. Tal vez un experto en lenguas semíticas inusualmente avispado fuera capaz de entender algunas palabras sueltas, pero el significado se le escaparía.

—¿Y a usted no?

—No, pero es que a mí me enseñaron esa lengua, y yo se la he enseñado a otras personas. Unos cuantos la empleamos para comunicarnos y la protegemos con mucho cuidado.

—¿Y Jaan formaba parte de ese grupo?

—Sí. Siempre tuvo facilidad para los idiomas. Pero existe una razón más importante por la que el cuerpo principal de la Tabla nunca se ha traducido.

Se detuvo y me miró. Por extraña que fuera la historia, la narraba con maestría; sabía cómo cautivar a su público, dónde insertar detalles oscuros, cómo sonsacarme información que no quería divulgar...

—La razón es que nadie lo ha visto jamás —anunció con una sonrisa que confería a su boca aspecto de anguila ensangrentada.

Bebió otro trago de whisky; ya solo quedaba uno.

—Cuando Sara encontró la Tabla, Abraham la sujetaba contra el pecho —prosiguió al tiempo que rodeaba la botella con los brazos y se la oprimía contra el pecho con una sonrisa asomada a la barba aplastada y aspecto de indigente—. ¿Qué le parece?

—¿El qué? —pregunté, aferrando el arma con más fuerza.

Suspiró y puso los ojos en blanco.

—¿Qué pone en el dorso de la botella?

—No lo sé.

—¿Por qué no?

—Pues porque no me dedico a leer las etiquetas del dorso de las botellas de whisky y porque no puedo ver a través de la botella.

—Exacto. La razón por la que sabe lo que dice el preámbulo es que otro israelí debió de acompañar a Sara a la cueva y anotar lo que aparecía en aquel extraño objeto verde que su amigo muerto sostenía entre los brazos. Pero la Tabla tenía un reverso, el lado que Abraham oprimía contra su pecho, y esa es la cara que nunca se ha visto.

—¿Me está diciendo que esa valiosísima piedra, ese regalo que Dios o quien fuera hizo a Abraham y que según Jadid es tan famoso, solo la conocemos a medias porque nadie se molestó en mirar el reverso?

—Exacto —exclamó con una risita—. Qué absurdo, ¿verdad? Sencillo y evidente. Con toda probabilidad, no es que no se le ocurriera a nadie mirar debajo. Los israelíes eran tan curiosos como usted. Seguramente no tenían tantos periodistas para alimentar esa curiosidad, pero en fin... En cualquier caso, después de que Sara descubriera la Tabla, esta desapareció del mapa. Sara sabía qué era, o lo que es más probable, un rabino sabía lo que era y que se imponía mantenerla en secreto. No podía destruirla, por supuesto, y fuera quien fuese, tampoco podía protegerla por sí solo. Nadie puede hacerlo. Así pues, lo más probable es que eligiera a algunas personas allegadas en las que confiaba y entre todos empezaron a proteger la Tabla. No solo la protegían con su vida, sino que, con ayuda de la Tabla, alargaron sus vidas a fin de protegerla. Y desde entonces, la Tabla es un rumor. Un rumor inspirador, sin duda, pero también lo eran la Fuente de la Eterna Juventud, El Dorado, la ciudad perdida de Atlántida, la Cámara de los Leones Verdes... La existencia de la Tabla carecía de importancia siempre y cuando no la viera nadie salvo quienes querían mantenerla oculta.

—¿Qué quiere decir con eso de que alargaron sus vidas?

—¿Acaso no me ha estado escuchando? La alquimia es la ciencia de la transmutación. Piedras en diamantes, o dinero, o patos, u otras piedras. Lo que sea. Un cuerpo anciano en el de un joven, por ejemplo. O en mi caso, un rostro dañado en otro sano. Estaría más enfadado si creyera que mis heridas no tienen solución. Pero a lo que íbamos... La Tabla aparecía y desaparecía de escena. Cada pocas décadas, alguien afirmaba haberla «comprendido» por fin. Pero ahora, sobre todo en este país, la Tabla se ha tornado tan misteriosa que ni siquiera sus supuestos adeptos y descubridores llaman la atención. Cada tantos años aparece un libro o un documental televisivo sobre la Atlántida, y los niños aprenden que El Dorado atrajo a exploradores españoles al Nuevo Mundo. Pero por alguna razón, la Tabla se convirtió en el eco de la sombra del rumor de una reliquia. Y así habría seguido si su actual guardián no se hubiera aburrido y no hubiera empezado a codiciar bienes materiales.

—¿Jaan?

—Por supuesto. Supongo que una de las cosas que encontraron en su despacho era un itinerario. Un itinerario bastante aventurero, ¿verdad?

Asentí con la cabeza.

—Mire, no todo el mundo es cínico. De hecho, el mundo está lleno de personas que saben qué es la Tabla y están dispuestas a pagar cantidades exorbitantes de dinero por su influencia.

—Pero si la Tabla es capaz de hacer lo que usted afirma, ¿no habría podido Jaan convertir briznas de hierba o ceniza o algo parecido en dinero?

El hombre lanzó otro suspiro. A su espalda, la luz lechosa y plateada del alba empezaba a filtrarse por entre las cortinas.

—Jaan había cambiado, se había vuelto mesiánico, paranoico. No es la primera vez que ocurre y sin duda no será la última, a pesar de nuestros esfuerzos. A fin de cuentas, el hecho de sobrevivir durante siglos a cuantas personas conoces por fuerza ha de tener algún impacto psicológico. Jaan quería cambiar el curso de la historia. Se hartó de ver a hombres de menor calado alcanzar la gloria terrena mientras él, guardián y poseedor de un tesoro capaz de reducir a polvo a cualquiera, vivía en el más absoluto anonimato. Perdió de vista su misión, perdió la fe, perdió...

Su voz se apagó con tristeza. Se restregó los ojos, mascullando entre dientes como un coche exhausto.

—¿Puedo hacerle una pregunta? —inquirí con más timidez de la que pretendía mostrar—. Si fue hallada en manos de Abraham, ¿cómo llegó hasta usted? ¿Cómo fue a parar a Estonia?

—Por accidente, tal vez, o quizá fuera obra de la providencia. Quizá no exista diferencia alguna entre ambas opciones que la narrativa que imponemos a los acontecimientos. En cualquier caso, uno de los primeros guardianes de la Tabla, aunque digo «primeros» para no confundirlo más, ya que en realidad vivió muchos siglos después de que la Tabla fuera escondida, era un bibliotecario de Bagdad que se convirtió en geógrafo de la corte siciliana, a la sazón musulmana, por supuesto. También a él lo embargó una especie de fiebre viajera, un ansia de gloria terrena, como le sucedió a nuestro reciente guardián. Quería trazar un mapa del mundo (estamos hablando del siglo XII) y acabó naufragando en un poblacho gélido y remoto lleno de paganos. Por supuesto, sobrevivió, pues todos sobrevivimos tanto tiempo como deseamos, pero acabó cansándose. Nombró a nuevos guardianes para que lo sucedieran y acabó con su vida, dejando la Tabla tan lejos del centro del mundo como le fue posible, en un lugar seguro.

—¿Y allí se quedó?

—Y allí se quedó.

—¿Por qué la trasladó?

—Sí, ¿por qué? —repitió Tonu, estirando piernas y brazos ante sí—. Supongo que nos permitimos convencernos a nosotros mismos de que los cambios acaecidos en aquella parte del mundo significaban que la Tabla ya no estaba a salvo allí, y de que la indiferencia generalizada que este país muestra hacia la historia lo convertían en un lugar idóneo. —Se golpeó los muslos y apuró el whisky—. Pero estaba equivocado, y un botánico especialmente desagradable del que hice caso omiso y al que más tarde desmembré tenía razón, aunque ahora todo está resuelto. Evidentemente, teniendo en cuenta lo que acabo de contarle, no regresaremos a Estonia. Sin embargo, el mundo está lleno de parajes aislados en países ignotos donde podremos comprar la seguridad que necesitamos.

—¿Cuántos son «nosotros»?

—Oh, no muchos —repuso al tiempo que volvía a enjugarse la barba con la toalla.

Ya se había limpiado casi toda la sangre del rostro, y salvo un hililo que le brotaba de la nariz y un pequeño corte en el labio superior, sus heridas habían dejado de sangrar. Señaló los anillos de humedad dejados por las tazas, las latas de cerveza vacías y las botellas de agua que cubrían la mesilla baja.

—Veo que comparte la indiferencia de mi difunto compañero por la limpieza. Pero respondiendo a su pregunta, no, no somos muchos.

—¿Uno por país?

—Por favor —dijo, sonriendo.

—¿Cien? ¿Doscientos?

—¿Tiene intención de escribir un articulito sobre nosotros? —me pinchó.

—¿Por qué no? Siempre he querido probar suerte con la ficción.

—Le aseguro que esto no es ficción —rió—, y de todos modos...

—¿Algo de lo que me ha contado es verificable? Es una historia apasionante y usted, un narrador excelente, pero estoy seguro de que aún es mejor ladrón de joyas, como Jaan o como quiera que se llamara.

—Y de todos modos —prosiguió alzando la voz, aunque no con enfado, sino más bien en tono risueño—, no creo que haya tenido en cuenta su situación. Ni la suya ni la de su amiga, la señorita Rowe.

Oírle mencionar a Hannah me hizo caer en la silla como si acabaran de asestarme un puñetazo en el estómago. En retrospectiva no entiendo por qué no lo había esperado.

—¿Qué tiene que ver ella con todo esto? —pregunté cauteloso, como si temiera volcar algo.

—Absolutamente todo —exclamó Tonu, golpeando la mesa con la palma de la mano para recalcar sus palabras—. No habríamos podido hacer lo que hemos hecho sin ella, se lo aseguro. Imagino que en sus pesquisas tan tenaces habrá averiguado los encontronazos de Jaan con la ley y su relación (que nosotros también cultivamos ahora) con Vernum Sickle. Jaan vivió los últimos años asustado de nosotros, disparando su arma por la ventana, comprando cerraduras más adecuadas para una cámara acorazada que para el hogar de un profesor... Tuvo suerte de no suscitar más sospechas de las que suscitó; de hecho, todos somos afortunados por ello. ¿Cree que Jaan nos habría dado la bienvenida de saber que íbamos a por él? Podemos vencer la vejez y la enfermedad, pero desde luego, no estamos hechos a prueba de bala ni somos inmunes a la violencia física, como usted mismo ha demostrado esta noche.

—Pero sigo sin entender...

—¿Qué tiene todo esto que ver con Hannah? Posee un gran corazón, carente del cinismo prematuro que afecta a tantos de sus coetáneos —comentó, agitando un dedo ante mí con aire burlón.

No me quedaban más respuestas que el estoicismo y el asesinato, y en ese momento me decanté por lo primero.

—Llevábamos bastante tiempo observándolo —continuó— y advertimos que las únicas visitas que recibía eran las de su encantadora vecina. Así pues, organicé varios encuentros casuales con ella. Eso fue, vamos a ver... hace varios meses. Participaba activamente en las actividades estivales de la iglesia, dando clase de música y natación a los niños. Es una joven muy altruista la señorita Rowe, y entre nosotros, está bastante orgullosa de su altruismo y siempre ansiosa por ayudar.

Lancé un bufido asqueado.

—Así que usted le dijo... ¿Qué le dijo? ¿Que tenía que ayudarles a matar a su amigo?

—No, por supuesto que no, nada tan brutal, ni mucho menos. Poco a poco le revelé quiénes éramos, quién era Jaan y qué planeaba hacer. Le expliqué, detalle por detalle, por qué y cómo su misión era ayudarnos, que debía dejar a un lado sus sentimientos de amistad, aunque solo fuera por una noche.

—¿Y ella les creyó? —pregunté, aunque más bien sonó a afirmación temerosa, pues Hannah creía en todo, según me había confesado ella misma.

—Convino en que no podíamos permitir que la Tabla saliera al mundo exterior, tal como pretendía Jaan. Al mismo tiempo, no estaba preparada... ni lo está, para los aspectos más desagradables de nuestro trabajo. Jaan le dio una llave de su casa. Hannah consideraba una obra cocinar para él y hacerle la colada, y a él le encantaba tener una asistente tan guapa. Le ordenó que escondiera la llave, por supuesto, y que lo avisara antes de usarla, lo cual ella hizo todas las veces... salvo una. —Hizo una larga pausa antes de proseguir—: Si le sirve de consuelo, todos lamentamos la muerte de Jaan —aseguró—; Hannah más que nadie. A fin de cuentas, fueron sus sentimientos de culpabilidad los que provocaron todo este embrollo.

—Querrá decir asesinato, que lamenta haber asesinado a Jaan.

¿Y qué quiere decir con eso de que sus sentimientos de culpabilidad provocaron todo este embrollo?

—Asesinato, muerte... Pura cuestión semántica. En cualquier caso, lo que hicimos era necesario, al igual que lo que hizo Hannah. Lo innecesario fue que intentara limpiar su conciencia llamando a la policía.

—¿Fue ella quien dio parte de la muerte?

—¿Quién si no? Por supuesto, después de hacer la llamada comprendió que se encontraba en una situación muy delicada, y desde entonces se ha mostrado mucho más dúctil y serena. De cualquier modo, tuvo el instinto de supervivencia suficiente para elegir una cabina aislada y telefonear en plena noche. Pero...

—¿Cómo que instinto de supervivencia? —lo interrumpí—. Antes ha dicho que lo único que hizo ella fue apartarse de su camino. No fue ella quien lo mató, ¿verdad?

—Claro que no. Pero la concienzuda señorita Rowe dejó que el estado de Connecticut le tomara las huellas digitales el otoño pasado durante una iniciativa para facilitar la identificación de niños en casos de secuestro, Dios no quiera que suceda. Tomaron las huellas de todos los menores de trece años de su escuela, y para dar ejemplo, Hannah fue la primera para mostrar a los niños que no había motivo para asustarse. Temía que la policía acabara interrogándola si concluían que Jaan había muerto en circunstancias sospechosas, y temía, con razón, debo añadir, flaquear bajo la presión del interrogatorio. Por fortuna, contábamos con la incompetencia de unos policías de pueblo y nuestra propia eficiencia al conseguir que la muerte de Jaan pareciera lo más natural posible. A pesar del forense tamil, cuya muerte, por supuesto, lamentamos...

—¿Panda? ¿Fueron ustedes?

Se encogió de hombros.

—Digamos que ahora mismo me conviene que crea que fuimos nosotros. Los accidentes pasan, y como tales a veces incluso benefician a quien no lo merece.

—Y a veces no son accidentes.

—Cierto, a veces. Como iba diciendo, aparte del malogrado forense, solo una persona consideró sospechosa la muerte de Jaan. Solo una persona fue lo bastante imprudente para meter las narices en asuntos que no eran de su incumbencia. De hecho, se volvió tan curioso que incluso entró en casa del muerto en compañía de un policía violento suspendido. Y supongo que cualquier parte interesada encontraría fácilmente las huellas de esa persona, es decir, las suyas, en la casa, ¿verdad? —Permanecí impasible—. Usted, que ha trabajado con gran diligencia, inusual diligencia, podría decirse, en una necrológica para un periódico insignificante. Usted, que ha sido visto con la señorita Rowe, entrando y saliendo de su casa, pasando una cantidad inusitada de tiempo teniendo en cuenta que se conocieron hace tan solo una semana. ¿Me sigue? Yo soy un ciudadano extranjero que viaja con pasaporte falso. La única forma de que me encuentren es que decida dispararme con esa arma. Supongamos que Jaan hubiera legado todos sus bienes a la señorita Rowe, y que dichos bienes fueran mucho más cuantiosos de lo que parece... Imagínese el escándalo que podría armarse.

—¿Realmente se lo dejó todo a Hannah?

Tonu lanzó un suspiro exasperado.

—Lo hizo, no lo hizo... Si decide hacer pública esta historia, entonces lo hizo. Así que ya ve, más le habría valido hacer caso de su petición y dejar correr el asunto. Debería haberlo hecho en su momento, pero ahora lo hará de todos modos —afirmó, seguro de sí mismo—. La única diferencia es la carga que ahora acarrea sobre sus hombros con todos esos sucesos desagradables que no le conciernen.

—Pero la policía ya lo sabe —gimoteé, patético—. El hombre que me ha traído a casa...

—¿Se refiere al detective Jadid? El detective Jadid fue fotografiado forzando la cerradura de una vivienda situada a dos horas de su jurisdicción —constató Tonu, sacando una cámara diminuta del bolsillo—. Las fotografías ya han sido enviadas al señor Sickle, abogado del difunto reclamante. Jadid también fue fotografiado al salir de un bar en Clougham con el arma desenfundada; el propietario del bar también ha desaparecido, por así decirlo. Por una extraña coincidencia, poco antes de su desaparición, también el propietario del bar había tenido ocasión de acudir al señor Sickle en busca de consejo. Estas fotografías estarán sobre la mesa del comisario Pereira a primera hora de la mañana, si es que no han llegado ya.

Descorrió la cortina para permitir que el aire matutino entrara en la habitación. Era un día claro y soleado, y la luz bañaba la estancia como el agua lava una herida.

—Sé tan bien como usted que Joseph Jadid es un buen policía al que le gusta su trabajo. También sé que tiene muy mal genio y la virtud infalible de enojar a sus superiores. Lo más probable es que conserve su empleo, pero nunca más volverá a implicarse en este asunto. Esa es la condición que ha impuesto el señor Sickle para silenciar la cuestión y mantener alejada a la prensa.

Dicho aquello se sacó un papel del bolsillo de la chaqueta, y cuando lo desdobló vi que era de calidad excepcional, grueso y tramado, con una filigrana visible a la luz de la mañana. No sé por qué recuerdo aquel detalle.

—«El detective Jadid deberá evitar perturbar o mancillar en modo alguno el recuerdo de Jaan Pühapäev, miembro respetado de la comunidad académica de Wickenden y residente destacado de Lincoln, Connecticut.» Es la carta del señor Sickle al comisario Pereira.

—¿Y ahora qué? —inquirí tras un largo silencio de derrota.

—¿Ahora? Bueno, como ya le he dicho, no tengo ninguna intención de matarlo, ni tampoco ganas, la verdad, después de nuestra conversación. Lo que suceda a partir de ahora depende tan solo de usted. Si se siente obligado a escribir sobre esta historia o seguir investigando, no puedo impedírselo, aunque lo más probable es que ello les granjee penas penitenciarias a usted, Joseph Jadid y Hannah Rowe, cuando menos por allanamiento de morada. Pero ¿quiere un consejo?

—Claro, ¿por qué no?

Había creído que estaba un poco chalado al oírlo hablar de esmeraldas, cristales secretos y vida eterna. Aun cuando sus chorradas alquímicas no fueran más que una cortina de humo, eran chorradas de primer orden, y yo no soy más que un productor y consumidor de chorradas.

—Siga el consejo de su amiga y déjelo correr. Es usted joven; tiene más capacidad de olvidar y curarse de lo que cree, sobre todo ahora, tan enamorado y privado de sueño como está. —Tonu se detuvo y me miró de hito en hito antes de bajar la vista para comprobar cómo sostenía el arma (suelta y apartada de él hasta que alzó de nuevo la mirada y yo el bastón)—. Además, todo el mundo pierde alguna que otra vez, incluso yo, como ve. Y en este caso, también usted. —De nuevo se interrumpió y de nuevo no le disparé—. Si me permite una reflexión en voz alta, parece usted un joven serio e inteligente. No entiendo por qué se queda en este pueblo.

—Bueno, está Hannah. O estaba...

—Ya, pero no volverá a verla jamás.

—¿Cómo dice? ¿Cómo lo sabe? Solo porque...

—Sin duda anoche olería humo al llegar a Lincoln...

—Sí.

—El piso de la señorita Rowe fue pasto de las llamas por causa de un cortocircuito. Una tragedia.

Empecé a levantarme de la silla y volví a apuntarlo con el arma.

—Está bien —se apresuró a afirmar al tiempo que intentaba tranquilizarme con un gesto—. Está bien, al igual que su inusual casera. Se encuentra estupendamente, pero el golpe de perder a su amigo y su hogar en un espacio tan corto de tiempo ha sido demasiado para ella, por lo que sus vacaciones de Navidad se han adelantado.

—¿Qué quiere decir? ¿Dónde está?

—Como ya le he dicho, no es de su incumbencia. Por supuesto, sería una lástima que su nombre quedara mancillado de algún modo ahora que no puede defenderse.

Me acerqué a él y le oprimí el cañón contra la sien. Cuando vi que hacía una mueca y se lamía los labios, apreté con más fuerza.

—¿Realmente quiere hacerlo?

Seguí apretando el bastón contra su cabeza hasta que lo oí gemir. Entonces, al notar que la adrenalina volvía a adueñarse de mí y de que estaba a punto de cometer una locura, lo aparté de repente y volví a sentarme.

—¿La han matado?

—No, por supuesto que no la hemos matado. Cómo íbamos a matar a una joven tan hermosa, seria y comprometida con sus causas. Posee una belleza intemporal, ¿no le parece? Un temperamento intemporal. Eterno, podría decirse incluso —añadió con un guiño—. No, le doy mi palabra de que está sana y salva, si bien los acontecimientos de la última semana han representado un gran desgaste emocional para ella. En fin, no importa, porque como ya le he dicho, no volverá a verla jamás.

EL SOL Y SU SOMBRA

> Así como el ala la tierra evade / Así como el dos supera el uno / Así como el día la noche define / Así la sombra y su sol.
>
> JOHN DEVERE (16.º conde de Oxford), *The Tragic Tale of Posthummus Leonatus, His Most Lamentable Death*

En el imaginario popular, los inviernos moscovitas son abominables, interminables, carentes de sol, de alegría y de color, un desierto yermo bajo un cielo que pasa del negro al gris para volver a sumirse en el negro como un paciente en su cama de hospital. De hecho, mientras que la llovizna persistente y gélida de otoño y primavera convierte la ciudad en el interior de un pulmón tuberculoso, el invierno despierta Moscú como un bofetón. Durante tres o quizá cuatro horas al día en los días buenos, de diciembre a febrero, la ciudad brilla a la luz más perfecta del mundo. En los mejores días, durante la noche ha nevado, cubriendo el hollín, la ceniza de los cigarrillos, los escupitajos, la cerveza derramada y los papeles desechados en un manto centelleante. Las avenidas anchas estarán más calladas de lo habitual, y las estrechas de las zonas antiguas bullirán de actividad.

Así fue la mañana en que Voskresenyov visitó Moscú por última vez. En el pasaje Soimonovski, cerca de Netristriyevskaya, se apeó del asiento trasero del Zil con chófer, chocando con una madre acompañada de dos niños de mejillas sonrosadas. Voskresenyov se disponía a sacar su maletín del coche, mientras que la madre vigilaba a su hija para que no se precipitara a la calzada.

Tras chocar contra él, la mujer lanzó una exclamación ahogada y se llevó la mano al cuello. Al comprender quién era (el coche, el uniforme, las medallas, el maletín de cuero auténtico), abrió los ojos de par en par y echó la cabeza hacia atrás. Pero en cuanto recobró la compostura, lo miró de hito en hito con expresión casi desdeñosa, y en lugar de rodear a sus hijos con los brazos para protegerlos, se limitó a tenderles la mano. Los niños asieron una cada uno, y los tres contemplaron a su presa, quien contempló la posibilidad de dedicarles una sonrisa conciliadora, pero al final decidió limitarse a sostener su mirada. ¿Qué se había hecho del respeto? ¿Por qué aquella mujer no abrazaba a sus hijos, lo saludaba con actitud servil y se alejaba a toda prisa? Al inclinarse para recoger el maletín del asiento, Voskresenyov no pudo contener una sonrisa. Cuando se incorporó, de nuevo con expresión pétrea, la mujer lanzó algo a medio camino entre el suspiro y el escupitajo, y acto seguido se marchó con sus hijos.

—Van a cambiarle el nombre a esta calle —anunció una voz conocida a espaldas de Voskresenyov.

—Lubin, gracias por reunirse conmigo, y en el lugar de siempre, ni más ni menos.

—Bueno, al menos cerca —puntualizó Lubin.

Rozó el antebrazo de Voskresenyov y señaló hacia adelante para indicar que debían echar a andar. Siguieron la callecita hacia el noroeste, en dirección opuesta al río, hasta llegar a Metrostroievskaya, donde torcieron a la derecha. A diferencia de muchos hombres rusos, Lubin era contrario al contacto físico y a exteriorizar las emociones en exceso. Por regla general, él y Voskresenyov se saludaban tan solo con un apretón de manos y una inclinación de cabeza.

—¿Qué quiere decir con eso de «cerca»? Estamos pero que muy cerca. ¿Entramos?

Dom Pertsova se alzaba ante ellos, roja y llamativa, como una casa de pan de jengibre. Los paneles de cuento de hadas que revestían el exterior y las serpientes enroscadas que soportaban uno de los balcones laterales encantaban a Voskresenyov, que no pudo contener una sonrisa al verlos.

—Cuesta creer que estuvieran a punto de derribarla —comentó.

—De hecho, iban a derribar toda esta zona. Metrostroievskaya, Kropotkinskaya... todas las callejuelas entre la estación de Kropotkinskaya y la de Park Kulturi, para construir un Palacio de los Soviéticos. Sobrecogedor, sí, trágico incluso, pero nada sorprendente. En cualquier caso, me alegro de que no tuvieran ocasión de hacerlo —dijo Lubin.

—Querrá decir que yo no tuviera ocasión de hacerlo —corrigió Voskresenyov.

Lubin se encogió de hombros con expresión afable y señaló la iglesia blanca de cúpulas blancas que se levantaba ante ellos. St. Ilia Obideni, donde ellos y un sinfín de contactos gubernamentales clandestinos más se habían reunidos miles de veces durante los años soviéticos. Puesto que los ciudadanos temían ser denunciados por entrar en las iglesias, los templos se convirtieron en lugares de reunión muy seguros para los funcionarios del gobierno; todo ciudadano de a pie que informara de algo resultaría de inmediato sospechoso por mostrar un interés indebido en un lugar de culto; en cuanto a las reuniones entre miembros del gobierno, el propio carácter ilícito de dichas reuniones hacía que fueran seguras para todos los implicados. Aquella iglesia en concreto poseía una belleza extraña, una paz algo destartalada y curtida por el incienso que la convertía en uno de los sitios de encuentro más populares.

—Fíjese —indicó Lubin, señalando la iglesia.

—Ah.

Un flujo ralo pero constante de feligreses, hombres y mujeres, ancianos y jóvenes, pobres y menos pobres, entraba y salía del templo, algunos santiguándose con fervor, otros con cierta torpeza, como si el gesto aún les resultara extraño.

—En Estonia también pasa, y en Letonia. Y en Lituania y Ucrania aún más.

—Sí, no lo dudo. En fin, ¿por qué no damos un paseo?

—Por supuesto.

—Por cierto, ya que no me lo ha preguntado —dijo Lubin tras caminar unos minutos en silencio—. Esta calle, Metrostroievskaya, se llamará Ostozhenka.

Poseía los modales escurridizos y ambiguos de quien se había pasado la vida entera manipulando y estudiando las reacciones de los demás.

—¿Cómo dice?

—Esta calle... Antes se llamaba Ostozhenka y así volverá a llamarse. La calle donde nos hemos encontrado será Vsejsviatski, no Soimonovski. Por supuesto, aún es secreto, pero los nombres prerrevolucionarios empiezan a utilizarse de nuevo. Primero fue Sverdlovsk, claro está, a causa de ese bufón borracho. Con toda probabilidad, la siguiente será Leningrado. Los nombres de las calles son los que de verdad te hacen ser consciente de todo. En fin... ¿Sabe? No sabía que tenía usted un hermano.

—Ni yo que tenía usted un hijo.

—Ah, sí —exclamó Lubin, alisándose la corbata con orgullo paterno—. De hecho, tengo tres. Uno es médico y está ampliando estudios en Berlín, otro es fiscal aquí en Moscú, y luego está Sasha, que sigue sus pasos.

—Solo en el terreno profesional, Lubin. Ni siquiera conozco al muchacho, pero dudo mucho que el hijo de un hombre de la KGB se dedique a «seguir los pasos» de nadie.

—De acuerdo, no hace falta que se ponga así —espetó Lubin, aunque sin enojo—. No me parece que esté usted en posición de juzgar a nadie.

—Le ruego que me perdone; no pretendía ofenderlo.

Lubin asintió en señal de aprobación.

—Admiro a las personas que cuidan de su familia, sobre todo hoy en día. ¿No alberga ninguna duda acerca de Sasha?

—Ninguna. ¿Ni usted acerca de Tonu?

Lubin alargó a Voskresenyov un fajo de copias de documentos oficiales.

—Aquí lo tiene. Tonu Pühapäev, miembro ejemplar de una granja ovina de Hiiumaa, acaba de ser nombrado presidente de la Explotación Láctea Colectiva de Paide. Comprúebelo usted mismo.

Voskresenyov cogió las copias de mala calidad y las hojeó con ansia.

—¿Y esta es la que se privatizará?

—Sí, dentro de menos de un año; la ha comprado un consorcio de empresarios finlandeses y suecos. Dicen que será la granja de productos lácteos más grande del Báltico. Probablemente también suministrará a parte de Escandinavia. Dado el bajo coste de la mano de obra soviética, incluso de la Estonia ex soviética, también debería convertirse en una de las más rentables. Tuvimos que luchar con uñas y dientes para meter a Tonu. Cuando los estonios huelen dinero son peores que los judíos. ¿Qué me dice de usted?

—Tal como acordamos... Mire aquí —indicó Voskresenyov al tiempo que señalaba la modesta casa de madera situada en la acera de enfrente—. La madre de Turguenev vivía en esa casa de madera. Ha sobrevivido a todos los incendios, toda la destrucción, todas las barbaridades del urbanismo soviético, y aquí sigue, tan sencilla y hermosa como siempre, sin tan siquiera una placa que la adorne.

Lubin lanzó un suspiro de impaciencia y desplazó el peso del cuerpo de un lado a otro mientras caminaba, según observó Voskresenyov.

—Como iba diciendo, renunciaré a mi puesto después de esta conversación. Tengo potestad para nombrar a mi sucesor, no como comandante de las fuerzas bálticas, por supuesto, que pronto dejarán de existir, sino como general del ejército ruso. Y tal como le prometí, Aleksandr Anatolievich Lubin se convertirá en el general más joven del ejército. Por supuesto, no puedo garantizar su destino, pero si es Moscú lo que quiere, creo que lo conseguirá.

—¿Y no hay forma de cerciorarse? —inquirió Lubin con cierta inquietud.

Era la primera vez que Voskresenyov lo veía comportarse con codicia, y contemplar a aquel hombre de expresión pétrea y escurridiza abrir los ojos de par en par, lamerse los labios y apretar los dientes le confirió una agradable sensación de superioridad.

—Sasha y yo no hablamos tanto como deberíamos. Si supiera que soy responsable de este arreglo, no se lo tomaría nada bien, de eso estoy seguro. Es un poco impulsivo, como su madre.

—Sin ningún compromiso. Anonimato recíproco, como siempre, ¿verdad?

—Por supuesto. Aunque es extraño, ¿sabe?

—¿El qué?

—Algo que descubrí cuando preparaba los papeles de Tonu y revisaba su expediente.

Voskresenyov se puso rígido; creía haberse ocupado de aquel asunto.

—En ninguno de sus documentos de reclutamiento aparece ningún hermano. De hecho, no figura en ninguna parte ningún hermano como pariente más cercano. Y desde luego, tampoco hay ninguna explicación sobre por qué dos hermanos tendrían apellidos distintos... y encima apellidos distintos e infrecuentes, que en los dos casos significan «domingo» en distintas lenguas.

Voskresenyov miró hacia el sol para poder entornar los ojos y ganar tiempo. Había manipulado su expediente en la oficina central del ejército, pero como era natural, el KGB dispondría de su documentación original. Tendría que haberlo previsto antes de pedir a Lubin que metiera las narices en el asunto.

—¿Ha traído el expediente? —preguntó, tal vez con un exceso de premura.

—¿Que si he traído el expediente? ¿Aquí? Por supuesto que no, ¿por qué iba a traerlo? No me está permitido.

—¿De modo que está con todos los demás expedientes militares en la Lubianka?

—Por supuesto, ¿dónde si no?

Siguieron caminando en silencio por las callejuelas tortuosas y modestas de aquel rincón de la ciudad.

—¿Qué hará ahora? —preguntó por fin Voskresenyov.

—¿A qué se refiere?

Voskresenyov bajó la mirada hacia él y adoptó una expresión que esperaba fuera entre seria e irónica.

—Ah, bueno —exclamó Lubin—, yo también voy a dejarlo, como usted. Todas las cuentas quedan saldadas, supongo. —Lanzó una leve carcajada que de inmediato se trocó en una tos persistente que sonaba como una guadaña segando un campo de trigo—. Me permitirán quedarme con una pequeña dacha que tengo cerca de Suzdal. Mi piso pasará a manos de mi hijo mayor para que tenga donde vivir cuando vuelva de Berlín... si es que vuelve, claro, teniendo en cuenta cómo están las cosas. Mi mujer y yo llevaremos una vida tranquila en Suzdal, y ya está.

Lubin asintió para recalcar sus palabras y cortó el aire con la mano, como si junto a aquella arboleda en el cruce de Sechenovski y Ostozhenka estuviera separando su vida pasada de la presente, o tal vez la presente de la futura.

—¿Y usted? —preguntó a Voskresenyov.

—Bueno, ya sabe... Tengo un par de proyectos en mente. Dispondré de más tiempo libre, contaré con la pensión del ejército, ya no llevaré uniforme... —repuso este, buscando mentalmente otras vaguedades que contar.

—Nunca he acabado de entenderle. ¿A qué se dedica? ¿Qué planes tiene? He oído rumores de que está ayudando a un ladrón de joyas ingush a salir de la cárcel de Magadan, pero de forma muy discreta. Y por cierto, ¿puede explicarme por qué yo tengo el aspecto de un hombre que lleva cuarenta años bebiendo, fumando y viviendo en un clima gélido, mientras que usted apenas ha envejecido en todos estos años?

—Salmuera —repuso Voskresenyov, palmeándose las mejillas—. Mi abuela siempre me decía que me untara la piel con salmuera cada mañana.

Lubin lanzó una carcajada escéptica.

—¿Salmuera? Bueno, si usted lo dice... ¿Sabe? Podría comprar el expediente si quisiera —espetó de repente—. Hoy en día todo está en venta. Si quisiera guardar en secreto esa información, podría comprar el expediente y todo resuelto.

Voskresenyov lo miró sin cambiar la expresión, aunque ya sabía a ciencia cierta que eso era lo que tendría que hacer.

—¿Comprar un expediente a la KGB? —preguntó, fingiendo sorpresa—. ¿Y con quién tendría que hablar para hacer eso?

Lubin arrancó una pestaña del paquete de Winston light que llevaba en el bolsillo y anotó un nombre en la cara interior antes de entregársela a Voskresenyov.

—Este es su hombre. Muy discreto, se lo aseguro. Todos los que tienen suficiente dinero y aspiraciones en la nueva Rusia le compran información. Y puesto que todo pasa por sus manos, todo el mundo sabe quién es, de modo que se ha hecho intocable. Aunque puede que sea al revés, que aunque todo el mundo sabe quién es, la gente lo utiliza y por eso se ha hecho intocable.

—Claro, claro —rió Voskresenyov, si bien no sabía por qué se reía—. ¿Y no podría pagarle a usted? ¿Me haría usted el favor de hacer desaparecer mi expediente?

—¿Yo? Desde luego que no. No hago esa clase de cosas, y además, ¿de qué me serviría el dinero? Pero de todas formas, gracias por proponérmelo.

Desde que se conocían y se hacían favores mutuos, ambos hombres habían intentado en todo momento tener alguna ventaja sobre el otro, no para hacer uso de ella, sino por el mero hecho de tenerla. Los constantes reajustes infinitesimales en la jerarquía les permitían personalizar su relación profesional y profesionalizar su relación personal. Voskresenyov se preguntó qué pretendería hacer Lubin con la información que tenía sobre él. Se quedó mirando el rostro rollizo y fláccido coronado por la mata de cabello canoso y quebradizo, aquellas manos temblorosas y salpicadas de manchas de vejez, y concluyó que absolutamente nada. Jaque al rey; Lubin arrojaba la toalla. Y con un hombre que no quiere nada no se puede hacer nada.

—No, no quiero dinero —prosiguió Lubin casi en un murmullo, como si hablara para sus adentros—. Tan solo quiero vivir tranquilo lejos de todo esto. Mi mujer y yo somos de campo, de cerca de Tver, y hemos pasado cuarenta años en esta ciudad, en esta mierda. No, no quiero dinero.

En aquel momento llegaron a un pequeño parque situado en el cruce de cinco calles, con un grupo de abedules desnudos cuyas ramas se abrían cual manos en una señal de advertencia demasiado alta para que nadie la viera. En el centro del parque desierto había una fuente, en realidad un cuenco de hormigón lleno de agua estancada verdosa tan solo atisbada bajo la fina película de hielo, y rodeada por unos arbustos. Al acercarse a la fuente pasaron de la radiante luz del sol a la sombra de la maleza. Los arbustos los protegían de la calle. De repente, Voskresenyov agarró a Lubin y lo besó de lleno en la boca abierta por la sorpresa. Mientras percibía que el hombre intentaba apartarlo con sus manos débiles y huesudas, se llevó la mano al bolsillo para sacar la navaja, la abrió y seccionó las arterias a ambos lados de la entrepierna de Lubin antes de empujarlo al interior de la fuente.

Acto seguido arrojó el cuchillo al agua, se examinó los zapatos, los pantalones y el abrigo en busca de manchas de sangre (no había) y echó a andar en dirección a la Lubianka para comprar el resto de su pasado.

Objeto 15: Un colgante con un amuleto ancho (3,6 centímetros de anchura por 5,8 centímetros de altura) con dorso de cuero, prendido a una fina cuerda de piel negra de 34 centímetros de longitud. Sobre el amuleto se ven dos gemas, un topacio en forma de estrella, es decir, un círculo color ámbar del que salen ocho tentáculos en forma radial, y junto a él un ónice ovalado.

Las representaciones de soles sombreados o crepusculares simbolizan una empresa casi terminada pero en peligro de fracasar, infundiendo esperanza y exigiendo atención a partes iguales.

Fecha de fabricación: Imposible de determinar. Las gemas aparecen resquebrajadas y turbias por la edad, por lo que sin duda tienen varios siglos de antigüedad. Por el contrario, el cuero se encuentra en buen estado, si bien un poco gastado por el uso.

Fabricante: Ivan Voskresenyov, quien afirmó que el diseño se basaba en un dibujo de «El sol y su sombra», un enigmático jeroglífico alquímico hallado en el cuaderno del geógrafo árabo-siciliano al-Idrisi.

Sin embargo, el experto en cómics Milos Smilos, autor del artículo «¿Dónde está ese balón de fútbol, Charlie Brown? Deseo sexual ilícito en las tiras de cómic diarias», y de la autobiografía gráfica ficticia *¡Llamadme señor! Peppermint Patty, Bollera Guerrera*, escribió en su embellecida autobiografía no oficial que los colgantes de cuero con incrustaciones de cristal amarillo y obsidiana bruñida se hicieron muy populares entre los artistas e intelectuales bálticos durante los años de entreguerras. Su diseño se basaba en la interpretación que un artista de Estonia había hecho de un jersey que Flash Gordon llevaba en la serie de 1940 titulada *Flash Gordon conquista el universo*.

Lugar de origen: Tan difícil de determinar como la fecha de fabricación. Estonia es uno de los exportadores de ámbar más importantes del mundo, y su sector del curtido siempre ha sido muy activo. El ónice, que no se produce en el Báltico, es no obstante una gema común y popular.

Último propietario conocido: Ivan Voskresenyov. Tras su asesinato, [NOMBRE BORRADO] se lo quitó al cadáver para entregárselo más tarde a [NOMBRE BORRADO].

Valor aproximado: Con toda probabilidad, Smilos y los de su ralea subirían el precio de lo que, en el mejor de los casos y a ojos del más emocionado de los compradores valdría a lo sumo 300 dólares.

Se completa así lo que tenía que decir de la obra del sol.

Bueno —dijo Tonu, de pie junto a mi puerta abierta, con el abrigo puesto, un pie en el pasillo y una mano sobre el pomo—, me parece que he contestado a todas sus preguntas —señaló en tono casi inquisitivo al tiempo que arqueaba las cejas.

—¿Qué hay de Eddie el Albanés?

—Ah, sí, Edouard. Creía que lo habíamos olvidado —espetó con sarcasmo.

En aquel instante me pareció estar viendo un reptil de cristal, una criatura amamantada con veneno capaz de cortarte a poco que ejercieras la más mínima presión sobre ella. No entiendo cómo alguien podría confiar en él.

—Edouard tenía mucho talento como contrabandista, oficio que aprendió en el régimen asfixiante y paranoico de los soviéticos; estábamos convencidos de que triunfaría en esta nación tan abierta y confiada.

—¿Y qué le ocurrió?

Tonu volvió a adentrarse en el piso y estuvo a punto de cerrar la puerta tras de sí, pero en el último momento se lo pensó mejor y volvió a sacar un pie al pasillo.

—Lo mismo que a Jaan, que se volvió codicioso, engañoso y poco digno de confianza. Pero en cualquier caso, era un empleado temporal, sin sentido alguno de la dedicación. Nos ayudó a conseguir ciertas cosas que necesitábamos, pero a partir de allí dejó de sernos útil.

—¿Qué cosas?

Tonu retrocedió otro paso hacia el pasillo, y yo avancé uno hacia él.

—No, ya basta de preguntas; no necesita saber nada más.

—No estoy de acuerdo —barboteé—. Ahora tengo más preguntas que hace tres horas... No puede... Lo que me ha contado no tiene ningún sentido.

—¿Qué es lo que no ha entendido?

—No he entendido nada. No puedo creer que...

—No hace falta que crea nada. No existe ninguna ley según la cual una cosa deba ser creída para ser cierta. ¿Sabe? Debería mostrarse más agradecido. Le he proporcionado una información por la que muchos matarían.

—¿Y confía en que la guarde en secreto?

—¿Que si confío? —repitió Tonu con una carcajada—. Por supuesto que sí. ¿A quién iba a contársela? ¿Quién le creería? Me parece que en este sentido estamos a salvo, y si no es así, echaremos mano del camuflaje. Además, si de repente se pone parlanchín, puede que tenga que hacerle otra visita. Y por otra parte, ahora que Jaan ha llamado la atención de ciertos buscadores de la Tabla, sin duda atraería usted a personas muy poco recomendables si de pronto decidiera jactarse de su relación con él. En tal caso, como ya le he dicho, nosotros estaríamos muy lejos y no podríamos ayudarle.

—¿Y si decido arriesgarme? Es una historia apasionante —faroleé con más irritación que valentía.

Tonu me dedicó una sonrisa decepcionada y se encogió de hombros.

—Como ya le he dicho, no tengo ninguna intención de instalarme en su casa. No puedo controlar lo que hace, pero sí puedo recordarle que podría convertirse en culpable de allanamiento y posiblemente de asesinato. Si desea conocer de cerca el sistema penitenciario de Connecticut, el señor Sickle puede echarle una mano. Pero le aseguro que si lo consideráramos una persona insensata o impetuosa, ni usted, ni Joe ni su tío seguirían con vida. No pierda la cabeza, señor Tomm; es el mejor consejo que puedo darle. No pierda la cabeza.

Dicho aquello se fue, cerrando la puerta detrás de sí con suavidad, educado hasta el último instante. Lo oí bajar la escalera y luego, desde la ventana, lo vi subir a un coche anodino de color anodino. Arrancó el motor, puso los intermitentes pese a que no había ningún otro coche a la vista y se dirigió hacia el sur, alejándose de Lincoln.

Era demasiado tarde o demasiado temprano para dormir. No me importa reconocer que sigo sin dormir bien, aunque la situación empieza a mejorar. Como bien dicen, el tiempo lo cura todo.

En lugar de acostarme, me duché, me afeité, me preparé una cafetera (mi cafetera tiene capacidad para una taza y pico, diseñada para una sola persona, como todo lo que contiene mi piso) y a las siete y cuarto me fui a la oficina.

Tenía la sensación de que me habían vaciado y rellenado con algodón, como si acarreara un peso muerto y ese peso muerto fuera yo. Supongo que la sensación de bailar aun después de cesar la música, de darte cuenta de que has llegado a un callejón sin salida del laberinto, de que te has quedado demasiado tiempo en un lugar, embarga a todo el mundo en un momento dado, salvo a los que se hallan en perpetuo movimiento y los que tienen un sentido infalible de la oportunidad. A mí me sucedió en el último año de instituto, luego de nuevo en el último curso de la universidad y también me ocurre ahora; ha llegado el momento de marcharme. Cuando se apodera de ti, puedes hacerle caso y seguir adelante o esperar a que se te pase y tirarte el resto de tu vida sublimando ese sentimiento de pérdida infinita en un mero malestar. Yo me he decantado por la primera opción.

—Aquí lo tenemos —exclamó Art sin alzar siquiera la vista cuando entré en la redacción.

—¿Qué haces aquí tan temprano? —pregunté.

—Ya te lo dije, cuanto más viejo te haces, peor duermes.

La imagen más clara que tengo de Art es la de aquella mañana, reclinado en su silla y con los pies sobre la mesa cual hamaca humana, hojeando el *Times* con un termo de café abierto y humeante encima del escritorio, y un cigarrillo colgado en la comisura de los labios.

Con el pie derecho empujó un sobre hacia mí.

—Lo he encontrado debajo de la puerta y he decidido esperar a que lo leas antes de preguntarte por la necrológica interminable.

Le di las gracias con un gesto y abrí el sobre. Aun antes de ver la caligrafía inclinada y ejecutada a bolígrafo ya supe de quién era.

Querido Paul:

Si estás leyendo esto significa que has hablado con Tonu, y si has hablado con él, te habrá dicho que me he marchado de Lincoln. De hecho, mientras escribo esta carta, un coche me espera fuera con las pocas pertenencias que me permito llevarme a mi nueva vida. Es curioso observar qué elegimos llevarnos cuando nos vamos. Toda mi música, por ejemplo, una colección reunida pieza a pieza a lo largo de casi veinte años, se ha quedado en la sala de música de Talcott, pero prefiero que te la quedes tú a que permanezca en la escuela. Supongo que echaré de menos algunas cosas que dejo atrás, al menos al principio, pero de hecho dejo pocas cosas que me importan, salvo tú, a quien no había previsto conocer y por quien desde luego no debía sentir lo que siento.

Jamás me había parado a pensar en las necrológicas. Nunca había pensado en el hecho de escribir una, y al hacer lo que hice, lo último en ocurrírseme habría sido conocer al autor de la de Jaan. Pero lo conocí, y me pasé la semana entera intentando apartarte de mí y al mismo tiempo incapaz de hacerlo. Tal vez porque vi tu afecto evidente, y te aseguro que fue evidente desde el principio, Paul, claro como el cristal, como una señal de que lo que había hecho no era tan terrible en realidad. Recuerda que yo creo en las señales, aunque sospecho que tú no. El tiempo que pasamos juntos se resume en esta frase.

Yo me decanto por unas miras más amplias, como Tonu, y creo en lo que me contó... lo que nos contó sobre Jaan, la Tabla y lo que Jaan pretendía hacer. Me dijo que tú no creías en ello, y es que te imagino, Paul, te veo discutiendo con él, negándote a escucharle y rehusando aun la posibilidad de que el mundo pueda ser más amplio y profundo, más enigmático y misterioso de lo que parece. Si te sirve de consuelo, no puedo ni quiero echártelo en cara, y al mismo tiempo te pido que no me eches en cara mis creencias.

Lo que le sucedió a Jaan habría ocurrido de todos modos. Aun si crees que Tonu y él eran ladrones corrientes y no guardianes de algo extraordinario, sabes que es cierto; sabes que les ocultaba algo. Una persona de moralidad estrecha diría probablemente que no importa, que en definitiva somos responsables tan solo y sobre todo de nuestros propios actos. Pero a mí se me ha brindado la posibilidad de hacerme responsable de algo que va más allá de mí misma, y te pido que al menos intentes comprenderlo y tal vez acabes por perdonarme antes de olvidarme.

Solo te pido dos favores. En primer lugar, no pretendía halagarte al decir que me gustaban tus artículos del *Carrier* y consideraría un gran regalo que escribieras tus recuerdos de la pasada semana y los enviaras a la dirección que te adjunto. Quiero saber qué piensa de mis actos alguien que carece de mi fe en ellos. Sé que supone una carga para ti y quizá te parezca vanidoso, pero espero que lo hagas de todos modos. En segundo lugar, quiero que me prometas que no intentarás localizarme a través de esta dirección. No tengo intención de quedarme aquí mucho tiempo, desde luego no el suficiente para que puedas seguir una pista que te lleve hasta mí, y cuanto más te acercaras a mí, más me preocuparía yo por tu seguridad. Debemos acordar alegrarnos de habernos conocido, por breve (demasiado breve) que haya sido nuestro encuentro, y debes prometerme que no irás más lejos.

Tal como te dijo él mismo, Tonu no es Tonu, y Jaan no era Jaan, pero yo sí era Hannah Elizabeth Rowe. Mientras te escribo estas líneas sigo siéndolo, y siempre te recordaré con profundo afecto, dondequiera que esté y dondequiera que vaya.

Con todo mi amor,

H.

Vaya, la última frase era un auténtico consuelo, muchísimas gracias. Ayudé a matar a un anciano; lo hice por razones demasiado elevadas para que las entiendas; he desaparecido con el asesino; pero escribes de narices, quiero que plasmes nuestra historia sobre papel y te recordaré con afecto. ¿Qué se suponía que debía decir o hacer? Movido por un sentido desencaminado de la caballerosidad o bien por un sentido certero de egocentrismo escritor, he escrito este relato de nuestra semana juntos, de cuya autoría reniego. Espero que no te importe leer sobre ti en tercera persona; me ha resultado más fácil hablar y pensar de esta forma. Asimismo, a decir verdad espero que leas esto y luego lo quemes, pero si quieres conservarlo, no puedo impedírtelo. Joder, si ni siquiera creo que pudiera llegar a encontrarte.

Supongo que lo único que me queda por hacer es contarte qué ha sido de algunos de los personajes auxiliares, algunos de los simples mortales de esta historia, que ante todo es tu historia. Tras leer tu carta mecanografié para Art el siguiente texto, que apareció publicado en el siguiente número del *Carrier*:

> Jaan Pühapäev, profesor de historia báltica en la Universidad de Wickenden y natural de Estonia, falleció a primera hora del miércoles en su residencia de Orchard Street. Vivía en Lincoln desde su llegada a Estados Unidos en 1991. Se desconocen su edad, la hora exacta de la muerte y la causa precisa del fallecimiento. No deja familia.

Menos de un minuto después de guardar el texto en el archivo de edición, oí crujir la silla de Art.

—¿Y ya está? —exclamó mientras se acercaba a mi mesa con expresión perpleja—. Tantos días paseándote entre Lincoln y Wickenden, una semana entera hurgando en fuentes policiales, ¿y lo único que sacas es esto?

—No he conseguido fundamentar nada —me excusé.

—¿Cómo que no has conseguido fundamentar nada? —espetó—. ¿Y qué me dices de los archivos policiales? ¿Y de... bueno, de... ya sabes...? —Entornó los ojos y agitó las manos en círculos como si intentara conjurar más palabras—. Conoces el asunto mejor que yo. ¿Qué hay de lo demás?

—No hay nada más, por desgracia. Mucha conjetura y poca chicha.

—Pues espera una semana más. Si quieres publicar esto de momento, de acuerdo, pero no archives la historia. Sigue indagando; hazlo por Leenie y por tu carrera si no quieres hacerlo por el periódico.

—Mira, no creo que averigüe nada más y quiero dedicarme a otra cosa.

—¿Hay algo que quieras decirme?

—¿Como qué?

—No sé... ¿Estás protegiendo a alguna fuente? —Alcé la mirada hacia él—. Mi hija siempre me miraba así en lugar de decirme que me metiera en mis propios asuntos. —Sonreí, pero Art no—. Pero a ella no podía obligarla a contestar, porque no trabajaba para mí. —Cogió la copia impresa de la necrológica de la bandeja de la impresora y la tiró a la papelera—. ¿Vas a contarme lo que pasa? ¿Cómo es que no tienes nada más?

Permanecí sentado en silencio y con la mirada clavada en mi mesa.

—Me gustaría poder contártelo, Art, de verdad —musité—, pero no puedo, ¿vale? Puedes publicar esta mierda, puedes no publicarla, puedes despedirme, puedes...

—Joder, Paul, ya te dije una vez que nadie quiere despedirte —me atajó—. Es que... Mira, llevas una semana investigando esta noticia, te emocionaste mucho, incluso conseguiste que una editora de Boston se interesara por el asunto, y ahora es como si alguien hubiera apagado la tele. Si no quieres contármelo, de acuerdo, pero si quieres mi opinión, creo que te equivocas.

Calló y me miró con la cabeza ladeada, como si me sopesara.

Me encogí de hombros y miré por la ventana en dirección al lago y la escasa actividad. Era una población de fin de semana, porque ahí nunca pasaba nada. Me gustaba Lincoln, me gustaba mucho, y tal vez pasados unos años volviera de visita, pero la ciudad me había expulsado. Tal como había dicho Tonu, a veces hay que asumir las derrotas y seguir adelante.

Cuando le anuncié a Art que quería dejar el periódico, no reaccionó ni con total ecuanimidad ni, por desgracia para mi ego, con absoluta consternación. Al principio no dijo nada y regresó a su despacho, mientras yo intentaba mantenerme ocupado en mi puesto, procurando no dar la impresión de que estaba recogiendo mis cosas. Pero hacia mediodía me invitó a comer al Colonial para sostener lo que denominó «la conversación de las alternativas». Me preguntó adónde pensaba ir, y puesto que no me había detenido a considerarlo hasta ese preciso instante, le contesté que iría a Brooklyn hasta decidir qué quería hacer con mi vida. Diseñamos una estrategia acerca de las personas a las que debía conocer y a quién debía enviar sus cartas, prometiéndome «una carta de recomendación que te abrirá las puertas del cielo». Era una de las pocas personas a las que conocía que nunca me había guiado en la dirección equivocada, simplemente porque nunca intentaba guiar. Se limitaba a tomarse las cosas tal como venían, calibrarlas y reaccionar a lo que tenía delante en lugar de lo que debería haber tenido delante. No intentó convencerme de que me quedara, por lo cual aún le estoy agradecido, sino que al acabarnos las cervezas me preguntó cuándo me marchaba.

—En cuanto haya cargado mis trastos en el coche, creo.

—¿Vendrás a cenar el viernes? —propuso, mirándome por el rabillo del ojo como si temiera que me negara—. A Donna le gustará poder despedirse de ti.

—Me parece genial.

Y lo fue... genial, quiero decir. Me trataron como a un hijo, y la cena de despedida me hizo sentir como si me fuera de casa. Donna lloró, Art bebió demasiado y Austell recreó la única batalla de la guerra de la Independencia librada en Lincoln con ayuda de huesos de olivas y granos de maíz. La hija de los Rolen, Dana, había viajado desde Nueva York para pasar el fin de semana en casa de sus padres, y comprobé que había heredado el rostro alargado de su padre, su encanto sosegado y su capacidad natural e inefable de ver y sacar lo mejor de los demás, una cualidad infrecuente y envidiable.

Dana y yo hemos salido juntos un par de veces desde que regresé a Brooklyn y me encerré en mi antiguo dormitorio de la infancia. Desde mi ventana se ve la misma panorámica de hierba áspera, el mismo tramo de calle y la misma esquina de Grand Army Plaza. Tendido de espaldas en mi cama y con la cabeza ladeada en el ángulo preciso, distingo el borde superior del arco, al igual que mi tío Sean cuando era pequeño y ocupaba aquella habitación. Mi madre y yo hemos recaído casi de inmediato en los hábitos de cuando yo tenía decisiéis años. Ella me pregunta adónde voy, yo me limito a gruñir; yo le pregunto cuándo estará lista la cena, y ella se limita a gruñir. Lo hacemos porque es mas fácil y porque de algún modo nos resulta reconfortante, porque cada vez que voy a casa, pienso que quizá sea la última vez que realmente «voy a casa».

Mi cuñada, Anna, parece preocupada por la posibilidad de que contagie a mi sobrino el mal del ex periodista holgazán por el mero hecho de jugar con él como no toca. Si ese crío llega a los dieciocho años sin sufrir un colapso nervioso o depender gravemente de todas las sustancias químicas habidas y por haber, será un ser absolutamente inaguantable.

Art y yo hemos hablado varias veces sobre los próximos pasos que debo dar, aunque lo cierto es que no tengo ninguna prisa. Puede que estas sean las últimas vacaciones de Navidad alargadas de mi vida. Las vacaciones intersemestrales de Wickenden duraban más de seis semanas, un vestigio aún no corregido de la crisis energética de finales de los setenta, cuando las residencias de estudiantes quedaban vacías y sin calefacción durante todo el invierno, y recuerdo que aquellas vacaciones siempre se me antojaban una especie de hibernación, un período en el que almacenar energía para el siguiente semestre. Quizá se debía a que nunca hacía gran cosa. En cualquier caso, teóricamente tengo que reunirme con sendos editores en Hartford, Wickenden, Manchester y Concord después de Año Nuevo. Ya veremos qué pasa.

Unos días después de abandonar Lincoln, llamé a Joe Jadid para saber qué había sido de él. Resultó que, tal como ya me contara Tonu, el asesino había fotografiado a Joe al forzar la cerradura de casa de Jaan y enviado las fotos a Sickle, quien a su vez las había remitido a Joe junto con una nota en la que le advertía que dejara la investigación si no quería perder el empleo. Joe lo hizo (es decir, dejar la investigación), ordenó a Sal que no respondiera a las llamadas de sus colegas del FBI y permaneció el resto del período de suspensión más o menos encadenado a su escritorio, resuelto a no meterse en líos. Teniendo en cuenta que podía atribuirme directamente todos sus problemas, se mostró muy amable conmigo por teléfono. Cuando le dije que buscaba trabajo, me respondió que mejor yo que él, y también me dijo que esperaba que no acabara en un periódico de Wickenden porque no volvería a dirigirme la palabra.

Habló a su tío de las fotografías, y Anton accedió de inmediato a no volver a hablar con nadie de Jaan ni sus peculiares aficiones. Con gran discreción, un fin de semana mandó retirar todas las modificaciones que Jaan había introducido en su despacho, es decir, las cerraduras, las ventanas de plexiglás y la caja de seguridad, a fin de dejarlo listo para el siguiente ocupante antes del inicio del semestre de primavera. Por supuesto, entregó los libros a la biblioteca del departamento tras elegir algunos que se llevó a casa, no sin antes prometer que los devolvería si algún pariente de Jaan los reclamaba. Hablamos brevemente en una ocasión e intercambiamos las habituales promesas de permanecer en contacto. Es posible que esta vez logremos... es decir, que yo logre cumplir esa promesa.

Hace un par de semanas me faltó tiempo para largarme de Lincoln. Pero ahora, tras muchos días de trabajo solitario en el dormitorio de mi infancia, con *New York 1* y *Ley y orden* por único contacto humano (bueno, aparte de mamá, Vic, Anna y Dana), cada madrugada hacia las cuatro me arrancaría el brazo por volver. Pero al poco se me pasa. No es más que una sensación, y se me acaba pasando.

LA MALETA

> Bendito sea Él que se ha aparecido a nuestra raza humana bajo tantas metáforas.
>
> San Efraín el Sirio

Cuando al-Idrisi abandonó Sicilia, su biblioteca contenía quince objetos. Sin embargo, quiero hablar brevemente en mi propia defensa, por lo que necesito un decimosexto objeto. Digamos que era la bolsa de tela de Omar Iblis; digamos que salvo un puñado de excepciones cuidadosamente conservadas, los tejidos no resisten un milenio. Así pues, digamos que esta bolsa representaba la idea de la partida, la necesidad de huir, de modo que en lugar de una bolsa de arpillera, el decimosexto objeto es una maleta Samsonite en la que Tonu y yo guardamos los quince objetos que Jaan tenía en su casa. Y supongamos que el más importante de ellos era el que Tonu acababa de mostrarme cuando Paul llamó a la puerta, un billete de avión. De ida, en primera clase, junto con un sobre que contenía suficiente dinero para llegar aquí con la maleta sin interferencias indeseadas de ningún agente de aduanas.

Me resulta más fácil decir esto en pasiva. Por si sirve de algo a estas alturas, considero que Paul fue brutalmente utilizado por mí. Era, y espero que siga siendo, un chico muy dulce, pero un chico a fin de cuentas, de veintipocos años, una edad a la que la vida de la mayoría de la gente aún no se ha tornado interesante, una edad a la que su personalidad apenas empieza a profundizarse, a adquirir volumen.

Cuando nos conocimos, yo acababa de ayudar a un hombre a matar a otro. Había ayudado a un persuasivo desconocido a matar a un hombre que, en todos los aspectos cotidianos, había estado a mi cargo durante casi un año entero. Me sentía culpable, baja de moral, avergonzada y asustada, y de repente aquel joven surgió literalmente de la nada, deseoso de hablar conmigo, de prestarme atención. Fue halagador. Me encontraba mucho más atractiva de lo que yo me consideraba a mí misma, lo cual también resultaba halagador. Necesitaba que me prestaran atención, que me hicieran sentir que no estaba condenada ni era horrible. Quería la certeza espiritual de que mis acciones no me convertían en una persona no apta para vivir en sociedad, pero también necesitaba que me abrazaran y me tranquilizaran. Eso es lo que Paul significó para mí, una suerte de muleta temporal. Me gustaría poder disculparme ante él, pero por el tono de su carta, dudo que me escuchara. En cualquier caso, sin duda acabará superándolo. Como decía el poeta, las personas mueren y los gusanos devoran sus cadáveres, pero nunca por amor.

Aunque sí por codicia, un pecado que cuenta con muchos cadáveres en su haber. Le dije a Paul que Jaan había llevado una vida sencilla, y es cierto, al menos desde la perspectiva que habría guiado a Paul Tomm hace tan solo una semana. Llevaba ropa vieja, conducía una cafetera oxidada y vivía en una casa pequeña llena de libros, polvo y prácticamente nada más.

Aparte de mí, la única persona con la que tenía contacto era un camarero a varios pueblos de distancia, un camarero cuya codicia no solo igualaba sino que también inspiró la de Jaan, según me dijo Tonu. Tonu también me explicó que el tal Edouard era contrabandista en Rusia durante el régimen soviético, y que lo habían llevado a Connecticut para ayudar a Jaan a entrar las piezas de la biblioteca en el país. Por supuesto, en cuanto comprobó que era mucho más fácil dedicarse al contrabando en un pueblo de Connecticut que en Moscú, amplió la empresa, empezó a trabajar para clientes ricos y hablaba sin parar de la cantidad de dinero que tenía y la infinidad de oportunidades que su nueva vida le brindaba. Sus comentarios dispararon la imaginación de Jaan y también le desataron la lengua. Empezó a beber con Edouard mientras imaginaba y hablaba. Comenzaron a surgir rumores. La Tabula Smaragdina había aparecido, y su poder estaba en venta. Algunos colegas de Tonu hicieron indagaciones bajo identidades falsas, creyendo que la Tabla había vuelto a ponerse de moda gracias a los esfuerzos de algún estafador por sacarle la pasta a unos cuantos idiotas, pero para su sorpresa, sus pesquisas los condujeron hasta Jaan.

Lo que Tonu había afirmado respecto a Jaan y sus intenciones era cierto, pero lo había dicho en futuro condicional y era muy eficiente a la hora de hacer lo que debía hacerse, de modo que resultaba imposible comprobar si era cierto, al menos para Paul. Pero lo cierto es que Jaan nunca metió mano a Paul, que nunca le agradeció las cenas que le preparaba mirándolo con lascivia, que nunca le preguntó por películas pornográficas. Paul nunca había tenido que soportar una velada entera de conversación consistente tan solo en frases de doble sentido y preguntas obscenas sobre dinero y prostitución. Por supuesto, nada de todo aquello justificaba su asesinato. En retrospectiva pienso que tal vez debería haber sido menos indulgente con él, pero desde el día en que lo conocí, desde el día en que llamé a su puerta para presentarme y encontré a aquel anciano desaliñado y distraído fumando su pipa en un sofá gastado en una casa que olía a polvo y olvido, me dio lástima. Cuantas más libertades se tomaba conmigo, cuanto más grosero se volvía, más lástima me daba. Supongo que me recordaba al peleón y untuoso de mi padre, repudiado por su familia por ser demasiado desagradable, viviendo solo y al borde del soponcio cada vez que pensaba en sus parientes. En nosotros. Por la razón que fuera, la lascivia de Jaan me parecía una cruz que debía sobrellevar.

Tonu me hizo ver que dichos rasgos indicaban en realidad la propensión de Jaan a hacer el mal. Aprendí tanto de Tonu, me enseñó tanto sobre el mundo y la gente... Cosas prácticas y poco prácticas, evidentes y esotéricas. Y a todas luces, yo le gustaba. No de un modo sexual, pues parecía carecer de apetitos sexuales, sino con respeto hacia mi fe y mi inteligencia. Así pues, un día, después de hacer la compra para Jaan, me quedé a prepararle una sopa y a comerme un plato con él mientras me hablaba sobre los hijos de puta a los que había conocido, personas que, sin merecerlo, habían llegado mucho más lejos que él, y sobre el hecho de que nadie entendía el mundo salvo él. Yo había llevado una botella de brandy, que nos bebimos; es decir, él se la bebió casi toda. Cuando empezó a entrarle sueño, vertí el resto de la sopa en el jardín trasero, fregué los platos y me marché. Lo único que tenía que hacer era dejar la puerta principal abierta, cosa que hice.

Pero supongo que me embargaba el sentimiento de culpabilidad, porque aquella noche no pude pegar ojo. Ni tampoco la noche siguiente. Intenté olvidar el asunto, intenté rezar, pero el recuerdo me corroía. Así que caminé hasta la cabina que hay delante de la tienda de Arliss y llamé a la policía de New Kendal para decirles que Jaan había muerto. Luego volví a casa, me acosté, cerré los ojos al mundo y me dormí.

No sé qué habría ocurrido si no hubiera dicho nada. Tonu creía que Jaan escondía la Tabla en su despacho de Wickenden, de modo que tras acabar aquella noche en Lincoln, se fue para allá. Pero la Tabla estaba en Lincoln. Cuando volvió ya era casi de día, y quería esperar hasta la noche, o mejor dicho hasta la madrugada, para volver a entrar en casa de Jaan. Por desgracia, por entonces yo ya había dado parte de su muerte, y la policía de Lincoln ya estaba allí. La sospecha de Joe Jadid de que la policía local nunca patrullaba la zona de noche era falsa, porque sí lo hacían, de forma irregular además. A veces, el agente detenía el coche y alumbraba con la linterna el interior de la casa a través de las ventanas. De haber podido, Tonu habría esperado a que perdiera el interés, pero entonces Paul empezó a investigar, otros policías intervinieron en el asunto y se puso de manifiesto, de un modo claro e irónico a la vez, según Tonu, que no había tiempo que perder. Por ello incendiamos una parte de mi casa, llamamos a la policía local y cuando los vimos entrar en mi casa, entramos en la de Jaan y terminamos el trabajo.

La única cosa inesperada que me ha sucedido en todo este episodio es que Tonu percibió que yo seguía hecha un lío y muy apenada. Me propuso ocupar el lugar de Jaan como guardiana de la Tabla. Afirmó que yo comprendía la santidad de toda vida sobre la tierra, pero que también entendía que a veces es necesario segar alguna vida. Me dijo que mi dolor era señal de la bondad que me caracterizaba. Me brindó la oportunidad de pertenecer a algo que iba más allá de mí misma, la posibilidad de consagrar mi vida a algo más importante de lo que jamás podría haber imaginado.

Y por todo ello, ahora me encuentro aquí. «Aquí» es una ciudad que usted, lector, probablemente no habrá visitado nunca, pero aún no veo motivo alguno para revelar su nombre. Y aquí es donde esperaré a Tonu. Y aquí es donde Hannah Rowe desaparecerá. Habrá llegado a la ciudad tras una ardua semana. Habrá venido en busca de paz e introspección. La ciudad está rodeada de montañas boscosas surcadas de senderos. Tal vez sufrirá un accidente en una tortuosa pista de montaña situada en lo alto de una cañada. Tal vez una noche saldrá de un bar con un desconocido para no regresar jamás al hotel. Quizá se esfume sin más, como a veces sucede. Envidio a Huckelberry Finn el placer de atender a su propio funeral, pero lo mejor es cortar por lo sano. En ocasiones me pregunto si hice bien, y a veces me asalta una sensación de duda, de reproche. Pero al poco se me pasa. No es más que una sensación, y se me acaba pasando.

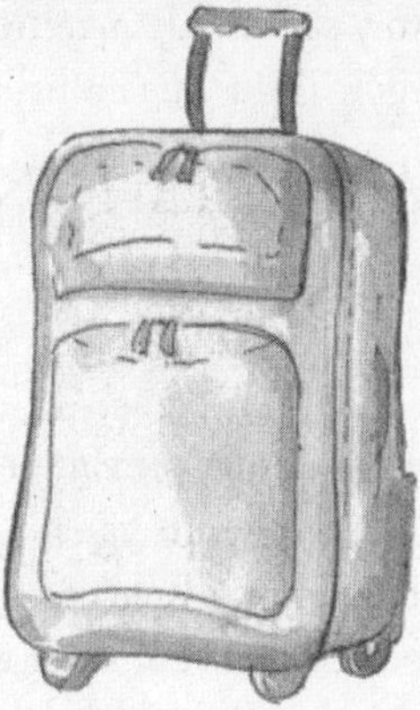

AGRADECIMIENTOS

En esta como en cualquier otra empresa de altura que emprenda mi agradecimiento va en primer lugar para Zachary, Sally, Benjamin y Rebecca Fasman, por su apoyo e inspiración. Si bien este libro se inspira en demasiados libros como para mencionarnos a todos, sí debo dictar *A Dictionary for Alchemical Imagery*, de Lindy Abraham, como fuente muy especial. Gracias a Peter Jonson, Sylvia Sellers-García y John Williams por leer y mejorar mis primeros borradores, y también a Mildred Newmark, mi tía abuela, que con su ojo de águila descubrió varios errores que de no ser por ella se me habrían escapado.

Jim Rutman y Meredith Blum son los principales responsables de que este libro esté en manos de los lectores, en lugar de seguir siendo un manuscrito guardado en el fondo del cajón de los calcetines. Explicar aunque solo fuese en parte lo que significó su apoyo sería muy largo, así que mi profundo agradecimiento a Jim por su sinceridad, a Meredith por su sensibilidad editorial y a ambos por su entusiasmo, fe, diligencia e ingenio.

Gracias, también, a todos los de Penguin a ambos lados del charco: Ann Godoff, Simon Prosser, Sophie Fels, Liza Darnton, Juliette Mitchell, Bruce Giffords y Maureen Sugden. No podía pedir mejor apoyo editorial.

El *Moscow Times* de Moscú me dio un hogar mucho antes de

que me lo mereciera; gracias y mi profundo respeto a toda la redacción, en particular a Lynn Berry, Sunny Bosco, y Joy Ziegeweid.

También en Moscú, tuve la increíble buena suerte de conocer a Jeffrey Tayler, que me aclaró muchísimas cosas de Rusia que de otra manera hubiesen quedado a oscuras. Su generosidad, afecto, curiosidad, valentía y humor seguirán siendo un modelo para mí mientras continúe escribiendo y viajando.

Por último, una nota para mi yo futuro: si tu hijo, dos meses después de conocer a una chica, te dice que se marcha a una isla diminuta sin electricidad, agua corriente, o forma de dejarla. Y que además lo hace con la chica, el hermano, los padres, los primos, las tías y los tíos, no te espantes. Puede que salga bien. Muchas gracias a George y Paula Krimsky por asegurarse de que saldría bien, y por sus innumerables actos de bondad, grandes y pequeños. Pero, por encima de todo, gracias por haber criado a una hija extraordinaria, porque sin ella nunca hubiese ido a Rusia o escrito este libro. *La biblioteca del cartógrafo* es para Alissa. Yo también.